BASTEI
LÜBBE
TASCHENBUCH

Titel in der Regel auch als E-Book erhältlich

Über den Autor:

Uwe Voehl, 1959 in Hagen geboren, gab schon während der Schulzeit Anthologien heraus. Nach dem Abitur studierte er BWL und Jura und arbeitete später als Werbetexter für Agenturen und Versandhäuser. Voehl zählt inzwischen zu den besten zeitgenössischen Phantastik- und Krimi-Autoren Deutschlands.

Uwe Voehl

BLUT UND RÜBEN

BASTEI LÜBBE
TASCHENBUCH

BASTEI LÜBBE TASCHENBUCH
Band 16 063

1. Auflage: Januar 2012

Dieser Titel ist auch als E-Book erschienen

Bastei Lübbe Taschenbuch in der Bastei Lübbe GmbH & Co. KG

Originalausgabe

Textredaktion: Monika Hofko, München
Lektorat: Ruggero Leò
Rezept am Ende des Buches: Ralf Zacherl
Titelillustration: © getty-images/Jonathan Kantor;
© shutterstock/Pablo H Caridad
Umschlaggestaltung: Gisela Kullowatz
Satz: Urban SatzKonzept, Düsseldorf
Gesetzt aus der Garamond
Druck und Verarbeitung: GGP Media GmbH, Pößneck
Printed in Germany
ISBN 978-3-404-16063-1

Sie finden uns im Internet unter
www.luebbe.de
Bitte beachten Sie auch: www.lesejury.de

Der Preis dieses Bandes versteht sich einschließlich
der gesetzlichen Mehrwertsteuer.

Meiner Familie

»Der Teutoburger Wald liegt nicht am Arsch der Welt – aber man kann ihn schon sehen.«

(Zitat unbekannter Herkunft)

I. Aufstellung

Selig sind die geistig Armen,
denn sie stecken nie die Nase
in den Brunnenschacht des Lebens
voll gefährlich gift'ger Gase

(Christian Morgenstern)

»Hier isse, die Rübe!«, sagte der Dicke.

»Du bist so blöd wie ein Haufen Scheiße! Was soll das? Habe ich dir gesagt, du sollst ihn hierher bringen?«

»Dachte, du wolltest ihn dir mal angucken.«

»Reicht mir, dass ich ihn lebend schon nicht mehr ertragen konnte. Jetzt bringst du Idiotenschädel mir seinen Kopf!«

»Seine Rübe!«, kicherte der Dicke.

Das Glitzern in den Augen des Dicken gefiel dem anderen nicht. Es hatte etwas Unberechenbares. Er überlegte, ob es richtig war, ihn noch länger am Leben zu lassen. Zu großes Risiko. Und er hätte die Verwandtschaft des Dicken am Hals.

Und wenn es aussah wie ein Unfall?

»Jetzt schaff den Kopf dorthin, wohin ich es dir aufgetragen habe!«

»Willst du ihn dir nicht erst angucken?«

»Hab ich doch gesagt: Nein!«

Der Dicke knallte die Tüte demonstrativ auf den Tisch. Es

erzeugte einen platschenden Laut, so als würden sich darin ein paar Kilo Gehacktes befinden. Tatsächlich prangte auf der Plastiktasche der Name einer stadtbekannten Metzgerei.

»He, sei vorsichtig, den Kopf brauchen wir noch!«, sagte der andere. Allmählich hatte er es satt, sich mit dem Idioten abzugeben.

»Hackfresse!«, grinste der. »Dem macht nichts mehr was aus!«

»Hör zu, du bringst jetzt den verdammten Kopf weg!«

»Erst musst du ihn dir angucken.«

»Was ist das denn für ein Spiel?«

»Mein Spiel.« Das Grinsen war aus dem Gesicht des Dicken verschwunden.

»Und danach bringst du ihn weg, klar?«

»Klar.«

Der andere beugte sich über die Tüte. Der Gestank, der daraus entwich, war unbeschreiblich. Dennoch zwang er sich, einen Blick hineinzuwerfen.

Es war nicht viel zu erkennen: Es sah tatsächlich ein bisschen aus wie eine rohe Fleischmasse. Mit zwei Augen darin, die ihn irgendwie anstarrten. Aus der Wunde am Hals baumelte allerhand Zeug heraus.

Es ist nur Fleisch. Totes Fleisch, sagte er sich.

Aber er wusste, dass die Augen ihn noch lange verfolgen würden. Scheiße.

»So, das reicht, du Arschloch. Zufrieden?«

»Geht so.«

»Was heißt: geht so?«, äffte der andere ihn nach. »Jetzt verschwinde endlich!«

»Warum bringst du ihn eigentlich nicht zur Ruine hoch?«

»Ich? Bist du bescheuert?«

»Nein, im Ernst: Warum soll ich immer den ganzen Scheiß machen?«

»Weil wir das so abgesprochen haben.«

»Wir haben nichts abgesprochen.«

Der andere seufzte. Allmählich verlor er die Geduld. »Na schön«, sagte er schließlich, »mal hören, was die Polizei dazu meint, wenn sie dich mit dem Kopf aufgreifen. Die stecken dich in die Klapse – lebenslänglich ...« Er holte sein Handy hervor und tat so, als würde er eine Nummer wählen.

Der Dicke wurde plötzlich ganz friedlich. »Lass das, war doch nur ein Witz!«

»Ich mag solche Witze aber nicht!«

»Leg den Hörer weg!«

»Erst wenn du endlich abhaust. Mitsamt der Tüte.«

»Leg den Hörer weg!«

»Erst ...«

Der Dicke sprang los. Bevor der andere reagieren konnte, hatte sein Gegner ihm das Handy aus der Hand geschlagen. Dann spürte er dessen Faust im Magen. Er klappte zusammen. Ein weiterer Schlag traf ihn im Nackenwirbel. Er ging zu Boden, krümmte sich.

»Das machst du nie wieder, hörst du?«, heulte der Dicke. »Hörst du?«

Mit jedem »Hörst du?« trat er zu.

Der andere ächzte: »Hör auf! Ich mach es nicht wieder! Versprochen!«

Der Dicke ließ von ihm ab.

»Ich gehe jetzt«, sagte er. »Ich nehm die Tüte mit.«

»Ich danke dir.«

Erst als der Dicke gegangen war, rappelte der andere sich auf.

Das konnte schiefgehen. Das konnte verdammt schiefgehen.

Er hatte nicht gewusst, dass er es mit einem Irren zu tun hatte.

Er musste ihn aus dem Weg räumen. Bald.

Sehr bald.

1.

Die Störche waren zurückgekehrt. Trotz der Kälte, wie die stets fröhliche Steffi Klug von Teuto Eins verkündete. Sie hörte sich derart munter an, dass ich ihr den Hals hätte umdrehen können. Wir schrieben den kältesten April seit gefühlten tausend Jahren, und ich beschloss, dem Radiowecker zu trotzen und mich tiefer in meine Bettdecke zu kuscheln. Dennoch war ich gezwungen, mit halbem Ohr die weiteren Nachrichten mitzuhören.

In Bielefeld hatte ein sogenanntes Rollkommando, allesamt Bodybuilder aus dem Türstehermilieu, einen Rechtsanwalt bedroht.

In Petershagen hatte ein unter Mordverdacht stehender Schornsteinfegermeister ausgesagt, eine Stimme habe ihm befohlen, sein Opfer mit der Axt zu töten.

Das Hermannsdenkmal wurde für Touristen bis auf Weiteres gesperrt, da sich mehrere Steine gelöst hatten und Gefahr für Leib und Leben der Besucher nicht ausgeschlossen wurde.

Im Teutoburger Wald hatten Archäologen bei Ausgrabungen an der Falkenburg mehr als ein Dutzend Wolfsangeln gefunden …

Meine Gedanken schweiften ab. Steffis neunmalkluge Stimme trat in den Hintergrund. Wolfsangeln, was war das noch einmal?

»… war geplant, die Wolfsangeln im Laufe des Jahres in Herne auszustellen, wo das LWL-Archäologiemuseum unter dem Motto ›Aufruhr 1225! Ritter, Burgen und Intrigen‹ die Ergebnisse der fünfjährigen Grabung auf der Stammburg der einstigen Edelherren zur Lippe in Detmold präsentiert ...«

Ich war drauf und dran, aufzustehen und einen anderen Sender einzustellen, als Steffi Klug endlich zur Sache kam und in ihrem munteren Ton darüber plapperte, dass man die Wolfsangeln doch nicht weitergegeben habe. Zwei waren nämlich abhandengekommen.

Steffi stutzte. Aber nur kurz, bevor sie fortfuhr:

»Hier ist noch eine brandneue Meldung hereingeflattert ...«

In den Morgenstunden hatte man Ludwig L. aufgefunden. Das heißt, seinen Kopf. Die gute Steffi verkaufte sogar diese Meldung wie einen besonders fröhlichen Guten-Morgen-Gruß. Trotzdem war ich jetzt hellwach.

»Die Polizei ermittelt zurzeit. Wir halten Sie auf dem Laufenden. Teuto Eins, bleiben Sie dran!«

Es folgte Lena Meyer-Landshut mit *Satellite,* und damit war der Morgen für mich endgültig gelaufen.

Das Telefon klingelte. Es war mein Vetter Armin.

»Hast du das eben im Radio gehört? Sie haben Ludwigs Kopf gefunden!« Er klang aufgeregt. Aufgeregt und am Boden zerstört zugleich.

»Ich habe es gehört, aber vielleicht ist er es ja gar nicht.« Ich wusste nicht, was ich weiter sagen sollte.

Mein Beileid? Dazu war es vielleicht noch etwas zu früh. Noch stand ja gar nichts fest. Es war nur eine Meldung im Radio ...

»Er ist tot!«, sagte Armin. Es klang wie eine düstere Prophezeiung – und in diesem Fall schien sie bereits eingetroffen zu sein.

»Soll ich zu dir kommen?«, fragte ich.

»Nein, aber du musst dich darum kümmern. Ich muss wissen, ob es wirklich sein Kopf ist, den man gefunden hat. Du warst doch früher Journalist.«

Journalist, was hieß das schon? Die Zeiten waren lange vorbei.

»Warum rufst du nicht selbst bei der Polizei an«, schlug ich vor.

Er lachte auf. Es klang nicht fröhlich. »Ich und die Polizei. Du weißt genau …«

»Also schön, ich kümmere mich darum. Aber ich kann nichts versprechen.«

Er legte auf.

Ich öffnete eine neue Dose Hundefutter, entnahm ihr ein Drittel der Masse – Kutteln, Herz, Karotten und all das, was ein Hundeherz höher schlagen lässt. Und das alles noch vor dem Frühstück, aber als Hundebesitzer ging ich durch so manche Prüfung. Ich vermischte die allein für Luna wohlriechende Masse mit Haferflocken und schob ihr den Fressnapf hin.

Danach machte ich mir Kaffee. Während ich das Wasser in die Maschine goss, den Kaffeefilter unten knickte und mit Pulver füllte, musste ich die ganze Zeit an den Toten denken.

Ich kannte einen Ludwig Leineweber – und ich hatte die ernsthafte Befürchtung, dass es sich bei dem Opfer um ihn handelte. Ludwig Leineweber war Landwirt in unserer Gemeinde. Mit seinem Kompagnon, der zufällig auch mein Vetter war, bearbeitete er mehr als zweihundert Hektar Anbaufläche, davon waren mehr als die Hälfte für Rüben reserviert. Zuckerrüben. Hier in der Region bildeten diese eine unerlässliche Einnahmequelle. Die Zuckerfabrik in Lage war ständig auf Nachschub angewiesen. Während der Rübenkampagne verschlang das riesige Monster zwölftausend Tonnen Rüben pro Tag, und sogar nachts qualmten dann die riesigen Schornsteine und bliesen ihren süßlichen Atem über die Zuckerstadt aus. Manchmal bis in den Dezember hinein.

Mehr als einen Kaffee vertrug ich so früh am Morgen nicht. Ich wählte die Nummer von Teuto Eins und ließ mich mit der

Nachrichtenredaktion verbinden. Schließlich hatte ich einen Herrn Neumann am Apparat. Ich trug ihm mein Anliegen vor, dass ich gerne mehr über den Fall erfahren wollte, weil ich den Toten vielleicht kannte.

»Warum rufen Sie nicht die Polizei an?«, fragte er unfreundlich.

»Ich dachte, Sie wüssten vielleicht etwas Genaueres.«

»Nicht viel mehr, als wir berichtet haben«, knurrte er. Unwillkürlich fragte ich mich, ob ich mich genauso anhörte. Wahrscheinlich waren wir beide keine Frühaufsteher. »Um vier Uhr haben mich die Kollegen aus den Federn geholt und in die Pampa gehetzt. Aber da hatte die Polizei schon alles abgeriegelt. Zur Falkenburg kommen Sie nicht hoch. Ziemliche Sauerei, die der Mörder da hinterlassen haben muss. Sie kennen diese Wolfsangeln?«

Im Mittelalter streiften Wölfe noch rudelweise durch Lippe. Mit den sogenannten Wolfsangeln rückte man ihnen zu Leibe. Zwanzig Zentimeter lange Fanggeräte, mit Widerhaken versehen. Die Widerhaken wurden mit Fleischködern verdeckt und das Ganze an Bäumen aufgehängt – bis die arme Sau am Angelhaken hing und grausam zu Tode kam. Ich war schon immer der Ansicht gewesen, dass der Mensch das schlimmste aller Raubtiere ist.

»Schon mal irgendwo auf Bildern gesehen, ja«, sagte ich. »Wieso?«

»Der aufgefundene Kopf hing an einer Wolfsangel. Das haben wir natürlich nicht übers Radio verbreitet. Wir wollen unseren Hörern ja nicht den Appetit aufs Frühstück verderben.«

»Ich bin weniger zart besaitet«, antwortete ich. »Wo lag denn der Rest von diesem Ludwig, der da gefunden wurde?«

»Den Rest sucht man noch. Ehrlich gesagt darf ich darüber gar nicht mehr reden. Man hat mir einen Maulkorb verpasst.«

Ich wurde hellhörig. »Einen Maulkorb?«

»Mord ist nicht unbedingt gut fürs Image. Wir leben von der Werbung, ich meine, als Fremdenverkehrsregion, und wir als Radiosender ja schließlich auch.«

Sein Tonfall klang sarkastisch. Offensichtlich wiederholte er genau die Worte, die man ihm eingetrichtert hatte.

»Und Werbekunden bekommen wir damit auch keinen einzigen mehr rein. Oder können Sie sich den aktuellen Gerry-Weber-Jingle und den coolen Herforder-Pilsener-Spot als Einrahmung eines möglichst blutigen Fundberichtes vorstellen?«

»Ihre Steffi könnte das bestimmt entsprechend verkaufen«, schlug ich vor. Dann bedankte ich mich und legte auf.

Luna hatte es sich zu meinen Füßen bequem gemacht. Ich war noch immer ein gutes Stück zu früh dran, daher nervte sie nicht.

Dennoch zog es mich nicht wieder zurück ins Bett. Es drängte mich hinaus. Ich musste mehr über den Mord wissen. Allein um zu erfahren, ob es wirklich Ludwigs Kopf war, der gefunden worden war. Nicht nur weil ich es Armin versprochen hatte. Inzwischen hatte ich selbst Blut geleckt.

Anstatt ausgiebig zu duschen, gönnte ich mir nur eine Katzenwäsche. Aufs Rasieren hatte ich eh seit einigen Tagen mal wieder verzichtet. Wenn einen ständig nur der eigene Spiegel ansieht, vergisst man jegliche Eitelkeit.

Auf dem Weg nach unten begegnete mir zunächst Duffy. Duffy war das Faktotum des Hauses. Er selbst wäre über diese Bezeichnung wahrscheinlich entsetzt gewesen, denn er bezeichnete sich als Butler alter Schule. Duffy hieß eigentlich Dieter. Dieter Grabowski. Aber er war britischer als jeder Zugereiste von der Insel. Er hatte den Butlerberuf in London von der Pike auf gelernt. Inzwischen war er eigentlich in einem Alter, in dem er bei manchen Tätigkeiten selbst einen Diener nötig gehabt hätte – aber in stoischer Treue dachte er nicht ans

Abdanken. Wie immer war er auch an diesem frühen Morgen wie aus dem Ei gepellt. Sein schwarzer Anzug schien frisch aus der Reinigung zu kommen.

Duffy hatte nur einen Fehler – wenn man denn eine gewisse Vorliebe von ihm so bezeichnen wollte. Er hatte stets ein Kaugummi im Mund. Er entschuldigte es damit, dass er drei Jahre lang bei einem texanischen Milliardär in Dienst gewesen sei. Dort hatte er es sich angewöhnt – und war seitdem nicht mehr davon losgekommen.

Im Gegensatz zu seinem ansonsten stoischen Gesichtsausdruck strahlte er an diesem Morgen geradezu. Zumindest verzog er einen Mundwinkel nach oben, als ich ihn grüßte.

»Morgen, Duffy«, knurrte ich. Noch immer war ich nicht so gut drauf, dass ich zu einem längeren Gespräch mit ihm bereit gewesen wäre. Ich wollte mich an ihm vorbeidrücken, aber er schüttelte den Kopf. Tadelnd, aber nicht unfreundlich.

»*Good Morning, Sir!* Aber Sie wollen doch nicht in diesem, verzeihen Sie, Aufzug heute hier herumlaufen?«

Ich verharrte. Er brachte es tatsächlich fertig, mich aus der Fassung zu bringen. Ich sah an mir hinab. Die Jeans trug ich seit einer Woche, aber dafür war sie ja geschaffen. Das T-Shirt mit der verwaschenen Neil Young-Aufschrift hatte wahrscheinlich auch schon bessere Tage gesehen, aber immerhin wurde es von der Cordjacke verdeckt. Die war mein bestes Stück. Bester Manchester-Stoff, uralt, und gerade mal an den Ellenbogen etwas abgeschabt.

»Was ist denn mit mir, Duffy? Ich laufe doch immer so herum.«

»Eben«, entgegnete er stur.

»Hat jemand Geburtstag?«

»Es wäre nicht der erste, den Sie vergessen würden«, antwortete er. »Sie haben wirklich vergessen, was heute für ein Tag ist?«

»Ich gestehe, ich bin heute Morgen mit dem falschen Fuß aufgestanden«, gab ich mich kleinlaut, während ich mich zu erinnern versuchte.

»Der junge Herr kommt doch heute!«, half mir Duffy schließlich auf die Sprünge.

»Der junge Bob Dylan!« Jetzt war der Groschen gefallen. *The Times, they are a changin'.*

Dennoch trug mir meine Antwort einen strafenden Blick von Duffy ein. »Oliver Dylan Dickens«, korrigierte er mit bitterernster Miene. »Und auch Sie werden sich an diesen Namen gewöhnen müssen. Wenn Sie denn lange genug Zeit dazu haben.«

»Duffy, Sie sind äußerst boshaft heute Morgen«, stellte ich fest. »Warum sollte er mich gleich an die Luft setzen? Immerhin zahle ich ordentlich Miete.«

»Mit der Sie seit drei Monaten im Rückstand sind«, erinnerte mich Duffy.

»Ja, aber nur aufgrund der unklaren Besitzverhältnisse.«

»Genau genommen, seit der alte Herr nicht mehr unter uns weilt.« Duffy war nicht nur der Butler, sondern auch für die Buchführung zuständig.

»Ja, ja, ich weiß, Gott sei seiner Seele gnädig. Besonders der Kriegsgott.«

Ich hatte keine Lust mehr auf das Geplänkel und schob mich an ihm vorbei. Luna folgte mir.

»Ihre Hündin haart schon wieder!«, sagte Duffy vorwurfsvoll. Er kaute angestrengt auf seinem Spearmint. Ein Zeichen dafür, dass er sichtlich erregt war. Normalerweise versuchte er den Kauzwang in Gegenwart anderer zu unterdrücken. Ich war froh, dass ich nicht auch noch der »Gräfin« begegnete. Sie bewohnte das Untergeschoss und hätte mir wahrscheinlich noch mehr die Hölle heiß gemacht als Duffy. Ansonsten war sie eine liebenswerte alte Dame. Sie behauptete von sich, sie sei

Anfang sechzig, und niemand wagte, ihr zu widersprechen. Wer sie nicht kannte, mochte dem Irrtum verfallen, dass sie nicht mehr alle Tassen im Schrank zusammenzählen konnte. Dafür konnte sie einem in anderen Momenten mit ihren Argumenten messerscharf den Wind aus den Segeln nehmen.

Ich hörte sie lautstark telefonieren, eine ihrer Lieblingsbeschäftigungen. »Ja, stell dir vor: Er trifft heute ein. Ist das nicht wundervoll, Henriette? Nein, seit zwanzig Jahren habe ich ihm nicht mehr über den blonden Haarschopf gestreichelt...«

Ich drückte mich leise am Wohnzimmer, in dem sie telefonierte, vorbei und bedeutete auch Luna, bloß die Schnauze zu halten. Vorwurfsvoll sah sie zu mir hoch. Normalerweise war sie es gewohnt, schwanzwedelnd zur Gräfin zu laufen und ihr morgendliches Leckerli abzuholen.

Nicht heute!

Ich bugsierte sie zur Tür, die ich geräuschlos hinter uns schloss. Diese Klippe war geschafft. Draußen war es kalt und klamm. Ich fragte mich, warum die Störche überhaupt wiedergekommen waren. Vor ein paar Monaten hatte es geheißen, sie seien schnabelrümpfend über unser lippisches Mistwetter wieder gen Süden geflogen. Steffi Klug wusste wahrscheinlich mehr über dieses Thema zu plaudern.

Gleich loszufahren erlaubte Luna nicht. Sie bestand auf ihrem morgendlichen Spaziergang. Ich seufzte, ergab mich aber den Pflichten eines Hundehalters. Schließlich würde so ein Kopf nicht so schnell wieder verschwinden.

Lunas Morgenspaziergang fiel diesmal etwas kürzer aus. »Schließlich müssen wir ja irgendwann auch mal dein Futter verdienen, nicht wahr?«, versuchte ich ihren traurigen Hundeblick zu entkräften. »Und immerhin geht's gleich weiter durch Feld und Flur.«

Sie nahm auf dem Beifahrersitz Platz. Stoisch und unverrückbar.

Ich stieg in den Volvo und startete den Motor, der wie immer zuverlässig ansprang. Dabei war ich seit mindestens zwei Wochen nicht mehr unterwegs gewesen.

Es war noch immer früh am Morgen, zumindest in meinen Augen. Aber es war immerhin so spät, dass der meiste Berufsverkehr bereits vorüber war. Dennoch waren viele Wagen unterwegs. Einige sogar mit Anhänger.

Im Geiste schlug ich mir an die Stirn. Von wegen Berufsverkehr. Es war Samstag, und so langsam bevölkerte sich der Teutoburger Wald mit den Wochenend-Touristen. Vor allen Dingen Wandern war wieder angesagt – bei Jung und Alt.

Die B 236 nach Detmold war einigermaßen leer. Auch als ich in der Detmolder Innenstadt Richtung Freilichtmuseum abbog, waren nur wenige Fahrzeuge unterwegs. Ein holländisches Wohnmobil tuckerte mit sturen 30 km/h vor mir her und bremste meinen Eifer, schneller ans Ziel zu kommen. Während ich an der Musikhochschule und am Freilichtmuseum vorbeifuhr und schließlich Heiligenkirchen erreichte, fragte ich mich nicht das erste Mal an diesem Morgen, ob ich nicht einer falschen Fährte folgte. Und alles nur wegen Steffi Klug!

Das Wohnmobil, dessen Kennzeichen so gelb war wie holländischer Käse, bog nach links Richtung der Externsteine ab. Ich hatte freie Bahn. Hinter Holzhausen folgte eine überaus beschauliche Gegend. Die Wälder stiegen zu beiden Seiten steil bergauf. Ich konnte mir gut vorstellen, dass hier vor zweitausend Jahren Varus' drei römische Legionen von den Germanen unter Führung von Arminius massakriert worden waren – und wenn nicht hier, dann in anderen Regionen des Teutoburger Waldes, aber auf keinen Fall in Kalklage bei Osnabrück.

Rechter Hand tauchte der Falkenkrug auf. Links führte ein kleiner Waldweg zur Burg hinauf. Der Begriff Burg war übertrieben. Es handelte sich um eine Ruine. Nur noch wenige

Mauerreste zeugten von der als Wiege des Fürstentums Lippe bezeichneten Burg.

Ich stieg aus dem Wagen und ließ Luna heraus. Vorsichtshalber nahm ich sie an die Leine. Ich überquerte die Hauptstraße und wunderte mich, dass der Weg zur Burg hinauf nicht gesperrt worden war. Jedenfalls entdeckte ich nicht einen Polizisten. Entweder hatte Neumann mir einen Bären aufgebunden, oder die Kripo war längst schon wieder abgezogen.

Das Schild, das zur Ruine wies, hatte jemand mit einem kleinen Papieraufkleber verunziert. Schon auf den ersten Blick war die rechtspopulistische Handschrift zu erkennen. Der Aufkleber zeigte das Hermannsdenkmal in holzschnittartiger Vereinfachung und mit güldenem Strahlenkranz. Darüber stand in Fraktur Radio Hermann. Unten am Rand war noch eine Internetadresse angegeben.

Der Weg schien jedenfalls reichlich befahren worden zu sein. Die vielen Reifenspuren waren frisch; dabei war die Durchfahrt hier verboten. Es ging steil bergauf, und nach einer letzten scharfen Kurve hörte ich Hundegebell. Luna ließ sich nicht dazu herab, es zu erwidern.

Bereits im nächsten Moment erkannte ich, dass ich mich geirrt hatte. Die Polizei war noch nicht abgezogen. Im Gegenteil, es sah so aus, als hätten sie sich hier oben für längere Zeit eingerichtet. Ein gelb-schwarzes Absperrband, quer über den Weg gespannt, verbot mir das Weitergehen. Dahinter erkannte ich mindestens zwei Polizeiwagen, zwei weitere in Zivil sowie einen Bestattungswagen. Grelle Scheinwerfer tauchten das Gelände in ein unwirkliches Krankenhauslicht. Mehrere Polizisten suchten den Boden ab. Die meisten schienen sich innerhalb der Burgmauern aufzuhalten. Ein Hundeführer kam auf uns zu. Hager, hochgewachsen, jung und dynamisch. Mit typischem Schnauzbart. Der Schäferhund wedelte freudig mit dem

Schwanz, als er Luna erblickte. Dafür bekam er prompt eine Ermahnung seines Herrn und Meisters.

»Na, na, Hasso, wir wollen doch nicht etwa ausgemustert werden!«

»Lassen Sie Ihrem Kollegen doch das Vergnügen. Luna steht kurz vor der Läufigkeit, sie könnte etwas für Ihren Nachwuchs tun. Ich habe gehört, dass Sie händeringend Personal suchen.«

»An subversiven Kräften haben wir keinen Bedarf«, blaffte der Schnauzbart zurück.

Sein vierbeiniger Begleiter sah dies ganz anders. Er schnüffelte an Luna wie an einer Blutwurst. Sein Herrchen hatte alle Hände voll zu tun, ihn zurückzuhalten.

Ich nutzte die Gelegenheit, um mit meinem Handy ein paar Fotos zu machen.

»He, das dürfen Sie nicht!«, wies Herr Oberamtmann mich an. »Sofort her mit dem Ding. Das wird konfisziert.«

»Das dürfen Sie gar nicht«, erklärte ich ihm seine Befugnisse. »Ich bewege mich außerhalb Ihrer Absperrung.«

»Wenn Sie nicht endlich verschwinden, landen Sie hinter einer ganz anderen Absperrung«, drohte der Amtsträger. »Und jetzt geben Sie endlich Ihren Fotoapparat her.«

»Würde ich sehr gern, aber ich habe gar keinen dabei. Wenn Sie allerdings mein Handy meinen, so weise ich Sie noch einmal darauf hin, dass Sie nicht befugt sind, es zu konfiszieren. Übrigens weder innerhalb noch außerhalb des von Ihnen abgesperrten Geländes.«

Er beäugte mich mit misstrauisch zusammengekniffenen Augen. »Sind Sie etwa Rechtsanwalt?«

Wahrscheinlich hätte sich dieses unfruchtbare Gespräch noch ewig hingezogen. Als fruchtbar hätte es sich höchstens für Luna und Hasso erweisen können. Vielleicht war sie ja wirklich schon läufig. Nicht nur Hassos heraushängende Zunge signalisierte jedenfalls allzeitige Bereitschaft. Der arme Hund wurde wahrscheinlich nicht nur an Schnauzbarts Leine ziemlich kurzgehalten.

Nein, Hilfe kam in Form von Norbert. Norbert Decarli. In unserer gemeinsamen Schulzeit war er an keiner Bratwurstbude vorbeigekommen. Damals war er noch ein schlanker Bursche gewesen, der mit seiner Leidenschaft kokettiert hatte. Das war fast dreißig Jahre her. Seitdem war die Zeit nicht spurlos an ihm vorübergegangen. Er liebte Bratwürste immer noch, und diese gemeinsame Leidenschaft verband uns bis heute. Mindestens einmal in der Woche liefen wir uns an einer unserer Lieblingsbuden über den Weg.

»Wo kommst du denn auf einmal her?«, begrüßte er mich. Er klang nicht sehr freundschaftlich.

»Reiner Zufall«, log ich. »Irgendwo muss ich ja mit Luna Gassi gehen.«

»So, so, und euch verschlägt es ausgerechnet heute Morgen hierher?«

»Dann werde ich hier wohl nicht mehr gebraucht, wenn die Herren miteinander per du sind«, erkannte der Wachtmeister grimmig und zog von dannen. Nicht ohne mir noch einen finsteren Blick der Marke »Warte nur ein Weilchen, ich krieg dich doch« zuzuwerfen.

»Danke, dass du mich vor diesem Individuum gerettet hast.« Diesmal meinte ich es sogar ernst.

Norbert bückte sich und kletterte unter der Absperrung hindurch. Dabei ächzte er. »Lieber Mord als Sport« war nach wie vor sein Motto.

»Vor Krause? Keine Ursache«, erwiderte er. Dann wurde er amtlich. »Mal im Ernst, was hast du hier zu suchen? Das ist hier nämlich kein Kinderspiel von wegen Räuber und Gendarm.«

»Ich spiele sowieso lieber ›Wer hat Angst vorm schwarzen Mann‹.«

»Wir auch. Wir kennen den schwarzen Mann noch nicht. Und wir können noch nicht einmal sagen, ob sein Opfer Angst vor ihm gehabt hat. Aber lenk nicht ab. Was treibt dich um diese für dich nachtschlafende Zeit hierher?«

»Steffi Klug, wenn du's genau wissen willst. Ihre betörend nichtssagende Stimme hat mich aus meiner Lethargie gerissen.«

Norbert runzelte die Stirn. Sein Gesichtsausdruck verdüsterte sich. »Du hast es im Radio gehört?«

Ich nickte. Er fluchte. »Dann steht es spätestens morgen in der Presse. Und ich wette mit dir hundert zu eins, dass innerhalb der nächsten halben Stunde ein Reporter von der BILD hier auftauchen wird. Von Bielefeld bis hierher ist es ja nicht weit. Scheiße! Dabei hatten wir das Ganze geheim halten wollen. Wenigstens bis wir den verdammten ...« Er biss sich auf die Lippen.

»Bis ihr den verdammten Rest vom Kopf gefunden habt?«, bohrte ich nach. »Sprich: den Korpus.«

Er sah mich fassungslos an. »Das ist also auch schon nach außen gedrungen?«

»Ihr habt offensichtlich ein Kommunikationsproblem. Vielleicht solltet ihr statt Flüsterfunk auf Sprechfunk umsteigen.«

Er winkte ab. »Ich habe jetzt wirklich keinen Sinn für Frotzeleien. Los erzähl!«

Ich gab das Wenige wieder, was Steffi Klug ausgeplaudert hatte.

»Übers Radio wurde nur verbreitet, dass man einen Kopf aufgefunden hat. Und dass der Tote Ludwig L. heißt.«

»Und woher wusstest du dann, dass wir ausgerechnet hier sind?«, fragte Norbert. Jetzt hatte er mich erwischt. Allerdings hatte ich kein Interesse, ihm Neumann, den Redakteur von Teuto Eins, ans Messer zu liefern. Meine Informanten waren mir heilig. »Hat sich schnell herumgesprochen«, flunkerte ich.

Ich sah es an seinem Blick, dass er mir nicht glaubte.

»Die Dame werden wir uns vorknöpfen, ach was, die ganze Redaktion!«

Ich hatte nichts dagegen. Ein paar Dinge sollte er ruhig selbst rausfinden. »Jetzt zu dir!«, drohte er und bohrte seinen Zeigefinger recht schmerzhaft in meine Brust. »Ich frage dich jetzt zum dritten Mal, was du hier zu suchen hast. Dich treibt doch nicht die reine Neugier hierher?«

»Pass auf, wir spielen ein Frage- und Antwort-Spiel. Jetzt bin ich erst einmal an der Reihe. Wer hat den Toten entdeckt?«

Er schüttelte den Kopf und blieb stur. »Nicht mit mir, Moritz. Also, warum bist du hier?«

Ich atmete einmal durch, dann berichtete ich: »Du kennst doch Armin, meinen Vetter. Sein Partner heißt auch Ludwig. Und der ist seit einigen Tagen verschwunden.«

»Und warum hat dein Vetter keine Vermisstenanzeige aufgegeben?«

Ich zuckte die Schultern. »Frag ihn selbst, ich bin nicht seine Gouvernante. Wahrscheinlich hat er angenommen, dass Ludwig schon wieder auftauchen wird. Die beiden sind ja nicht verheiratet.«

»Auch nicht schwul?«

»Nein, nicht dass ich wüsste. Im Gegenteil. Zumindest Armin war früher ein echter Weiberheld. Armin hat mich angerufen. Er machte sich große Sorgen, weil Ludwig abends nicht nach Hause gekommen war. Er war mittags auf seinen Trecker gestiegen und davongedüst. Und bevor du nachfragst: Nein, die beiden hatten keinen Streit. Und es war wohl nicht das erste Mal, dass Ludwig sich auf den Trecker setzte und einfach durch die Gegend düste. Bis jetzt ist er aber immer wieder zurückgekommen.«

»Wir werden deinen Vetter Armin noch genau unter die Lupe nehmen«, versprach Norbert.

Ich lachte auf. »Armin? Der würde einer Fliege eher ein Bein annähen, als es auszureißen.« Armins Leidenschaft war tatsächlich Nähen. Nähen, Stricken, Handarbeiten. Für gewöhnlich sammelte ich sämtliche abgerissenen Knöpfe, um sie einmal im Monat von Armin wieder annähen zu lassen. Sein besonderes Hobby war es, Eierwärmer zu häkeln. Selbst in meiner Küche befanden sich zig Exemplare als Beweis seines verschrobenen Hobbys.

»Vergiss nicht: In diesem Fall hat der Mörder dem Opfer sogar den Kopf abgerissen! Ich glaube nicht, dass dein Vetter den auch wieder annähen würde.«

»Er würde sich nicht einmal einen Lampenschirm daraus basteln wollen. Schließlich heißt er nicht Ed Gain.«

»Überlass uns die Ermittlungen. Und bitte auch die entsprechenden Schlussfolgerungen, mein Lieber. Wir werden deinen Vetter schon nicht gleich verhaften. Er ist nur einer von vielen Verdächtigen.«

»Bist du sicher, dass du nicht übertreibst?«

»Nein, guck einmal dich an: Du tauchst hier auf, erzählst mir eine Geschichte, von der ich zu deinen Gunsten einmal annehme, dass sie im Großen und Ganzen stimmt. Bis auf dein Motiv, hierherzukommen. Du behauptest, du schaust hier mal vorbei, weil du den Toten kennst. Da hätte ein simpler Anruf genügt.«

»Eben nicht«, widersprach ich. »Ich bin geradezu gezwungen worden, hierher zu fahren. Telefonisch würde mir sowieso niemand Auskunft geben.«

»Klar, Nachrichtensperre. Du musst dich eben gedulden. Also hat dich dein schlechtes Gewissen hergetrieben. Du weißt doch: Die meisten Täter kehren zum Tatort zurück.«

Ich war das Geplänkel leid. »Ich will ihn sehen«, sagte ich. »Das ist der einzige Grund, weshalb ich hier bin. Wenn ich ihn sehe, kann ich euch sagen, ob es wirklich Ludwig ist. Ich möchte Armin nämlich den Anblick ersparen.«

»Du opferst dich? Auch das macht dich nicht weniger verdächtig. Die meisten Mörder haben irrationale Ängste. Sie stechen lieber zweimal zu statt einmal. Sie kommen auf die abstrusesten Ideen, damit das Opfer auch wirklich tot ist. Manchmal ermorden sie es auch mehrmals, weil sie ganz sicher sein wollen, dass es nicht mehr lebt. Heraus kommt die eierlegende Wollmilchsau – Verzeihung: Das strangulierte, erschossene Giftopfer. Passiert gar nicht mal so selten, glaub mir. Na ja, und dann die Nachwehen: Kaum hat der Mörder den Tatort verlassen, plagen ihn die Ängste: Was ist, wenn er doch nicht richtig gezielt hat? Oder wenn er die Dosis doch zu niedrig angesetzt hat? Und dann die erste Nacht: Wenn die Träume kommen, die Albträume. Und mit den Albträumen immer wieder die Zweifel: Ist er wirklich tot? Oder hat man ihn bereits gefunden und wiederbelebt? Ist mir die Polizei schon auf den Fersen? Du horchst in die Dunkelheit hinein. Das Knarren der Dielen … sind das nicht Schritte, die du da hörst? Vielleicht ist es ja gar nicht die Polizei, sondern der Tote!«

»Mit deinen Gruselgeschichten solltest du Schriftsteller werden.«

»Keine Gruselgeschichten. Täterpsychologie.«

Allmählich war meine Geduld erschöpft. »Hör zu«, sagte ich. »Wenn du keinen Wert auf meine Hilfe legst, dann sag es doch einfach. Ich kann ja verstehen, dass du sauer bist. Ihr habt einen Maulwurf und wisst nicht, wer es ist. In spätestens einer halben Stunde habt ihr hier einen Haufen Neugieriger.«

»Mit denen werden wir schon fertig, verlass dich darauf«, knurrte er.

»Und ihr habt einen Kopf ohne Körper.«

»Also schön, du lässt nicht locker. Du willst dir die Sauerei wirklich ansehen, ja? Weißt du, wie so ein Kopf aussieht, wenn er zwei Tage am Baum gehangen hat? Willst du das wirklich wissen?«

»Immerhin habt ihr ihn als Ludwig identifizieren können.«

Norbert schüttelte den Kopf. »Da ist nichts mehr zu identifizieren. Das ist ja die Schweinerei: Wenn es stimmt, was du behauptest, nämlich dass die Nachricht schon im Radio lief, dann stammt zumindest der Hinweis auf Ludwig L. definitiv nicht von uns.«

Damit hatte ich nicht gerechnet. Ich war sprachlos. Eigentlich hätte ich jetzt erst einmal einen Sitzplatz gebraucht. Oder einen Wacholder. Oder wenigstens ein paar Sekündchen, um die Neuigkeit zu verdauen. Ich hatte keines von den dreien. Denn Norbert fuhr fort:

»Glaub bloß nicht, dass du dich jetzt aus dem Staub machen kannst. Ich zeige dir den verdammten Kopf!«

Sein Humor war ihm endgültig abhandengekommen. Ich erkannte, dass es von Anfang an sowieso nur Galgenhumor gewesen war. Norbert war nervös, aber diese Nervosität hatte er die ganze Zeit geschickt verbergen können. Jetzt ließ sie sich nicht mehr unter der Decke halten. Irgendetwas beschäftigte ihn.

Er hielt das Absperrband so hoch, dass wir beide gebückt darunter durchgehen konnten. Ich hatte es geschafft. Ich hatte den Tatort betreten. Aber ich fühlte dabei alles andere als Genugtuung. Im Gegenteil.

Das Gefühl, dass hier irgendetwas aus dem Ruder gelaufen war, wurde mit jedem Schritt stärker. Das war nicht mein erster Tatort, den ich besichtigte. Aber noch nie hatte ich erlebt, dass die Leute derart nervös wirkten.

Während Norbert vorausging, teilte er mir all das mit, was ich eigentlich nicht wissen durfte:

»Die Kollegen in Detmold bekamen einen anonymen Anruf. Heute Nacht um drei Uhr. Muss ein Spaßvogel gewesen sein, denn er sprach zunächst in einer Art Rätsel: *Ohne Rübe verliert man am ehesten sein Gesicht.*«

»Da ist was Wahres dran«, sagte ich.

»Als die Kollegen ihn aufforderten, das Trinken alkoholischer Flüssigkeiten einzustellen, wurde er konkreter. Die Rübe sei ab. Endlich! Und derjenige, dem sie abhandengekommen sei, liege irgendwo im Teutoburger Wald vergraben. Ob denn nicht eher die Rübe vergraben gehörte, fragte der zuständige Beamte zurück. Daraufhin wurde ihm geantwortet, der Enthauptete habe zeitlebens seine Rübe sehr hoch getragen, daher hänge sie jetzt auch sehr hoch, sozusagen am höchsten Punkt Lippes.«

»Moment, das passt nicht«, unterbrach ich ihn. »Zumindest nicht zu dem Ludwig, den ich kenne. Der ist nicht hochnäsig. Ein bisschen schräg vielleicht, ja, aber nie arrogant. Der hat sich mit allen verstanden.«

»Das erzählen sie mir hinterher alle über das jeweilige Opfer«, stöhnte Norbert. »Wenn man das alles glauben würde, wäre die Welt eine Art Paradies, dann würden all die Ermordeten noch leben. Jedenfalls sind die Kollegen doch irgendwann zu dem Schluss gekommen, dass der Scherzbold vielleicht gar keiner war. Sie haben einen Streifenwagen hierher geschickt.«

»Und?«, fragte ich.

»Die beiden – ein Polizist, eine Polizistin – haben den Kopf schnell gefunden. Der Polizist, Schneider, wurde inzwischen ins Krankenhaus gebracht. Die Polizistin, Frau Mertens, hat das hier oben anfänglich alles allein abgewickelt. Sie hat zunächst den Fundort abgeriegelt, danach Verstärkung angefordert, weil sie zu Recht eine unnatürliche Todesursache durch Fremdeinwirkung festgestellt hat, und sich zu guter Letzt um ihren Kollegen gekümmert hat. Leider haben sie erst ganz am Schluss daran gedacht, uns zu rufen. Inzwischen dürften sie hier einige Spuren verwischt haben. Seit einer Dreiviertelstunde sind wir dabei, den Tathergang zu rekonstruieren und zu retten, was noch zu retten ist. Leider hat es ja in den vergangenen Tagen auch immer wieder geregnet.«

»Welche Bedeutung kommt denn dieser Wolfsangel zu?«, fragte ich. Nur um irgendetwas zu sagen. Die Nervosität steckte auch mich an. Je mehr wir uns den Ruinen näherten, desto größer wurde der Kloß in meinem Hals. »Ist das nicht auch irgend so ein rechtes Symbol?« Ich musste an den Aufkleber denken, der unten an der Schranke geklebt hatte.

»Die Wolfsangel wird von Neonazis gern als Erkennungszeichen missbraucht.«

Norbert blieb stehen. Entweder, weil er mir wirklich noch eine Chance geben wollte oder weil er verschnaufen musste. »Noch kannst du es dir anders überlegen.«

Ich wusste, dass Norbert es gnädig mit mir meinte, aber ich schüttelte den Kopf. Ich musste die Sache jetzt durchziehen. Sonst bekam ich wahrscheinlich wirklich Albträume. Wenn auch nicht aus dem Grund, den Norbert zuvor erwähnt hatte.

»Vorsichtig, nicht stolpern«, warnte mich Norbert. »Hier sind überall Gräben und Löcher. Du weißt ja, hier fanden überall Ausgrabungen statt.«

Die meisten waren nur notdürftig als »Baustelle« abgesichert.

Schließlich standen wir vor der Burgruine. Einen der Türme hatte man vor Kurzem wieder so hochgezogen, dass man ihn als Turm erkennen konnte. Der Arm eines Krans lugte oben heraus. Am Ende des Arms hing eine Kette herab. Daran baumelte etwas Rundes.

Der Kopf schwankte leicht im Wind. Der Kloß in meinem Hals wurde dicker.

»Die Archäologen waren seit einigen Tagen nicht mehr hier oben. Die Zäune, die sie hier aufgestellt haben, haben etwaige Besucher abgeschreckt. Ganz abgesehen vom Wetter. Hat ja nur geregnet die letzten Tage. Niemand hat sich hier hoch verirrt.«

Norbert redete sich das Grauen von der Seele. Ich ließ ihn reden und hoffte, dass mir später auch jemand zuhören würde.

Eine Frau kam uns entgegen. Vierzig Jahre alt, die roten Haare nach hinten geknotet. Lachfalten im Gesicht. Aber heute lachte sie nicht.

Sie blieb vor uns stehen, als sie uns erreicht hatte.

»Maren, das ist Moritz, ein Schulfreund von mir. Außerdem glaubt er, den Toten zu kennen. Moritz, das ist Dr. Maren von Greiffenberg, Ärztin vor Ort.«

Sie trug hohe, verschmierte Gummistiefel von Bogner und eine helle Barbour-Jacke, so als käme sie von einem Moorspaziergang. Sie reichte mir die Hand, während sie gleichzeitig eine Braue hochzog. »Woher wissen Sie das? Ich meine, dass wir überhaupt hier sind?«

»Er hat es aus dem Radio erfahren«, antwortete Norbert an meiner Stelle.

»Na, dann viel Vergnügen«, sagte die Ärztin mit rauchiger Stimme. »Macht euch auf so einiges gefasst. Hier wird es bald vor Neugierigen wimmeln. Im letzten Jahr ist jemand vom Hermannsdenkmal gesprungen. Bevor Ihre Kollegen überhaupt vor Ort waren, hat es sich in ganz Holzhausen herumgesprochen wie ein Lauffeuer. Jemand wollte den Toten reanimieren. Ein anderer den Tathergang rekonstruieren. Dabei ist er ebenfalls in die Tiefe gestürzt. Ist glücklicherweise mit dem Leben davongekommen, bis auf ein paar Knochenbrüche …«

»Was haben Sie denn hier festgestellt?«, mischte ich mich ein.

Sie taxierte mich. Offensichtlich konnte sie mich noch nicht ganz klar einordnen. Sie wechselte einen kurzen Blick mit Norbert. Erst als dieser nickte, antwortete sie: »Da ist nicht viel festzustellen. Eigentlich bin ich hier überflüssig. Die Todesfeststellungsbescheinigung, verzeihen Sie dieses sperrige Wortmonstrum, aber es heißt wirklich so, ist ebenso überflüssig: Dort hängt nur der Kopf, und dass der Besitzer des Kopfes nicht mehr lebt, ist doch offensichtlich. Außerdem darf ich die Todesfeststellungsbescheinigung erst ausstellen, wenn auch der zugehörige Körper gefunden worden ist. So sind nun mal die Bestimmungen.«

»Wir werden trotzdem weiter ermitteln«, sagte Norbert. »Im Normalfall sind uns – ohne diese vermaledeite Bescheinigung – die Hände gebunden. Da in diesem Fall jedoch eindeutig ein Verbrechen vorliegt, sieht es damit natürlich anders aus.«

»Vielleicht musst du ja gar nicht ermitteln«, erwiderte Dr. von Greiffenberg, und Norberts Grinsen erstarb augenblicklich.

Abermals hatte ich das Gefühl, dass hier etwas im Busch war. Etwas, das die Leute hier beunruhigte und sie herumtänzeln ließ wie übernervöse Rennpferde.

»Tschüss. Und viel Spaß noch«, verabschiedete sich die Ärztin. Norbert und ich sahen ihr nach.

»Ich hoffe, du hast kein Auge auf sie geworfen«, warnte mich Norbert. »Das habe *ich* schon.«

Mir war nicht zum Flachsen zumute. Also schwieg ich. Norbert hob die linke Hand und machte ein Zeichen. Ein Polizist in der Nähe des Krans gab es weiter, und augenblicklich setzte sich der Schwenkarm langsam in Bewegung. Der Kopf kam auf uns zu. Wie in Zeitlupe. Sodass ich eigentlich Zeit hatte, mich an den Anblick zu gewöhnen. Aber so war es nicht. Mit jedem Meter, den er näher kam, nahm ich weitere grausige Einzelheiten daran wahr.

Zwei Gedanken gingen mir durch den Schädel:

Manchmal ist die Wirklichkeit doch schlimmer, als die fürchterlichsten Albträume es sein können. Und ich verstehe eine ganze Menge von Albträumen.

Und: Norbert hatte recht gehabt. Anhand des Kopfes würde niemand Ludwig identifizieren können.

2.

Eigentlich war es noch nicht einmal mehr ein ganzer Kopf.

Dort, wo eigentlich die Augen hätten sein sollen, klafften fausttiefe Löcher. Sie waren braunrot umrandet mit zerrupftem Fleisch. Aus der linken Höhlung baumelte etwas heraus, das aussah wie ein Nervenstrang. Obwohl mein Instinkt mir sagte, dass es besser wäre, sich abzuwenden, musste ich wie hypnotisiert weiter hinschauen. In den Tiefen war Leben. Fliegen, die sich im Innern des Schädels gütlich taten.

Mein Blick wanderte weiter nach unten. Die Nase war noch als solche zu erkennen, zumindest die Knochen. Vom Fleisch des Schädels war so gut wie nichts mehr vorhanden, genau wie von der linken Backe, aus der die Knochen herausschauten. Der lippenlose Mund zeigte zwei Reihen gebleckter Zähne. Dazwischen war ein kleiner schwarzer Metallgegenstand zu erkennen.

»An den Zähnen werdet ihr sie erkennen«, dozierte Norbert, der meinen Blicken schweigend gefolgt war.

Ich nickte. Und würgte. »Entschuldige mich«, ächzte ich. Ich ließ ihn stehen und schlug mich seitwärts in die Büsche, um mich zu übergeben. Mein Mageninhalt klatschte auf den lehmigen Boden. Regen tropfte von den Zweigen auf meinen Kopf. Spinnweben kitzelten meine Nase. Ich bemerkte, wie ein kleiner Käfer auf das Erbrochene zu kroch. Es war, als würde ich plötzlich alles viel genauer wahrnehmen. Wie durch eine große Lupe. Auch meine anderen Sinne schienen mir geschärfter als sonst. Ich vernahm die gedämpften Stimmen, die vom Tatort her zu mir herüberdrangen. Ich roch die feuchte Waldluft und vermochte die verschiedenen Gerüche auseinanderzuhalten. Doch unter den Gerüchen des Waldes nahm ich den Gestank des Todes wahr.

Ich würgte erneut, aber diesmal kam nur noch Schleim. Mein Magen wand sich in Krämpfen. Ich ging auf die Knie und verfluchte mich dafür. Meine Jeans machte Bekanntschaft mit dem Boden. Die matschige Erde schien schmatzend nach dem Stoff zu schnappen und sich wie eine riesige Schnecke daran festzusaugen. Mit den Händen stützte ich mich ab. Sie fanden kaum Halt, versanken millimetertief in der feuchten Erde.

Etwas Spitzes bohrte sich in meinen linken Handteller. Ich unterdrückte einen Schrei und zog die Hand reflexartig zurück.

Ich wischte den Matsch ab und bemerkte eine fingergroße Wunde direkt dort, wo sich die M-Linien in meiner Hand kreuzten. Etwas Blut floss, aber nur ganz wenig. Die Wunde war nur oberflächlich.

Ich fragte mich, was für eine Art von Tier sich in der feuchten Erde aufhielt und zubiss, wenn man ihm zu nahe kam. Eine Schlange? Ein Maulwurf? Oder doch nur ein Insekt?

Oder war es etwas ganz anderes.

Der Schmerz war jedenfalls auszuhalten. Meine Neugier nicht.

Zumal sie half, gegen das Grauen anzugehen, das noch immer in mir tobte. Das war kein Tier! Ich musste kaum graben. Der Gegenstand war nur mit lockerer Erde bedeckt.

Es handelte sich um ein flaches Metallstück. Es war verrostet, etwa zehn Zentimeter lang und geformt wie ein Z. Es sah aus wie ein zu Eisen erstarrter Blitz. Die Enden hatten spitze Widerhaken. An einem davon war Blut zu erkennen. Dem hatte ich meine Wunde zu verdanken.

Vorsichtig packte ich das Gebilde mit Daumen und Zeigefinger. Das kalte Metall schien sich zu erwärmen, wurde plötzlich heißer und heißer. Ich kannte das Gefühl. Von früher. Ich hatte es lange nicht mehr gespürt. Die Dinge sprachen mit mir. Besonders, wenn Blut daran klebte. Ich war emphatisch.

Es erinnerte mich an einen der dunkelsten Momente in meiner Vergangenheit. Damals war ich mit meiner besonderen Gabe zu spät gekommen. Seitdem sprach ich nicht mehr von einer Gabe, sondern von einem Fluch.

Dennoch: Ich konnte nicht anders. Ich achtete nicht auf den Schmerz. Gleichzeitig hörte ich die Stimmen. Sie waren entfernt, aber dennoch konnte ich sie deutlich hören. Sie waren in meinem Kopf. Kehlige Laute in einer Sprache, die ich nicht kannte. Dann mischte sich der dumpfe Klang einer Trommel darunter. Eine Weile hörte ich zu, konzentrierte mich ganz darauf, bis ein Brandgeruch meine Nase kitzelte. Vor meinen Augen sah ich plötzlich ein Lagerfeuer entstehen. Ein großer Topf hing darüber. Eine mit Fell und Leder bekleidete Gestalt rührte mit einer riesigen Kelle darin herum. Im Hintergrund nahm ich weitere fellbekleidete Wesen wahr. Auch Tiere streunten hier herum. Riesige Hunde. Ein Säugling weinte.

Für einen Moment gab ich mich ganz diesen fremden Eindrücken hin. Sie waren in keiner Weise beängstigend. Doch dann änderte sich die Szenerie …

Ich hätte fast aufgeschrien. Stattdessen biss ich mir auf die Zunge und steckte das Metallstück hastig in die Sakkotasche.

Es geschah automatisch, ohne dass ich mir darüber Gedanken machte. Und ohne dass ich ein schlechtes Gewissen hatte.

Dann kroch ich zurück, spürte kaum die nassen Zweige, die über mein Gesicht fuhren wie Peitschen. Ich dachte kurz daran, mich zu säubern, aber wahrscheinlich war das sowieso zwecklos.

Wie ein geprügelter Hund schlich ich zu Norbert zurück.

»Du musst dich nicht schämen«, sagte er. »Das ist schon ein paar von uns heute so gegangen.« Ich war ihm dankbar für den

Trost. »Allerdings haben wir uns nicht im Matsch herumgewälzt«, grinste er, und dafür hätte ich ihn jetzt wieder erwürgen können. »Ich würde sagen, du gehst jetzt. Du hast genug Sherlock Holmes spielen dürfen, mein Lieber. Lass uns in Ruhe hier die Ermittlungen zu Ende führen. Wenn es sich bei dem Ermordeten wirklich um den Partner deines Cousins handelt, werden wir euch benachrichtigen. Kannst du überhaupt selbst fahren? Oder soll dich jemand nach Hause bringen?«

»Scheiße!«, entfuhr es mir. Ich hatte Luna erblickt. Die hatte ich ganz vergessen. Sie und Hasso hatten sich an den Rand eines Gebüsches zurückgezogen. Beide waren einander nach wie vor zugeneigt. Hasso besprang sie, und Luna ließ ihn gewähren.

Ich startete wie der Blitz und war im Nu bei ihnen. Hasso knurrte, aber da war sein Herrchen bereits an meiner Seite.

»Hasso, Platz!«, schrie er in einem Kommandoton, der jedem Bundeswehroffizier zur Ehre gereicht hätte.

Doch Hasso dachte gar nicht daran. Er setzte seine Bemühungen bei Luna fort.

»Rufen Sie endlich Ihren Köter zurück!«, schrie ich.

»Ihre läufige Hündin hat ihn doch erst scharfgemacht!«

Beide brüllten und schrien wir, bis wir es endlich geschafft hatten, die beiden zu trennen.

Norbert kam herbei. »Du solltest dein Glück nicht überstrapazieren«, riet er mir. Ich spürte, dass ihm nach wie vor nicht wohl war in seiner Haut.

»Wir verschwinden ja schon«, beruhigte ich ihn. »Allerdings frage ich mich die ganze Zeit, was hier wirklich vorgeht.«

Er sah mich wütend an. »Frag doch Steffi Klug! Anscheinend weiß die ganze Welt draußen mehr als wir!«

Er war eingeschnappt, und ich fragte mich, woran das lag.

»Wir sehen uns«, verabschiedete ich mich. Ich packte Luna, die noch immer Hasso im Blick hatte, dessen Zunge hechelnd heraushing, fester am Halsband und zog sie mit mir.

Da vernahm ich das Motorengeräusch. Auch die anderen stellten ihre Aktivitäten ein und standen plötzlich da wie erstarrt.

Norbert und ich sahen uns an.

»Sag mal, das ist doch nicht das Geräusch eines Autos, oder?«, wollte er wissen.

»Ich tippe auf Rasenmäher«, erwiderte ich.

Norbert atmete auf. »Dann bin ich beruhigt. Hätte mich auch gewundert, wenn die so schnell hier gewesen wären.«

»Die?«, bohrte ich nach.

»Vergiss es!«, fauchte er giftig. »Auf jeden Fall scheint da etwas im Anflug zu sein.«

»Vielleicht auch ein Laubsauger. Allerdings kommen die wohl eher im Herbst zum Einsatz.«

Das Geräusch schwoll an.

»Düsenflugzeug?«, tippte ich weiter. Jedenfalls hörte es sich fast genauso brachial an.

Doch was dann um die Ecke bog, übertraf selbst die Landung von grünen Marsmännchen. Dieses Ding war rot. Feuerrot.

Zunächst war nur eine Motorhaube zu erkennen. Sie wuchs und wuchs wie die Schnauze eines Krokodils. Als ich schon glaubte, dass sie nicht mehr länger werden konnte, tauchten dahinter eine Windschutzscheibe und ein winziges Cockpit auf. Wahrscheinlich war das Vehikel tatsächlich gerade erst gelandet, denn hinter dem Steuer saß eine Figur, die mich im ersten Moment an den roten Baron erinnerte. Jedenfalls trug sie eine lederne Mütze, wie die Flieger in den alten verrückten Filmen sie tragen.

Norbert und ich sahen uns ratlos an. Bevor wir jedoch reagieren konnten, stürzten bereits einige Beamte auf das rote Ungeheuer zu und umringten es.

Norberts Gesicht schwoll rot an. Das kam nicht oft vor.

Eigentlich hatte ich ihn nur einmal so erlebt: Das war an unserem freitäglichen Treffen vor Chilis Bratwurststand in Holzhausen. Beim besten Würstchenwender Lippes hatte er den Hals nicht vollgekriegt von Chilis Spezialsauce, die dieser auf Norberts besonderen Wunsch nicht mit handelsüblichem Ketchup gestreckt hatte. Damals war Norbert ebenfalls rot angelaufen, hatte nach Luft geschnappt und den Rest des Tages alles leergetrunken, was nur im Entferntesten nach Flüssigkeit ausgesehen hatte.

Nach Luft schnappte er jetzt nicht, also schien er ernsthaft wütend zu sein. Mit einem Satz: Ihm platzte bald der Kragen.

»Ich fürchte, ich weiß, wer das ist«, sagte ich kleinlaut.

»Wer? Wie?« Er hörte mir kaum zu.

»Es dürfte sich um Mr Dickens handeln«, erklärte ich. »Und tatsächlich lautet sein Name auch noch Oliver. Nach Oliver Twist. Sein zweiter Vorname ist Dylan.«

Jetzt erst schien Norbert zu registrieren, dass ich über den Ankömmling sprach.

»Du kennst diesen Typen?«

Ich nickte. »Nicht wirklich. Wir sehen uns heute zum ersten Mal. Aber die Gräfin hat mir ein altes Foto von ihm gezeigt. Er könnte es sein. Wer fährt hier schon einen feuerroten Morgan?«

Norbert sah mich fassungslos an: »Heißt das, ihr bekommt Nachwuchs für euer Irrenhaus?«

So liberal und aufgeschlossen Norbert auch war, ich wusste genau, was er über die Gräfin und Duffy dachte. Für sie waren es Verrückte. Bestenfalls Freigänger, die für eine befristete Zeit die unbescholtenen Bürger mit ihrem Spleen behelligen durften, bevor sie von den Männern in den weißen Kitteln wieder in ihr eigentliches Domizil geführt wurden.

»Hatte ich dir nicht erzählt, dass Oliver Dylan Dickens der Alleinerbe des alten Majors ist? Nach dem Tod des Majors sah es zunächst so aus, als wäre er, der als einziger Erbe gilt, wie vom Erdboden verschluckt. Der junge Dickens hatte die Adresse gewechselt wie andere ihre Unterhose. Schließlich hat man ihn doch ausfindig gemacht, und jetzt, so scheint's, ist er endlich da.«

»Spät, aber plötzlich.« Norbert verdrehte die Augen. »Lass mich mit dieser verrückten Sippe in Ruhe!«, schimpfte er. »Ich habe zurzeit andere Sorgen. Und jetzt werde ich mir diesen Störenfried erst einmal vorknöpfen!«

Bevor ich ihn aufhalten konnte, stiefelte er von dannen, zu dem Wagen hin. Seine Schuhe hinterließen tiefe Abdrücke in dem Matsch.

Ich seufzte. Eigentlich hatte ich mit dem Ganzen ja nichts zu tun. Es war eine gute Gelegenheit, sich aus dem Staub zu machen. Ich hatte nicht die geringste Lust, weiterhin Norberts schlechte Laune auszubaden. Andererseits war meine Neugier mal wieder größer.

Langsam folgte ich Norbert. Sollte der erst einmal die Lage klären.

Ich kam an dem Kopf vorbei. Noch immer schaukelte er leicht im Wind. Die kratertiefen Augenhöhlen schienen mich anzustarren. Der metallene Gegenstand, den die Zähne so krampfhaft umschlossen, erinnerte mich an etwas.

An das Fundstück in meiner Jackentasche.

Irgendwie kam ich nicht dazu, den Gedanken weiterzuverfolgen, denn ich hatte den roten Wagen bereits erreicht. Der Neuankömmling entstieg soeben seiner Rakete auf vier Rädern. Auch hierbei bediente er sich einer ganz und gar unorthodoxen Methode. Anstatt die Fahrertür zu öffnen, sprang er sportlich darüber hinweg und erwiderte höflich die alles andere als freundlich zu bezeichnenden Blicke der Polizeibeamten.

Er kam zwar nicht direkt vom Mars, wirkte aber dennoch

wie ein Fremdkörper im Teutoburger Wald. Außerdem war der Zeitpunkt seines Auftritts absolut unpassend.

Zumindest schien er einem anderen Zeitalter zu entstammen. Einem Zeitalter, in dem die Fahrer sich noch Automobilisten schimpften, in dem sie Lederkappen, Schutzbrillen und Overalls trugen.

Er schien die Polizisten um ihn herum entweder nicht zu sehen, oder er beachtete sie einfach nicht. Er schaute durch sie hindurch, hob theatralisch die Arme und rief: »*By Jove!*«

Ich war zu Norbert getreten. »Ist er das?«, flüsterte er mir zu.

Ich versuchte mich verzweifelt an die silbern eingerahmte verblichene Fotografie zu erinnern, die seit Jahr und Tag im Salon der Gräfin auf dem Sideboard stand. Oft genug hatte sie mir freudestrahlend die Familie des Majors gezeigt. Auf dem Foto war auch ein etwa zehnjähriger Knirps zu sehen. Mit roten Strubbelhaaren, Sommersprossen und einem Gesicht, als würde er den Fotografen am liebsten erwürgen.

»Kann sein«, gab ich zurück. »Kann aber auch nicht sein.«

»Verrückt genug ist er ja anscheinend. Er könnte in die Familie passen.«

Während wir noch diskutierten, ging der junge Mann weiter, ohne sich um den Kordon zu scheren, der sich um ihn gebildet hatte, und fuhr fort: »Eine Burg! Ein Königreich für eine Burg! Hier ist sie, hier bin ich zu Haus!«

Ich dachte, es sei nun höchste Zeit, einzuschreiten. Aber mein Freund Krause kam mir zuvor. Während seine Kollegen aus dem Staunen nicht mehr herauskamen, zeigte er eiserne Nerven.

»He, Sie!«, brüllte er. »Hier können Sie nicht so einfach herumspazieren! Dies ist ein Tatort!«

»Ein Tat... was?« Der seltsame Ankömmling starrte Krause fassungslos an. Jetzt griff auch Hasso ins Geschehen ein. Er besann sich auf seine Pflichten als Diensthund und fletschte die Zähne. Der junge Mann wich zwei Schritte zurück.

»Halten Sie diese Bestie zurück! Allmächtiger, ich glaube, ich bin in Baskerville gelandet.«

»Ausweis! Führerschein!«, schnarrte Krause.

Norbert legte ihm eine Hand auf die Schulter. »Lassen Sie mal gut sein. Der Mann ist offensichtlich nicht zurechnungsfähig.« Er seufzte. »Als hätten wir hier nicht schon Probleme genug.«

»Aber ist dies nicht die *Burgschenke Rübezahl*?«, fragte der Neuankömmling ungläubig.

»Sie müssen sich verlesen haben«, klärte ich ihn auf. »Das ist die Ruine Felsenburg. Zur Burgschenke müssen Sie noch ein ganzes Stück weiterfahren. Immer geradeaus und dann Richtung Bad Meinberg.«

Langsam klärte sich sein Blick. »Ich verstehe. Ich las nur das Wörtchen Burg und war vor Freude außer mir. Sie müssen wissen, dass ich zum ersten Mal hier in der Heimat meines Großonkels bin.«

»Ich weiß. Und ihr Name lautet Oliver Dylan Dickens.«

»Sind Sie Hellseher?«

»Nein, aber wenn ich mich nicht sehr täusche, wohnen wir zwei demnächst unter einem Dach. Ich bin ein ...« Ich überlegte, wie ich mich bezeichnen sollte. *Freund der Familie* kam mir etwas hochgegriffen vor. Duffy würde mich augenblicklich einen Hochstapler schimpfen, wenn er es erführe. Also stapelte ich lieber tief und fuhr fort: »... Mieter Ihres verstorbenen Großonkels. Außerdem haben Ihr verstorbener Großonkel und ich jeden Freitag eine Runde Schach gespielt. Ich wollte mich sowieso gerade verabschieden. Wenn Sie nichts dagegen haben, können Sie hinter mir her fahren, Mr Dickens.«

»Sagen Sie Ollie zu mir. Alle Welt nennt mich so.«

»Fein, also Ollie. Und jetzt lassen Sie uns gehen.«

Aber so schnell schien er sich nicht verabschieden zu wollen von diesem heimeligen Platz. »Warum ist die ganze Polizei hier?«, fragte er erstaunt, als würde er die Herren und Damen in Uniform erst jetzt wahrnehmen.

»Das erzählt Ihnen Herr Morgenstern auf der Rückfahrt«, erklärte Norbert und schob Ollie zu seinem Gefährt zurück. »Mr Dickens, dies ist ein Tatort, wir haben hier unsere Arbeit zu erledigen.«

Und keine Zeit für Spinner. Ich kannte Norbert. Er war kurz davor, zu platzen.

»Aber diese Burg ist fantastisch!«, schwärmte Ollie weiter. »Ich würde mich gerne noch umschauen.«

»Ein andermal, Ollie«, beruhigte ich ihn. »Ein andermal wird es schon klappen. Und seien Sie froh, dass es sich nicht um Ihre Burg handelt. Schließlich sind es nur Ruinen, die Sie sehen. Ihr neues Domizil ist da von ganz anderem Kaliber.«

Ich bugsierte ihn wieder in sein knallrotes raketenförmiges Gefährt. »Warten Sie unten auf mich. Ich komme sofort nach.«

»Warum steigen Sie nicht ein?«

War es Vorsicht? War es Misstrauen einem Fremden gegenüber? Oder war es gar pure Angst? Ich entzog mich einer detaillierten Analyse und winkte ihm nur zu.

Verständigen konnte man sich sowieso nicht mehr, weil er inzwischen wieder den Motor gestartet hatte. Er legte den Rückwärtsgang so hart ein, dass ich zusammenzuckte.

»Grüße ans Getriebe!«, brüllte ich. Keine Ahnung, was er verstand, aber er lächelte freundlich.

Ruckweise zog sich die Schnauze, die sich so keck um die Ecke gewunden hatte, wieder zurück. Die Raketentriebwerke wummerten weiter vor sich hin, wurden aber mit jeder Kurve erträglicher.

»Er *ist* verrückt, nicht wahr?«, sagte Norbert.

»Ich werde es herausfinden«, versprach ich. »Mach du mal schön hier deine Arbeit weiter.«

Als ich mit Luna endlich wieder unten an der Straße ankam, wusste ich plötzlich, warum die ganze Polizeimeute einschließlich Norbert so übernervös reagiert hatte.

Die Herren fuhren mit einer schwarzen Mercedes-Limousine vor. Die Scheiben waren verdunkelt, sodass man dahinter nur Schatten erkennen konnte. Dennoch wäre ich jede Wette eingegangen, dass die Insassen Sonnenbrillen trugen.

Dabei schien die Sonne gar nicht. Nach wie vor ging ein leichter Nieselregen über das Lipperland nieder.

In dem Mercedes hätten auch Mitglieder der Mafia sitzen können. Oder ein Politiker, der sich mal einen Tatort in echt anschauen wollte. Ich wusste es besser:

Das BKA war angereist. Ich erkannte es am Nummernschild. Ein Wiesbadener Kennzeichen. Das waren keine Touristen.

Ganz schön schnell, dachte ich. Wer hatte sie derart rasch hierher beordert? Und aus welchem Grund?

Normalerweise, wenn ein rechtsradikales Motiv im Spiel war, wäre zunächst einmal der Bielefelder Staatsschutz informiert worden ...

Ollies Morgan parkte am Straßenrand. Der Jungspund winkte mir aus dem Wagen heraus fröhlich zu. Ich fand es zu affig, zurückzuwinken. Also setzte ich mich in Bewegung und ging zu ihm.

»Da sind Sie ja«, sagte er. »Am besten, Sie fahren voraus, dann verfahre ich mich auch nicht wieder.« Er zwinkerte mir zu. Ich verstand nicht, wie er sich hatte derart verfahren können. Nun ja, er war nicht von hier.

»Einverstanden«, sagte ich.

»Verzeihen Sie, aber es war alles sehr anstrengend für mich.«

Er fuhr sich mit der Hand über die Augen. »Ich bin Nonstop hierher gefahren, sofort als ich die Nachricht bekam. Ich habe mich in meinen Wagen gesetzt, bin durch den Channel hindurch und – schwupps – war ich hier.«

Besagte Nachricht hatte die Gräfin bereits vor vier Wochen abgeschickt. Dennoch, wie er so dastand und wie ein Häufchen Elend auf meine harsche Antwort reagiert hatte, regte sich bei mir das schlechte Gewissen. Vielleicht war er ja doch so unbedarft, wie er tat.

»Oben an der Ruine hat sich etwas Schreckliches ereignet. Ein Mord.«

»Allmächtiger!«

»Ja, der kann jetzt auch nicht mehr helfen. Jedenfalls sollten wir der Gräfin zunächst nichts davon erzählen. Sie regt sich immer schrecklich auf.«

Ollie nickte eifrig. »Ich verstehe.«

»Ich fürchte, Sie sind sich des Ernsts der Lage nicht ganz bewusst.«

Eine Polizeisirene war zu hören. Sie näherte sich aus Detmolder Richtung. Wahrscheinlich würde es hier bald vor Schaulustigen wimmeln. Dennoch war es wichtig, dass Ollie kapierte, dass er den Mund halten sollte. »Als der Major, also Ihr Großonkel, vor einem Monat starb, erlitt die Gräfin einen Nervenzusammenbruch. Wir mussten sie in eine Nervenklinik einweisen lassen. Sie ist erst vor ein paar Tagen wieder entlassen worden. Allein die freudige Aussicht, dass Sie kommen würden, hat die Genesung bewirkt. Nach wie vor ist ihr Zustand jedoch sehr labil, verstehen Sie?«

Ollie nickte eifrig. »Sie darf nicht erfahren, dass dort oben ein Kopf gefunden wurde?«

Ich musste schlucken. »Und woher wissen Sie das?«

»Aus den Nachrichten.«

Ich war baff. Anscheinend war der junge Mann doch cleverer, als ich dachte. Er hatte die ganze Zeit gewusst, was an der Falkenburg ablief! Einmal mehr hätte ich Steffi Klug den Hals umdrehen können. Das wäre zwar ungerecht, denn eigentlich war sie ja nur die Überbringerin der schlechten Nachricht. Aber an irgendjemandem musste ich meine miese Laune auslassen. Leider war nur Ollie in meiner Nähe.

»Sie haben geblufft!«, sagte ich verärgert.

»Na ja, immerhin war ich nicht neugieriger als Sie«, gab er grinsend zurück. »Ich habe einen Polizeiwagen dort hochfahren gesehen, also bin ich ihm gefolgt, weil ich neugierig war. Und was hat Sie dorthin getrieben?«

»Reiner Zufall«, log ich. Mittlerweile hatte der Polizeiwagen uns erreicht. Es handelte sich um einen VW-Bus. Der Bus bremste mit quietschenden Reifen ab und kam schräg zum Stehen. Hollywoodreif, dachte ich. Jedenfalls war der Weg zur Ruine hinauf versperrt. Die Türen öffneten sich, und ein Rudel Bereitschaftsbeamter sprang heraus. Wahrscheinlich aus Bielefeld. Sie waren martialisch ausgestattet, und unter den Helmen schauten sie grimmig drein. Sie fächerten sich auf, sodass jetzt wirklich kein Durchkommen mehr möglich war.

Wohl keinen Moment zu früh, denn in dem Moment kam eine regelrechte Auto-Karawane herangeprescht. Neugierige, Schaulustige, unter ihnen wahrscheinlich auch Reporter. Ich fragte mich, warum sie erst jetzt kamen. Wahrscheinlich hatte man die Straße zuvor gesperrt.

»Was haben Sie hier zu suchen?«, fuhr mich einer der Uniformierten an.

»Ich habe mir nur ein wenig die Füße vertreten«, erwiderte ich. »Mein Hund musste Gassi.«

»Besser, Ihr Hund kackt woanders. Hier ist dicke Luft, verstehen Sie.«

Ich nickte. »Wir hatten sowieso gerade vor, zu fahren, nicht wahr, Ollie?«

Doch dieser erwies sich plötzlich als überaus widerborstig. »Dies ist ein freies Land, für das mein Vater und mein Urgroßvater im Krieg ihre Gesundheit und ihr Leben aufs Spiel gesetzt haben. Niemals wird ein Dickens purer autoritärer Staatsgewalt weichen!«

»Kommt mal her!«, rief der Uniformierte. »Hier ist so ein Spinner, der uns irgendwas vom Krieg erzählen will.«

»Lassen Sie es gut sein«, flüsterte ich Ollie zu. »Denken Sie an die Gräfin!«

»Eben«, erwiderte Ollie. »Sie würde sich schämen, wenn Sie erführe, dass wir uns diesen Ton gefallen ließen. Aber bitte, Sie können gerne schon mal fahren.«

Die anderen Polizeibeamten waren inzwischen bedrohlich näher gekommen. Einen davon erkannte ich. Es war der Sohn eines der Bauern in der Nachbarschaft. Toni Rippenstruth.

Ich nickte ihm freundlich zu. Er dagegen gab noch nicht einmal durch ein Blinzeln zu erkennen, dass er wusste, wer ich war. Vielleicht hatte er es auch in dem Moment vergessen, als er sich für den Polizeidienst entschieden und eine Uniform angezogen hatte.

Rasch trat ich zu ihm und streckte die Hand aus. Eine Geste, der er eigentlich nicht widerstehen konnte. »Mensch, Toni, schön dich zu sehen.«

Seine Rechte zuckte, aber er unterdrückte offenbar den Reflex, einzuschlagen. Hinter mir hörte ich, wie Ollie und sein Widersacher sich in einen eifrigen Disput über Diktaturen verloren.

»Wir wollten sowieso gerade gehen«, erklärte ich. »Was ist denn überhaupt los hier?«

»Darf ich nicht sagen. Nachrichtensperre«, gab er harsch zurück.

»Na toll, da möchte ich nicht wissen, was hier los ist, wenn ihr keine Nachrichtensperre verhängt.«

Ich sprintete zu meinem Volvo, ließ zunächst Luna den Vortritt, stieg dann selbst ein, startete den Motor und winkte Norbert noch einmal zu. Der tat so, als würde er mich nicht sehen. Dann gab ich Gas. Im Rückspiegel vergewisserte ich mich, dass Ollie mir folgte.

Ansonsten war niemand in Richtung Detmold unterwegs. Dafür wurde der Verkehr in umgekehrter Richtung immer dichter. Diesmal waren die Wochenendausflügler eindeutig in der Minderzahl, während die Einheimischen in Richtung Falkenburg unterwegs waren. Anscheinend hatte es sich inzwischen herumgesprochen, was hier los war.

Ich schaltete das Radio ein. Die Nachrichten hatten gerade begonnen. Diesmal hielt Steffi Klug den Mund, was den Mord betraf. Offensichtlich hatte sich die Nachrichtensperre inzwischen sogar bis zu ihr herumgesprochen. Braves Mädchen!

Ich folgte der kurvenreichen Straße Richtung Heiligenkirchen und bog an der L 828 ab.

Ollie blieb dicht hinter mir. Schließlich drosselte ich die Geschwindigkeit und bog in einen Feldweg ab. Man musste schon sehr genau hinsehen, um die Schrift auf dem verwitterten Hinweisschild entziffern zu können. *Burgschenke Rübezahl* hatte einst ein Meister seiner Kunst in hölzernen Lettern hineingeschnitzt. Mit dem Riesen aus dem Erzgebirge hatte der Name allerdings nichts gemein. Es handelte sich um ein Wortspiel, da der Rübenanbau in dieser Gegend eine nicht unbedeutende Rolle spielte. Bei nicht wenigen Rübenbauern hing noch das Geschirrtuch, auf das Mutti die passenden Reime gestickt hatte:

Eine Rübe ist so schlecht wie keine,
von zweien ganz zu schweigen,
drei tanzen dir den Hungerreigen
bei vieren kommt der Hunger von alleine ...

Der Pfad war mehr eine Piste voller Schlaglöcher. Ich spürte sie schon kaum mehr. Sogar nachts und ohne Beleuchtung wusste ich die schlimmsten davon vorsichtig zu umschiffen. Mit fast diebischer Freude versuchte ich mir auszumalen, was Ollie soeben in seinem Morgan durchlebte. Soweit ich wusste, pflegte der Hersteller die »traditionelle Bauweise« zu loben. Dies bedeutete, dass sich seit dem Krieg nicht viel verändert hatte. Zumindest nicht, was den Komfort betraf. Irgendwo hatte ich mal etwas von »rustikaler Federung« gelesen. Seit mich ein Kollege, der ebenfalls Morgan-Liebhaber war, einmal auf eine Ausfahrt mitgenommen hatte, wusste ich, was das hieß: Man wurde munter hin und her geworfen und kam sich vor wie in einem dieser Minigefährte in der Geisterbahn, die über hölzerne Schienen ruckelten. Wie der Kollege mir später stolz versicherte, folgte die Vorderradaufhängung immer noch der gleichen Konstruktion, wie sie sich bereits seit 1908 bei den Morgan-Dreirädern bewährt hatte.

Ollie schien zwar hart im Nehmen, aber sein Morgan nicht. Er blieb sichtlich zurück. Das passte mir ganz gut; umso weniger musste ich nachher irgendwelche Erklärungen abgeben. Ich hatte sowieso keine Lust, bei der großen Familienzusammenführung dabei zu sein. Verfahren konnte sich mein Schützling jedenfalls nicht mehr. Der Weg führte direkt zum Ziel.

Ich erreichte den Hof lange vor ihm, stellte den Wagen ab und ließ Luna an die frische Luft. Jetzt musste ich nur noch an Duffy und der Gräfin vorbei …

Doch ich hatte mir zu früh Hoffnungen gemacht. Kaum hatte ich den Wagen abgeschlossen, kam die Gräfin auch schon mit hoch erhobenen Armen herausgestürzt.

»Moritz, haben Sie das gehört? Es ist schrecklich!«

Sie trug über ihrem Nachtgepolter nach wie vor einen Schlafrock und wirkte ein wenig gespenstisch. Ihr Gesicht war weiß, allerdings wohl nicht vor Schreck, sondern weil es vom Vorabend immer noch nicht abgeschminkt worden war. Die Gräfin besaß mehr Tiegel, Cremedosen und Tuben gegen Falten und sonstige Spuren des Alters als irgendjemand sonst, den ich kannte. Nicht dass es etwas helfen würde. Die Jahre hatten sich in ihr Gesicht gezeichnet wie tiefe Kraterrisse.

Wie alt sie wirklich war, verriet sie keinem. Manchmal verglich ich sie insgeheim mit der unvergessenen Agnes Windeck. Die war in den von mir heißgeliebten Edgar Wallace-Streifen schon an die siebzig gewesen. Die Gräfin war jünger.

Und eigentlich war sie gar keine richtige Gräfin. Die Gräfin war noch nicht einmal eine von und zu. Ihr Name war Lisa Maier. In der Schule wurde sie nur Lieschen genannt. Nicht Lieschen Müller, nein, Lieschen Maier. Der permanente Mangel an Respekt, was ihren Namen betraf, muss sie in ihrer zur Schau getragenen Rolle als Tochter aus bestem Hause bestärkt haben. Mit zehn Jahren, so hatte mir eine ihrer Freundinnen aus dem Landfrauenclub verraten, ließ sie sich nur Elisabeth nennen – nicht nach Elisabeth II., die da noch gar nicht den Thron bestiegen hatte, sondern nach Elisabeth I., auch »die jungfräuliche Königin« genannt. Jeder, der die Gräfin fortan Lieschen nannte, bekam eine blutige Nase verpasst. So weit die Historie.

Alle, bis auf Duffy, nannten sie allerdings nur: die Gräfin. Sie hatte eine derart aristokratische – manche behaupteten: herrschaftliche, noch bösere Zungen: herrische – Art, dass sie quasi den Archetyp dieses Titels darstellte. Und wer, so fragte ich mich immer wieder, hielt sich in diesen Zeiten noch einen Butler? Wenngleich Duffy eher der Butler des Majors gewesen und stillschweigend in ihre Dienste übergewechselt war.

Es hieß, dass sie und der Major in jüngeren Jahren eine leidenschaftliche Liaison gehabt hätten, deren Feuer jedoch schneller erlosch, als es entflammt war. Man munkelte, dies hätte mit einigen esoterisch anmutenden Gepflogenheiten des Majors zu tun gehabt. So glaubte er – typisch britisch – bis ins hohe Alter an Ufos. Er war überzeugt, dass sämtliche Regierungen dieser Welt von Außerirdischen unterwandert seien. Sich selbst sah er als höchst gefährdetes potenzielles Kidnapping-Opfer. Aus diesem Grunde pflegte er, bevor er sich zu Bett begab, bestimmte Rituale abzuhalten. Niemals gelangten Einzelheiten darüber nach draußen. Doch die Gräfin schien bereits in der ersten Nacht darüber derart entsetzt zu sein, dass sie damals die Konsequenzen zog und sich jeglichen körperlichen Kontakten mit dem Major fortan verweigerte. Zu seinem großen Kummer. Es wird das Zitat überliefert:

»Wenn Sie mein Liebhaber wären, würde ich Ihren Tee vergiften!«

»Wenn Sie meine Frau werden«, antwortete der Major, »würde ich ihn trinken.«

Die beiden wurden niemals ein Paar, aber zumindest konnte der Major die Gräfin erweichen, als eine Art Hausvorsteherin mit ihm unter einem Dach zu leben.

Das Ganze war dreißig Jahre her.

Insofern war Ollie auch nicht wirklich mit ihr verwandt. Und dennoch gehörte sie zur Familie.

Duffy buckelte besorgt an ihrer Seite, ließ sie nicht aus den Augen und schien jeden Moment damit zu rechnen, dass sie einen Herzanfall bekam. Vor lauter Sorge vergaß er einmal mehr, dass er ein Kaugummi im Mund hatte. Er kaute wie besessen, sodass ich schon fürchtete, er würde im nächsten Moment eine Blase erzeugen.

Die Gräfin warf ihm einen missbilligenden Blick zu. Ich wusste, wie sehr sie sein Laster hasste. Aber jetzt war wohl nicht der richtige Zeitpunkt, ihn zu tadeln.

»Es ist ein Mord passiert!«

Ich war bei ihr angekommen, und sie sank mir in die Arme. »Eine fürchterliche, entsetzliche Tat.«

»Woher wissen Sie das?«, fragte ich vorsichtig und ließ sie wieder los.

»Ihr Vetter Armin hat angerufen«, erwiderte sie mit erstaunlich gefasster Stimme. »Er wollte Sie sprechen. Sein Freund ist doch seit einigen Tagen verschwunden, und er glaubt, dass man ihn jetzt gefunden hat.«

Sie schniefte. Duffy reichte ihr ein blütenweißes Taschentuch, das er vorsorglich immer bei sich trug. »Sie hätten es im Radio durchgegeben«, fuhr sie fort. Dann sah sie mich mit festem Blick an. »Sie kennen sich doch aus mit Mördern. Außerdem ist der Ludwig doch der Freund Ihres Vetters. Sie müssen sich sofort vergewissern gehen!«

Das klang wie ein Befehl.

»Die Polizei wird sich schon darum kümmern«, versuchte ich sie zu beruhigen.

Zum Glück kündigte sich plötzlich mit ohrenbetäubendem Lärm die Landung eines Düsenjägers an. Es handelte sich um Ollie.

Der Morgan bremste nur wenige Zentimeter vor unseren Füßen. Das Motorengeräusch endete in mehren explosionsartigen Eruptionen. Dann endlich kehrte Ruhe ein.

Heraus sprang ein putzmunterer Oliver Dylan Dickens.

»Tante Liza!«, rief er erfreut.

Dafür, dass er sie noch niemals im Leben gesehen hatte und sie in Wirklichkeit auch nicht seine Tante war, hätte man sich solch eine Begrüßung herzlicher nicht vorstellen können. Abgesehen von dem kleinen Schönheitsfehler, dass er sie nicht Lisa, sondern Liza nannte. Aber das war ihm anscheinend verziehen.

Die Gräfin stand mit offenem Mund da und begriff offenbar erst einmal gar nichts. Dann jedoch wandelte sich ihre Miene. Ein glückseliger Ausdruck zog über ihr Gesicht. Sie schien weit entrückt. In diesem Zustand hatte ich sie noch nie gesehen.

»Es ist der Herr Dickens! Mein Herr Dickens!«, rief sie schließlich verzückt.

»Nennen Sie mich Ollie, Tante Liza!«

Ich hatte das ungute Gefühl, dass die Wiedersehensfreude bald getrübt werden würde.

Ich konnte noch nicht einmal sagen, warum.

Aber meine Ahnung sollte sich schneller bestätigen, als mir lieb war.

3.

Mein Vetter Armin Novotzki war Öko-Bauer. Gemeinsam mit seinem Kumpel Ludwig hatte er hier in Lippe vor zwanzig Jahren eine Art spätkapitalistische Hippie-Kommune gegründet. Anfang der Neunzigerjahre waren Themen wie Ökologie, Landkommunen und freie Liebe selbst in Berlin derart out gewesen, dass die beiden überzeugt waren, allein in Lippe ihren Traum von Freiheit und Selbstverwirklichung wahr werden lassen zu können. Mit nichts als ihren Musikinstrumenten, zwei Groupies und einem Koffer voller Stoff gelangten sie bis nach Berlebeck.

Ein alter Einsiedler namens Bietenstüvel hatte Mitleid mit ihnen, als sie völlig durchnässt und halb verhungert bei ihm anklopften und um Obdach baten. Er ließ sie herein, teilte den Steckrübeneintopf mit ihnen und bot ihnen ein Dach über dem Kopf an.

Die beiden Auswanderer waren gerührt ob solcher Mildtätigkeit und ließen sich häuslich nieder. Zumal dem einen, Ludwig, in einer Vision, wie er später behauptete, Hermann der Cherusker leibhaftig erschienen war und ihn zu seiner Entscheidung beglückwünschte. Und immerhin hieß ja einer der beiden Neuankömmlinge Armin. Aus dem lateinischen Arminius, der die Römer besiegt hatte, war im Laufe der Jahrhunderte aus unerfindlichen Gründen ein deutscher Hermann geworden

Leider hatten sich die beiden Aussiedler zuvor nicht allzu kundig gemacht, was gewisse Eigenschaften der lippischen Eingeborenen betraf. Eine davon ist die konsequente Verfolgung eines Prinzips, das die Auswärtigen in Unkenntnis der Sachlage als Geiz bezeichnen. Der Lipper spricht von Sparsamkeit. Seit Generationen ist er dazu erzogen worden. So ist der Lipper zwar durchaus gastfreundlich, erwartet aber dafür einen Obolus.

Weder Armin noch Ludwig hatten damals auch nur einen Pfennig in der Tasche. Beide waren sie klamm wie Scheunenmäuse. Für Cannabis war der alte Bietenstüvel nicht mehr zu haben. Mit der Idee, dass die beiden Groupies, Ingrid und Petra, quasi in die Bresche springen würden, konnte sich Bietenstüvel indes zunächst anfreunden. Es muss meinem Vetter und auch Ludwig zugutegehalten werden, dass die Groupies sich aus freien Stücken opferten, wenngleich Armin sie zuvor rhetorisch in den Schwitzkasten genommen hatte: Freie Liebe, das hieße eben auch, mal über die eigenen Befindlichkeiten hinwegzusehen, sämtliche spießbürgerlichen Ansichten eines sowieso schwer zu definierenden Schönheitsideals über Bord zu werfen und die eigenen Grenzen zu erforschen.

Die beiden Damen waren also gebrieft, Bietenstüvel selbst war, wie gesagt, nicht abgeneigt, sich auf den Naturaliendeal einzulassen. An besagtem Abend wartete er, zu allem bereit, in seinem Bett – nur angetan mit einer Schlafmütze, ohne die er sich nackt vorgekommen wäre. Er trug sie winters wie sommers, denn das Schlafzimmer wurde selbstverständlich niemals geheizt. Sogar im Sommer war es kühl wie in einer Kältekammer, da die hintere Wand direkt in den Berg hineingebaut worden war.

Ingrid und Petra hatten sich indes mit etwas Cannabis in Stimmung gebracht. Nur unter diesen Umständen ist das Folgende nachzuvollziehen:

Trotz ihrer vereinten Bemühungen verlief die Sache zunächst schlapp. Bietenstüvel litt an einer Durchblutungsstörung, die man später, als die Geschichte im ganzen Kreis bekannt wurde,

Berlebecker Hänger nannte. Man muss Bietenstüvel jedoch zugutehalten, dass er damals die achtzig schon überschritten hatte. Ingrid und Petra sahen sich in ihrer Ehre herausgefordert. Die eine, Ingrid, hatte angeblich Anfang der Siebziger bereits eine Affäre mit dem Sänger der Band Ton, Steine, Scherben gehabt – und der war bekanntlich eher dem eigenen Geschlecht zugeneigt gewesen.

Wie dem auch sei, der Hänger blieb, wo er war, horizontal.

Es war später nicht mehr festzustellen, welche der Damen auf die Idee kam, aus der Not- zumindest eine Schieflage zu machen, indem sie dem alten Burschen ein paar Ecstasy-Pillen verabreichte. Die waren schon damals zwar nicht mehr in der Erprobungsphase, aber da sich das deutsche Betäubungsmittelgesetz auch heute noch im Wesentlichen auf chemische Inhaltsstoffe von Rauschmitteln bezieht, war damals vieles im Umlauf, was noch halbwegs legal war, wenn es nur genügend unbekannte Kräuter enthielt.

Ich habe nie das Bedürfnis verspürt, mich der schlafentzugshemmenden Wirkung dieser Droge zu vergewissern, doch man sagt ihr eine Wirkdauer von fünf bis sechs Stunden nach.

Bietenstüvel schluckte nicht eine Pille. Sondern drei. Zum Glück nicht alle auf einmal, sondern hintereinander. Er selbst behauptete später, geflogen und zwei Engeln begegnet zu sein. Die hätten ihm das Paradies gezeigt.

Jedenfalls, so richtig erholt hat er sich nie mehr davon. Nach Beendigung der Flugstunde setzte seine Atmung aus. Der von Ingrid und Petra rasch herbeigerufene Arzt war zwar in erster Linie Tierarzt, konnte aber einen Schlaganfall als solchen erkennen und behandeln.

Bietenstüvel war von da an auf einen Rollstuhl angewiesen. Sein Körper war nicht mehr in der Lage, die harte Feldarbeit zu erledigen. Also schlugen Ludwig und mein Vetter ihm vor, diese für ihn zu übernehmen. Außerdem versprachen sie, ihn bis zu seinem – hoffentlich noch in recht ferner Zukunft liegenden – Ende zu pflegen, zu hegen und ihn zu umsorgen. Sie verlangten nicht viel dafür: nur dass er ihnen im Falle seines Todes das Anwesen überschrieb.

Bietenstüvel hatte zwar keine Erben, aber ich vermute, er ließ sich auf diesen Deal nur ein, weil nicht nur sein Körper, sondern auch sein Geist seitdem gelitten hatte.

Die Sache wurde nie aktenkundig, sprach sich aber, wie gesagt, herum, sodass die Kommune rasch Zulauf von experimentierfreudigen Anhängern der freien Liebe erhielt.

Meine Gedanken konzentrierten sich wieder auf die Gegenwart. Als ich den Hof erreichte, schallte mir das Geheul einer Horde Wölfe entgegen. Aber es waren keine Wölfe.

Ich traf Armin dabei an, wie er die Meute fütterte. Auf dem ganzen Bio-Hof wurde kein einziges Nutztier gehalten, noch nicht einmal ein Kater. Dafür war Armins und Ludwigs Hobby das Züchten von Schlittenhunden. Es war ein seltsamer, aber dennoch inzwischen gewohnter Anblick, wenn einer der beiden sein Schlittengespann durch die lippischen Auen lenkte – vor allen Dingen im Sommer, wenn sie statt der Kufen Räder unter den Schlitten montiert hatten.

Armin warf die letzten Fleischbrocken in den Zwinger, bevor er langsam in meine Richtung gestiefelt kam. Er war inzwischen Mitte fünfzig, aber immer noch drahtig und schlank. Der beige, leinene Arbeitsanzug schlotterte um seinen Körper. Sein hellblondes Haar trug er zu einem Pferdeschwanz gebändigt. Sein wettergegerbtes Gesicht erinnerte an einen weisen Adler.

»Und?«, fragte er. Kurz und knapp, wie es seine Art war.

»Ich glaube, er ist es. War nicht genau zu erkennen. Man hat nur den Kopf gefunden. Hier gibt's eine Menge Raubvögel.«

»Verstehe.«

Er griff in seine Brusttasche und holte einen Tabakbeutel

hervor. Routiniert und ohne einmal hinzusehen, drehte er sich eine Zigarette.

»Entweder finden sie den Körper oder – es gibt heute so einige Methoden, einen Toten zu identifizieren.«

»Die Zähne. Meistens erkennt man sie an den Zähnen.«

Dann schwieg er eine Weile. Ich ließ ihm Zeit, den Tod seines Freundes zu verarbeiten. Armin schien seine Gedanken auf eine lange Reise zu schicken – einmal rund ums Universum.

»Lass uns ins Haus gehen«, sagte er schließlich. Er drehte sich um und schritt voran. Ich konnte ihm folgen oder es sein lassen.

Doch sein Schweigen machte mich neugieriger, als ich zugeben wollte. Auch wenn er vielleicht nur jemanden suchte, mit dem er das Schweigen teilen konnte.

Das Innere des Hauses, das einst Bietenstüvel gehörte, hatte sich in den letzten zwanzig Jahren nicht verändert. Die beiden selbst ernannten Nachfolger hatten damals im Sinne echten Hippietums sämtliches Mobiliar übernommen und einfach bunt angepinselt. Es roch nach geräuchertem Schinken und Kräutern.

Wenn ich nicht gewusst hätte, dass sie irgendwann ausgezogen waren, ich hätte mich nicht gewundert, wenn Ingrid und Petra plötzlich aus irgendeiner Ecke hervorgetreten wären.

Sogar Armins Eierwärmer-Sammlung war noch da. Er hatte sie selbst gehäkelt. Damals, in den späten Siebzigern war es gang und gäbe, dass Männer zum Strickzeug oder Häkelzeug gegriffen haben. Ich hatte Armin nie häkeln sehen. Und doch waren im Laufe der Zeit weitere gehäkelte Eierwärmer dazugekommen. Zum Glück war er nie auf die Idee gekommen, mir welche zum Geburtstag oder zu Weihnachten zu schenken!

Armin bat mich, Platz zu nehmen, indem er wortlos auf eine verflohte Couch wies.

»Was ist eigentlich aus den beiden geworden?«, fragte ich, noch immer in Gedanken bei den beiden Exgroupies.

»Häh?« Mein Gegenüber sah mich begriffsstutzig an.

»Ingrid und Petra?«

»Hast du sie getroffen?«

»Nein, aber an sie gedacht.«

»Ach so. Die sind in Berlin.«

Bedeutungsschwangere Pause.

»Tee?«

»Gern.«

Umständlich füllte er einen Kessel mit Wasser und setzte ihn auf den altertümlichen Ofen. Es gab keine Heizung, keinen Elektro- oder Gasherd. Hier war die Zeit stehen geblieben. Winters wie sommers bildete der riesige Kohleofen die einzige Wärmequelle.

Während er einige Teelöffel mit Kräutern abzählte, sagte er: »Ingrid hat einen Fußballer geheiratet. Arminia Bielefeld. Wurde später eine große Nummer.«

Während ich mich noch fragte, ob er Ingrid oder den Fußballer meinte, fuhr er fort: »In der Nationalmannschaft.«

»Also die typische Spielerfrau. Komisch, ich kenne sie ja nur vom Hörensagen, habe sie mir aber tatsächlich immer blond vorgestellt.«

»Sie war rothaarig. Petra war blond. Zumindest, wenn mich meine Erinnerung nicht täuscht.« Anscheinend taute er auf. Er rang sich sogar ein kleines Lächeln ab. »Tja, das waren Zeiten damals. Als ich und Ludwig mit den Underdogs die Berliner Kneipen unsicher machten und die Leute nach unseren Songs auf die Barrikaden gingen.«

Ich kannte die alten Geschichten auswendig. Schlimmer wurde es, wenn auch noch Ludwig dabei war, die beiden eine Flasche Wippermann geleert hatten und sie zu ihren Instrumenten griffen. Spätestens dann setzte ich jedes Mal zur Flucht an.

Während Armin sich schweigend auf die Teezubereitung konzentrierte, kam mir plötzlich ein Gedanke.

»Kann es sein, dass Ludwigs Verschwinden mit seiner Vergangenheit zusammenhängt?«

Armin dachte nach. Das konnte lange bei ihm dauern. Manchmal sogar unendlich lange. So unendlich lange, dass man die Frage schon wieder vergessen hatte.

Armin hantierte mit dem Teegeschirr. Er tat es geschickt. Seine Hände zitterten kaum. Normalerweise zitterten sie gar nicht.

»Wie meinst du das?«, fragte er nach einer gefühlten Ewigkeit.

»Na ja, du hast es selbst gerade erzählt. Ihr habt euch damals am äußersten Rand der linken Szene bewegt. Könnte es da nicht sein, dass irgendein rechter Hitzkopf auf eure Vergangenheit gestoßen ist und seinen politischen Eifer an Ludwig auslässt?«

Diesmal zitterte er heftiger. So heftig, dass der Tee in der Tasse überschwappte und er sich die Finger verbrühte.

Anscheinend hatte ich buchstäblich ins Schwarze getroffen.

Armin wandte sich um, ohne ein Wort zu sagen, und ging hinaus. Geduldig wartete ich auf ihn. Bei Armin wusste man nie, wie lange etwas dauerte. Ein paar Sekunden? Ein paar Minuten? Eine Stunde? Manchmal verging eine Ewigkeit, bis er sich gefunden oder eine Sache erledigt hatte. Oder bis er eine Antwort gab.

Ich ließ unterdessen meine Gedanken schweifen und erinnerte mich, dass Armin und Ludwig mich einmal am Straßenrand aufgelesen hatten, weil mein Volvo liegen geblieben war. Mir war das Benzin ausgegangen. Die beiden versprachen, an der nächsten Tanke neuen Sprit zu besorgen und mir zu bringen. Sie hatten nicht gesagt, wann sie wiederkommen würden.

An jenem Tag jedenfalls kamen sie nicht mehr.

Ich hatte einige Stunden gewartet, bevor mich ein freundlicher Lkw-Fahrer mit Nachschub für meinen Diesel versorgte. Später erfuhr ich, dass die beiden weder Geld noch Scheckkarte dabeigehabt hatten. Also waren sie nach Hause gefahren. Und irgendwann hatten sie mich schlichtweg vergessen.

Ich wartete zehn Minuten, bis mich die Geduld verließ. Doch in derselben Sekunde, in der ich aufsprang, kam Armin zurück. In der Hand trug er einen Stapel Zettel. Er warf sie auf den Tisch, sodass sie sich darauf verteilten. Interessiert beugte ich mich darüber. Es gab tatsächlich noch Zeitgenossen, die sich die Mühe machten, auf umständlichste Weise Buchstaben aus der Zeitung zu schneiden und diese auf ein Blatt Papier zu kleben.

Nicht willkürlich, sondern so, dass sie, neu angeordnet, einen neuen Sinn ergaben.

TOD DEN LANDESVERRÄTERN – LIPPISCHE BÜRGER GEGEN ANARCHOS.

Oder auch: GEGEN FREMDE RASSEN – ZÜCHTET LIEBER DEUTSCHE SCHÄFERHUNDE!

Ich ließ die Pamphlete eine Zeit lang auf mich wirken. Dann wagte ich eine erste vorsichtige Analyse: »Die haben euch verwechselt!«

Armin schüttelte den Kopf, während er sich eine weitere Selbstgedrehte ansteckte.

»Dann hat sich jemand einen Scherz mit euch erlaubt.«

»Dachten wir zuerst auch«, fand er endlich wieder zur Sprache zurück. »Deswegen haben wir mit den ersten Briefen auch den Ofen geheizt. Dann wurden uns eines Tages die Fenster eingeworfen. Als Nächstes wurden die Reifen zerstochen.«

»Warum hast du mir nie etwas davon erzählt?« Ich war verwirrt. »Seid ihr zur Polizei gegangen?«

»Zu den Bullen? Bist du verrückt? Lieber verrecken als mit den Klassenfeinden koalieren.«

»Ach komm«, winkte ich ab. »Tu doch nicht so, als wärst du noch der alte Kommunarde. Ihr trinkt den gleichen, nicht fair gehandelten Kaffee wie ich, und euer Diesel pustet auch nicht nur Wattebäuschchen in die Atmosphäre.«

Mir wurde bewusst, dass ich in der Mehrzahl sprach. So als würde Ludwig noch leben.

Armin wandte sich. »Na ja, das hatte noch einen anderen Grund. Wir sind damals aus Berlin abgehauen, weil wir bei einigen Aktionen gegen kapitalistische Auswüchse nicht gerade im Hintergrund agiert haben. Die Polizei hatte uns im Visier. Wir konnten uns gerade noch rechtzeitig aus dem Staub machen.«

»Ist das nicht alles längst verjährt?«

»Klar, wir haben schließlich keinen umgebracht. Unsere Gewalt richtete sich nur gegen Mauern und Zäune. Trotzdem behandeln die Bullen uns heute noch so, als wären wir die übelsten Kinderschänder. Die Dorfsheriffs gucken uns doch jedes Mal scheel an, wenn wir denen über den Weg laufen.«

Für seine Verhältnisse hatte er sich regelrecht in Rage geredet.

»Es ist noch nicht zu spät«, unterbrach ich ihn. »Du solltest der Polizei diese Zettel zeigen. Vielleicht ist es gar nicht so schwierig, den oder die Absender herauszufinden. Nur noch Anfänger schneiden Buchstaben aus der Tageszeitung aus und kleben sie mit Uhu auf Schreibmaschinenpapier. Apropos, zeig mal her!«

Ich hielt eines der Blätter gegen das Licht. Es war tatsächlich ein Wasserzeichen zu erkennen. »Da hat ja einer tief in die Tasche gegriffen.«

Es handelte sich um ein Markenpapier der Marke Zanders. Ein Papier, das viel zu teuer war, als dass man es im Fünfhunderterstapel für Computerausdrucke benutzte. Früher war es dagegen Zeichen des guten Stils gewesen, auf ein mit einem Wasserzeichen veredeltes Papier entweder per Hand zu schreiben oder es in die Schreibmaschine zu spannen.

»Ich wette, das Papier ist mindestens zehn Jahre alt. Außerdem wird sich im Haushalt des Absenders eine Schreibmaschine befinden. Und ich wette, er hat weder einen Computer noch ist er ans Internet angeschlossen. Wahrscheinlich ist er über sechzig, ziemlich altmodisch, um nicht zu sagen hinterwäldlerisch und nicht eben verschwenderisch. Immerhin hat das Blatt bei ihm überdauert.«

»Sorry, ich kann deinen Ausführungen nicht folgen.«

»Professionelle Erpresserbriefe werden heute auf dem Computer geschrieben. Die Datei wird auf einem externen Datenspeicher, beispielsweise einem USB-Stick, gespeichert, sodass sie erst auf dem Computer gar nicht existiert. Danach wird sie auf einem fremden Computer ausgedruckt. Der USB-Stick wird anschließend vernichtet. Niemand mehr wird dann den Verursacher dieser Nachricht identifizieren können.«

»Verstehe«, nickte Armin nachdenklich. »Zur Polizei gehe ich trotzdem nicht.«

Er war noch genauso stur wie vor Ludwigs Verschwinden.

»Das ist kein Spiel mehr!«, herrschte ich ihn an. Ich konnte nicht verhindern, dass ich aus der Haut fuhr. »Vergiss die alten Ressentiments! Ludwig ist tot. Ich kann nicht beweisen, dass es sein Kopf war, der mir mit blutenden Augenhöhlen heute Morgen entgegenstarrte, aber ich würde es trotzdem schwören, wenn man es von mir verlangt. Außerdem wäre ich an deiner Stelle auf der Hut. Immerhin haben sie erst Ludwig erwischt. Du stehst noch auf ihrer Liste.«

Er war tatsächlich blass geworden. Seine Hand, die die Zigarette hielt, zitterte stärker denn je.

»Und was soll der Unsinn mit den deutschen Schäferhunden?«, bohrte ich nach. »Du bist der Einzige, der darauf eine Antwort geben kann. Ich kann dir nicht helfen, wenn du mich nicht endlich einweihst.«

Ich war noch immer gekränkt, dass er mich nicht früher darüber informiert hatte. Allerdings hatte ich selbst in den letzten Wochen nicht allzu viel Wert auf zwischenmenschliche Kontakte gelegt. Der Frühjahrsblues hatte auch mich befallen, und ich musste feststellen, dass ich immer mehr zum einsamen Wolf mutiert war.

Er sog den Rauch tief ein, verharrte einige Sekunden, bevor er schließlich mit der Sprache herausrückte.

»Ja, die Sache mit den Schäferhunden war wirklich merkwürdig. Den entsprechenden Ratschlag haben wir natürlich zunächst auch nicht sehr ernst genommen. Bis wir eines Morgens Joshi tot in seinem Zwinger fanden. Er hatte Schaum vor dem Mund. Der Doc sagte, dass er irgendetwas Vergiftetes gefressen hätte. Rattengift oder so etwas. Das war aber unmöglich, denn er war die letzten Tage vor seinem Tod nur auf dem Hof gewesen. Wir streuen kein Rattengift. Jemand muss ihn mit einem Köder gelockt und vergiftet haben. Joshi war einer von Ludwigs Lieblingshunden. Ein echter Leader. Wir hatten noch Großes vor mit ihm.«

Früher hatte ich geglaubt, dass ausschließlich Huskys Schlittenhunde seien. Doch seit die beiden vor zehn Jahren ihre Leidenschaft entdeckt hatten, hatte ich mich eines Besseren belehren lassen müssen. Als Schlittenhund kam schlichtweg jeder Hund infrage, der sich vor einen Schlitten spannen ließ. Armin und Ludwig hatten sich auf die Züchtung leistungsorientierter Arbeitstiere konzentriert. Dabei setzten sie auf Mischlinge, die sie aus den ausdauerndsten Rassen wie dem Grönlandhund und dem Siberian Husky kreuzten.

Ebenso war ich früher der Ansicht gewesen, dass es Tierquälerei sei, die Hunde vor einen Schlitten zu spannen. Erst nachdem ich selbst erlebt hatte, mit welch freudigem Geheul die Meute es kaum erwarten konnte, loszuziehen, sah ich die Sache gelassener. Schlittenhunde waren allein dafür auf die Welt gekommen, um zu laufen. Am liebsten vierundzwanzig Stunden lang. Der unbedingte Laufwille machte sie gegen alles andere immun. Hunger, Durst, Schmerzen, all das steckt ein Schlittenhund mühelos weg, wenn er nur laufen kann. Seitdem tat es mir jedes Mal in der Seele weh, wenn ich einen Husky mit gebrochenem Blick an der Leine seines Halters durch die Fußgängerzone schleichen sah.

»Verstehe«, sagte ich schließlich. »Erst kamen die Drohungen, dann haben sie Ernst gemacht. Aber wer tut so etwas? Wer vergiftet unschuldige Hunde?«

»Wir haben uns natürlich auch so unsere Gedanken gemacht«, erklärte Armin. Er sprach gedehnt wie ein Kaugummi. »Vielleicht die Konkurrenz, dachten wir. Immerhin sind uns einige bemerkenswerte Züchtungen gelungen.«

»Sag nicht, ihr habt jemals Geld damit verdient!«

»Noch nicht. Aber wir haben in den letzten Jahren einige Preise eingeheimst. In der Szene haben sich unsere Zuchterfolge herumgesprochen. Ludwig und ich hatten vor, den Rübenanbau zurückzufahren und uns in den nächsten Jahren voll auf die Zucht zu konzentrieren.«

Ich überlegte eine Weile. Schließlich kam ich zu dem Schluss, dass die These der beiden abwegig war. »Kleinkrieg unter Schlittenhundezüchtern – das klingt mir zu bizarr. Oder kennt ihr Konkurrenten, die in unmittelbarer Nähe wohnen?«

Armin schüttelte den Kopf.

»Außerdem gibt der mutmaßliche Mord an Ludwig allem eine ganz andere Dimension.«

In dem Moment klingelte das Telefon.

Er hob ab. Allerdings derart ungeschickt, dass er zunächst Hör- und Sprechmuschel verwechselte. Umso lauter erschallte eine resolute Stimme aus dem Hörer. Noch nicht einmal im Schlaf hätte ich sie verwechselt.

»Ich wünsche sofort Herrn Morgenstern zu sprechen!«, verlangte die Stimme. »Augenblicklich!«

Armin zog ein Gesicht wie sieben Tage Regenwetter. Er war der Person am anderen Ende der Leitung ein paar Mal unfreiwillig über den Weg gelaufen. Seitdem – und seit einigen guten Ratschlägen wie, sich doch endlich mal die Haare schneiden zu lassen, zumal in seinem Alter – mied er sie wie der Teufel das Weihwasser.

Mit spitzen Fingern reichte mir mein Vetter den Hörer herüber.

»Morgenstern«, meldete ich mich.

»Moritz, Sie müssen sofort kommen!«, flehte die Gräfin. »Es ist etwas Schreckliches passiert!«

4.

Die Lage war ernst. Das erkannte ich sofort.

Ich hatte Armin mit offenem Mund stehen lassen, war zu meinem Volvo gelaufen und hatte mit halsbrecherischem Tempo einen neuen Geschwindigkeitsrekord zwischen Armins Kotten und dem Domizil der Gräfin aufgestellt.

Duffy hatte mir die Tür geöffnet, und seine Zähne produzierten ein paar unschöne Kaugeräusche. Er war gestresst, ganz offensichtlich. Er hatte mich zu höchster Eile gedrängt und war vorausgelaufen. Schließlich hatte ich den Salon betreten. Wie jeden Nachmittag zum *Five o'clock Tea*.

Nur dass es diesmal nicht fünf war, sondern erst kurz nach Mittag.

Die Gräfin saß zusammengesunken in ihrem Lieblingssessel. Ihre Augen flatterten.

Ollie wedelte ihr mit einem tadellos sauberen Taschentuch Luft zu. Aus seinem Gesicht war jeglicher Hochmut verschwunden. Er machte einen ganz und gar überforderten Eindruck. Als er mich erblickte, kehrte die Hoffnung in seinen Blick zurück.

»Gott sei Dank! Sie sind da!«

Ich stürzte zur Gräfin, fühlte ihren Puls. Der schien mir normal zu sein.

»Was ist passiert?«

»Die gnädige Frau ist in Ohnmacht gefallen«, erstattete Duffy Bericht. »Zuvor hat sie fürchterlich nach Luft geschnappt, verlangte Sie zu sprechen und hat so lange tapfer ausgehalten, bis wir Sie endlich bei Ihrem Vetter Armin erreichten.«

Klang da etwa ein versteckter Vorwurf durch?

»Zum Glück sind Sie ja jetzt endlich da«, fuhr Duffy fort. »Sie wollte unverständlicherweise nur Sie sprechen.«

Langsam schaltete ich auf Normalmodus herunter. Diese Attacken der Gräfin waren mir nicht fremd. Als Kitty, ihre Siamkatze, vor zwei Jahren verschwunden war, hatte ich das Vieh schließlich vom Dach herunterholen müssen. Als ihre geliebten Prachtmöpse Muff und Potter im letzten Jahr spurlos verschwanden, hatte ich sie aus den Krallen eines Hundefängers befreit. Zuletzt hatte sie nach mir verlangt, nachdem sie festgestellt hatte, dass der Major – Gott hab ihn selig – völlig mittellos verstorben war.

Damals hatte ich meine Ersparnisse geplündert, damit sie die dringendsten Schulden hatte bezahlen können. Seitdem war ich nicht nur geduldeter Mieter, sondern willkommener Hausgast.

Die Gräfin schlug die Augen auf.

»Moritz«, flüsterte sie mit versagender Stimme. »Endlich sind Sie da!«

»Was ist passiert, Gnädigste?«

Ihr Mund schnappte ein paar Mal auf und zu. Sie erinnerte mich an einen Karpfen. Ich gab Duffy mit einem Wink zu verstehen, mir den Sherry vom Sideboard zu reichen.

»Nein, geben Sie mir lieber den schottischen Whisky!«, entschied ich. Der gute Bruichladdich stammte noch aus den Lagerbeständen des Majors, schrumpfte aber auf unerklärliche Weise auch nach dessen Ableben kontinuierlich dahin. Die Gräfin war überzeugt, dass der Geist des Alten umhergehe und sich seine irdischen Hinterlassenschaften einverleibte. Dies schien insofern logisch, als der Major dem legendären McSrooge in puncto Geiz in nichts nachstand. Was den Whisky betraf, hatte ich allerdings eher Duffy in Verdacht.

Er wollte den teuren Tropfen in ein Glas gießen.

»Geben Sie schon die ganze Flasche her!«, verlangte ich. Immerhin ging es um Leben und Tod. Duffy reichte sie mir zögerlich.

Ich riss ihm die Flasche aus der Hand und setzte sie der Gräfin an die zitternden Lippen. Mit einer Hand stützte ich ihren Nacken, mit der anderen flößte ich ihr den schottischen Schnaps ein. Es handelte sich um die legendäre vierte Abfüllung des Octomore. Dabei interessierte mich in dem Moment weniger, dass Experten angesichts des teuren Tropfens von all den berauschenden reinen Torfraucharomen schwärmten oder von der feinen, sanften Textur. Viel entscheidender war sein Alkoholgehalt. Neunundfünfzig Prozent sprachen eine eindeutige Sprache.

Als Medizin wirkte er Wunder. So auch diesmal.

Nach und nach kehrte die Farbe auf die gräflichen Wangen zurück. Sie erblühten in einem jungfräulichen Rosa. Langsam richtete sie sich auf und gewann ihre Haltung wieder. Ihre Augen gewannen an Klarheit.

»Was ist passiert?«, fragte ich.

»Ich habe meine bescheidenen Ersparnisse sämtlich an der Londoner Börse verzockt«, erläuterte Ollie beflissen. Er zuckte bedauernd mit den Schultern. »Tja, die Krise ist auch an mir nicht spurlos vorbeigegangen.«

Allmählich begann ich zu verstehen.

»Das heißt, Sie haben keinen einzigen Cent?«

»Noch nicht einmal einen Penny, nein!«

»Aber Ihr Wagen?«

»Bist du noch so in den Miesen, kannst du dir noch immer einen Porsche leasen. Oder einen Morgan. Das war schon immer mein Traum. Ich habe ihn einen Monat vor Beginn der Krise geleast. Die Autoverleihfirma existiert inzwischen auch nicht mehr. So gesehen gibt es niemanden, dem ich den Wagen zurückerstatten könnte.« Er kratzte sich am Kopf. »Je mehr ich darüber nachdenke, desto verzwickter erscheint mir diese Angelegenheit. Glauben Sie, man wird mich bis nach Deutschland verfolgen?«

»Ach, wir haben jetzt ganz andere Sorgen«, erklärte ich. Ich ergriff die Hand der Gräfin und schüttelte sie sacht. »Mein Beileid.«

Sie schniefte. »Nicht wahr? Verstehen Sie jetzt, warum ich Sie rufen ließ: Ollie hat keinen einzigen Penny!«

»Aber das sagte ich doch bereits«, mischte sich der Genannte in unser Gespräch. »Und eben deswegen bin ich so verdammt froh über die Erbschaft. Ich werde schnell wieder zu Geld kommen, glaubt mir. Schließlich habe ich nicht umsonst in Oxford Wirtschaftswissenschaft studiert und anschließend bei einer der angesehensten Privatbanken Englands angeheuert.«

»Wer sagt es ihm?«, fragte die Gräfin verzagt.

Jetzt wusste ich, warum sie mich gerufen hatte. »Ich brauche jetzt auch einen Bruichladdich!«, erwiderte ich, um Zeit zu gewinnen. Ollies Blick fiel auf mich. »Machen Sie sich keine Sorgen«, sagte er fröhlich. »Sie dürfen natürlich alle hier wohnen bleiben.«

»Das ist sehr fürsorglich von Ihnen«, sagte ich. Freundschaftlich klopfte ich ihm auf die Schulter. Gleichzeitig bedeutete ich Duffy, ein Glas mit dem kostbaren Whisky zu füllen.

»Setzen Sie sich«, befahl ich Ollie. Ich wartete, bis Duffy eingeschenkt hatte. »Und jetzt trinken Sie. Am besten noch einen zweiten gleich hinterher.«

Ich überlegte, wie ich es ihm schonend beibringen konnte. Vielleicht am besten, indem ich ihn möglichst sentimental stimmte.

»Was, Ollie, wissen Sie eigentlich von Ihrem Großonkel?«

Ollie überlegte. »Hm, auf jeden Fall verstand er eine ganze Menge von gutem Whisky!«

Ich gab Duffy einen weiteren geheimen Wink, dass er nachgießen solle, während ich weiter versuchte, die Quelle der Erinnerung anzuzapfen.

»Aber das wird doch hoffentlich nicht alles sein, an das Sie sich erinnern?«

Hinter Ollies Stirn arbeitete es sichtlich. Er legte die Stirn in Falten, lehnte sich behaglich zurück und faltete die Hände über dem flachen Bauch. Zudem schloss er die Augen.
Als ich schon dachte, er sei sanft entschlummert, sodass ich meine Frage ein zweites Mal stellen wollte, antwortete er:

»Ich habe meine Eltern nie kennengelernt. Sie starben kurz nach meiner Geburt. Ich habe die elterliche Geborgenheit zum Glück nie vermisst, da meine beiden Tanten mütterlicherseits mich liebevoll großzogen. Im Laufe der Zeit dezimierte sich unsere weitere Verwandtschaft zusehends, bestand sie doch ausschließlich aus alten Knackern und schrecklichen Krähen. Alle hielten sie sich für etwas Besseres, weswegen sie auch selten ehrlicher harter Arbeit nachgingen und verarmt starben. Als ich klein war, besuchte uns ab und zu ein hochgewachsener Mann aus Germany. Alle nannten sie ihn ehrfurchtsvoll den Major. Er war mein Großonkel. Onkel Reginald nannte ich ihn, und er war so ganz anders als alle anderen Möchtegern-Adeligen aus meiner Familie – abgesehen von meinen rührigen Tanten, die wirklich alles für mich taten. Ihr wisst ja, dass Onkel Reginald schon vom Äußeren her eine imposante Erscheinung war: fast zwei Meter groß, hager, mit einem Gesicht, das, wenn man es auf dem Foto auch nur kurz betrachtete, pure Ehrfurcht einflößte. Er besuchte uns meistens zu Weihnachten und beschenkte mich mit Spielzeugpanzern und Zinnsoldaten.« Er schwieg kurz.

»Onkel Reginald ist es zu verdanken, dass ich so gut Deutsch spreche. Von klein auf wollte ich in seine Fußstapfen treten, und ich träumte davon, ihn in Deutschland zu besuchen. Ich las alle deutschen Bücher, die mir in die Finger kamen: Grimms

Märchen, *Pucki*, *Nesthäkchen*, *Hanni und Nanni* ... Als ich sieben Jahre alt war, kam Onkel Reginald etwas früher als sonst zu Besuch. Er regte sich furchtbar darüber auf, dass ich Mädchenkleider trug. Nun ja, da kam alles ans Licht.«

»Sie trugen Mädchenkleider?«, entfuhr es mir. Das würde vieles erklären. Das, was ich für Snobismus gehalten hatte, war allein die Folge seines Verdrängungskonfliktes. Er war schwul.

»Ja, von frühester Kindheit an. Tante Agatha und Tante Eugenia wünschten sich so sehr ein Mädchen. Also zogen sie mir Mädchenkleider an. Da ich in jungen Jahren selten mit anderen Kindern spielte, wurde mir dieser Unterschied nicht bewusst. Jedenfalls machte er mir nichts aus. Bei offiziellen Anlässen oder wenn sich Besuch ankündigte, wie eben Onkel Reginald, trug ich Jungenkleider. Die Tanten erklärten, das sei unser gemeinsames kleines Geheimnis. Ich fühlte mich geehrt, weil sie mich zu ihrem Verbündeten erklärten, und machte den Spaß halt mit.«

»Und Sie sind sicher, dass Sie – eh – keine bleibenden Schäden davongetragen haben?«, fragte ich nach.

Er breitete theatralisch die Arme aus. »Sehen Sie mich an! Und dann urteilen Sie!«

»Später«, wiegelte ich ab. »Sie wollten erzählen, wie es zu dem Zerwürfnis kam.«

»Als Onkel Reginald mich in Mädchenkleidern vorfand, wurde er furchtbar wütend. Er schrie schlimme Wörter.«

»Was für Wörter?«

»Wörter wie Schwuchtel, Bettnässer und kleiner Homo. Wörter, die natürlich nicht für meine Ohren bestimmt waren, die mich jedoch nichtsdestotrotz verletzten. Immerhin wusste ich, was ein Bettnässer war. Er verlangte, dass meine Tanten sofort mit der Kostümierung aufhören sollten. Auch sollte mir untersagt werden, weiterhin mit Puppen und Kinderwagen zu spielen. Meine Tanten weigerten sich. Von wegen, er ließe sich nur einmal im Jahr sehen und hätte ihnen daher nicht reinzureden. Dann würden sie ja sicher auch auf den Scheck, den er ihnen jeden Monat schickte, gerne verzichten, gab er zurück. So gab ein Wort das andere, bis meine Erzieherinnen keine andere Möglichkeit mehr sahen, als ihn des Hauses zu verweisen. Ihr Krähen seht mich nie wieder!, waren Onkel Reginalds letzte Worte. Mir strich er bei seinem Abschied über den Kopf, murmelte etwas wie *poor boy* und verschwand auf Nimmerwiedersehen aus meinem Leben.«

»Wenigstens hatten Sie noch Ihre Tanten.«

»Sie ertranken vor zwei Jahren im Loch Lomond.«

»Beide?«

»Tante Agatha war eine sehr gute Schwimmerin, allerdings – nun ja – auch schon betagter. Sie erlitt vermutlich einen Krampf, als sie etwa zwanzig Meter weit hinausgeschwommen war. Tante Eugenia sprang ihr sofort hinterher, um sie zu retten. Leider war sie eine lausige Schwimmerin. Ein Strudel erfasste sie und zog sie in die Tiefe. Auch Tante Agatha konnte sich nicht mehr lange an der Oberfläche halten. Es war ein nebliger Tag. Außer den beiden waren keine anderen Badegäste da. Keine helfende Hand, die hätte zupacken und ihrer beider Leben retten können. Seitdem bin ich mutterseelenallein auf der Welt.«

Er nahm einen weiteren Schluck Whisky und ließ den Kopf auf die Brust sinken.

»Mein armer Junge!«, schluchzte die Gräfin. »Nur zu gut weiß ich von deinem Schicksal. Als wir vor zwei Jahren die Trauerkarte erhielten, bekniete ich den Major, zu der Beerdigung zu gehen. Doch der Groll wogte noch immer zu stark in ihm.«

»Wie dem auch sei«, sagte ich. »Jetzt sind Sie hier gelandet.«

»Ja, und ich bin sehr froh darüber. Zumal nach dem Desaster an der Börse.«

Ah ja, da war ja noch etwas. Ich hatte es während seiner letzten Sätze verdrängt. Etwas, das ich ihm unbedingt mitteilen musste. Ja, weshalb ich überhaupt hierher gerufen worden war.

Aber zuvor brauchte auch ich noch einen Bruichladdich. Schließlich stellte ich mich der Aufgabe. Mir fiel einfach kein weiterer Aufschub ein.

»Ollie«, begann ich mit sanfter Stimme. »Wie hoch schätzen Sie denn das Vermögen des Majors?«

Er zuckte mit den Schultern. »Er war schon damals reich. Dazu kam, dass der alte Knabe als sehr sparsam galt. Und seine Pension war sicherlich nicht von schlechten Eltern. Zu guter Letzt war er nie verheiratet. Wer also hätte sein Geld für ihn ausgeben sollen?«

»Ihre Argumentation ist bemerkenswert schlüssig«, lobte ich ihn. »Allerdings wissen Sie nicht alles über Ihren Onkel. Vor zwei Jahren verliebte er sich, rüstig wie er noch war, in eine Thailänderin, die ihn überredete, sein Erspartes in eine Hotelkette in Bangkok zu investieren. Das Geschäft erschien überaus lukrativ. Keine Sorge, Ihr Onkel hat das Geld nicht leichtfertig investiert. Die Hotelkette wirft bis heute riesigen Gewinn ab.«

»Allmächtiger! Eine Hotelkette in Thailand! Ich werde die einzelnen Objekte in den nächsten Wochen einmal genauer unter die Lupe nehmen. Und Sie, Moritz, lade ich ein, mich zu begleiten!«

»Sehr nett«, bedankte ich mich. Seine Großzügigkeit gefiel mir am meisten an ihm. Er hatte so gar nichts von einem knauserigen Schotten an sich. Andererseits war es leicht, Geschenke zu verteilen, die einem gar nicht gehörten.

»Der Haken war, dass Ihr Onkel ziemlich in die Frau verschossen war. So verschossen, dass er in letzter Konsequenz dann doch nicht auf seine Anwälte gehört hat.«

»Was soll das heißen?«

»Noch einen Bruichladdich?«

»Nein, ich fürchte, ich brauche jetzt einen klaren Kopf, damit ich Ihre Worte richtig mitbekomme.«

»Wie Sie wollen. Nun ja, ich möchte Sie nicht lange mit dem überaus schwierigen thailändischen Paragrafendschungel behelligen«, – den er, so setzte ich in Gedanken hinzu, in seinem momentanen Zustand sowieso nur peripher begreifen würde. »Jedenfalls verhält es sich, grob gesagt, folgendermaßen: Thailändische Staatsbürger, die mit einem Ausländer verheiratet sind, können nur dann unbeschränkt Land erwerben, wenn der Nachweis erbracht wird, dass der Erwerb aus eigenen Mitteln finanziert wird. Kommen die Mittel jedoch vom ausländischen Ehepartner, so muss dieser ein Dokument unterschreiben, in dem er bestätigt, dass er auf alle eigenen Rechte verzichtet und dass der Landbesitz im Falle einer Scheidung ganz an den thailändischen Partner geht.«

»Das kann ich durchaus nachvollziehen«, erklärte Ollie.

»Ja, daher erschien es auch Ihrem Onkel, dessen Verstand sich zum damaligen Zeitpunkt auf dem Niveau eines Rüden befand, der dem berauschenden Odem einer läufigen Hündin erlegen war, durchaus logisch, als die begehrenswerte Frau an seiner Seite ihm vorschlug, doch ganz auf das Brimborium zu verzichten. Schließlich sei die Liebe ein weit wirksamerer Vertrag.«

»Ich verstehe«, sagte Ollie trocken.

»Er übergab der Dame sein gesamtes Vermögen.«

»Jemand hätte ihn stoppen müssen!«

»Das sagen *Sie!* Er hätte jeden erschossen, der sich ihm in den Weg gestellt hätte!«

»Bevor Sie weitererzählen, lieber Moritz, versprechen Sie mir, dass Ihre Erzählung gut ausgeht.«

Ich schüttelte den Kopf. »Sie sind volljährig und Herr Ihrer Sinne. Ich kann Sie nicht länger schonen. Ich muss Sie leider mit der Wirklichkeit konfrontieren. Und die ist grausam. So grausam, wie ein geldgieriges Weib nur sein kann. Sie reiste mit dem Geld nach Thailand, machte das Geschäft klar, hielt Ihren Großonkel noch eine Weile hin – und war schließlich verschwunden.«

5.

Als Journalist hatte ich mir eine seltsame Angewohnheit zugelegt. Darauf gekommen war ich, als ich meine Schwester Conny und deren fünfjährigen Sohn Lukas am Starnberger See besucht hatte. Lukas hatte gerade seine »Feuerwehr-Phase«, und da ich in den Jungen vernarrt war, wollte ich ihn reichlich beschenken. Also fuhr ich unterwegs von der Autobahn ab und kaufte in einem Happy Toys Shop das Playmobil-Produkt 3885-A: die Feuerwehrstation mit Schlauchturm. Außerdem wählte ich noch eine gesamte Feuerlöschtruppe mit Druckpumpe und diverse Feuerwehrleute aus. Schließlich sollte der Junge ja Feuer fangen. Er war so begeistert, dass er damit sogar mich ansteckte. Natürlich nur im übertragenen Sinne.

Aber das war nicht alles. Damals arbeitete ich an einer Reportage über eine Kindstötung mit mehreren infrage kommenden Tätern im Umfeld des Opfers.

Während ich mich auf der einen Seite, der bewussten, in das Spiel mit Lukas vertiefte und Feuerwehrmann spielte, driftete mein Unterbewusstsein in ganz andere Sphären ab.

Es befasste sich mit dem Fall der kleinen Linda. Unbewusst hatte ich einige Playmobilfiguren so hingestellt, dass sie die familiäre Situation des Mordfalls widerspiegelten: die Eltern, den Opa, die Nachbarn. Und natürlich Linda.

»Onkel Moritz, was ist? Das Feuer ist wieder ausgebrochen!«

Ich schrak aus meinen Gedanken. Mein Blick fiel auf die Playmobilmännchen. Sie alle standen in unterschiedlichen Positionen und Abständen zum Opfer.

Und plötzlich fiel es mir wie Schuppen von den Augen: Es gab nicht nur *einen* Mörder, sondern mehrere. Sie bildeten einen dichten Ring um Linda.

Als ich der Polizei meinen Verdacht erzählte, lachten sie mich aus.

Ein paar Monate später mussten sie eingestehen, dass ich recht gehabt hatte.

Auf der Rückfahrt vom Starnberger See hatte ich erneut in der Happy-Toys-Filiale gehalten.

»Haben Sie noch mehr Enkel?«, hatte mich die freundlich lächelnde Verkäuferin gefragt. Sie hatte mich wiedererkannt.

»Nein, diesmal ist es für mich.«

Ihr Lächeln hatte sich daraufhin vertieft. Wahrscheinlich hielt sie mich für einen jener Männer, die nie erwachsen werden.

»Wissen Sie, was? Ich habe sogar noch ein Puppenhaus.«

»Na dann viel Spaß damit«, sagte ich und verließ den Laden mit mehreren bunten Schachteln. Ich hatte mich für die gesamte Polizeikollektion entschieden. Fortan spielte ich Räuber und Gendarm. Immer wenn ich nicht weiterwusste oder mir erst selbst über einen Fall klar werden wollte. Manchmal war es auch kein Fall, sondern es waren einfach nur Dinge, die mich bewegten. Mehr und mehr auch private Dinge.

Mit Hilfe der Playmobilmännchen wurde ich mein eigener Psychologe. Manchmal stellte ich den Figuren auch nur Fragen, so wie andere die Karten befragen oder ein Ouija-Brett.

Es funktionierte nicht immer. Aber immer öfter. Und wenn es nur dazu diente, mich abzulenken und mich zu entspannen.

Erst ein paar Jahre später sah ich im Fernsehen, dass auch die Kollegen Psychotherapeuten sich der Spielfiguren im Rahmen der Familienaufstellung bedienten.

Seit meinem Rückzug ins Private hatte ich die Figuren nicht mehr angefasst. Sie waren Gift. Wie alles, was mit meiner Vergangenheit zu tun hatte. Zusammen mit anderen Giften lagerten sie noch immer in einem Umzugskarton, den ich niemals ausgepackt hatte. Ordner mit meinen Artikeln lagen darin. Verträge. Notizbücher mit Telefonnummern, mit den Nummern von hohen Politikern und kleinen Ganoven. Damals hatte ich die Figuren gehütet wie einen Schatz, heute bereitete mir schon ein Blick darauf körperliches Unbehagen. Ich lief in die Küche und zog mir ein paar Topfhandschuhe über die Hände. So funktionierte es schon besser.

Mit äußerstem Widerwillen trug ich den Karton nach oben ins Arbeitszimmer. Ich fragte mich, warum ich mir das antat.

Die Antwort war leicht: Zwei Menschen waren gestorben. Zwei Menschen, die ich gut gekannt hatte.

Einer von ihnen, der Major, erst vor einem Monat. Ich öffnete den Karton, griff nach einem der Playmobilmännchen und stellte es auf die Tischplatte. Ich hatte wahllos hineingegriffen. Da ich die überdimensionalen Handschuhe trug, konnte ich nichts ertasten. Das Playmobilmännchen stellte einen Soldaten dar. Das war jetzt wirklich Zufall.

Der Major war zeitlebens Soldat gewesen. Zwar hatte ich ihn nur auf Fotos und Gemälden in Uniform gesehen, aber er hatte auch im Zivilleben stets gewirkt wie ein Offizier.

Als der Major vor einem Monat auf spektakuläre Weise starb, hatten die Umstände des Todes den gesamten Teutoburger Wald zunächst in helle Aufregung versetzt. Der Major pflegte gewisse schräge Gewohnheiten. Dazu gehörte sein morgendliches Bad in einem eiskalten Moorteich, der sich unweit des Hauses befand. An besagtem Tag, dem Tag seines Todes, erschien er nicht zum Frühstück, sodass sich die Gräfin die allergrößten Sorgen machte. Zumal selbst Duffy nicht wusste, wo sein Herr geblieben war. Die Gräfin bat mich händeringend um Hilfe. Ich erinnere mich noch zu gut an den Morgen. Es war kalt und ungemütlich; ein dichter Nebel hatte sich über die Landschaft gelegt wie eine graue Decke. Ich verspürte ein Kratzen im Hals und hatte Fieber.

Zunächst nahm ich die Besorgnis der Gräfin nicht ernst. Erst nach einer heißen Milch mit Honig und nachdem ich mich entsprechend warm angezogen hatte, stiefelte ich los, um mich in der Umgebung umzusehen. Luna nahm ich mit. Sie zog ungewöhnlich stark an ihrer Leine und winselte. Luna war wie vernarrt in den alten Knaben. Kein Wunder, denn er hatte stets ein Leckerli für sie dabei. Mir kam eine Idee. Ich ging zurück und bat die Gräfin um ein getragenes Kleidungsstück, am besten den Schlafanzug. Sie zog zwar pikiert eine Augenbraue hoch, kam aber bald mit einem gestreiften Nachthemd zurück. Ich hatte Glück, dass er zumindest in den Wintermonaten überhaupt eines trug. Im Sommer pflegte er nackt zu schlafen.

Luna gebärdete sich wie verrückt, nachdem sie an dem Nachthemd gerochen hatte. Noch stärker als zuvor zog sie an der Leine. Die Externsteine waren viereinhalb Kilometer weit entfernt. Geschätzte Luftlinie. Es dauerte daher eine Weile, bis ich schließlich vor den gewaltigen Kalksteinriesen stand, deren Gipfel in der Wolkendecke nicht zu sehen waren.

Der Bereich um die Externsteine ist ein mystischer Ort. Die Menschen haben die Steine zu allen Zeiten als etwas Besonderes betrachtet. Die archäologischen Funde gehen bis in die Altsteinzeit um 10 000 v. Chr. zurück. Im Mittelalter erfuhren die Steine eine Säkularisierung durch das Paderborner Kloster. Im 17. Jahrhundert nutzte der lippische Landesherr Graf Hermann Adolf zu Lippe-Detmold die Steine, indem er sie mit einem Jagdschloss als Anbau entweihte. Noch schlimmer erging es den Externsteinen im Dritten Reich: Sie wurden zur germanischen Kultstätte erklärt. Himmler persönlich ernannte sich zum Vorsitzenden der von ihm gegründeten Externstein-Stiftung.

An diesem Morgen lagen die heiligen Steine, in denen manche auch die sagenumwobene Irminsul vermuteten, noch im Tiefschlaf. Zumindest vermutete ich das, bis Luna plötzlich ein aufgeregtes Bellen ausstieß und kaum mehr zu halten war.

An dem kleinen See, der sich am Fuß der Externsteine staute, hatte sich trotz der frühen Morgenstunde eine kleine Menschenmenge versammelt. Ein Jogger hatte die Leiche des Majors im See treiben sehen und die Polizei alarmiert.

Über der Menge lastete eine eigenartige Stille. Ich sah in verstörte, entsetzte Gesichter. Selbst die Polizisten bildeten da keine Ausnahme.

Luna hechelte und zog und zerrte an der Leine.

Als ich näher kam, erkannte ich, welches Grauen diese Leute so umklammert hielt.

Die Leiche des Majors lag am Ufer.

Er hatte sich auf die gleiche Weise von der Welt verabschiedet, wie er sie betreten hatte.

Unbekleidet.

Ich griff zur nächsten Figur. Ludwig. Und wieder hatte ich ins Schwarze getroffen. Ich zog einen Bauern hervor. Ich entfernte der Ludwig-Figur den Kopf und stellte sie zunächst einmal an den Rand des Tisches.

Dann griff ich ein drittes Mal in die Playmobilbox. Diesmal hatte ich einen Seeräuber erwischt. Mit Augenklappe und Säbel. Ich stellte ihn zwischen die beiden Ermordeten.

Eine Zeit lang waren alle möglichen Fremden bei uns aufgetaucht. Polizei, Kripo, MAD, Interpol ... Offiziell hieß es irgendwann, der Major habe Selbstmord begangen. Er habe sich von den Externsteinen gestürzt. Die Selbstmordtheorie war mir von Anfang an spanisch vorgekommen. Dazu war der Major viel zu vital gewesen. Und trotz des Verlustes seines Vermögens hatte er ständig neue Pläne und Ideen gehabt.

Diesmal wählte ich die Playmobilfigur bewusst aus: einen Polizisten. Ich stellte ihn zwischen die beiden Toten.

Komisch, dass ausgerechnet gestern, mit der Ankunft Ollies, ein weiterer Toter entdeckt worden war. Diesmal ohne Kopf.

Ich erkannte meinen Fehler und korrigierte Ludwigs Figur, indem ich den Korpus entfernte und allein den Kopf an dessen Stelle platzierte. Den Körper legte ich zur Seite.

Darüber grübelte ich eine Zeit lang nach. Das Rätselfieber hatte mich gepackt. Was hatten ein vermeintlicher Selbstmörder und ein Kopf ohne Korpus überhaupt miteinander gemein?

Beide Opfer hatten sich gekannt. Trotzdem gab es keine Gemeinsamkeiten zwischen ihnen. Beide gehörten verschiedenen Nationen und Generationen an. Der eine war Landwirt, der andere Pensionär.

Luna schlug an. Ärgerlich über die Störung erhob ich mich und wollte sie zurechtweisen. Dabei fiel mein Blick aus dem Fenster.

Unten war eine dunkle BMW-Limousine vorgefahren. Zwei Herren in ebenso dunklen Anzügen stiegen aus. Obwohl es immer noch nieselte, trugen sie eine Sonnenbrille. Ich überlegte, ob sie wohl zum LKA oder zu einer anderen Schnüffelbehörde gehörten. Aber dazu erschienen sie mir selbst aus der Entfernung zu wenig aalglatt. Wenn ich sie zoologisch einzuordnen hätte, so gehörten sie eher zum Typ Gorilla. Ihre breiten Schultern drohten die Anzugnähte zu sprengen. Irgendwie roch ich den Ärger. Dennoch legte ich mir eine selbst verordnete Zurückhaltung auf.

Schließlich war ich nicht Ollies Kindermädchen.

Und dass ihr Besuch unserem neuen Hausherrn galt, darauf hätte ich sogar Luna verwettet!

Irgendwie war ich jetzt raus aus dem Spiel. Ich ließ die Figuren stehen, wo sie waren, setzte mich in den Sessel und grübelte vor mich hin.

Drei Dinge passierten auf einmal. Und alle drei noch vor dem täglichen *Five o'clock Tea.*

Als Luna erneut kurz anschlug, war ich gleich beim Fenster. Die beiden Gorillas hauten ab. Das war das Erste. Sie setzten sich in ihre Karosse und fuhren vom Hof. Ich schaute auf die Uhr. Ihr Besuch hatte eine halbe Stunde gedauert.

Aber nicht deswegen hatte Luna gebellt. Ein weiterer Wagen war vorgefahren. Das war das Zweite. Offensichtlich ging es hier heute zu wie in einem Taubenschlag. Der rote Mini parkte direkt neben Ollies Morgan. Die Fahrertür wurde geöffnet, und ich sah zunächst ein Paar schlanke Beine. Dann kamen ein knielanger Tweedrock zum Vorschein, eine schwarze Lederjacke und schließlich ein rot geflammter Haarschopf.

Ich konnte nicht verhindern, dass ich mich bei dem Wunsch ertappte, Frau Doktor Greiffenbergs Besuch möge mir gelten. Als sie dann ausstieg und unvermutet zu mir hochblickte, hätte ich fast einen Fluch ausgestoßen.

Erwischt!

Sie hob die Hand und winkte mir freundlich zu.

Ich grüßte zurück und entfernte mich schnell vom Fenster.

Als Drittes hörte ich die Schritte draußen auf der hölzernen Treppe, die zu meinem Korridor führte. Es hörte sich an, als hätte es jemand sehr eilig.

Heftig wurde an meine Tür geklopft. Ich öffnete, und Ollie fiel fast herein. Seine Wangen waren stark gerötet, und in seinen Augen bemerkte ich einen seltsamen Glanz. Später, als ich ihn besser kennengelernt hatte, wusste ich, dass dieser Glanz stets auftrat, wenn er aufgeregt war. Oder wenn er ein gutes Geschäft witterte. Oder beides.

«Moritz, Sie ahnen ja nicht, was gerade passiert ist!«

»Sie hatten Besuch«, mutmaßte ich. Seiner erstaunten Miene entnahm ich, dass ich ins Schwarze getroffen hatte. Natürlich hatte ich mir schon gedacht, dass seine Rotkäppchenbacken mit den sonnenbebrillten Dschungelbewohnern zusammenhingen.

»Sie haben spioniert! Aber das macht nichts! Wissen Sie, was passiert ist? Wir sind gerettet!«

Ich ließ ihn erst einmal eintreten und bat ihn, Luft zu holen. Gleichzeitig kündigte sich von der Treppe her ein weiterer Besucher an. Praktisch, dachte ich, denn noch hatte ich die Tür zu meinen Räumlichkeiten nicht wieder geschlossen. Im nächsten Moment wirbelte ein roter Haarschopf um die Ecke.

»Frau von Greiffenberg!«, entfuhr es mir verblüfft. Ich ließ Ollie stehen, quetschte mich an ihm vorbei und reichte ihr die Hand.

»Habe ich etwas im Gesicht kleben?«, fragte sie.

»Wie meinen Sie das?«

»Ihr Mund steht offen.« Tatsächlich war ich mehr als erstaunt, dass sie den Weg zu mir gesucht hatte. Ich hatte eher damit gerechnet, dass Sie zur Gräfin oder meinetwegen auch zu Ollie wollte. Als Ärztin vor Ort war sie auch im Todesfall des Majors hinzugezogen worden. Damals hatten wir uns zwar nicht persönlich kennengelernt, aber ich erinnerte mich im Nachhinein an ihren Namen.

»Entschuldigen Sie, ich bin – kommen Sie doch herein.«

»Moritz, Sie müssen es erfahren!«, redete unterdessen auch Ollie auf mich ein. Ich blendete ihn aus.

Dann wurde mir bewusst, dass ich nicht sehr höflich war. »Das ist Ollie«, sagte ich. »Genauer gesagt: Oliver Dylan Dickens, der Großneffe des Majors.«

»Ich weiß«, antwortete die Ärztin.

»Sie haben sich bereits kennengelernt?«

»Ich habe gesehen, wie er den Tatort mit seinem Wagen planieren wollte.«

»Sie waren noch da?«, entfuhr es mir.

»Ja, ich hatte meine Tasche vergessen. Deswegen bin ich

zurückgegangen. Und deswegen muss ich mit Ihnen sprechen, Herr Morgenstern.«

«Frau von Greiffenberg«, stellte ich Ollie meine Besucherin vor.

Ich bedeutete Frau von Greiffenberg und Ollie, sich zu setzen. Sie nahmen am Tisch Platz.

Dort standen noch immer die Playmobilmännchen. Frau von Greiffenberg runzelte die Stirn. »Sie spielen mit Playmobilfiguren?«

»Nein, nein, es ist ...« Ich zögerte, ihr meine Beweggründe auf die Nase zu binden.

Ollie griff automatisch nach einer der Figuren. »Nicht anfassen!«, rief ich.

Seine Hand zuckte zurück. Ich hatte mich im Ton vergriffen, aber ich wollte nicht, dass er die Figuren verrückte. Ihre Aufstellung wäre dann nicht mehr dieselbe für mich gewesen.

»Was ist denn los mit Ihnen?«, fragte er eingeschnappt.

»Nichts, entschuldigen Sie, Ollie, dass ich Sie so angefahren habe. Aber bitte lassen Sie die Männchen so stehen, wie sie sind.«

»Ich kenne einen Kollegen, der im Zuge seiner systemischen Beratung darauf zurückgreift«, plauderte meine Besucherin.

»Ganz so ernst ist es bei mir nicht«, beschwichtigte ich. Und um es kurz zu machen: »Ollie, was haben Sie denn jetzt auf dem Herzen?«

»Ich hatte Besuch von zwei Herren«, erklärte Ollie. Offensichtlich ließ er sich seine gute Laune von mir nicht kaputtmachen. »Sie verhandeln im Auftrag einer Firma namens – Moment!« Er zog ein Kärtchen hervor und las: »BT NATURE. Klingt gut, oder?«

»Um was handelt es sich denn bei dieser – Firma?«, fragte ich misstrauisch.

»Ist das wichtig? Ich habe nicht näher danach gefragt. Und

Sie werden es auch nicht, mein Freund, wenn Sie hören, was die beiden famosen Burschen mir angeboten haben. Halten Sie sich fest!«

»Ich sitze bereits. Kommen Sie doch endlich zur Sache!«

»Sie wollen das *Rübezahl* kaufen! Die ganze Ruine. Und das Grundstück! Ist das nicht Wahnsinn?«

»Es kommt auf den Preis an.«

»Das ist es ja! Sie haben eine halbe Million geboten!«

»Wo ist der Haken?«

»Es gibt keinen, das ist ja gerade das Wunderbare! Sie wollen hier ihre deutsche Zweigstelle errichten. Sogar als ich zur Bedingung machte, zunächst einen Sachverständigen hinzuzuziehen, versprachen Sie, sich um alles zu kümmern. Bereits in einer Woche werden Sie mir den Vertrag vorlegen!«

Ich fragte mich, ob Ollie den Naiven nur spielte oder ob er wirklich naiv war. Ich war mir nicht ganz sicher.

»Ich gratuliere«, sagte ich und gab ihm die Hand, die er freudig nahm und schüttelte.

Ich erhob mich. »Ich begleite Sie hinaus. Sicherlich haben Sie jetzt viel vorzubereiten!«

Ich schob ihn aus dem Raum in den Korridor.

Dann wandte ich mich wieder Frau von Greiffenberg zu. »Ganz schön durch den Wind, der junge Herr Dickens«, stellte sie fest.

»Immerhin hat er heute schon einige Schicksalsschläge hinter sich. Man könnte es auch Berg- und Talfahrt nennen.« Ich erzählte ihr von dem Besuch der beiden Männer und davon, was ihm inzwischen widerfahren war. »Er hat ein Angebot für das *Rübezahl* erhalten. Man will es ihm abkaufen.«

»Wer, glauben Sie, waren die Männer?«

»Jedenfalls keine Samariter. Haben Sie schon einmal etwas von dieser seltsamen Firma gehört? Wie hieß sie noch? BT NATURE.«

Frau von Greiffenberg schüttelte den Kopf. »Nein, nicht dass ich wüsste, aber es lässt sich sicherlich schnell herausbekommen. Sie haben doch sicherlich einen Computer.«

Ich nickte und führte sie in mein Arbeitszimmer. Eigentlich trug es die Bezeichnung zu Unrecht. Ich hatte, seit ich mich hier wohnlich eingerichtet hatte, nie wieder gearbeitet. Dementsprechend sah es aus: Die drei metallenen Pinnwände waren leer. Ihre schwarze angelaufene Oberfläche glänzte matt. Ich liebte ihren Anblick. Sie hatten eine fast meditative Wirkung auf mich. Und ich wusste: An dem Tag, an dem der erste Zettel, die erste Arbeitsnotiz oder das erste Fahndungsfoto dort hängen würde, wäre mein Absturz besiegelt.

Der Schreibtisch war leer bis auf einen Montblanc und einen unbeschriebenen DIN A-4-Block. Das Telefon war staubig. Ich bekam selten Anrufe. Und wenn ja, dann eher über mein Handy. Der PC stand unbenutzt in einer Ecke. Ich schaltete ihn ein. Ebenso den Monitor. Nach einer Ewigkeit begann es auf dem Bildschirm zu flackern.

»Älteres Modell, hm?«

»Ziemlich«, gab ich zu.

»Entschuldigen Sie, wenn ich neugierig bin, aber was arbeiten Sie eigentlich?«

»Dies und das«, antwortete ich ausweichend.

»Ich meine, ich habe Ihren Namen schon einmal irgendwo gelesen ...«

Ich wusste nicht, ob sie bluffte oder ob sie wirklich neugierig war. Zum Glück war der PC inzwischen hochgefahren. Ich ging über AOL ins Internet und tippte die Google-Adresse ein. Danach schrieb ich in das Suchfeld BT NATURE.

Der allwissende Mr Google spuckte nur eine einzige Erfolgsmeldung aus. Unter btnature.com gelangte ich allerdings auf eine Seite, die »under construction« war. Doch enthielt sie den winzigen Zusatz: Innovation & Technology.

Das konnte alles und nichts heißen. Enttäuscht wollte ich den PC herunterfahren, aber Maren von Greiffenberg stieß ein entschiedenes »Stop!« aus.

Meine Hand verharrte mit der Maus. Meine Besucherin zog sich einen Stuhl heran und setzte sich neben mich. Zum ersten Mal roch ich ihr Parfüm. Es war eine dezente Note von Chanel. Offensichtlich bevorzugte sie es klassisch.

»Geben Sie doch bitte einmal ›Innovation‹ und ›Technology‹ ein. Vielleicht kommen wir so weiter.«

»Glauben Sie? Das sind doch Allerweltsbegriffe.« Dennoch tat ich ihr den Gefallen.

Ich wartete 0,20 Sekunden. Dann konnte ich mir ein Grinsen kaum verkneifen. Google präsentierte 74 Millionen Ergebnisse. Darunter waren Firmen für Flachleiterkabel, Software-Technologie und Finanzlösungen. Die Herren, die Ollie das verlockende Angebot gemacht hatten, konnten für alles und nichts stehen. Es gab sogar einen Stiftungslehrstuhl für Technologie- und Innovationsmanagement. Vielleicht sollte hier eine private Hochschule entstehen. Selbst unser lahmes Verkehrsministerium nannte sich offiziell bmvit – Bundesministerium für Verkehr, Innovation und Technologie. Merkwürdig, dass die noch nie was gegen die vielen Staus auf Deutschlands Straßen entwickelt hatten. Zumindest nichts, was funktionierte.

»So kommen wir nicht weiter«, erkannte Maren von Greiffenberg. »Lassen Sie mich mal.« Sie hatte offenbar Blut geleckt.

Ich rückte bereitwillig zur Seite und überließ ihr die Tastatur. Während sie die unterschiedlichsten Begriffe eingab, hatte ich Zeit, sie zu betrachten. Was ich sah, gefiel mir einmal mehr ausnehmend gut.

Sie war keine Traumfrau. Zumindest äußerlich nicht. Für ein Model war sie zu klein, und ihr Gesicht hatte sicherlich nicht die klassischen Schönheitsproportionen. Aber ein Adonis war ich ja auch nicht gerade. Während ich sie ansah, fragte ich mich, warum ich sie attraktiv fand. Unvermittelt sah sie mich an. »An was denken Sie?«

»BT könnte doch auch für British stehen.«

»Und deswegen starren Sie mich an?«

»Ich habe Sie nicht angestarrt.«

»Haben Sie doch! Allerdings erscheint mir Ihre Idee nicht ganz abwegig. Ich versuche es mal.«

Sie wandte sich erneut zum Bildschirm hin. Ich ließ sie zehn Minuten lang gewähren, dann wurde es mir zu langweilig. »Das hat keinen Zweck. Lassen Sie uns zunächst einmal ganz naiv an die Sache herangehen. Das einzige Wort, dessen Bedeutung sich uns erschließt, ist Nature. Bringen wir das mit den Begriffen von der Homepage zusammen, also Innovation und Technologie, welche Assoziationen haben Sie?«

»Natur. Innovation. Technologie. Ich hab's: Landmaschinen!«

»Dünger!«

»Windräder.«

»Futtermittel«

»Gen-Mais.«

»Beziehungsweise: Genrüben.«

»Ich habe noch nie etwas von Gen-Rüben gehört.«

»Einmal ist immer das erste Mal«, erklärte sie.

Jetzt hatte auch ich Blut geleckt. »Geben Sie es mal ein!«

»Was?«

»Na, Gen-Rüben.«

Diesmal benötigte Mr Google nur 0,17 Sekunden. Auch fand er nur 617 Ergebnisse. Aber immerhin überzeugte er mich davon, dass Gen-Rüben ein Thema waren.

Eine »KWS Saat AG« mit Sitz in Einbeck hatte bereits vor siebzehn Jahren mit gentechnisch veränderten Zuckerrüben im südlichen Niedersachen experimentiert. Das Umweltinstitut München e. V. berichtete auf seiner Website, dass ausgerechnet das Bundesamt für Verbraucherschutz und Lebensmittelsicherheit trotz breiter Proteste den weiteren Anbau genmanipulierter Zuckerrüben genehmigt hatte. Als Datum war der 31.3.2008 angegeben.

»Wieder steckt KWS dahinter«, erkannte Frau von Greiffenberg.

Der deutsche Saatgutkonzern hatte inzwischen eine hundertprozentige Tochter in die Welt gesetzt, die Planta GmbH. Laut Institutsangaben wurden die genmanipulierten Rüben von der KWS gemeinsam mit dem Gentechnik-Konzern Monsanto entwickelt.

»Und wenn wir auf der falschen Fährte sind?«, fragte ich.

»Selbst falsche Fährten führen irgendwann unter Umständen zu der richtigen. Das ist meine Erfahrung als Wissenschaftlerin. Ausschlussverfahren nennt man das.«

»Es geht Ihnen dabei doch nicht um Ollie. Warum sind Sie gekommen? Hatten Sie mir nicht etwas sagen wollen?«

Sie tat erstaunt. KWS und Gen-Rüben waren plötzlich kein Thema mehr. Sie schlug sich an die Stirn. Als Theaterspielerin fand ich sie nicht sehr überzeugend.

»Stimmt ja, ich wollte Sie fragen, ob Sie heute Morgen vielleicht etwas am Tatort gefunden haben?«

»Gefunden?«

»Ja.«

»Wie kommen Sie darauf? Vermissen Sie etwas?«

»Nachdem ich mich verabschiedet hatte, stellte ich fest, dass ich etwas verloren hatte. Also bin ich noch mal zurück zum Tatort und habe Sie aus einem der Büsche kommen sehen.«

»Ich dachte, Sie hätten Ihre Handtasche vergessen?«

»Ja, das auch.«

»Ich habe mich übergeben müssen.«

»Ja, das kommt vor, wenn man als Amateurdetektiv seine Nase zu tief in die Angelegenheit der Polizei steckt.« Sie lächelte verhalten. »Ich hoffe, es geht Ihnen wieder besser?«

»Geht so«, antwortete ich ausweichend. »Was haben Sie denn verloren?«

»Wenn Sie es gefunden hätten, wüssten Sie, was ich meine«, antwortete sie ausweichend.

»Mir ist nichts aufgefallen«, log ich.

»War auch nur eine Frage. Vergessen Sie es bitte.«

Die Stimmung zwischen uns war kühler geworden.

Sie erhob sich.

»Wollen wir nicht weitergoogeln?« Ich versuchte, sie zum Bleiben zu überreden.

»Nein, ich habe noch ein paar Besuche vor mir. Vielleicht hat ja Ihr Freund Norbert oder einer der anderen Beamten den verlorenen Gegenstand gefunden.«

Sie schenkte mir ein Lächeln. Da war es wieder: Dieses Theatralische, das ihr so gar nicht stand.

Sie wühlte in ihrer Handtasche und zog ein rosafarbenes Kärtchen heraus. Sie reichte es mir. »Meine Telefonnummer. Nur für den Fall des Falles.«

»Natürlich. Darf ich Sie trotzdem fragen, ob Sie Lust hätten, mit mir morgen Abend essen zu gehen?«

»Morgen Abend passt mir!«

»Soll ich Sie abholen?«

»Lieber nicht. Ich bin gern unabhängig. Wenn Sie mir auf die Nerven gehen, verabschiede ich mich nach der Vorspeise.«

»Mögen Sie italienisch?«

»Warum nicht.«

»Dann treffen wir uns morgen in Bad Salzuflen. Direkt vor dem alten Rathaus in der Innenstadt. Um neunzehn Uhr.«

Ich begleitete sie Richtung Tür. Unterwegs fiel ihr Blick abermals auf den Küchentisch mit den Playmobilfiguren. Grübelnd blieb sie einen Moment davor stehen.

»Seltsam, dass die eine Puppe keinen Kopf mehr hat. Dafür liegt dort einer herum.«

»Ja, seltsam.«

Sie besah sich die Szenerie. Schließlich sah sie mich scharf an. Wieder hatte ich das Gefühl, dass Sie mich durchschaute. »Sie sind nicht fertig geworden. Wir haben Sie gestört, nicht wahr?«

»Ich wollte sie sowieso gerade wegräumen«, log ich.

Sie stand so nah, dass ihr dezentes Parfüm meine Nase kitzelte. Ich wich ihrem Blick nicht aus.

»Sie sollten sich da nicht einmischen!«, sagte sie mit ernster Stimme. »Überlassen Sie die Angelegenheit der Polizei.«

»Wem sonst?«, sagte ich ausweichend.

Abermals schaute sie auf die Ansammlung der Playmobilmännchen. »Sie haben eine wichtige Person vergessen.«

»Und welche?«

Sie wühlte in dem Karton herum. Schließlich zog sie einen Astronauten hervor.

»Sie haben sich selbst vergessen«, antwortete sie und stellte den Astronauten zu der Szenerie. Sie platzierte ihn weit weg von den anderen Figuren, fast an den Rand der Tischplatte. Ein paar Millimeter weiter, und er würde hinabstürzen.

6.

Als ich pünktlich zur Teestunde eintrudelte, traf ich auf eine ausgesprochen gut gelaunte Gesellschaft. Selbst Duffy trug die Mundwinkel ein wenig höher als sonst, während er servierte. Seinen Kaureflex hatte er unter Kontrolle. Dennoch nahm ich den leichten Spearmintgeruch wahr. Mich konnte er nicht täuschen.

»Stellen Sie sich vor, Moritz, wir haben, während Sie mit Ihren Dingen beschäftigt waren, eine Idee entwickelt, wie wir an das Geld anderer Leute kommen«, begrüßte mich Ollie.

»Gratulation.« Solange es nicht mein Geld war, konnte es mir egal sein.

»Ja, wir werden aus der Burgschenke *Rübezahl* wieder ein Restaurant machen!«, verkündete die Gräfin triumphierend.

Im Geiste sah ich bereits Heerscharen von hungrigen Wanderern meinen Vorgarten bevölkern. Es war keine gute Idee, so fand ich. Aber ich durfte nicht nur an mich denken. Immerhin brauchte Ollie Geld.

»Moment!«, sagte ich. »Haben sich nicht bereits potenzielle Käufer für das Anwesen gefunden?«

»Ich habe es mir anders überlegt«, erwiderte Ollie. »Ein Dickens ist nicht so ohne Weiteres käuflich. Immerhin ist dies so etwas wie der Dickens'sche Familienlandsitz.«

»In der Tat!«, pflichtete ich ihm bei. Auch wenn er angesichts des Zustands des Gebäudes sicherlich übertrieb.

»Ich habe die Küche inspiziert«, erklärte Ollie. »Die ist zwar uralt, aber funktionstüchtig. Außerdem stehen genügend Räume leer. Dort richten wir die Gasträume ein.«

»Solange ihr mir meine Wohnung lasst, ist mir das egal.«

»Aber Herr Moritz, ein bisschen mehr Enthusiasmus hätte ich von Ihnen erwartet«, tadelte die Gräfin.

»Ihr braucht erst einmal eine Genehmigung ...«

»Die haben wir«, winkte die Gräfin ab. »Die Schankerlaubnis ist nie erloschen. Wir müssen nur ein Gewerbe anmelden und grünes Licht vom Ordnungsamt bekommen. Letzteres ist kein Problem, ich habe da einen alten Schulkameraden, der noch immer beste Verbindungen hat.«

Der Bursche musste demnach im gleichen Alter sein wie die Gräfin.

»Na, dann Prost!« Duffy schenkte mir Tee ein. Die drei kamen mir vor wie übermütige Kinder, die im Sandkasten mit Förmchen spielten und ihre Kuchen als großartige Geschäftsidee verkaufen wollten.

»Wann soll es denn losgehen?«, fragte ich.

«So bald wie möglich«, sagte Ollie. »Wir müssen nur noch die Vorfinanzierung mit der Bank regeln. Ganz ohne Kapital geht es nun mal nicht.«

»Verstehe«, sagte ich und trank meinen Tee.

Wenn ich geahnt hätte, dass ich in puncto Kapitalbeschaffung noch eine entscheidende Rolle spielen sollte, hätte ich mich am Tee verschluckt und wäre wahrscheinlich schreiend geflüchtet!

So ereignisreich der Tag gewesen war, so ereignislos floss der nächste dahin. Nachdem ich mit Luna einen Spaziergang gemacht hatte, fuhr ich in die Detmolder Innenstadt, um einige Besorgungen zu machen, und bog schließlich in einen kleinen Hinterhof ab. Ein Schild verhieß die Linderung meines Magenknurrens. *Rudolf's Rostbratwurst* stand dort in von appetitanregenden Bildern untermalten Buchstaben. Ich fragte mich insgeheim, ob es einen Zusammenhang gab zwischen dem falschen angelsächsischen Genitiv mit dem fehlgesetzten Apostroph und dem Geschmacksfaktor. Jedenfalls hatte ich die besten Bratwürste immer dort gegessen, wo ein wagemutiger Apostroph ganzen Scharen von fanatischen Deutsch- und Grammatikaposteln Widerstand leistete. *Rudolf's Rostbratwurst* gehörte dazu. Ich bildete mir ein, dass die Sauce zur Currywurst hier früher besser gemundet hatte, aber vielleicht hatte sich nur mein Geschmack im Laufe der Zeit gewandelt.

Zum Glück war heute nicht Samstag. Da konnte es vorkommen, dass die Leute bis in die Fußgängerzone Schlange standen. Ich orderte eine Mantaplatte und stellte mich etwas abseits in meine Ecke. Während ich die heißen Pommes hinunterschlang, spielte ich mit der einen Hand in Gedanken versunken mit einem Playmobilmännchen. Ich hatte es mehr oder weniger unbewusst genommen und eingesteckt. Es war der Astronaut.

Ich zog ihn aus der Tasche und stellte die Figur auf den Tisch. Ich fühlte mich alles andere als schwerelos. Im Gegenteil: Im übertragenen Sinne kam ich mir vor wie jemand, der Blei geschluckt hatte. Ich kam nicht von der Stelle. Das betraf so viele offene Fragen in meinem Leben. Natürlich lag es an mir. Ich hatte lange gezögert, Ziele zu definieren. Das Leben in den Tag hinein war mir fast schon zur bequemen Gewohnheit geworden.

Hatte Frau von Greiffenberg mir das klarmachen wollen?

Aber wo lagen die Ziele?

«Darf ich Ihnen gratulieren? Sie haben Ihr kindliches Ich noch nicht verloren«, vernahm ich plötzlich eine Stimme hinter mir. Ich drehte mich um und erblickte eine junge Frau. Blonde lockige Haare fielen ihr bis auf die Schultern. Trotz der eher kühlen Witterung war sie oberhalb der Jeans nur mit einem T-Shirt bekleidet. Es saß zu eng. Darüber trug sie einen Bauchladen.

»Was meinen Sie?«, fragte ich.

Sie deutete auf den Astronauten. »Ist das Ihr Spielzeug?«

Ich nickte. »Na ja«, sagte ich. »Eigentlich ist es mehr als ein Spielzeug. Eine Art Spiegel.«

»Verstehe, Sie würden gern davonfliegen.«

Da war etwas Wahres dran. »Vielleicht. Aber es würde nichts ändern. Sie wissen ja, wie das mit Astronauten so ist: Irgendwann kommen sie alle wieder herunter.«

»Oder sie verglühen im All.«

»Oder sie werden schrullig und seltsam und glauben plötzlich an Außerirdische.«

»Glauben Sie etwa nicht daran?«

Ich musste plötzlich an Ollie denken. »Doch, irgendwie schon. Es kommt nur darauf an, wie Sie den Begriff des Außerirdischen definieren.«

»Werden Ihre Pommes nicht kalt?«

Sie sah irgendwie hungrig aus. »Ich bin satt. Möchten Sie auch welche?«, fragte ich. »Ich lade Sie ein.«

»Oh ja, aber ich esse von Ihren mit. Ich könnte es nie übers Herz bringen, das, was uns Mutter Erde geschenkt hat, wegzuwerfen.«

Sie aß mit den Fingern. Es wirkte auf eine gewisse Art sehr sinnlich. Ich wandte den Blick ab und schaute auf ihren Bauchladen. Sie präsentierte dort ihren Silberschmuck. Ketten, Anhänger, Ringe ...

Nachdem sie meinen Teller leer gegessen hatte, sagte sie: »Ich habe etwas für Ihren kleinen Astronauten.« Ein Klecks Mayonnaise klebte an ihrer Unterlippe.

»Schade, ich hatte gehofft, Sie würden mir nichts verkaufen wollen.«

»Will ich auch nicht. Es ist ein Geschenk. Ich schwärme für Astronauten. Es muss ein tolles Erlebnis sein, die Erde von oben zu betrachten.«

»Mir reicht das Elend, das ich hier unten sehe.«

Sie wählte einen Ring aus ihrem Bauchladen, zog den Helm des Playmobilmännchens ab, damit der Ring über den Kopf passte, und setzte den Kopf wieder auf. Der Ring wirkte wie ein glitzernder Halsreif. Ich bemerkte, dass er mit rätselhaften Runen verziert war.

»Was bedeutet das?«, fragte ich neugierig.

»Glück«, lächelte das Mädchen. »Und das wünsche ich Ihnen.«

Ich fuhr noch einmal zu Armin, ohne dass ich etwas Neues erfuhr.

Er schien sich von dieser Welt für eine Weile verabschiedet zu haben. Bereits als ich die Haustür öffnete, schallten mir psychedelische Klänge entgegen. Die Tür war nicht verschlossen. Er saß im Schneidersitz auf dem Boden seiner Wohnküche und rauchte einen Joint. Aus zwei Lautsprechern waberten Pink Floyds sphärische Klänge.

Have a cigar …

Armin reichte mir den Joint, aber ich winkte dankend ab. »Ich muss einen klaren Kopf behalten. Solltest du besser auch.«

Ich setzte mich zu ihm auf den Boden.

»Warum? Ist doch alles easy!« Er lachte albern.

»Hat sich die Polizei bei dir gemeldet?«, wollte ich wissen.

»Klar. Null problemo. Die haben alles im Griff. Haben komische Fragen gestellt, von wegen eheähnliche Gemeinschaft. Als ob Ludwig und ich schwul wären!« Er kicherte wieder auf diese alberne Art. »Ich hab denen gesagt, sie sollen sich ihre Gummistöcke in den Arsch schieben. Das hat ihnen nicht gefallen. Haben gefragt, ob sie sich mal umgucken dürfen. Ich hatte nichts dagegen. Dann sind sie wieder abgezogen. Wir kommen wieder, haben sie gesagt. Klang wie eine Drohung.«

Er nahm einen Zug und inhalierte tief. Er schien weit weg zu sein. Ich hatte die Befürchtung, dass er mir völlig entglitt.

»Und deshalb dröhnst du dich jetzt total zu?«

Sein Geist kehrte zurück auf die Erde. Für ein paar Augenblicke klärte sich sein Blick.

»Die Polypen können mich mal. Du weißt genau, dass ich keine Angst habe vor denen. Aber das war nicht der einzige Besuch ...«

»Spuck's schon aus.«

»Da waren so Herren mit schwarzen Anzügen und Sonnenbrillen. Die wollten alles ganz genau wissen. Die wussten, was wir damals in Berlin gemacht haben.«

Sprach er von den Gorillas, die Ollie besucht hatten? Ich konnte es mir kaum vorstellen. Ich beschrieb sie ihm und sagte: »Die zwei sind im Auftrag einer Firma namens BT NATURE unterwegs.«

Armin überlegte. »BT NATURE? Nie gehört. Nein, meine Besucher waren von einem anderen Stern. Glaub mir, die wollen mich fertigmachen. Du kriegst 'ne Gänsehaut, wenn sie dich angucken, obwohl du ihre Augen gar nicht sehen kannst ...«

Armin horchte plötzlich auf. Auch ich spitzte die Ohren. Waren seine Besucher zurückgekommen?

Aber dann erkannte ich, dass er wie hypnotisiert der Musik lauschte. Inzwischen lief *Wish you were here.*

»Hörst du ihn?«, flüsterte er.

Verständnislos sah ich ihn an. Seine Lippen beteten die Textzeilen mit:

»So you think you can tell
heaven from hell blue skies from pain ...«

Ich spürte, wie mir eine Gänsehaut über den Rücken lief. Allerdings nicht wegen des Liedes.

Während ich wieder zurückfuhr, klang mir noch immer Pink Floyd in den Ohren:

… running over the same old ground what have we found the same old fears wish you were here …

Die alten Ängste. An meine Ängste mochte ich gar nicht denken. Aber Armin und Ludwig hatten immer wieder angedeutet, dass sie damals in Berlin offene Rechnungen nicht beglichen hatten. Oder hatten sie noch viel mehr zu verbergen, als ich ahnte?

Jedenfalls schienen die Besucher bei Armin jeden Nerv der Angst getroffen zu haben. Ich fragte mich, wer die Kerle gewesen sein mochten. LKA? BKA? Es gab da eine Menge anderer Organisationen, die gern weiterbohrten. Auch nach über zwanzig Jahren noch.

Oder sah ich Gespenster? War Armins einzige und größte Angst vielleicht nur die Angst vor dem Alleinsein?

Wieder zu Hause angekommen, war ich in schlechterer Stimmung als je zuvor. Ich versuchte, Norbert an den Apparat zu bekommen, aber er ließ sich ständig verleugnen. Schließlich gab ich es auf.

Ich schaute auf die Uhr. Bis zum Abend waren es noch einige Stunden. Ich fragte mich, ob es richtig gewesen war, dass ich mich mit Maren von Greiffenberg verabredet hatte. Doch der Gedanke an sie verscheuchte zumindest die dunklen Wolken, also konnte daran nichts falsch sein. Zum ersten Mal seit langer Zeit machte ich mir tatsächlich Gedanken darüber, was ich anziehen würde.

Als passendes Lokal für unser Abendessen hatte ich das *Mare e Sole* ausgesucht.

Als wir das halb gefüllte Ristorante betraten, kam Roberto mit wieseligen Schritten herangeeilt. »Dottore Moritz!«, begrüßte er mich überschwänglich. »Sie waren lange nicht mehr hier. Und eine so schöne Frau beehrt meine Lokal, Mamma mia.«

Ich gab ihm mit einer unauffälligen Handbewegung zu verstehen, dass er die Übertreibungen sein lassen sollte. Er nickte gekränkt. Maren von Greiffenberg lächelte. Sie hatte es mitbekommen.

Roberto führte uns zu einem bevorzugten Platz, einem Zweiertisch direkt vor dem großen Fenster, von dem aus wir einen herrlichen Blick auf das im Weserrenaissancestil erbaute alte Rathaus hatten.

»Wie schön«, sagte Frau von Greiffenberg. »Ich war schon lange nicht mehr in Bad Salzuflen. Das letzte Mal mit meinen Eltern. Ich habe sie besucht, als sie beide hier zur Kur waren. Stehen die Salinen eigentlich noch?«

»Sie meinen die Gradierwerke«, verbesserte ich. Es handelte sich um riesige, aus Holz und Schwarzdornhecken erbaute Anlagen, die ursprünglich als Teil einer Saline zur Salzgewinnung dienten. In Bad Salzuflen dienten sie der Erholung. Das aus den Quellen stammende salzhaltige Wasser, das unaufhörlich von oben durch den Schwarzdorn floss, sorgte für ein lungenfreundliches Meeresklima.

Ich erklärte ihr den Unterschied und hoffte, dass ich nicht zu besserwisserisch klang.

Roberto brachte die Karte. »Signora, bitte sehr.« Er tänzelte um Maren von Greiffenberg herum wie ein Hofnarr. Dabei zwinkerte er mir hinter ihrem Rücken zu. Er war von ihrer Erscheinung wirklich beeindruckt. Er musste sich nicht verstellen. Nachdem er sich nach unseren Getränkewünschen erkundigt hatte, zog er sich wieder zurück.

Wir studierten die Karte. Das heißt, meine Begleiterin ließ ihren Blick darüberschweifen. Ich nutzte die Gelegenheit, um mein Gegenüber zu betrachten.

Anders als bei unserer ersten Begegnungen war ihr Haar nicht von Wind und Regen zerzaust. Die Frisur wirkte elegant, das Rot war mit einem edlen Schimmer durchwirkt. Das Gesicht war dezent geschminkt, nicht zu aufdringlich, sondern gerade so, dass die natürliche Schönheit ihrer klassischen Gesichtszüge betont wurde. Ein paar Falten saßen um die Mundwinkel herum. Es waren nicht nur Lachfalten.

Mein Blick wanderte unauffällig weiter. Ihre Figur zeichnete sich unter ihrem Pullover ab.

In diesem Moment hob sie den Blick und hatte mich ertappt. Sie grinste. »Ja, es ist Cashmere«, antworte sie.

»Genau das wäre meine Frage gewesen. Ich bin ganz hin und weg davon.«

»Sie sind nie um eine Antwort verlegen, oder?«, fragte sie.

»Der Eindruck trügt. Überhaupt glaube ich, dass Sie ein ganz falsches Bild von mir haben. Ich hoffe, dass der Abend Sie davon überzeugen wird, dass ich nur lautere Absichten habe.«

»Nun, das sei einmal dahingestellt. Was können Sie mir empfehlen? Die Karte ist zwar nicht groß, aber ich kann mich nicht entscheiden.«

»Nehmen Sie den Vorspeisenteller, danach die Spaghetti mit Rucola und als Nachtisch die Tiramisu. Hört sich alles ziemlich einfach an, schmeckt hier aber besonders gut. Geht Ihnen das öfter so?«

»Was meinen Sie?« Sie tat verwirrt.

»Dass Sie sich nur schwer entscheiden können?«

Sie seufzte. »Ich hatte gehofft, dieser Teil würde erst nach dem Essen folgen.«

»Verzeihen Sie«, sagte ich. Ich meinte es ernst.

»Ich bin Zwilling. Kennen Sie sich damit aus?«

»Sie meinen mit Sternzeichen?« Ich überlegte und kratzte mein Wissen zusammen. »Sie sind ein lebhafter Mensch, Sie stehen stets unter Spannung, das ist der Motor, der Sie antreibt. Auf der anderen Seite sehnen Sie sich nach Ruhe und Geborgenheit. Manchmal finden Sie sie sogar.«

Sie lachte. »An Ihnen ist ein echter Amateurpsychologe verloren gegangen. Im Großen und Ganzen stimmt es, was Sie sagen: Ich war enttäuscht, als Sie vorgeschlagen haben, italienisch essen zu gehen. Ich hätte lieber etwas Außergewöhnliches ausprobiert. In Bielefeld gibt es einen neuen Inder.«

»Ist das eine Einladung?«

Wieder lachte sie, sodass ich fast glauben mochte, die Linien um ihre Lippen seien doch Lachfältchen. »Genießen wir erst einmal diesen Abend.«

Roberto kam herangewieselt und nahm unsere Bestellung auf. Dabei klebten seine Blicke die ganze Zeit über an Maren von Greiffenberg. Als er sich wieder entfernt hatte, sagte sie: »Er hat Ihnen vorhin zugezwinkert. Welche geheimen Botschaften tauschen Sie miteinander aus? Sind Sie öfter mit einer Frau hier zu Gast?«

»Sie haben Roberto echt beeindruckt«, wich ich aus.

Und Sie?

Mich auch.

Wir schwiegen.

»An was denken Sie?«

»Das war gerade eine hundertprozentige Gesprächsvermeidung à la Magnus Enzensberger. Wir haben alles gesagt, also sagen wir nichts. In dem Nicht-Gesagten liegt das eigentlich Spannende.«

»Aber Sie haben es gedacht.« Sie war tatsächlich so intelligent, wie ich vermutet hatte. Ich wand mich. Schließlich sagte ich: »Ich habe gerade gedacht, dass Sie eine wunderschöne Frau sind.« Ich hoffte, dass es nicht zu plump klang.

Ihre Wangen färbten sich tatsächlich ein wenig rot. Vielleicht lag es auch nur an der Wärme im Lokal.

»Vielen Dank für das Kompliment. Ich hoffe, es war ernst gemeint.«

»Die wenigsten meiner wenigen Freunde würden mich als Spaßvogel bezeichnen«, erwiderte ich.

Sie suchte meinen Blick, sah mir tief in die Augen. So verdammt tief, dass ich fürchtete, sie würde auch die Dinge darin entdecken, die verborgen in der Tiefe lauerten.

»Unbeschwertheit ist ein Stück Glück, das man sich nicht kaufen kann. Ich fürchte, ich habe sie auch nicht. Aber vielleicht ... Sie wissen ja, minus mal minus ergibt plus. Nur mal theoretisch gedacht: Wenn zwei Menschen, die nicht mehr lachen können, sich ineinander verlieben oder meinetwegen auch nur ein Zweckbündnis miteinander schließen, würde das funktionieren? Würden sie das Lachen wiederfinden? Und jetzt bilden Sie sich bitte nichts darauf ein.«

Zum Glück brachte Roberto die Getränke. Maren von Greiffenberg hatte sich für einen einfachen Soave entschieden, ich zog ein gezapftes Detmolder Pilsener vor.

Sie hob ihr Glas. »Prost. Auf einen hoffentlich angenehmen Abend.«

»Ich werde mich anstrengen«, versprach ich.

»Ich heiße übrigens Maren«, sagte sie.

»Moritz.«

Wir stießen miteinander an.

»Ich dachte immer, Frauen mögen keine Männer, die nur von sich erzählen. Warum verraten Sie mir nicht mehr über sich? Wohnen Sie allein?«

»Keine Ausflüchte! Im Übrigen waren wir bereits beim Du.«

Ich seufzte. »Deine Frage kann ich nicht ehrlich beantworten. Ich wäre voreingenommen. Weil ich sie bejahen würde. Zumindest käme es auf einen Versuch an. Ich weiß nicht, ob wir uns einen Gefallen tun, wenn wir mit dem Schwierigsten beginnen.«

»Dann hast du es zumindest hinter dir. Warum verkriechst du dich im tiefsten Teutoburger Wald? Norbert hat ein paar Andeutungen gemacht. Aber vielleicht erzählst du es mir ja selbst?«

»Also gut, wenn du unbedingt willst. Aber ich weiß nicht, ob dir das Essen danach noch schmeckt.«

»So schlimm?«

So schlimm.

»Es war einmal ein Mann, der war fünf Jahre jünger als ich. Er hatte alles Mögliche studiert, war in vielem nicht perfekt, aber in einem war er richtig gut: Er konnte schreiben. Und nicht nur das: Er konnte mit dem Schreiben Geld verdienen. Weil das, was er schrieb, außergewöhnlich war. Sein Spezialgebiet waren Kriminalfälle. Meistens solche, die noch nicht aufgeklärt waren: Entführung, Erpressung, Vergewaltigung, Mord – das ganze Strafgesetzbuch rauf und runter. Meistens schrieb er in Fortsetzungen. Wenn er sich eines Falles annahm, wusste er noch nicht, wie das letzte Kapitel jeweils ausgehen würde. Das war Teil seines Erfolges. Der Mann, nennen wir ihn Journalist, begann jeweils, ganz naiv an die Sache heranzugehen – genauso wie seine Leser es machen würden. Oder du und ich. Er stellte den Fall dar, erklärte die Sachlage und den Status quo. Danach begann er, sich in die Akten zu vertiefen. Meistens entdeckte er da schon Dinge, die Polizei und Sachverständige, nun ja, *anders* interpretiert oder schlichtweg übersehen hatten.«

Roberto brachte das *Amuse-gueule.* Es handelte sich um eine mit Knoblauch marinierte Jakobsmuschel auf Mangold.

»Der Journalist vertiefte sich so sehr in die Fälle, dass er Albträume bekam. Er machte trotzdem weiter. Von den Behörden wurde er meistens verlacht, das Publikum liebte ihn. Irgendwann, so prophezeiten die Ersten, würde er auf die Nase fallen. Irgendwann, so waren die Zweiten überzeugt, würde man keine Polizei mehr brauchen, sondern nur noch Leute wie ihn. Was alle nicht ahnten: Ihm ging es nicht – nicht in einem einzigen Fall – um die Sensation oder auch nur um Effekthascherei. Sondern stets um die Wahrheit.«

Ich trank einen Schluck. Die Bilder von damals waren plötzlich wieder gegenwärtig.

»Dem Erfolg folgte der Fall. Ein Mädchen war entführt worden. Es war gerade fünf geworden. Der nicht gerade am Hungertuch nagende Vater flehte den Journalisten an, seine Tochter zu finden. Der lehnte das Geld ab. Vielleicht, weil er damals schon ahnte, dass es nicht gut ausgehen würde. Der Täter, es handelte sich übrigens um einen guten Bekannten der Familie, stellte eine aberwitzige Lösegeldforderung. Der Journalist vermutete, dass das Lösegeld nur vorgeschoben war. Das Mädchen war entweder schon tot, oder es würde sterben müssen. Weil es den Entführer kannte. Und weiter: Vielleicht war es gar nicht entführt worden? Vielleicht hatte der Täter, wie gesagt, ein Freund der Familie, ja etwas anderes angestellt mit dem Mädchen. Sich zum Beispiel an ihm vergangen. Und weil er Angst bekam, hatte er es umgebracht. Um den Verdacht nicht auf sich zu lenken, stellte er die Lösegeldforderung. Man kam ihm auf die Schliche, weil man im Umfeld der betroffenen Familie die Vergangenheit sämtlicher Personen überprüfte. Zehn Jahre zuvor war er schon einmal wegen eines harmlosen Sittlichkeitsdeliktes aufgefallen. Damals hatte er sich teilweise entblößt Kindern genähert und sie aufgefordert ihn anzufassen. Im Verhör brach er irgendwann zusammen. Aber er weigerte sich, zu sagen, wo er das Mädchen versteckt hielt. Zum damaligen Zeitpunkt, das ließ sich hinterher eindeutig feststellen, lebte es noch. Der Täter hatte es in einem mit Luftlöchern und Luftschläuchen ausgestatteten Sarg in der Nähe des Donoper Teiches vergraben. Das war der Zeitpunkt, da unser Journalist ins Spiel kam.«

»Du musst nicht weitererzählen«, sagte Maren.

»Sie wollten ihn nicht zu dem Festgenommenen vorlassen. Obwohl sie wussten, dass er ihre letzte Chance war. Sie hatten Angst, dass er sie verraten würde. Denn der Täter wurde gefoltert. Es waren keine Barbaren, keine Bestien. Es waren verzweifelte Polizeibeamte, die unter unglaublichem Druck standen. In ihren Augen bedeutete die Folter das letzte Mittel, den Aufenthaltsort des Mädchens herauszubekommen und es zu retten.«

Ich machte eine Pause. Meine Kehle war wie ausgedörrt. Ich trank das Glas leer und bedeutete Roberto, noch eines zu bringen.

Maren nickte. »Ich kenne den Fall«, sagte sie schließlich. »Jeder Kripo- und Polizeibeamte kennt ihn. Mittlerweile gehört er zur Pflichtlektüre an den Polizeischulen. Die Frage ist: Waren die Beamten moralisch im Recht, den Gefangenen zu foltern, oder nicht? Zumal der Täter ja nicht an den Folgen der Folter starb. Die sogenannte Folter bestand mehr oder weniger nur aus Androhungen und geringfügigen Köperverletzungen. Der Täter starb vor Angst. Er hatte, was weder er noch die Beamten wussten, einen angeborenen Herzfehler. Die Rechtsmedizin sprach in ihrem Gutachten von einem vergrößerten Herzmuskel, der letztlich zum Herzstillstand führte.«

»Als die Beamten den Journalisten endlich zu dem Gefangenen ließen, war der noch am Leben. Er machte einige Andeutungen, und der Journalist hatte Zeit zum Rätseln. Doch er konnte sich keinen Reim darauf machen. Und der Entführer konnte danach nicht mehr ausplaudern, wo er das Mädchen versteckt hatte. Man fand es fünf Tage später. Es war verdurstet.«

Maren griff über den Tisch hinweg nach meiner Hand, drückte sie. »Du musst Schlimmes durchlebt haben.«

Wieder drohten die Erinnerungen meine Stimme zu ersticken. Ich kämpfte dagegen an. Noch immer hielten wir uns fest. Ich konzentrierte mich auf ihre Hand. Sie war weich und sanft. Schlank und feingliedrig. Ein silberner Ring mit einem kleinen Edelstein zierte den Ringfinger. Die Nägel glänzten in dezentem Perlmutt.

Dann hatte ich mich wieder gefangen. Roberto brachte die Vorspeise. Wir lösten die Hände voneinander. Sie schenkte mir dafür einmal mehr ihr Lächeln.

»Rucola con parmigiano e Antipasti misti nach Art des Hauses, prego.«

Er verzog sich eingeschnappt, weil wir nur noch Augen und Ohren für uns hatten.

»Ich würde die Geschichte gern bis zum Ende hören, bevor ich mich ins Essen stürze. Mensch, hab' ich einen Hunger.«

Mir ging es genauso. Deswegen machte ich es kurz und schmerzlos. »Nach dem Vorfall konnte der Journalist nicht so weiterschreiben wie bisher. Zum einen machte er sich Vorwürfe, dass er zu spät gekommen war. Er hätte das Mädchen retten können, wenn er die Andeutungen des Entführers richtig interpretiert hätte«

»Ihn trifft keine Schuld!«, erwiderte Maren heftig.

»Trotzdem, es ließ ihn nicht los. Immer wieder sah er das Mädchen, wie es in der Kiste unter der Erde lag und gegen den Tod kämpfte. Er unterzog sich psychologischen Behandlungen, aber weder Medikamente noch Alkohol halfen ihm. In seinem Beruf konnte er nicht mehr Fuß fassen. Artikel über marode Atomkraftwerke oder die Schönheiten der Galapagos-Inseln interessierten keinen Menschen. Zumindest nicht aus seiner Feder. Schließlich zog er sich in die allertiefste Provinz zurück. Und wenn er nicht gestorben ist, so fristet er dort noch heute sein Dasein. Guten Appetit«, schloss ich.

»Guten Appetit.« Wir griffen zu Messer und Gabel und widmeten uns ganz der Vorspeise. Maren verdrehte verzückt die Augen. »Es ist wirklich köstlich. Ich weiß nicht, ob der Inder das toppen wird.«

Sie sprach bereits so, als wäre es beschlossene Sache, dass wir uns wiedersehen würden.

Und auch ich hatte es so beschlossen. Eine Frau wie sie

würde ich nicht wieder ziehen lassen. Zumindest nicht, ohne ausprobiert zu haben, ob minus mal minus nicht plus ergab.

Ich konnte nicht ahnen, dass dieser Abend der letzte sein sollte, an dem ich glücklich und zufrieden war.

Hätte ich es geahnt, ich hätte Maren in ein Auto gezerrt und wäre mit ihr ans Ende der Welt geflüchtet.

So aber nahm das Grauen seinen Lauf. Es kam nicht von außerhalb. Und nicht so unvermittelt, wie es schien. Denn es war schon längst da.

11. Nachstellung

Das Feuer brennt,
das Feuer nennt
die Luft sein Schwesternelement
und frisst sie doch (samt dem Ozon)!
Das ist die Liebe, lieber Sohn!

(Christian Morgenstern)

Der Dicke klatschte die ALDI-Tüte auf den Küchentisch. Irgendetwas Matschiges war darin.

»Schau rein!«, verlangte er.

Der alte Mann am anderen Ende des Küchentisches verzog angeekelt das Gesicht. »Der Gestank reicht mir. Hau ab damit.«

»Du wolltest, dass ich ihn ausgrabe.«

»Nicht für mich, das weißt du. Bring ihn ihm! Ich will nichts damit zu tun haben.«

Der Dicke mit der Tüte feixte. »Mir egal. Ihr habt es beide nicht fertiggebracht. Ihr seid zu feige. Ihr brauchtet mich dazu. Sag mal, was hat er eigentlich vor mit der Rübe?«

Der Ältere zuckte die Schultern. »Weiß nicht. Am besten fragst du auch nicht danach. Bring ihm einfach die Tüte und …«

»Nein, ich will, dass du vorher reinguckst!«

»Spinnst du? Was fällt dir ein, irgendwelche Forderungen zu stellen?«

»Hol ihn raus!«

Das Funkeln in den Augen des Dicken gefiel dem alten Mann nicht. Mein Gott, wieso hatte er nie bemerkt, dass er es mit einem Verrückten zu tun hatte?

»Ich denke nicht daran. Hau endlich ab. Die ganze Bude stinkt schon!«

Der Dicke grinste noch breiter. »Ja, der lag kaum in der Erde, da haben ihn schon die Würmer angeknabbert. Sieht aus wie eine Halloweenmaske. Oder wie eine von den Rüben, die wir früher als Kinder ausgehöhlt haben. Wir haben Gesichter reingeschnitzt und eine Kerze reingestellt ...«

»Bring ihm das Scheißding. Aber schaff es endlich aus der Küche!« Der alte Mann schrie fast. Aber in der Stimme lag keine Autorität. Sie zitterte.

»Die Käfer haben ihm die Nase weggefressen. Und die Ohren. Und sie haben sich durch die Augen nach innen gefressen.« Er gab ein Glucksen von sich. »Was meinst du, sollen wir mal versuchen, ob wir auch eine Kerze da reinstellen? Unser großer Boss wird Augen machen, wenn ich ihm einen leuchtenden Kopf vors Fenster stelle. Der pisst sich in die Hosen!«

»Der nicht. Schaff es jetzt weg!«

»Erst wenn du ihn dir angeschaut hast. War gar nicht so einfach, ihn abzuschlagen. Die Axt war nicht mehr richtig scharf, weißt du?«

»Mir brauchst du keine Details zu erzählen, erzähl sie ihm.«

»Erst wenn du ihn dir angeguckt hast. Es kleben sogar noch Schnecken daran, guck mal! Schließlich lag er ein paar Wochen in der Erde ...« Der Dicke kicherte.

»Will ich nicht wissen. Unser Freund wird bestimmt ungeduldig, wenn du ihm die Tüte nicht bald bringst. Er hat schon angerufen.«

»Jetzt lügst du doch!«

Der alte Mann beugte sich vor. Er lüftete die Tüte und tat, als ob er hineinschaute. In Wirklichkeit schloss er die Augen. Der Gestank verursachte ihm Brechreiz. Wahrscheinlich würde er in dieser Küche nie wieder kochen können. Geschweige denn etwas zu sich nehmen.

»Komm, guck richtig!«, verlangte der Dicke.

»Ich guck doch richtig!« Der alte Mann schrie fast.

»Pass auf, ich würd's ja auskippen, aber ich hab' Angst, dass da zu viel rausläuft. Das Fleisch ist auch schon ganz wabbelig, wie Wackelpudding. Hinterher zerläuft er auf dem Tisch.«

»Genau, und deshalb wirst du ihn jetzt wieder mitnehmen!«

»Erst wenn du ihn dir angeschaut hast.«

Der Ältere registrierte abermals das Funkeln in den Augen des Dicken. Er konnte nicht recht glauben, was er darin sah. Es war der blanke Wahnsinn. Und er wusste, dass der Jüngere nicht eher gehen würde, als bis er in die Tüte hineingeschaut hatte.

Wirklich hineingeschaut.

»Also gut, ich tu's. Aber danach verschwindest du!«

»Versprochen.«

Er nahm seinen ganzen Mut zusammen, hielt den Atem an – und guckte hinein.

Er sah etwas Rundes, wenigstens halbwegs Rundes. Es wirkte wie ein matschiger, zusammengefallener Haufen Scheiße. Der Gestank war überwältigend. Und dann registrierte er, dass sich in dem Matschhaufen etwas bewegte.

Ein großer schwarzer Käfer krabbelte aus der rechten Augenhöhle.

In dem Moment konnte er es nicht mehr zurückhalten.

Er kotzte direkt in die ALDI-Tüte.

7.

Aufzuwachen war etwas Wunderbares.

Zumindest an manchen Tagen. Ich lobte jeden neuen Morgen, wenn die Träume einmal mehr meine Seele zu zerfressen drohten. Dann vertrieb die Morgensonne sie wie lästige Gespenster.

An diesem Morgen war alles anders. Ich hatte von Maren geträumt.

Am liebsten hätte ich mich in dem Traum noch stundenlang vergraben. Weil ich wusste, dass die Wirklichkeit anders war. Traumfrauen waren für die Realität verloren.

Steffis Stimme hatte mich geweckt. Wie jeden Morgen. Ein weiterer Grund, den neuen Tag zu verfluchen.

Die Störche waren doch nicht zurückgekehrt. Sie hatten nur eine kurze Rast eingelegt und waren weitergeflogen.

Das Hermannsdenkmal war weiterhin für Besucher gesperrt. Ein Baustatiker hatte weitere schwere Mängel festgestellt, sodass jetzt erst errechnet werden musste, wie das Denkmal in Zeiten knapper Kassen am sinnvollsten zu sanieren war.

Das Rollkommando aus Bielefeld, das den Rechtsanwalt bedroht haben sollte, entstammte ausschließlich einer Brigade der Hell's Angels.

Der unter Mordverdacht stehende Schornsteinfegermeister aus Petershagen hatte sich unterdessen auf seine ihm zur Seite stehende Psychiaterin gestürzt, weil die innere Stimme ihm befohlen hatte, ihr die Kleider vom Leib zu reißen. Die Frau lag mit einem Schock im Krankenhaus.

Die Wolfsangeln, die man im Teutoburger Wald gefunden habe, würden jetzt doch wie geplant während der Ausstellung Ritter, Burgen und Intrigen gezeigt werden. Allerdings nur zehn der ursprünglich zwölf. Eine werde im Moment restauriert. Die andere sei verschwunden. Sachdienliche Hinweise seien erbeten. Es folgte ein Bericht, in dem ein Archäologe des Landesmuseums interviewt wurde und sich um eine detaillierte Beschreibung bemühte. Sogar eine Belohnung war ausgesetzt: 1000,– Euro.

Was Ludwig betraf, so schwieg die gute Steffi. Nichts. Kein Wort! So als wäre alles nur ein Aprilscherz gewesen. Das war unglaublich!

»Und jetzt zum Wetter …«

In diesem Augenblick klingelte das Telefon. Ich wühlte mich aus dem Bett und fragte mich, wer sich erdreistete, in aller Herrgottsfrühe anzurufen. Die Nummer hatten nur eine Hand voll Leute. Deswegen konnte ich mir an den Fingern abzählen, wen ich jetzt zur Schnecke machen würde.

Unwirsch meldete ich mich mit meinem Namen.

»Einen schönen guten Morgen«, verkündete eine unverschämt fröhlich klingende Stimme.

Im ersten Moment glaubte ich, dass ich noch träumte. Ja, es musste ein Albtraum sein! Denn es war genau dieselbe Stimme, die ich zeitgleich im Radio hörte.

Die stets muntere Steffi unterhielt sich mit einem dieser Wetterfrosch-Experten über die kommenden Regentage. Ich hatte mich schon immer gefragt, warum die Wetterfritzen stets überschäumend witzig sein mussten.

»Hallo? Sind Sie noch dran?«, fragte Steffi (aus dem Hörer).

»Ich bin ganz Ohr.«

»Meinem Ressortleiter ist zu Ohren gekommen, dass ein britischer Mitbürger bei Ihnen eingezogen ist. Er möchte gerne im

Rahmen der bevorstehenden deutsch-britischen Freundschaftswochen ein Interview mit Herrn Dickens bringen.«

»Prima, er wird sich freuen. Warum fragen Sie ihn nicht gleich persönlich.«

Sie seufzte. »Natürlich haben wir seine Nummer nicht. Unter der Adresse *Rübezahl* steht nur Ihre Telefonnummer. Wenn Sie also so freundlich wären, mich weiterzuverbinden.«

»Ein herrlicher Vorschlag!«

»Nicht wahr, wir wären beide selig: Ich hätte Ihre Stimme heute das erste und letzte Mal gehört. Und umgekehrt.«

»Hurra! Heißt das: Sie haben gekündigt?«

»Warum schalten Sie nicht einfach einen anderen Sender ein? Oder Ihr Hirn?«

Ich begann, Gefallen an Steffi Klug zu finden. Nicht an der aus dem Radio. Aber an der aus dem Telefonhörer.

Dennoch legte ich wortlos auf.

Im Radio trällerte Lena einmal mehr ihren Grand-Prix-Song.

Ich holte eine neue Dose und gab Luna ihr Futter, während ich versuchte, das pausenlos klingelnde Telefon zu ignorieren.

Nach fünf Minuten gab ich auf.

»Bei ...«

»Sind Sie das?«, fragte eine kleinlaute Steffi.

»Nein, der, den Sie sprechen wollen, ist außer Haus.« Ich beschloss, der lieben Steffi endgültig einen Korb zu geben und sie Ollies Obhut zu überantworten.

»Ich habe die Nummer von Herrn Dickens nicht. Ebenso wenig bin ich sein Sekretär. Dennoch werde ich eine Ausnahme machen. Eine einzige. Aber nur, wenn Sie mir versprechen, mich nie wieder anzurufen.«

»Selten fiel mir ein Versprechen so leicht.«

»Sagen Sie mir, wo Sie zu erreichen sind, und ich werde Herrn Dickens Ihre Telefonnummer geben.«

Sie nannte mir eine Nummer. Ich notierte sie auf dem Unterarm.

»Auf Nimmerwiedersehen«, beendete ich das Gespräch.

»Dito«, erwiderte sie knapp und legte auf.

Es gibt Tage, die schon dermaßen beschissen anfangen, dass man sie am liebsten gleich runterspülen sollte. Das war so ein Tag. Anstatt mich mit Luna möglichst unauffällig aus dem Haus zu schleichen und die lippische Natur zu genießen, lockte mich der ungewohnte Geruch von gebratenem Speck in die Küche. Der Major war strikter Vegetarier gewesen. Die Gräfin begnügte sich des Morgens mit einer winzigen Toastecke, die sie mit Orangenmarmelade bestrich. Duffy frühstückte nie. Insofern musste etwas Außergewöhnliches passiert sein.

Ich folgte dem Duft und stellte fest, dass das Außergewöhnliche einen Namen hatte: Oliver Dylan Dickens. Das heißt, zunächst lief mir Duffy über den Weg. Ich stolperte fast über ihn. Er kam gerade aus der Küche. Er balancierte ein silbernes Tablett mit einer Warmhalteglocke übers Parkett. In letzter Sekunde machte ich einen Schlenker, um nicht mit ihm zusammenzustoßen.

»Sie können das Frühstück gleich hier an Ort und Stelle servieren. Ich habe Hunger!«, sagte ich zu ihm.

»Es gibt Menschen, die sterben daran. Machen Sie keinen Ärger, das Frühstück ist für den jungen Herrn.«

»Fein, das trifft sich gut. Gehen Sie voraus, ich habe Ollie sowieso etwas mitzuteilen.«

Der alte Griesgram marschierte mit heruntergezogenen Mundwinkeln in den Salon.

»Duffy, Sie sehen aus wie auf Ihrer eigenen Beerdigung«, hörte ich die Gräfin erschreckt ausrufen. »Schenken Sie dem Tag ein Lächeln, und er wird zurücklächeln.«

Dann erblickte sie auch mich. »Ah, Moritz, sehr schön, dass Sie hier sind. Wir haben eben von Ihnen gesprochen. Sie glauben nicht, wer unseren Ollie gerade angerufen hat!«

»Steffi Klug von Teuto Eins«, antwortete ich wie aus der Pistole geschossen.«

»Sie sind ein Hellseher! Wie konnten Sie das wissen?«

»Berufsgeheimnis«, lächelte ich. »Ein Rest von Geheimnis muss jeden Mann umgeben, finde ich.«

»Sie hat eine wunderbare Stimme«, ergänzte Ollie. »Wer solch eine himmlische Stimme hat, muss ein Engel sein.«

»Da bin ich mir nicht so sicher. Wir sprechen doch von ein und derselben Dame, oder?«

»Sie nannte sich Steffi Klug.«

Ich nickte.

»Ich wollte Sie bitten, mich in die Redaktion von Teuto Eins zu begleiten.«

Ich sackte auf einen Stuhl.

»Nicht um alles Geld der Welt! Das Date werden Sie wohl oder übel allein überstehen müssen. Ich glaube an Sie, Ollie! Immerhin sind Sie volljährig, haben bereits einen Führerschein und dürfen in Ihrem Heimatland wählen.«

»Ach was, ich glaube, Sie haben Angst vor Frauen. Müssen Sie aber nicht. Immerhin möchte Miss Klug nicht Sie, sondern mich interviewen.«

»Sag ich ja. Also? Was soll ich dabei?«

Duffy hatte das Silbertablett inzwischen in die Mitte des Tisches gestellt. Jetzt lüftete er die Glocke. Der Anblick war überwältigend, der Duft nicht minder.

»Ein *full breakfest*, wie Sie es wünschten, Sir!«, verkündete Duffy nicht ohne Stolz.

Neben kross gebratenem Frühstücksspeck schmückten Würstchen und Rührei das kulinarische Stillleben. Es war dekorativ garniert mit gebratenen Tomatenhälften und Champignons.

»Tee oder Kaffee?«, erkundigte sich Duffy.

»Earl Grey«, erwiderte Ollie mit der selbstverständlich herablassenden Miene eines jungen Lords. Sogar den Prince Charles hätte ich ihm in dem Moment abgekauft. Wahrscheinlich bekamen junge Engländer schon mit der Muttermilch beigebracht, wie man sich gegenüber einem Butler verhält: Man ignorierte ihn.

Duffy schien zufrieden zu sein. Mit stoischer Miene goss er seinem Herrn aus einem Art Deco-Silberkännchen die gewünschte Flüssigkeit in die dünnwandige Porzellantasse. Die Gräfin trank wie jeden Morgen nur ein Glas heißes Wasser für die Verdauung.

»Wissen Sie, ein Tag, der mit der Stimme eines Engels verkündet wird, muss kulinarisch entsprechend gewürdigt werden. Der Earl Grey ist erstklassig«, schwärmte Ollie. »Den müssen Sie kosten. Ich habe ihn in der Feinkostabteilung bei Harrod's erstanden.«

»Gern«, sagte ich. »Allerdings, mein Lieber, haben Sie meine Frage noch nicht beantwortet: Warum soll ich Sie in die Höhle des Löwen begleiten?«

Ollie schaufelte sich Schinken, Eier, Würstchen und eine undefinierbare Masse, die sich Hash Browns nannte, auf den Teller. Erst danach bequemte er sich zu einer Antwort: »Sollte die Lady ebenso aussehen, wie ihre Stimme verheißt, benötige ich Ihre Hilfe. Sie müssen mich dann augenblicklich stoppen, wenn ich unsinnige Dinge von mir gebe.«

»Unsinnige Dinge?« Ich besah mir die angeschmorten braunen Klumpen, die das Stillleben ein wenig in seiner Schönheit trübten, und beschränkte mich auf Speck, Eier und Würstchen. Ach ja, da war ja noch etwas.

»Unsinnige Dinge?«, wiederholte ich.

In der darauf einsetzenden Stille hörte man nur Lunas Schmatzen unter dem Tisch. Ich hatte ihr heimlich etwas Speck zugeführt. »Also: Wie war das mit den unsinnigen Dingen?«, fragte ich erneut.

»Der junge Herr war bereits drei Mal verheiratet«, krächzte die Gräfin.

»Und es waren allesamt wunderschöne Frauen mit einer wunderschönen Stimme«, ergänzte Ollie.

»Aber was beklagen Sie sich? Das ist doch herrlich! Andere Jungs in Ihrem Alter haben noch nicht einmal eine Freundin!«

»Ich habe Ihnen bisher nicht die ganze Wahrheit erzählt.«

»Einem Freund sollte man vertrauen.«

»Deswegen bin ich auch untröstlich. Ich schäme mich. Es ist nicht so, dass ich mein ganzes Geld während der Krise verloren habe. Zumindest nicht während der Finanzkrise. Sondern im Zuge zweier Ehekrisen. Als Tante Agatha und Tante Eugenia starben, hinterließen Sie mir ein kleines Vermögen.«

«Sagen Sie jetzt nicht, Sie haben es an eine Thailänderin verloren wie Ihr Großonkel.«

»An eine Afrikanerin. Sibongile hieß sie. Sie war jung und hübsch und hatte den Körper einer Gazelle. Sie studierte in Oxford Afrikanistik. Ich lernte sie auf einer Party kennen und bewunderte ihren leidenschaftlichen Tanz. Die Verlobung fand noch in derselben Nacht statt. Zur Hochzeit flogen wir bereits eine Woche später in ihr Heimatdorf. Ihr Vater war sogar der Stammeshäuptling. Insofern, so wurde mir bedeutet, würde die Ablösesumme nicht ganz niedrig sein.«

»Ablösesumme?«

»Sie nannten es natürlich anders. So etwas wie ein Brautgeschenk, ein Geschenk an den Vater der Braut, ein Geschenk an die Mutter der Braut und so weiter. Ich glaube, der ganze Kral bekam irgendein Geschenk. Der Medizinmann hat uns getraut. Nach der Hochzeitszeremonie, an die ich mich kaum erinnere, weil eine Menge Kräuterdrogen im Spiel waren, musste ich wieder nach Oxford zurück. Ich konnte es mir nicht erlauben, wichtige Kurse zu verpassen. Sibongile versprach, in den nächsten Tagen nachzukommen ...«

»Lassen Sie mich raten«, sagte ich, während ich geschickt einen Toast mit Rührei beschichtete. »Sie warten bis heute auf sie?«

Ollie nickte. »Natürlich war die Hochzeit nicht rechtsgültig. Aber das Geld war futsch.«

»Und das Ganze haben Sie noch zwei Mal erlebt.«

Ollie nickte zerknirscht. »Die Einzelheiten möchte ich Ihnen ersparen. Meine dritte Ehefrau war ein heißblütiges Yupik-Mädchen in meinem Alter ...«

»Sie meinen Yuppie?«

»Nein, ich meine Yupik. Es handelt sich um eine arktische Volksgruppe, die zu den Eskimo gehört. Bis zu meiner Heirat lebte der Nomadenstamm in Iglus, danach konnten sie sich beheizte Container leisten.«

Manch falscher Schritt wird getan, indem man stehen bleibt.

Aber manchmal ist die Alternative noch viel schlimmer.

In dem Fall war es so.

Viel, viel schlimmer.

8.

Das Funkhaus lag am anderen Ende von Detmold. Wir mussten uns also erst durch den morgendlichen Verkehr der »Wunderschönen« quälen. Ich hatte mir zuvor nie Gedanken darüber gemacht, dass eine Rotphase von gefühlten zehn Minuten die Hölle sein kann. Zumal dann, wenn es nieselte, einem die Abgase das Atmen schwer machten und rechts und links hämische Gaffer auf einen herabstarrten.

Ollie hatte nämlich darauf bestanden, dass wir mit seinem Morgan fuhren. Davon abgesehen, dass man als Beifahrer glaubte, direkt auf einem Presslufthammer zu sitzen, war Ollie noch nicht so ganz vertraut mit dem Rechtsverkehr auf Deutschlands Straßen. Gleich mehrmals nahm er anderen Verkehrsteilnehmern die Vorfahrt. Dass an diesem Morgen die Ampeln ausgefallen waren, machte jede Kreuzungsüberquerung zu einem Lotteriespiel.

In einer Querstraße nahe dem Funkgebäude stellten wir den Morgan ab. Auf Schusters Rappen näherten wir uns merklich geräuschloser unserem Ziel. Ollie war schweigsam.

Ich schlug ihm aufmunternd auf die Schulter. »Na, na, jetzt bekommen Sie mal keinen Moralischen. So schlimm war es auch wieder nicht.«

»Es geht um etwas anderes. Ich habe Sie nicht nur mitgenommen, um, äh Ihren psychischen Beistand zu erbitten ...«

»Soll ich etwa Händchen halten?«

»Ja, so ungefähr. *A friend in need is a friend indeed**.

---

* Entspricht in etwa: Freunde in der Not gehen tausend auf ein Lot.

Ich habe Ihnen noch nicht alles über mich erzählt, Moritz ...«

»Das wäre ja auch noch schöner. Schließlich kennen wir uns erst seit vorgestern.«

»Eben.«

Wir überquerten die Hauptverkehrsstraße. Vor uns ragte das Funkgebäude auf mit der sich drehenden Weltkugel auf dem Flachdach.

»Ich werde furchtbar nervös, wenn ich eine Rede halten soll.«

»Keine Sorge, Sie werden nur interviewt.«

»Noch schlimmer, darauf kann ich mich noch weniger vorbereiten. Ich werde quasi mit offenem Visier erwischt.«

»Mit einem Satz: Es verschlägt Ihnen die Sprache.«

»Schlimmer.«

»Noch schlimmer?«

»Ich fange an zu stottern.«

Wir nahmen die Stufen und erreichten den Eingang. Ich öffnete die gläserne Tür und hielt sie ihm auf. Ollie zögerte. »Nur Mut. Wir werden das Ding schon schaukeln.«

Ich erspähte die Anmeldung und eine dahintersitzende junge Dame, deren einzige Aufgabe es zu sein schien, die Besucher mit großen erwartungsvollen Augen anzustrahlen. Sie war blond und hübsch. Wahrscheinlich waren das alle hier.

»Guten Morgen«, grüßte ich freundlich. »Wir werden erwartet. Steffi Klug gibt sich die Ehre.«

»Dann sind Sie die Herren Dickens und Morgenstern?«

Ich nickte überrascht. Sie war bestens informiert. Und Sie setzte noch eins drauf: »Sie sind Herr Morgenstern, nicht wahr? Ich habe Ihre Artikel immer mit Spannung verfolgt. Wissen Sie, dass Sie schuld sind, dass ich ein Journalistikstudium angefangen habe?«

»Und dann sitzen Sie hier an der Anmeldung?«

»Ich jobbe hier und lerne eine ganze Menge dazu.«

Im Stillen entschuldigte ich mich bei ihr. Ich hatte sie falsch eingeschätzt. Ich schaute in ihr hübsches Gesicht und versuchte ihr Alter zu schätzen.

»Ich bin zweiundzwanzig«, lächelte sie. Gedanken lesen konnte sie also auch.

»Ich habe mir nur gerade vorgestellt, in welchem Alter Sie waren, als Sie meine Artikel gelesen haben.«

»Ist das ein Flirtversuch?«

»Nein, entschuldigen Sie. Es ist nur schon verdammt lange her.«

Sie schaltete von fröhlich auf ernst. »Entschuldigen Sie, wenn ich Ihnen auf die Füße getreten bin. Ihre Artikel waren wirklich gut!«

»Danke.« Ich war ehrlich gerührt. Es passierte mir nicht oft, dass sich in Lippe jemand an meine Arbeit erinnerte.

Sie schaute auf ihre Liste. »Raum 13. Einfach die Treppe hinauf. Lassen Sie sich von dem ACHTUNG AUFNAHME-Schild nicht stören. Gehen Sie einfach leise hinein.«

«Sind wir dann etwa scho- schon auf Sendung?«, schaltete sich Ollie ein. Er fing tatsächlich bereits an zu stottern.

»Wenn Sie schweigen, nicht«, beruhigte ich ihn. »Kommen Sie!« Er machte einen so geknickten Eindruck, dass ich am liebsten seine Hand gehalten hätte. So ging ich nur voraus und gab ihm Zeit, sich für die bevorstehende Begegnung zu wappnen.

Schließlich hatten wir sie erreicht. Die Tür mit der Nummer 13. Die Unglücksnummer, fuhr es mir durch den Kopf. Aber ich behielt meine Assoziation für mich. Schließlich wollte ich Ollie nicht noch mehr in Angst und Schrecken versetzen.

»Also los!«, ermunterte ich ihn. »Wie heißt es doch so schön: Ein Engländer geht immer voran!«

Das hatte ich mir ausgedacht, aber ich kam in keine Erklärungsnöte. In diesem Augenblick wurde die Tür geöffnet, und eine Person kam herausgehastet. Sie trug eine Mappe unter dem Arm und wirkte dadurch sehr wichtig.

Von der Person selbst nahm ich zunächst nur eine Art Blitzlicht auf. Dieses ließ sich mit einem einzigen Wort zusammenfassen: grau.

An der Frau war alles grau. Der fusselige Pullover, die unförmige Hose, die schrecklichen Birkenstocks, das Gestell der Brille. Selbst die Haare, obwohl eher von einem schmutzigen Besenbraun, wirkten einfach nur: grau.

»Entschuldigen Sie«, begann ich, rang aber nach Worten, während mich ein Augenpaar anstarrte, das aufgrund der dicken Brillengläser so riesig wirkte wie zwei Hühnereier. Zweifelsohne, ich hatte es mit der Assistentin von Dr. Mabuse zu tun!

Der schmallippige, mit einem leichten Flaum von Damenbart verzierte Mund öffnete sich und sie sprach:

»Ihre Stimme kenne ich doch!«

Und ich erkannte SIE. Steffi Klug! Es war unverkennbar ihre Stimme! Allmorgendlich war ich von ihr geweckt worden. Vielmehr: hatte mich wecken lassen. Es war eine in Jahren sorgfältig gewachsene Hassliebe, die mich mit der Stimme verband. Natürlich war in der ganzen Zeit ein Bild von ihr in mir entstanden. Bestenfalls hatte ich sie mir als nichtssagendes Blondchen vorgestellt – bei dem Gedanken entschuldigte ich mich insgeheim bei allen intelligenten Blondinen, die ich kannte. Aber nie hätte ich geglaubt, dass sie derart unattraktiv daherkam.

Jeglicher Groll fiel in mir in nichts zusammen. Steffi Klug war genug gestraft. Das Leben hatte sie gestraft. Fortan, so schwor ich, würde ich Milde walten lassen, wann immer ihre Stimme mich aus meinen allmorgendlichen Träumen erweckte.

»Sie schauen drein wie sieben Tage Regenwetter.« Ihre – zugegeben – nach wie vor liebreizende Stimme katapultierte mich zurück in die Wirklichkeit.

Ich konnte ihr unmöglich sagen, dass ihr Anblick es war, der mich derart erschüttert hatte. Also schwieg ich.

»Nehmen Sie sich ein Beispiel an Ihrem Begleiter – ich nehme an, Sie sind Herr Dickens?«

Sie wandte sich zu Ollie.

Ollie stand da wie erstarrt. Auf seinem Gesicht jedoch erblühte ein seliges Lächeln.

»Ich meine, ist es korrekt, wenn ich ihn mit Herr Dickens anspreche? Mister klingt so unvertraut, finde ich.«

»Hmhm«, meldete sich jetzt auch Ollie zu Wort.

»Also Herr Dickens, okay?«

»Hm hm.«

»Sehr schön, wir können das Interview gleich nach dem nächsten Song machen. Haben Sie vorher noch Fragen?«

Ollie war noch immer nicht in der Verfassung, zu sprechen. Wahrscheinlich hatte ihm der Anblick der Moderatorin einen noch größeren Schock versetzt als mir. Nur so konnte ich mir seinen debilen Gesichtsausdruck erklären. Hoffentlich deutete Steffi Klug ihn nicht falsch.

»Nein, nein«, sagte ich hastig.

Wir hatten die Tür zum Sendestudio erreicht. Steffi bedeutete uns, leise zu sein. Noch lief eine dieser austauschbaren Musiken vom Band. Ein Techniker setzte uns Ohrhörer auf und bugsierte uns vor die Mikrophone. Ehe ich michs versah, säuselte Steffi bereits in ihr Mikro:

»England, wer denkt da nicht an Geister, Golf und Grusel – Grusel, wenn man an das schreckliche Essen denkt. Wir alle haben da schlimme Dinge auf unseren Oberstufenfahrten erlebt. Aber die Engländer haben immerhin auch den Mini erfunden. Wir haben heute einen Gast im Studio. Herr Dickens kommt direkt aus dem nebligen England. Schönes Wetter haben Sie uns da mitgebracht, Herr Dickens.«

»Hm hm.«

»Erklären Sie unseren Hörern doch einmal den Unterschied zwischen dem englischen Wetter und dem Wetter im Teutoburger Wald.«

Ollie sah mich Hilfe suchend an. Er wirkte wie ein waidwunder Rehbock.

»Der Teutoburger Wald und England haben eine ganze Menge gemeinsam«, dozierte ich. »Der gleiche ständig nieselnde Regen, die gleichen sanft geschwungenen Hügel ... Außerdem hat Ollie, ich meine, Herr Dickens, auch schottisches Blut in den Adern. Und somit verbindet ihn doch eine ganze Menge mit den lippischen Ureinwohnern.«

»Worauf wollen Sie hinaus?«

»Ich spreche von dem legendären lippischen Geiz. Sie kennen doch den alten Witz: Als ein Schotte und ein Lipper sich um einen Penny stritten, zogen sie so lange an der Münze, bis sie so ganz nebenbei den Draht erfunden haben.«

Niemand lachte.

Und auch der Rest der Sendung war unsäglich. So unsäglich, wie Steffis Sendung stets verlief. Das Niveau lag im Keller, und ein eisernes Tor sorgte dafür, dass es auch da blieb. Den Schlüssel dazu hatte Steffi Klug irgendwann verlegt.

Auch wir konnten die Sendung nicht retten.

Zumal mir Ollie zunehmend mehr Sorgen machte. Außer seinem »hm hm« sagte er kein einziges Wort, was ich offiziell damit begründete, dass er des Deutschen noch nicht perfekt mächtig sei.

Auf der Rückfahrt kamen wir in Richtung Stadtmitte in einen Stau. Das war ungewöhnlich. Ich erinnerte mich nicht, dass ich in Detmold schon einmal einen solchen erlebt hätte. Überhaupt in ganz Ostwestfalen-Lippe nicht. Allenfalls in Bielefeld zur Rushhour in Nähe des Ostwestfalentunnels oder in Lage zum

Höhepunkt der Rübenkampagne. Ansonsten wussten die meisten Lipper nicht, wie Stau überhaupt geschrieben wurde.

Ein Polizist kam an unserem Wagen vorbei.

»Unfall?«, fragte ich.

»Nein, Demo«, antwortete er genauso kurz angebunden.

Jetzt glaubte ich tatsächlich, ich träumte. Oder ich war in eine andere Zeit oder auf einen anderen Planeten gebeamt worden wie Captain Kirk. Denn auch das Wörtchen Demo war dem Lipper weitgehend unbekannt.

»Was passiert hier?«, fragte Ollie verwirrt.

»Ein Auflauf.«

»A baked pudding?«

»Nein, kein Pudding, eine Kundgebung.«

»By gosh!«

Ich wusste nicht, worauf er den Ausdruck der Verwunderung bezog, aber dann wies er nach vorn. Einige Leute gingen an der Wagenschlange entlang und verteilten Flugblätter.

»Das muss eine Fata Morgana sein.« Ich schloss die Augen und öffnete sie wieder, aber das Bild verschwand nicht. Es war die Gräfin.

»Tante Liza!«, rief Ollie verwirrt. Also hatten wir dieselbe Vision.

Sie hatte sich in Schale geschmissen und verteilte Flugblätter. Vielleicht waren wir ohne es zu merken von Außerirdischen in eine Parallelwelt entführt worden.

»Nein, zwei«, antwortete Ollie.

»Zwei was?«

»Zwei Fata Morganas.«

Jetzt sah ich ihn auch. Auf der anderen Seite der Wagenschlange hatten sich ebenfalls Demonstranten formiert. Darunter erkannte ich Duffy. Er trug einen leichten grauen Sommermantel. Ohne seine Butleruniform hätte ich ihn fast nicht erkannt. Wahrscheinlich trug er sie darunter.

Die Gräfin war inzwischen herangekommen. Als sie uns erkannte, winkte sie uns erfreut zu. »Warum haben Sie nicht erzählt, dass Sie auch an der Demonstration teilnehmen werden?«, fragte sie empört. »Wir hätten gemeinsam fahren können.«

»Wir kommen ja leider gar nicht durch.«

»Oh, schwindeln Sie mich nicht an. Sie wollen gar nicht zur Demonstration!«

»Um was geht es denn?«, fragte ich.

»Es geht darum, die Gentechnik gnadenlos zu verhindern.«

Das Wort gnadenlos wirkte seltsam unpassend aus dem Mund einer solch reizenden Dame. Es war mir bisher schwergefallen, sie mir außerhalb ihrer Teerunde vorzustellen.

Nun lernte ich eine andere Seite von ihr kennen.

»Hier, nehmen Sie schon ein Flugblatt!« Sie drückte mir eins in die Hand. »Wir müssen uns dagegen wehren, dass die Genrübe hier in unserem schönen Lippe angebaut werden soll.«

»Genau! Es lebe unsere lippische Ananas!«, pflichtete ihr ein weiterer Demonstrant bei. Er hatte lange ungepflegte Haare und wirkte auf mich wie ein typischer Bummelstudent. Dafür hatte er sich, was die Rüben anging, agitatorisch mit Munition bewaffnet: »Drei Prozent der Saatguthersteller verfügen über neunzig Prozent des Saatgutmarktes! Wir müssen die grüne Gentechnik verhindern! Nieder mit unseren korrupten Politikern!«

Er zog vorbei. Die Gräfin nickte weise. »Der Junge hat ja so recht. Wussten Sie, mein lieber Herr Moritz, dass in Duffys geliebten Kaugummis Aspartam enthalten ist? Das ist zweihundertmal süßer als Zucker, und es wird gentechnisch hergestellt. Das steht natürlich auf keiner Verpackung.«

«Das ist wirklich eine Riesensauerei!«, pflichtete ich ihr bei.

»Nicht wahr? Nachdem ich das weiß, habe ich verlangt, dass Duffy ab sofort mit dem unnützen Kaugummikauen aufhört.

Aber das ist erst der Anfang. Aspartam ist in neuntausend Lebensmitteln drin.«

»Was ist denn so gefährlich an dem Zeug?«, fragte ich. Es interessierte mich wirklich.

»Es setzt den Sättigungsmechanismus außer Kraft. Ist das nicht eine Schande? Und dann klagen der Gesundheitsminister und die Krankenkassen über zu viele Dickleibige in unserem Land.«

Auch Duffy war inzwischen herangekommen. »Genrübenanbau gnadenlos verhindern«, plapperte er pflichtschuldig nach. Er machte einen eher gequälten Eindruck. In der Menge schien er sich alles andere als wohlzufühlen. Ich roch seinen dezenten Pfefferminzatem. So ganz schien die Gräfin ihn noch nicht überzeugt zu haben.

»Wir müssen weiter. Kommen Sie, Duffy, wir haben noch einige Flugblätter zu verteilen!«

Duffy gehorchte augenrollend.

»Ich habe ein schlechtes Gewissen«, erklärte Ollie. »Meinen Sie nicht, wir sollten die beiden alten Herrschaften unterstützen?«

»Ich glaube, wir lassen sie besser allein. Wir unterstützen sie, indem wir das nächste Mal den Abwasch erledigen.«

»Eine gute Idee, da bin ich sehr froh. Aber sagen Sie, was haben die Leute hier gegen Genrüben einzuwenden?«

Ich holte tief Luft und setzte zu einer Rede an.

Wir hatten viel Zeit. Der Stau schien sich endlos hinzuziehen.

Irgendwann merkte ich, dass Ollie mir nicht mehr zuhörte.

Er träumte. Wahrscheinlich von Steffi.

Der Anruf kam gegen Abend. Norbert war am Apparat.

»Was ich dir jetzt sage, vergisst du in dem Moment, in dem du den Hörer wieder aufgelegt hast«, sagte er.

»Dann erzähl es mir lieber gar nicht erst«, gab ich zurück.

»Vielleicht kannst du mehr damit anfangen als ich: Vor einer Stunde bekamen wir den Anruf, dass ein Grab geschändet worden sei. Der Friedhofsgärtner hat es zufällig entdeckt, als er das Gelände abschließen wollte. Die Kollegen vor Ort haben festgestellt, dass der Leiche nachträglich der Kopf entfernt wurde ...«

Ich hielt den Atem an, während Norbert eine Pause machte. Normalerweise hatte er keinen Sinn für dramatische Akzente. Daher vermutete ich, dass er selbst noch einigermaßen verwirrt oder geschockt war. Schließlich fuhr er fort: »Bei der Leiche handelt es sich um die des Majors.«

»Man hat ihm den Kopf entfernt? Aber warum?«

»Wenn wir das mal wüssten. Jedenfalls ist der Kopf verschwunden.«

Ich musste an Ludwig denken. »Jetzt haben wir zwei Tote. Einem fehlt der Kopf, dem anderen der Körper. Das muss ein Verrückter sein, der so etwas macht!«

»Wenn es derselbe Täter ist. Im Moment sieht alles danach aus.«

Ich überlegte. »Dann erscheint auch der Tod des Majors nachträglich in einem ganz anderen Licht. Könnte es sein, dass uns jemand mit der Nase darauf stoßen will, dass es kein Selbstmord war?«

9.

Sie kamen zu zweit. Sie trugen schwarze, eng anliegende Kapuzen mit Sehschlitzen für die Augen. Einer hatte einen Knüppel dabei, der andere ein Messer.

Ich war nach draußen gegangen, weil mir eingefallen war, dass ich den Mülleimer noch nicht rausgestellt hatte. Dazu musste ich mit dem Mülleimer fünfzig Meter weit den Pfad hinuntergehen und ihn an der Hauptstraße abstellen.

Ich hörte sie, bevor ich sie sah. Sie gaben sich keine große Mühe, ihre Schritte zu dämpfen. Es gab ein knackendes Geräusch, so als wenn jemand auf einen Ast getreten wäre. Ich fuhr herum. Sie kamen hinter den Büschen hervor. Ich erkannte augenblicklich, dass ich in Gefahr war.

Die beiden waren nicht zufällig hier aufgetaucht, um mit mir zu reden.

Ich spürte, wie ich erstarrte. Ich hatte irgendwo gelesen, dass es gegen einen Messerangriff in freier Natur zwar viele Möglichkeiten gab, sich zu schützen, aber nur eine, die einen mit hoher Wahrscheinlichkeit den Kampf unverletzt überstehen ließ: die Flucht.

Die beiden kamen langsam heran, und ich stand immer noch auf demselben Fleck. Der Schock kam mit voller Wucht. Jeder, der schon einmal in eine gewalttätige Auseinandersetzung verwickelt gewesen ist, kennt die Symptome: Die Feinmotorik versagt, stattdessen schaltet das Gehirn auf Grobmotorik. Die Bewegungen werden langsamer, plumper. Die Reaktionszeit wird deutlich länger. Jemand hatte es mir einmal so beschrieben: »Wenn du angegriffen wirst, reagiert dein Körper, als wenn du unter der kalten Dusche stehst. Achte dabei mal auf deine Atmung: Sie wird flach und hektisch.« Genauso war es jetzt. Ich spürte mein Herz gegen meine Brust hämmern.

Die beiden waren nur noch fünf Meter entfernt.

»Was wollt ihr?«, fragte ich. »Verschwindet!« Ich versuchte, meiner Stimme einen festen Klang zu geben, aber es misslang.

»Du kannst es nur trainieren«, erinnerte ich mich, »wenn du möglichst oft kalt duschst. Immer wieder. Und dabei versuchst, trotz der Kälte bewusst und langsam zu atmen. Nur so erhält dein Gehirn die Kontrolle über Körper und Geist zurück.«

Die zwei sprachen kein Wort. Ich versuchte, meinen Atem zu kontrollieren. Von irgendwoher hörte ich Gebell. Luna! Aber sie war weit weg! Im Haus! Und ich wusste noch nicht einmal, ob ich nicht die Tür hinter mir zugezogen hatte, ich Idiot.

Der erste Angreifer schwang den Knüppel und schlug zu. Schweigend. Ohne Worte. Eiskalt.

Instinktiv riss ich die Arme hoch und bedeckte schützend meinen Kopf. Knochen splitterten. Ein unglaublicher Schmerz durchzog meine Unterarme.

Ich kämpfte den Schmerz nieder. Mein Geist löste sich von meinem Körper, ich hatte das Gefühl, als unbeteiligter Dritter danebenzustehen. Wie durch einen Tunnel sah ich nur den anderen Gegner.

Den mit dem Messer. Der war wirklich gefährlich. Er wollte mich töten. Ich erkannte es mit meinen geschärften Sinnen.

Ein zweiter Schlag. Mein Körper krümmte sich zusammen. Diesmal hatte mich der Knüppel in der Rippengegend getroffen. Ich sackte auf die Knie. Mein Blick trübte sich. Ich nahm die beiden Angreifer wie durch einen blutigen Schleier wahr.

»Lass ihn, der hat genug!«, sagte der mit dem Knüppel.

Der andere lachte heiser auf.

Beide Stimmen kamen mir bekannt vor, aber unter ihren Kapuzen klangen sie verfremdet.

Das Bellen kam näher. Luna! Also hatte ich die Tür doch offen gelassen.

Plötzlich bekam ich große Angst, dass sie auch Luna etwas antun würden.

Dann ging alles sehr schnell. Mein Wahrnehmungsvermögen reagierte übersensibel. War es bis eben noch extrem verlangsamt, geschah um mich herum jetzt alles wie in einer Zeitrafferaufnahme.

Das Bellen ist jetzt ganz nah. Luna ist da. Der mit dem Messer schreit auf. Seine Hand stößt vor, das Messer sticht in meinen Arm. Fährt wieder hervor. Stößt nochmals vor, diesmal in meine Brust. Blut, überall Blut. Fasse mit blutverschmierten Händen die Klinge. Sie ist glitschig, versuche sie dennoch festzuhalten. Lass es gut sein, schreit der mit dem Stock. Der andere tritt mir ins Gesicht. Wütendes Bellen Knurren schwarzer Schatten Fell schwarzes Fell blutig scheiß Köter komm weg die Erde schmeckt nach Blut braver Hund wach bleiben wach…

Jetzt nicht schwach werden! Stark sein!

Ich sah zwei Paar sich entfernende Beine. Es war zu dunkel, als dass ich Details wahrnehmen konnte. Die beiden nahmen einen anderen Weg als den, über den sie gekommen waren. Sie rannten Richtung Straße.

Das Hundegebell war verstummt.

Luna! Ich schaute mich um. Vergaß den eigenen Schmerz. Der fellbedeckte Körper lag nur wenige Schritte von mir entfernt. Ich zog mich auf dem Boden dorthin. Alles an meinem Körper tat höllisch weh.

Dann war ich bei ihr. Das Fell war feucht. Feucht von Blut. Aber sie atmete noch. Der Brustkorb hob und senkte sich. Als ich über ihre Schnauze strich, leckte sie mir die Hand.

Ich wollte tröstend auf sie einreden, brachte aber nur ein Krächzen hervor. Zum ersten Mal verfluchte ich mich, dass ich kein Handy dabeihatte.

Ich musste zurück ins Haus! Wie weit war es wohl bis dahin? Es lag hinter einer leichten Biegung. Ich konnte es nicht sehen.

Wie konnte ich die Schmerzen ausblenden? Ich versuchte mich zu erinnern und konzentrierte mich auf meinen Atem. Langsam atmete ich ein. Der Schmerz durchzuckte mich wie ein Elektroschock. Aber einer, der sich durch das Fleisch brennt und der mit Widerhaken versehen ist.

Ruhig ausatmen. Der Schmerz war verschwunden. Ich fühlte mich wie auf einer Wolke. Die Arme nach vorne, ziehen, sodass die Beine folgen konnten. Einatmen, und wieder spürte ich den brennenden Schmerz in meiner Brust. Diesmal löste sich ein Schrei aus meinem Mund.

Schreien! Ja, ich musste schreien! Um Hilfe schreien!

Doch wieder brachte ich keinen Laut hervor. Ein Schwall Blut drang aus meinem Mund.

Ich stützte mich auf die Ellenbogen und sah in die unendliche Dunkelheit. Ich würde es nie bis zurück zum Haus schaffen. Die Erkenntnis, dass ich nicht von hier wegkam, dass ich immer mehr Blut verlor und dass ich irgendwann hier sterben würde, trieb mir die Tränen in die Augen.

Ich biss die Zähne zusammen, schob erneut die Arme vor, ließ meinen Körper und meine Beine folgen. Mein Atem ging stoßweise. Und bei jedem Atemzug hatte ich das Gefühl, als würde erneut eine Klinge mein Inneres durchbohren.

Irgendwann gab ich auf.

Meine Arme gaben nach. Mein Kopf sank zu Boden. Jetzt schmeckte ich außer Blut auch Erde. Feuchte Erde. So musste es sein, wenn man beerdigt wurde und scheintot war.

Scheißassoziation!

Das war der letzte Gedanke, den ich hatte. Mein Bewusstsein versank in einer schwarzen, unergründlichen Tiefe.

Ich träumte. Ich träumte, ich wäre nur noch ein Kopf. Ich war unter Wasser. Plötzlich trieb ein anderer Kopf auf mich zu. Es war der von Ludwig. Er öffnete die fischartigen Lippen und klagte: »Hast du meinen Körper gesehen? Er muss hier irgendwo sein …«

Dann vernahm ich noch eine Stimme:

»Es ist ja gut! Ich bin bei dir!«

Ich schlug die Augen auf und wähnte mich abwechselnd im Traum und im Paradies. Maren stand über mich gebeugt, und mit der Hand strich sie mir über die Wange.

»Alles ist gut«, wiederholte sie. »Du hast fantasiert.«

»Fantasiert?« Meine Stimme klang krächzend und heiser. So gar nicht wie meine gewohnte Stimme.

Ich wollte den Kopf bewegen, aber es ging nicht.

»Bleib ganz still liegen. Kein Grund, dir Sorgen zu machen.«

»Sorgen?« Warum sollte ich mir Sorgen machen, wenn die begehrenswerteste Frau in meinem Leben an meiner Seite saß? Aber wie kam sie überhaupt hierher?

Oder besser gefragt: Wo war ich?

Ich sah an ihr vorbei. Erblickte eine weiße Wand. Ein gerahmtes Aquarell.

Das war nicht mein Zuhause!

»Du liegst im Krankenhaus«, erklärte mir Maren. »Du hast zwei Tage im Koma gelegen.«

»Mein Kopf!«, stammelte ich. »Mein Kopf hat den Kopf von Ludwig getroffen …« Dann fiel ich erneut in eine Art Tiefschlaf.

Als ich das nächste Mal erwachte, glaubte ich, dem dunklen Tümpel endgültig entronnen zu sein. Ich schlug die Augen auf – und schloss sie sogleich wieder. Grelles Licht hatte mich geblendet.

»Duffy, ziehen Sie doch die Vorhänge wieder zu!«, hörte ich die Stimme der Gräfin.

Aber wie kam die Gräfin in meine Wohnung? Vorsichtig öffnete ich zuerst das linke, dann das rechte Augenlid. »Schauen Sie, Duffy, er kommt zu sich! Ist das nicht herrlich!«

Diesmal war es die Gräfin, die sich über mich beugte und mir mit ihrer rauen Hand über die Stirn fuhr. »Und er hat gar kein Fieber mehr!«, jubelte sie.

»Wie kommen Sie hier herein?«, wunderte ich mich.

»Aber mein Junge, hier kann jeder herein. Das ist ein öffentliches Krankenhaus!«

Jetzt fiel es mir wieder ein. »Aber wo ist Maren?«

»Maren? Sie meinen Frau von Greiffenberg. Duffy, holen Sie doch bitte die Frau von Greiffenberg herein.«

»Jawohl, gnädige Frau«, hörte ich Duffy dienern.

Ich hätte jubilieren könne. Das Leben hatte mich wieder!

»So eine nette Dame, Sie hätten sehen sollen, wie besorgt sie um Sie war! Sie hat Tag und Nacht an Ihrem Bett gewacht. Glauben Sie einer alten Jungfer: Eine Frau macht so etwas nur, wenn sie ernsthaft besorgt ist um jemanden.«

»Äh, und warum sind Sie dann hier?«

»Weil ich sehen wollte, ob man Sie tatsächlich so übel zugerichtet hat. Ollie und die nette Frau Klug waren auch schon hier. Und Ihr Freund Norbert natürlich.«

Ich fühlte mich wie ein Tier im Zoo. »Danke, sehr freundlich«, sagte ich.

Ich versuchte mich aufzurichten, aber ich war fixiert.

»Sie rantern ganz schön herum. Außerdem haben sie im Schlaf geschrien. Möchten Sie vielleicht ein Glas Wasser?«

Ich nickte, und die Gräfin hielt mir das Glas an die Lippen.

Es klopfte an der Tür, und augenblicklich war ich hellwach. Maren kam herein, gefolgt von Duffy.

»Schauen Sie nur, er ist aufgewacht!«, rief die Gräfin, als wäre es ihr zu verdanken.

Ich hatte nur Augen für Maren. Ihr rotes Haar war zerzaust. Sie hatte Ringe unter den Augen und war kaum geschminkt. Sie trug einen lilafarbenen Pullover und Jeans. Ich konnte mir keine schönere Frau vorstellen.

Sie kam an mein Bett. »Endlich!«, hauchte sie. Sie beugte sich über mich und gab mir einen Kuss.

»Ich glaube, wir gehen jetzt, Duffy, und lassen die jungen Herrschaften allein«, sagte die Gräfin.

Die beiden hatten es plötzlich sehr eilig, und ehe ich michs versah, war ich mit Maren allein. Wir fielen uns in die Arme. Das heißt, ich ließ zu, dass sie mich an sich drückte. Zuerst tat es gut. Dann schrie ich auf vor Schmerzen.

»Oh, entschuldige. Ich habe nicht daran gedacht, dass deine Rippen gebrochen sind.«

»Das macht doch nichts! Drück mich noch einmal. Vielleicht nicht ganz so fest …«

Fünf Minuten verbrachten wir damit, nicht zu sprechen. Ihre sanften Berührungen taten mir unendlich gut.

Schließlich war ich es, der die Sprache wiederfand. »Was ist passiert?«

»Du kannst dich immer noch nicht erinnern?«

Ich schüttelte den Kopf. »Ich weiß nur noch, dass ich den Mülleimer nach draußen gebracht habe und dass Luna gebellt hat … Dann kamen zwei Männer und haben auf mich eingeschlagen.«

»Möchtest du etwas trinken?«

»Noch einen Schluck Wasser, ja.« Mein Hals war schon wieder trocken geworden.

»Ja, du bist überfallen worden. Keiner weiß, warum und von wem. Du hast eine Stunde verletzt draußen gelegen. Zum Glück hat Duffy dich gefunden.«

»Duffy?«

»Ja, er hatte auch noch Müll, den er nach draußen bringen musste. Er hat dich dort liegen sehen und dachte, du wärst tot. Er ist schreiend zurück ins Haus gelaufen und konnte erst nach einigen Gläsern Whisky klar denken. Herr Dickens hat schließlich aus ihm herausbekommen, was passiert ist. Er hat das einzig Richtige getan: die Polizei und einen Notarzt gerufen. Die Sanitäter haben dich sofort ins Krankenhaus gebracht. Du liegst hier seit vier Tagen.«

»Ich habe fürchterliche Kopfschmerzen.«

»Das ist normal. Ein Zeichen dafür, dass du noch lebst. Dein linker Unterarm ist angebrochen, und auch ein paar Rippen. An der rechten Hand und am rechten Oberarm hast du Schnittwunden. Deine Nase ist gebrochen. Ebenso wie die Jochbeine. Du wirst einen Schönheitschirurgen brauchen.«

»Für wen?«

»Für mich! Oder glaubst du, ich will einen Freund haben, der aussieht wie ein Boxer?«

Abermals versuchte ich mich genauer zu erinnern. Aber da war nur ein schwarzer Fleck. Und das Gebell. Plötzlich durchfuhr es mich siedend heiß. »Was ist mit Luna?« Ich wollte mich aufrichten, aber der Schmerz in der Rippengegend ließ mich sogleich wieder zurücksinken. Ich war so hilflos wie ein Käfer.

»Norbert meint, sie hat dir das Leben gerettet. Sie ist wohl aus dem Haus gerast und dir zu Hilfe gekommen. Ein Messerstich hat sie ziemlich übel verletzt. Und sie hat viel Blut verloren. Aber sie lebt. Ollie und Duffy haben sie, gleich nachdem sie dich verarztet haben, in die Bielefelder Tierklinik gefahren.«

«Ja und?«

»Dort wollten sie sie einschläfern. Aber die beiden haben darauf bestanden, dass sie operiert wird. Die Sache sieht inzwischen ziemlich gut aus.«

Ich atmete auf.

»Wahrscheinlich ist sie sogar schneller wieder auf den Beinen als du. Hunde sind ziemlich hart im Nehmen.«

Ich nickte. Und ich spürte, dass ich es nicht war. Meine Kräfte ließen bereits wieder nach. Dennoch bäumte sich mein Wille auf. »Ich will hier nicht bleiben. Ich will nach Hause.«

Sie schüttelte den Kopf. »So weit bist du noch lange nicht. Es sei denn, du hättest eine private Krankenschwester zu Hause.«

»Ich verstehe«, sagte ich, und mir wurde bewusst, wie wenig wirklich gute Freunde ich auf der Welt hatte.

Es klopfte, und ein etwa dreißigjähriger Mann betrat das Zimmer. Er hatte kurze schwarze Haare, blaue Augen, aus denen ein verschmitzter Humor hervorblitzte, und er trug einen weißen Kittel. Er stellte sich als Dr. Hölderlin vor.

Als ich das nächste Mal erwachte, war es helllichter Tag. Norbert saß am Bett und machte ein verdrießliches Gesicht. »Ah, endlich bequemt sich der Herr, wieder aufzuwachen.«

Ich sah mich um. Erfreulicherweise konnte ich mich wieder bewegen. Auch die Kabel und Schläuche, an die man mich zuvor noch angeschlossen hatte, waren auf ein erfreuliches Maß reduziert worden.

»Wo ist Maren?«, fragte ich.

»Nach Hause. Irgendwann muss sie ja auch mal schlafen. Und arbeiten. Du bist ein ganz schön anstrengender Patient, mein Lieber. Außerdem überlege ich, dir die Freundschaft aufzukündigen. Du hast mich hintergegangen.«

»Wie sollte ich? Ich habe nur dagelegen und geschlafen.«

»Und dich dabei an meine Herzensdame herangemacht.«

»Maren? Na ja, so ganz klar ist das alles noch nicht.«

»Mir kommt das alles ziemlich klar vor.«

Plötzlich fiel mir etwas ein. »Bist du nicht verheiratet?«

»Na und? Man darf doch trotzdem träumen. Auch als Familienvater.«

»Träumen? Von einem Harem?«

Dann fiel mir noch etwas ein. Ich richtete mich auf. Es tat noch weh, aber ich genoss den Schmerz. Wenigstens war ich nicht mehr ganz so hilflos wie zuvor.

»Ich weiß jetzt, wo der Rest von Ludwig steckt. Ihr habt doch bisher nicht mehr als seinen Kopf gefunden, oder?«

»Damit liegst du verdammt richtig. Wir haben fast den gesamten Teutoburger Wald abgesucht. Und jetzt willst ausgerechnet du wissen, wo Ludwigs Körper liegt?«

Er legte die Stirn in Falten und sah mich skeptisch an. »Gleich nachdem Maren mir erzählt hat, dass du was von dem Kopf Ludwigs gefaselt hast, bin ich losgerast und sitze seitdem an deinem Bett. Das sind jetzt geschlagene sechs Stunden. Also los, jetzt raus damit. Was weißt du, was wir nicht wissen?«

Mein Mund fühlte sich an wie eine trocken gelegte Unterwasserhöhle. Ich krächzte: »Gib mir erst einen Schluck Wasser.«

»Oh, der Herr lässt sich auch noch bedienen«, knurrte Norbert. »Na, meinetwegen. Wenn's der Wahrheitsfindung dient.«

Nachdem er mich versorgt hatte, fuhr ich fort: »Ludwigs Körper liegt in dem Teich unterhalb der Externsteine. Im Wiembeckteich.«

Erstaunt sah er mich an. Dann entspannten sich seine Gesichtszüge. Und schließlich fing er laut an zu lachen.

»Lachst du mich aus?«

»Nein, an! Du hast es tatsächlich geschafft, uns alle auf den Arm zu nehmen. Du hast fantasiert, und nimmst das Ganze für bare Münze. Wahrscheinlich hast du alles durcheinandergeworfen. Klar, für jemanden, der nicht tagtäglich mit den Hardcore-Seiten unserer Arbeit vertraut ist, war das alles ein bisschen viel.«

»Halt mich nicht für bescheuert«, unterbrach ich ihn. »Natürlich weiß ich, dass man den Major im Teich gefunden hat. Aber der Torso von Ludwig befindet sich ebenfalls dort.«

»Ach, ja?« Norbert schaute mich mit zusammengekniffenen Augen an. Er wirkte sehr skeptisch.

»Tu mir den Gefallen, Norbert: Lass deine Leute den Teich absuchen. Sie werden dort auf Ludwigs Leiche ohne Kopf stoßen!«

Auch er schenkte sich ein Glas Wasser ein. »Jetzt brauche ich auch erst einmal einen Schluck.«

Er trank und schwieg, während ich merkte, dass es hinter seiner Stirn arbeitete.

»Das ist nicht so einfach«, sagte er schließlich. »Ich muss Spezialtaucher anfordern. Das Ganze ist nicht billig. Heutzutage kostet jeder Furz Geld, und ich muss für jeden Cent geradestehen. Also muss ich die ernsthafte Hoffnung haben, dass die Aktion von Erfolg gekrönt sein wird. Du musst mir also schon sagen, woher du deine Erkenntnisse hast.«

Diesmal war ich es, der sich eine Weile in Schweigen hüllte. Schließlich begann ich diplomatisch: »Du weißt ja, dass viele große Erfindungen und Entdeckungen im Traum gemacht worden sind. Edison, der Vater der Elektrizität, soll angeblich die Erleuchtung zu einem Viertel seiner über zweitausend Erfindungen im Schlaf bekommen haben.«

»Ja, da gibt es eine ganze Menge Spinner. Habe ich auch gelesen. Der Erfinder der Xerox-Kopierer hat auf dem Sterbebett gebeichtet, dass seine Idee von einer Stimme aus dem Jenseits kam.«

»Mach dich ruhig lustig«, sagte ich gekränkt. Dann erzählte ich ihm von meinem Traum.

»Mein Traum war nur der Anlass, dass mir plötzlich die Erkenntnis kam«, fuhr ich fort. »Die Erkenntnis, dass der Tod zweier Männer, von denen der eine plötzlich keinen Kopf und der andere keinen Körper mehr hat, kein Zufall sein kann.«

»Ach ja? So weit waren wir auch schon mit unseren Erkenntnissen.«

»Angenommen, der oder die Mörder sind die gleichen Personen, dann würde es doch Sinn machen, dass sie irgendwie die gleichen Tatorte aussuchen.«

Norbert seufzte. »Gib's auf! Ich weiß, dass du früher großen Erfolg damit gehabt hast, Verbrecher aufzuspüren. Aber hier haben wir es eindeutig mit Irren zu tun!«

»Nur mal angenommen, meine Theorie stimmt und Ludwigs Körper treibt wirklich irgendwo da unten im Teich. Und denken wir mal weiter: Wir würden dafür plötzlich den Kopf des Majors irgendwo bei der Falkenburg finden. Was hieße das? Dass der Mörder uns etwas mitteilen will.«

»Und was?«

Ich trank noch einen Schluck Wasser, bevor ich fortfuhr. »Nun, zunächst einmal, dass es sich um ein und dieselben Täter handelt. Oder einen einzelnen Täter.«

Wieder seufzte er. »Ich weiß zwar nicht, was das bringen soll, aber bevor du plötzlich anfängst, selbst im Wiembeckteich zu tauchen, überlasse ich das lieber den Experten.«

Er griff zum Handy, erwischte einen seiner Leute und gab ein paar eindeutige Anweisungen. Mit Genugtuung vernahm ich, dass er ein Schlauchboot und zwei Taucher anforderte. Dann beendete er das Telefonat rasch.

»Was ist eigentlich genau passiert?«, fragte er dann ernst. »Nicht dass du das falsch verstehst: Das ist kein Verhör. Das machen wir in aller Ruhe, wenn es dir wieder besser geht.«

»Ich habe nach wie vor nur unvollständige Erinnerungen daran«, erwiderte ich.

»Wir haben die Fußspuren untersucht. Sehr wahrscheinlich waren es zwei Täter. Der Schuhgröße und der Spurentiefe nach, war der eine circa eins achtzig groß und vierundachtzig Kilo schwer. Der andere war wohl kleiner. Vielleicht nur eins fünfundsiebzig, dafür aber mindestens über hundertdreißig Kilo schwer. Beide trugen Turnschuhe aus dem Aldi.«

Ich überlegte kurz, dann schüttelte ich den Kopf. »Die Beschreibung könnte auf viele Leute passen. Aber konkret fällt mir niemand ein.«

»Der Tathergang, soweit wir ihn rekonstruieren konnten, lässt darauf schließen, dass es sich nicht um eiskalte Profis handelte. Die hätten dich kaltgemacht. Es sei denn, sie hatten nur den Auftrag, dich ein bisschen zu erschrecken. Aber auch die Stiche lassen vermuten, dass es sich eher um Amateure gehandelt hat. Bei dem Messer handelt es sich um ein Jagdmesser. Sauscharf die Dinger, aber nicht unbedingt zum Zustechen geeignet, eher zum Aufschneiden. Die entscheidende Frage ist: Wen hast du derart geärgert, dass er dich fast verbluten lässt?«

Wieder überlegte ich. Hatte ich Feinde? Ich war mir sicher, dass ich mir zumindest in den letzten Jahren keine gemacht hatte. Aber vielleicht hatte ja jemand von früher plötzlich Rachegelüste entwickelt. Da fielen mir eine ganze Menge Leute ein. Doch noch während ich darüber nachdachte, wusste ich instinktiv, dass das die falsche Spur war.

»Letztens wollte jemand das *Rübezahl* kaufen«, antwortete ich schließlich. »Zwei Herren einer Firma namens BT NATURE haben unserem Neuankömmling einen Besuch abgestattet und ihm ein Angebot unterbreitet. Na ja, Ollie war ganz happy.«

»Na also, wo ist das Problem?«

»Die Typen haben mir nicht gefallen.«

»Und vor allem, warum sollten Sie dich kaltmachen wollen?«

»Vielleicht haben Sie mich ja verwechselt. Weiß nicht, ist nur so eine Idee ...«

Abermals griff Norbert zum Handy. »Ja, Frau Maier, holen Sie doch bitte Ihren englischen Gast einmal ans Telefon. Vielen Dank.« Norbert wartete geduldig ab. Endlich schien Ollie am anderen Ende der Leitung zu sein. Norbert schilderte ihm kurz, was ich ihm erzählt hatte. Dann hörte er zu. Er hörte sehr lange zu. Schließlich verabschiedete er sich freundlich. Dann wandte er sich wieder zu mir.

»Zwei Stunden vor dem Angriff auf dich hat Herr Dickens einen Anruf erhalten. Ein Herr von der Firma BT NATURE wollte von ihm die Bestätigung, ob alles klargeht mit dem Verkauf. Dein Freund Ollie hat abgelehnt.«

»Ja, er hatte es sich in der Zwischenzeit anders überlegt. Er will das *Rübezahl* nicht mehr verkaufen«, erklärte ich.

Norbert zuckte die Achseln. »Das ist seine Privatsache. Jedenfalls ist an deiner These etwas dran. Nur mal angenommen, man wollte ihn auf etwas andere Weise überreden, den Deal nicht rückgängig zu machen.«

»Du meinst, man hat uns verwechselt? Man wollte nicht mich kaltmachen, sondern ihn? Das bedeutet«, schlussfolgerte ich, »dass Ollie nach wie vor in Gefahr ist!«

»So sehe ich das auch!«, bekräftigte Norbert.

Dass wir uns beide irrten, ahnten wir zu dem Zeitpunkt noch nicht.

Die Erkenntnis sollte mir erst kommen, als ich meine Wohnung wieder betrat.

Doch bis dahin verging noch eine Woche.

Eine ereignisreiche Woche.

10.

Am nächsten Tag, einem Mittwoch, entdeckte ein Taucher einen Körper ohne Kopf im Teich unterhalb der Externsteine. Er hatte sich in einer Unterwasserhöhle verfangen, die in die Externsteine führte. Außerdem war er mit Steinen beschwert worden, sodass er nicht an die Oberfläche hatte treiben können.

Am Donnerstag stellte man eindeutig fest, dass es sich um Ludwig handelte.

Ebenfalls am Donnerstag fand man den Kopf des Majors unweit der Falkenburg. Eigentlich handelte es sich um einen fast kahlen Schädel. Die Würmer und andere Kriech- und Krabbeltierchen hatten ganze Arbeit geleistet.

Norbert rief an und beglückwünschte mich zu meinem Traum. »Tja, manchen kommt's im Schlaf«, knurrte er. Das war's auch schon.

Weder er ließ sich persönlich blicken noch die anderen. Selbst Maren rief nur noch an. Sie habe wahnsinnig viel in ihrer Praxis zu tun, weil eine Grippewelle im Anmarsch war. Außerdem musste sie die Arbeit nachholen, die sie in den Tagen, da sie an meinem Bett gesessen und um mich gebangt hatte, versäumt hatte.

Ich fühlte mich wie der einsamste Mensch auf Erden.

Am Freitag rief die Tierklinik aus Bielefeld an. Ob ich der Halter einer Hündin namens Luna sei und wann ich sie abzuholen gedächte. Das Tier gebärde sich im Käfig wie verrückt. Es heule die ganze Zeit. Ach ja, die Rechnung belaufe sich mittlerweile auf achthundertvierundfünfzig Euro und dreiundzwanzig Cent – inklusive Übernachtung und Verpflegung. Die Rechnung sei bei Abholung des Tieres zu begleichen.

Ich versprach, mich darum zu kümmern.

Noch am selben Tag erhob ich mich selbstständig aus meinem Bett und versuchte, ohne fremde Hilfe das Waschbecken zu erreichen. Ich schaffte die zwei Meter in gefühlten zwei Stunden. In Wahrheit waren es vielleicht zehn Minuten. Dabei versuchte ich, so zu atmen, dass ich so wenig Schmerzen wie möglich hatte.

Am Samstag begann ich kurz nach der Morgenvisite damit, in meine eigene Kleidung zu schlüpfen. Es dauerte länger, als ich gedacht hätte. Vor allem die Rippen schmerzten bei jeder Bewegung.

Nachdem ich mich angezogen hatte, setzte ich mich in den Rollstuhl, mit dem mich das Pflegepersonal bisher kutschiert hatte, fuhr damit eigenhändig bis zur Tür und spähte vorsichtig nach draußen. Der Korridor lag einsam vor mir.

Ich rollte hinaus bis zum Aufzug, fuhr hinunter ins Erdgeschoss und strebte, an der Rezeption vorbei, dem Ausgang zu.

Geschafft! Zum ersten Mal seit Tagen atmete ich durch. Die Luft war klar und würzig. Sie trug den Geschmack des kommenden Frühlings mit sich.

Ich rollte über die Rampe bis zur Einfahrt hinunter und jubilierte, als ich die wartenden Taxis dort unten sah. Ich wählte das erste, das mit laufendem Motor wartete.

Der Fahrer half mir in den Wagen, klappte den Rollstuhl zusammen und erkundigte sich, wohin er mich fahren sollte.

Zunächst steuerten wir die Sparkasse an. Ich bat den Fahrer, den Rollstuhl wieder aufzuklappen und mir dabei behilflich zu sein, eintausend Euro abzuheben. Dann fuhren wir nach Bielefeld. Ich blieb im Wagen sitzen, während er Luna auslöste. Als er mit ihr zurückkam und sie mich erblickte, veranstaltete sie einen Freudentanz. Sie trug noch immer einen weißen Verband, aber der stand ihr gut. Sie sprang ins Auto, hüpfte auf mich drauf, sodass ich glaubte, sie würde mir erneut alle Knochen brechen, und schleckte mir das Gesicht ab.

»Das muss wahre Liebe sein«, stellte der Taxifahrer fest. »Über achthundert Euro für einen Köter – und woanders machen sie schmackhaftes Gyros daraus.«

»Tja, wo die Liebe hinfällt«, erwiderte ich nur und ließ mich nach Hause bringen.

Der Fahrer brachte mich bis zur Haustür, indem er mich stützte. Die Aussicht, endlich wieder zu Hause sein zu dürfen, gab mir zusätzliche Kraft. Mit jedem Schritt fühlte ich mich besser.

Als wir bei der Haustür angekommen waren, sagte ich: »Danke, den Rest schaffe ich selbst.« Er brachte mir noch den Rollstuhl und klappte ihn auseinander, sodass ich mich jederzeit wieder hineinsetzen konnte. Dann verabschiedete er sich von mir und fuhr davon.

Das Haus lag in ungewohnter Stille. Vergebens hielt ich nach Ollies Morgan Ausschau. Luna kläffte vor Freude, wieder hier zu sein. Doch niemand reagierte auf ihr Bellen. Nicht einmal Duffy kam herausgelaufen, um sich zu beschweren.

Na schön, dann mussten Luna und ich unser Wiedersehen eben allein feiern.

Als ich die Tür zum Treppenhaus aufgeschlossen und sie aufgestoßen hatte, spürte ich sofort, dass etwas nicht stimmte. Auch Luna fing plötzlich an zu knurren. Ehe ich sie zurückhalten konnte, rannte sie an mir vorbei ins Haus und lief die Treppen hoch. Dort hörte ich sie wütend kläffen. Dann verstummte sie.

Die Angst meldete sich in mir zurück. Ich fühlte mich ein paar Tage zurückversetzt. Noch immer erinnerte ich mich nicht vollständig daran, was geschehen war.

Aber mein Körper erinnerte sich. Und reagierte augenblicklich.

Ich war nicht in der Lage, mich zu bewegen. Weder nach vorn noch zurück. Ich war wie erstarrt.

Es war eine verdammte Schnapsidee gewesen, aus dem Krankenhaus zu flüchten, ohne jemandem Bescheid zu sagen.

Ich lauschte. Von oben glaubte ich Lunas unterdrücktes Bellen zu hören. Von weiter weg, von der Straße, drang der Verkehrslärm herüber. Ich verfluchte mich, dass ich den Taxifahrer schon weggeschickt hatte.

Mein eigener Wagen stand in der Parkbucht, aber der Schlüssel befand sich in der Wohnung. Außerdem konnte ich immer noch keinen Finger bewegen.

Ich zitterte.

Von der Hauptstraße her näherte sich ein Motorgeräusch. Mein Herz hämmerte schmerzhaft gegen die Rippen. Hoffnung keimte in mir auf. Vielleicht war dem Taxifahrer ja eingefallen, doch noch einmal nach mir zu schauen. Einen Rollstuhlfahrer setzt man nicht alle Tage in der Walachei ab.

Doch das Geräusch klang anders, nicht wie ein Diesel, sondern dezenter.

Also konnte es auch nicht Ollies Morgan sein, den ich ebenso wie Duffys Ente in der Einfahrt vermisste.

Die Räder des herankommenden Wagens ließen den Kies aufspritzen – ansonsten erreichte er den Hof so lautlos wie ein Hai.

Endlich gelang es mir, den Kopf zu wenden. Ich erblickte einen schwarzen BMW der Oberklasse. Hinter den getönten Scheiben waren nur schemenhaft zwei Personen zu erkennen. Eine saß hinter dem Steuer, die andere auf dem Beifahrersitz. Ob auf dem Rücksitz noch jemand war, wollte ich nicht ausschließen. Die Scheiben waren völlig schwarz und spiegelten den Hof wider.

Meine Starre löste sich. Ich sank in den Rollstuhl, der neben mir stand. Es gelang mir sogar, ihn zu wenden, sodass ich den Ankömmlingen jetzt entgegenblicken konnte.

Fast gleichzeitig öffneten sich die beiden vorderen Türen, und zwei alte Bekannte stiegen aus. Die Stoßtruppe von BT NATURE. Trotz des trüben Wetters trugen sie Sonnenbrille. Wenigstens Konsequenz konnte man den beiden nicht abstreiten. Stilbewusstsein schon eher.

Die beiden kamen auf mich zu. »Ist dieser Tommi zu Hause?«, fragte einer herablassend. Wahrscheinlich hielt er mich für den Hofkrüppel.

»Wir wohnen zwar unter einem Dach, aber nicht in Haus- und Hofgemeinschaft«, erwiderte ich, während ich gleichzeitig lauschte, ob aus meiner Wohnung irgendwelche Laute drangen. Hinter mir vernahm ich ein Hecheln. Ich ließ meine Hand herunterbaumeln und spürte Lunas raue Zunge, die darüberleckte. Ich begann mich sicherer zu fühlen.

Was immer dort oben in meiner Wohnung gelauert hatte, die Gefahr war verschwunden. Zumindest Luna schien davon überzeugt. Und auf sie verließ ich mich noch mehr als auf meinen Instinkt.

Den beiden Gorillas schien Lunas Anwesenheit nicht zu gefallen. Anstatt sich weiter mit mir zu beschäftigen, gingen sie in Richtung des Haupthauses und klingelten. Ich ließ sie nicht aus den Augen. Luna knurrte leise. Ich kraulte beruhigend ihren Hals.

Nach drei Minuten gaben die Besucher es auf. Betont lässig kamen sie wieder in meine Richtung geschlendert. Ich hatte mich noch immer nicht von der Stelle gerührt. Ich saß in meinem Rollstuhl und fragte mich, ob ich überhaupt Kraft genug haben würde, nach oben in meine Wohnung zu kommen.

Die beiden Besucher taten so, als würden sie Luna ignorieren, aber es war nicht zu übersehen, dass sie Respekt vor Hunden hatten.

»Mr Dickens ist nicht zu Hause«, sagte der Kleinere der beiden. »Eigentlich schade, denn wir wollten ihm ein neuerliches Geschäft vorschlagen.«

»Ja, sehr bedauerlich«, echote der zweite der Schmalspur-Mafiosi.

»Ich habe davon gehört«, antwortete ich. »Soweit ich weiß, hat Mr Dickens kein großes Interesse daran, mit Ihnen in geschäftliche Beziehung zu treten.«

»Deswegen sind wir ja hier. Das neue Angebot, das wir Herrn Dickens unterbreiten wollen, wird er kaum ablehnen können.«

Er zog einen weißen Briefumschlag aus der Tasche, schien kurz zu überlegen, ob er mir trauen sollte, entschied sich dann aber dagegen und steckte ihn wieder weg. Dafür griff er in eine andere Tasche und zog eine Visitenkarte hervor. Er reichte sie mir.

»Nur für den Fall, dass Herr Dickens unsere Telefonnummer verlegt hat.«

Die Visitenkarte war mir bekannt. Achtlos steckte ich sie weg.

Die beiden wandten sich grußlos ab. Auf halbem Wege drehte sich der Ober-Gorilla noch einmal um. »Ach ja, und sagen Sie ihm, das Angebot gilt nicht unbegrenzt. Wir erwarten bis morgen Abend seinen Anruf.«

Damit wandte er sich abermals um und stiefelte zu seinem Wagen.

Nachdenklich schaute ich ihnen nach. Ich versuchte, mir den einen mit einem Schlagstock vorzustellen, den anderen mit einem Messer. So ganz abwegig erschien es mir nicht. Dennoch stellten sich keine Erinnerungen ein. Außerdem wog keiner von den beiden über hundert Kilo.

»Warten Sie«, rief ich. Fast gleichzeitig drehten sie sich um und kamen wieder zurück.

Ich rieb mir den Fünf-Tage-Bart. »Kann ich mal Ihr Handy haben?«

Ein Gorilla stellt keine unnützen Fragen. Er reichte es mir einfach. Nettes BlueBerry. Das galt in seinen Kreisen wahrscheinlich immer noch als Statussymbol.

Ich wählte die Nummer aus dem Gedächtnis. Drei Sekunden später hatte ich den gewünschten Teilnehmer am Apparat. »Norbert, ich habe da ein kleines Problem. Kannst du so schnell wie möglich bei mir zu Hause vorbeikommen?«

»Dienstlich?«

»Sieht so aus.«

»Alles klar. Halt aus!« Ich unterbrach die Verbindung und reichte das BlueBerry seinem rechtmäßigen Eigentümer zurück. Der schaute mich misstrauisch an. »Das war aber nicht Herr Dickens, oder?«, erkundigte er sich.

»Nein, das war die Kripo. Schönes Telefon übrigens, das Sie da haben. Aus Polen oder selbst geklaut?«

»Scheißkerl!«

Ich erwartete, dass er zuschlug. Aber er hatte sich in der Gewalt. Seine Gesichtsmuskeln zuckten nur ein wenig.

Dann gingen sie endgültig zum Wagen zurück. Mit quietschenden Reifen fuhren sie vom Hof.

Ich wartete fünf Minuten, ohne mich von der Stelle zu rühren. Dann hörte ich die nächsten Besucher herankommen. Sie waren nicht zu überhören. Eine Minute später landete ein Polizeiwagen mit Martinshorn und Blaulicht punktgenau an der Stelle, wo zuvor der Mercedes geparkt hatte.

Luna freute sich und sprang bellend um den Wagen herum. Zwei Uniformierte stürzten heraus. Einer von beiden war ein guter Bekannter.

»Rufen Sie Ihre Töle zurück, bevor ich sie abknalle«, drohte er.

»Sie enttäuschen mich, ich dachte Sie wären der Freund aller Vierbeiner.«

»Ich zähle bis drei!«

Vorsichtshalber pfiff ich Luna zurück. Ausnahmsweise gehorchte sie.

»Wo haben Sie Ihren Hasso gelassen?«, erkundigte ich mich. »Luna hat ihn vermisst.«

Krause bedachte mich nur mit einem abwertenden Blick. »Wenn Sie wenigstens wüssten, wovon Sie reden!«

»Lass mal gut sein, Walter, ich glaube, der Herr hat ganz andere Probleme.«

Der zweite Polizist war mir von Anfang an der sympathischere. Er war noch jung, vielleicht knapp dreißig, hatte ein gutmütiges Lausbubengesicht und schaute weit weniger verbissen drein als sein Kollege. Außerdem hatte er die bessere Menschenkenntnis. Mein Arsch ging mir tatsächlich auf Grundeis. Seitdem ich zusammengeschlagen worden war, war ich noch nicht wieder der Alte. Das hatte ich die letzten Minuten zu spüren bekommen. Mein Körper reagierte völlig anders als sonst. Alles andere war mehr oder weniger Bluff.

»Danke«, sagte ich.

Er nickte. »Polizeikommissar Roeder. Hauptkommissar Decarli hat uns gebeten, hier nach dem Rechten zu schauen. Wir waren zufällig in der Nähe. Darf ich fragen, was passiert ist?«

Der Junge war nicht nur sympathisch, er hatte auch einen höflichen Ton drauf.

»Eigentlich wollte ich nur in meine Wohnung«, erklärte ich. »Aber ich traue mich nicht so recht.«

»Haben Sie einen bestimmten Verdacht?«

»Nur so ein Gefühl.«

Röder nickte wieder. »Das ist verständlich. Sie sind ja erst vor ein paar Tagen krankenhausreif geprügelt worden. Da ist es logisch, wenn Ihr Körper auch auf kleinste Veränderungen reagiert.«

Norbert hatte ihn gut gebrieft. Er wusste, wer ich bin. Wahrscheinlich war er auch längst darüber informiert, dass ich mich selbst aus dem Krankenhaus entlassen hatte.

»Sind Sie damit einverstanden, wenn wir uns in Ihrer Wohnung umschauen?«

Ich nickte.

»Wenn Sie möchten, kann einer von uns bei Ihnen bleiben.«

Ich schüttelte den Kopf. »Danke für das Angebot, aber das ist nicht nötig. Ich habe ja Luna.«

Er lächelte. »Schöner Hund.«

»Hündin«, berichtigte ich.

Er nickte abermals. Die beiden Polizeibeamten schritten an mir vorbei. Bevor sie im Eingang verschwanden, zogen sie ihre Dienstwaffe. Offensichtlich nahmen Sie meine Besorgnis ernst. Zumindest Röder. Krause machte nach wie vor ein Gesicht, als wollte er mich fressen.

Während ich wartete, versuchte ich an etwas Erfreuliches zu denken. Mir fiel nichts ein. Dafür machten sich die Schmerzen wieder stärker bemerkbar.

Nach fünf Minuten kamen die beiden Polizisten wieder heraus.

»Haben Sie Feinde?«, fragte Polizeikommissar Röder.

»Sieht man das nicht«, antwortete ich schroff.

»Wollen Sie nicht lieber wieder ins Krankenhaus zurück?«, fragte er.

»Ich kniff die Augen zusammen und fixierte ihn. »Nein! Warum? Was haben Sie da oben entdeckt?«

»Jemand hat sich gewaltsam Zutritt zu Ihrer Wohnung verschafft. Machen Sie sich auf keinen schönen Anblick gefasst. Er hat gewütet wie ein Berserker.«

»Ich will trotzdem nicht zurück ins Krankenhaus«, beharrte ich.

»Trauen Sie sich zu, sich das Chaos anzuschauen? Nur Sie können sagen, ob der oder die Einbrecher etwas mitgenommen haben.«

Ich nickte. Die Polizeibeamten hakten mich unter und hoben mich vorsichtig aus dem Rollstuhl. Zumindest konnte ich meine Beine wieder ganz gut bewegen. Mithilfe der beiden Beamten ging es sogar zügiger, als ich gedacht hätte. Doch spätestens als sie mich mehr die Treppen hinauftrugen, als dass ich ihnen dabei helfen konnte, fragte ich mich, wie ich je so blauäugig hatte annehmen können, dass ich es allein schaffen würde.

Die Wohnungstür stand offen.

»Sie war nicht verschlossen, die Tür war nur angelehnt«, erklärte Röder. »Der Eindringling hat das Schloss geknackt.«

»Immer rein in die gute Stube!«, grinste Krause zu mir hin. Er war weniger rücksichtsvoll. »Am besten bestellen Sie gleich ein Entrümpelungsunternehmen.«

Die Wohnung sah aus, als hätte sich ein Tornado darin ausgetobt. Die Inhalte der Schränke waren nach außen gekehrt. Das Geschirr lag in Scherben auf dem Boden. Sogar die Raufasertapete war an einigen Stellen heruntergerissen. Hier hatte jemand systematisch gewütet.

Die zwei Beamten ließen mich aufs Sofa sinken.

»Haben Sie eine Idee, was der Täter gesucht haben könnte?«, fragte Röder.

»Nein«, log ich. Aber ich hatte eine Vermutung.

»Haben Sie eine Ahnung, wer sich hier Zutritt verschafft hat?«

»Nein.« Diesmal sagte ich die Wahrheit.

»Möchten Sie Anzeige erstatten?«

»Natürlich, allein wegen der Versicherung.«

Röder nickte. Das Telefon klingelte. Ich spürte, dass mir allmählich wieder jeder Knochen wehtat. Ich würde geschätzte zehn Minuten brauchen, um zum Telefon zu kommen.

»Erlauben Sie, dass ich abnehme?«, fragte Röder.

Ich nickte.

Er nahm den Hörer ab, meldete sich mit seinem Namen und hörte zu. Danach sagte er ein paar Mal »Jawohl« in den Hörer und beschrieb den Zustand der Wohnung.

Schließlich kam er zu mir zurück. »Hauptkommissar Decarli wird gleich hier sein. Er fordert ein paar Kollegen an, die die Spuren sichern werden.«

Ich sah ihn erstaunt an. »Spuren? Hier ist weder jemand umgebracht worden, noch hat jemand die Mona Lisa geklaut. Seit wann macht ihr euch dermaßen Arbeit?«

»Tja, das haben Sie dem Hauptkommissar zu verdanken«, antwortete Röder. »Sie sehen aus, als könnten Sie jetzt Ruhe brauchen. Soll ich Sie in Ihr Bett bringen?«

Ich winkte ab. »Danke, ich bleibe auf dem Sofa. Aber meinen Rollstuhl hätte ich gern hier oben.«

Röder gab Krause einen Wink, und dieser stiefelte missmutig hinunter.

Als er außer Hörweite war, sagte Röder: »Nehmen Sie sich vor dem Kollegen in Acht. Er scheint etwas gegen Sie zu haben.«

»Dafür mögen sich unsere Hunde umso lieber.«

»Lassen Sie ihn am besten in Ruhe. Krause ist bekannt dafür, dass er keinen Spaß versteht.«

»Wie kann er Spaß verstehen, wenn er keinen Humor hat? Abgesehen davon: Ich habe nichts gegen ihn«, erwiderte ich.

Röder nickte. »Ich mache mir nur ein bisschen Sorgen um Sie. Sie sind nicht halbwegs so fit, wie Sie mir vormachen wollen. Spielen Sie so eine Art Clint Eastwood?«

Ich schüttelte den Kopf und biss die Zähne zusammen. »Ich spiele nicht. Das ist einfach mein Scheißleben.«

Dann geschah wieder alles gleichzeitig. Krause kam die Treppe hochgehastet und warf mir den Rollstuhl fast vor die Füße. Jedenfalls ging noch ein Glas dabei kaputt, aber das war auch schon egal. Unten auf dem Hof fuhren weitere Wagen vor, wahrscheinlich Norbert mit Gefolge. Von irgendwoher hörte ich die Gräfin lamentieren, aber das bildete ich mir wahrscheinlich nur ein.

Leider war es keine Einbildung. Noch vor Norbert schob sie sich in meine Wohnung. Sie schlug die Hände zusammen und schrie auf, als sie das Chaos sah.

»Wer soll das alles aufräumen?«, stöhnte sie fassungslos.

Norbert schob sie sanft beiseite. »Ich bitte Sie, nichts anzufassen. Wir kümmern uns schon darum.«

Auch Ollie steckte jetzt den Kopf neugierig durch den Eingang. Als er mich erblickte, reagierte er geschockt. Ihm blieb das Wort im Hals stecken, und das hieß bei ihm schon etwas. Als auch noch Duffy auftauchte, platzte Norbert der Kragen. Er befahl Krause, sämtliche Besucher hinauszuschicken und vor der Wohnungstür Wache zu halten. Ich fragte mich, wo sie alle gewesen waren, als ich ihre Hilfe gebraucht hatte.

Röder verzog sich ebenfalls. Norbert setzte sich zu mir aufs Sofa.

»Tut ganz schön weh, was?«

Ich wusste, dass er nicht meinen körperlichen Zustand meinte. Also nickte ich.

Dann stellte er mir die üblichen Fragen, die ich auch schon Röder beantwortet hatte.

Ob ich wüsste, wer die Täter waren. Ob ich eine Ahnung hätte, was sie gesucht hatten. Ich verneinte jedes Mal.

»Ich weiß, dass du lügst«, sagte er schließlich. »Zumindest verheimlichst du mir etwas. Ich kenne dich lange genug, um das zu erkennen. Aber wenn du lieber den Helden spielen willst, anstatt mit mir zusammenzuarbeiten ...«

»Macht zunächst mal eure Arbeit«, sagte ich. »Vielleicht entdeckt ihr ja doch etwas, kann ja sein. Wenn nicht, dann komm um fünf Uhr wieder. Ich lade dich zum Tee ein. Und bring Maren mit. Das ist wichtig, hörst du!«

Er sah mich verständnislos an. »Bist du sicher, dass du keinen Dachschaden erlitten hast? Ich sollte dich wieder ins Krankenhaus bringen!«

»Von dort aus kann ich dir nicht helfen«, sagte ich. Ich spürte, wie ich wieder müde wurde, aber ich wehrte mich gegen das Einschlafen.

Von meiner Couch aus sah ich zu, wie weitere Männer und Frauen meine Wohnung betraten und Spuren sicherten. Ich nahm alles wie durch einen Nebel wahr. Irgendwann sah ein Arzt nach mir. Ich kannte ihn nicht. Er verpasste mir ungefragt eine Spritze und drückte mir eine Packung Schmerztabletten in die Hand. Ich hörte, wie er leise mit Norbert sprach, bevor er wieder verschwand.

»Was hat er gesagt?«, wollte ich wissen

»Dass du verrückt bist und er offiziell nie hier gewesen ist. Du würdest ins Krankenhaus gehören. Aber er ist sicher, dass du von selbst dahin zurückgehen wirst, wenn die Schmerzmittel nachlassen.«

»Feine Aussichten«, krächzte ich.

Irgendwann zog die Heerschar der Ermittler ab. Allein Norbert blieb noch länger und begann aufzuräumen. Wenigstens halbwegs. Bevor er ging, fragte er mich, ob er noch etwas für mich tun könne.

»Wenn Ollie wieder da ist, schick ihn bitte zu mir«, bat ich ihn.

Er nickte und verabschiedete sich.

»Denk daran, Maren mitzubringen!«, rief ich ihm noch hinterher.

Kurz danach streckte Ollie seinen Kopf zur Tür herein.

»Allmächtiger«, war sein Kommentar. »Die haben nichts heil gelassen, was?«

Ich winkte ab. »Sie haben es ja gesehen. Norbert hat das meiste schon aufgeräumt. Zumindest hier im Zimmer.« Ich versuchte mich aufzurichten. Ollie war sofort an meiner Seite, packte mich unter den Achseln und schob ein Kissen in meinem Rücken zurecht.

»Entschuldigen Sie, mein Freund, aber ich kann Sie unmöglich hier liegen lassen. Sie müssen zurück ins Krankenhaus.«

»Unsinn. Geben Sie mir lieber ein Glas Wasser und zwei Tabletten.«

»Sind Sie sicher?«

Ich nickte, und Ollie fügte sich. Zumindest sprach er mich nicht mehr darauf an, dass ich zurück ins Krankenhaus gehörte.

»Diese Schweine!«, brach es plötzlich aus ihm heraus. »Ich wollte, ich hätte einen von denen in die Finger bekommen!«

»Seien Sie froh, dass Sie ihnen nicht begegnet sind. Die Kerle, die das hier auf dem Kerbholz haben, sind auch zu anderen Gemeinheiten fähig. Wo waren Sie alle überhaupt?«

»Oh, wir haben reizende Tischdeckchen, kristallene Lüster und andere liebevolle Kleinigkeiten erstanden – der Eröffnung des *Rübezahl* steht jetzt nichts mehr im Wege!«

»Nein, nur irgendwann wird auch mein Konto erschöpft sein. Wo habt ihr eingekauft?«

»Keine Sorge, *dear friend*, es war ein schwedisches Möbelhaus. Glauben Sie, dass es dieselben Gangster waren, die versucht haben, Sie abzustechen?«

Ich überlegte. Die Frage hatte ich mir natürlich auch schon gestellt. Jedoch ohne eine Antwort darauf zu finden. »Keine Ahnung«, wich ich schließlich aus. Ich spürte, dass es mir nicht mehr lange gelingen würde, die Augen offen zu halten.

»Wie spät ist es?«, fragte ich. Ollie zog seine Taschenuhr hervor. »Exakt vierzehn Uhr zehn.«

»Ich lade Sie zum Tee ein«, murmelte ich. »Allerdings müssen Sie ihn sich selbst zubereiten.«

»Jetzt?« Ich sah die Verwirrung in seinen Augen.

»Nein, natürlich erst um fünf Uhr«, beruhigte ich ihn.

»Aber exakt um fünf lädt auch Tante Liza zu ihrem *High Tea*.«

Es war also bereits um ihn geschehen. Die wenigen Tage, die er hier war, hatten genügt, dass er sich bereits voll und ganz ihren Zeremonien unterordnete.

»Bringen Sie die Gräfin einfach mit herüber«, sagte ich. »Und Duffy am besten auch. Ich kann sowieso keinen Finger rühren. Ach ja...« Einen Finger musste ich dann doch noch rühren. Mir war noch etwas anderes eingefallen. Ich zog die Visitenkarte hervor, die mir die beiden Sonnenanbeter überreicht hatten, und hielt sie Ollie hin. »Die Herren wollen noch ein Gespräch mit Ihnen führen...«

Knapp drei Stunden Schlaf hatten einen anderen Menschen aus mir gemacht. Vielleicht waren auch die Tabletten schuld. Ich spürte nicht die geringsten Schmerzen mehr. Ich saß, mittlerweile in einen frischen Schlafanzug gekleidet, auf meinem Bettsofa. Die Kissen im Rücken hielten mich auf sanfte Weise aufrecht.

Duffy hatte ein paar Stühle herbeigeschafft und den Tisch formvollendet gedeckt. Das Wasser kochte. Er verschwand nach nebenan. Vom Wohnzimmer hatte man einen guten Einblick in die Küche. Ich sah, wie er den Kessel vom Herd nahm und den Tee aufgoss. Danach kam er zurück ins Zimmer und setzte die Teekanne auf ein Stövchen.

»Ich könnte mich an Sie gewöhnen«, sagte ich.

»Einen Tag länger, und ich würde kündigen!«, war seine Antwort.

»Na, na, Duffy, jetzt tun Sie mal nicht so, als müssten Sie sich wer weiß wie überwinden, mich zu pflegen.«

»Wenn die Gräfin mir nicht befohlen hätte, mich um Sie zu kümmern, würde ich Sie ohne ein Wimpernzucken verrecken lassen.«

»Ihre herzerfrischende Ehrlichkeit ist es, die ich so an Ihnen schätze.«

Er sah sich um. Irgendetwas schien er zu vermissen. »Sie haben noch nicht einmal Zucker für den Tee!«, stellte er naserümpfend fest.

»Der wird sich finden«, erwiderte ich.

Er sah mich auf merkwürdige Weise an, erwiderte aber nichts. Wortlos konzentrierte er sich darauf, den Tisch für den *Afternoon Tea* herzurichten. Dazu gehörte in seinen und der Gräfin Augen natürlich weit mehr als nur der Tee. Dieser war sozusagen nur das Begleitgetränk.

Fasziniert sah ich zu, wie Duffy allerhand weitere Döschen und Behältnisse hervorzauberte und der Tisch vor meinem Sofa nach und nach voller wurde – obwohl es sich beileibe nicht um den *High Tea* handelte!

Der *High Tea* war im Hause des Majors gewöhnlich um neunzehn Uhr dreißig eingenommen worden und bestand aus einer üppigen Abendbrottafel. Dagegen beschränkte sich der *Afternoon Tea* auf drei Gänge. Der erste Gang setzte sich im Allgemeinen aus Lachs-, Schinken- und Gurkensandwiches zusammen. Nach dieser herzhaften Einstimmung ging man gewöhnlich zum süßen Teil des Nachmittags über, indem *Scones, Clotted Cream* und Erdbeer- oder Orangenmarmelade gereicht wurden. Für die Nimmersatten gab es zum Nachtisch diverse Süßigkeiten, Pralinen und kandierte Früchte. Zu Zeiten des Majors, der zwar ein unverbesserlicher Traditionalist, jedoch eher ein Asket war, beschränkte sich der *Afternoon Tea* zumeist auf den *Cream Tea*, also die *Scones- und Clotted Cream*-Variante. Erst seit seinem Tod nahm die nachmittägliche Teezeremonie unter der Ägide der Gräfin immer üppigere Formen an.

Ich schaute auf die Uhr. Es war zehn vor fünf.

Allmählich spürte ich doch, wie ich nervös wurde. Kein einziger Besucher war bisher aufgetaucht. Vielleicht irrte ich mich ja auch und niemand von ihnen hatte irgendetwas zu verbergen. Im schlimmsten Falle bestand die Gefahr, dass ich mich lächerlich machte, aber das würde ich leicht wegstecken können.

Inzwischen hatten auch die Schmerzen wieder eingesetzt, sodass ich überlegte, ob ich eine weitere Pille nehmen sollte. Doch ich nahm Abstand davon, weil ich fürchtete, dann wieder müde zu werden.

Endlich hörte ich draußen auf dem Hof ein Auto vorfahren. Die quietschenden Bremsen verrieten mir, dass der Besucher es eilig hatte. Die Türen waren nicht verschlossen, sodass der Besucher nicht läutete. Ich hörte ihn mit eiligen Schritten die Treppe herauflaufen. Im nächsten Augenblick wurde die Wohnungstür aufgerissen, und Maren stand wutschnaubend vor mir.

»Du Idiot!«, war zunächst alles, was sie sagte. Dann kam sie zu mir ans Sofa, bückte sich zu mir herunter und küsste mich heiß und innig. »Du verdammter Idiot!«, widerholte sie. Ich schmeckte ihre Tränen.

»Es ist ja alles in Ordnung«, versuchte ich zu beschwichtigen und drückte sie noch fester.

Sie machte sich von mir los. »Für dich scheint es in Ordnung zu sein. Aber dass sich andere Personen Gedanken um dich machen und Angst um dich haben, das ist dir scheißegal!«

Sie stemmte die Arme in die Hüften, ging kopfschüttelnd von

einem Zimmer zum anderen. Immer wieder hörte ich sie fassungslos ausrufen.

»Unglaublich!«

»Diese Schweine!«

Als sie zu mir zurückkam, hatte sie sich halbwegs unter Kontrolle. Mit einem Taschentuch versuchte sie, das verschmierte Make-up wegzuwischen.

»Komm her«, sagte ich. Sie setzte sich zu mir auf die Sofakante. Ich nahm das Taschentuch und säuberte ihr Gesicht.

»Mit einem Einbruch habe ich auch nicht gerechnet«, sagte ich schließlich. »Glaubst du, ich wäre sonst aus dem Krankenhaus abgehauen?«

»Aber warum? Wer hat das getan?«

»Wer immer es war, er hat etwas gesucht«, sagte ich.

»Und was? Hast du eine Ahnung?«

Ich nickte, sagte aber nichts. Ich tat es nicht gern, aber ich musste neutral sein.

»Was hast du auf der Falkenburg oben im Gebüsch verloren?«, fragte ich nun meinerseits.

Sie runzelte die Stirn. »Spinnst du jetzt total? Was hat das mit dem Chaos hier in deiner Wohnung zu tun?«

Auch wenn ich mich dafür hätte ohrfeigen können, ich musste ihr die folgende Frage stellen: »Du hast mich gefragt, ob ich auf der Falkenburg etwas gefunden hätte, was dir gehört.«

»Ja und?« Ihr Gesicht war ein einziges Fragezeichen.

»Die Antwort ist: Ich habe etwas gefunden ...«

In dem Moment waren weitere Schritte auf der Treppe zu hören. Duffy betrat die Wohnung. Er trug ein Tablett mit Sandwiches und platzierte es auf dem sowieso schon überladenen Tisch.

Er begrüßte Maren förmlich, setzte jedoch völlig unstandesgemäß hinzu: »Sie bringen Glanz in diese Hütte. Er hat es nicht verdient, glauben Sie mir.«

»Sie kennen ihn länger als ich«, erwiderte Maren lächelnd. »Aber glauben Sie mir, seine raue Schale verbirgt ein weiches Herz.«

»Davon habe ich leider noch nichts gemerkt. Seien Sie vorsichtig!«

Am liebsten hätte ich Duffy den Mund verboten, aber leider war er nicht mein Leibeigener. Außerdem ließ sich zu meinem Ärger Maren auf ihn ein.

Ich war froh, dass als Nächstes die Gräfin und Ollie eintraten. Duffy besann sich wieder seiner Pflichten und rückte für die beiden die Stühle zurecht.

Ollie winkte mir nur zu, während die Gräfin sich kopfschüttelnd umschaute. »Ich habe es schon immer gesagt: Ein junger Mann wie Sie braucht eine Frau!«

»Erstens bin ich nicht mehr so jung. Zweitens: Finden Sie mal eine Frau, die für mich den Hausputz macht, Socken stopft und ständig für saubere Unterwäsche sorgt.«

»Nun, es kommt natürlich immer auf den Preis an«, erwiderte die Gräfin und brachte damit die Sache auf den Punkt.

»Wenn es Ihnen nichts ausmacht, ich habe auch Steffi gebeten, uns zum Tee Gesellschaft zu leisten«, sagte Ollie. »Sie wollte sich gleich nach den Sechzehn-Uhr-dreißig-Nachrichten auf den Weg zu uns machen.«

Ollie wurde tatsächlich rot. Weiß der Teufel, wie er es geschafft hatte, Steffi zu überreden, herzukommen.

»Wen erwarten wir denn eigentlich noch?«, fragte die Gräfin. »Es ist gleich fünf.« Ihre Augen nahmen einen eigenartigen Glanz an, während sie ihre Blicke über die Sandwiches gleiten ließ.

»Lassen Sie sich überraschen«, sagte ich. »Und noch einmal vielen Dank dafür, dass Sie Ihre geliebte Teestunde heute bei mir verbringen.«

Ein weiterer Besucher kündigte sich an. Er kam mit wehenden blonden Haaren, jedoch handelte es sich zweifelsfrei um einen Mann. Es war Armin. Er schien überrascht, mich nicht allein anzutreffen.

»Was machst du für Sachen, Vetter?«, begrüßte er mich. Er gab mir eine Langspielplatte. »Alex Harvey: *Next!* Die wolltest du doch schon immer haben, oder?«

Ich nickte, ehrlich erfreut. »Die hast du doch nicht etwa deiner eigenen Sammlung abgerungen?«

»Nein, nein, Flohmarktfund.«

Allerdings befand sich der Plattenspieler im Nebenzimmer. Außerdem wollte ich die illustre Gästeschar nicht mit schrägen Klängen aus meiner Jugend verscheuchen. Ich legte die Platte vorsichtig beiseite.

»Was gibt es Neues?«, wollte ich wissen.

Er wirkte plötzlich ziemlich geknickt. »Jetzt, wo sie Ludwigs Körper gefunden haben, steht der Beerdigung nichts mehr im Wege. Allerdings hat die Staatsanwaltschaft ihn noch nicht freigegeben. Die Hunde vermissen ihn übrigens auch. Bobby hat seit einer Woche nichts mehr gefressen.«

»Und sonst? Hast du inzwischen eine Ahnung, wer Ludwig auf dem Gewissen haben könnte?«

Er schüttelte den Kopf. »Wenn ich das wüsste, wäre mir wohler«, sagte er, den Blick in die Ferne gerichtet. »Ich wohne allein auf dem Hof. Ich habe Angst. Vielleicht sollte ich alles verkaufen und wieder nach Berlin zurück.«

»Nein, nein, wir verkaufen nicht«, schaltete sich die Gräfin ein. Offensichtlich hatte sie etwas falsch verstanden. »Wir bleiben hier und lassen uns nicht fortjagen!«

»Wer spricht von fortjagen?«, fragte ich interessiert. »Ich dachte, die Herren von BT NATURE hätten sich halbwegs zivilisiert benommen.«

»BT NATURE?«, sagte Armin hastig und hob den Kopf. »Die Schweinehunde waren auch bei mir. Ich habe diese Gen-Mafia hochkant rausgeschmissen!«

Ich wusste, dass er ein Idealist war, insofern konnte ich mir sehr gut vorstellen, dass er die Herren auf seine Art beeindruckt hatte.

»Dann haben sie es also auch bei dir versucht«, stellte ich fest. »Komisch, dass die plötzlich überall auftauchen und Grund und Boden aufkaufen wollen. Aber wenn nicht an die Gen-Mafia, wie du sie nennst, an wen willst du dann verkaufen?«

Armin setzte eine Art Pokermiene auf, das Gesicht ganz starr. Auch das war neu an ihm. Er rieb sich das bärtige Kinn. »Tja, das hätte ich vorher auch nicht gedacht, aber es gibt tatsächlich Interessenten.«

Ich sah ihn fragend an, aber er hüllte sich in Schweigen. Es war sein gutes Recht.

»Kennt ihr euch eigentlich?«, fragte ich und stellte Armin, Ollie und Maren vor. Bei Maren verweilte sein Blick ein wenig länger. Sein linkes Augenlid begann zu zucken. Ein Tick von ihm, wenn er aufgeregt war.

»Nein, nicht dass ich wüsste«, sagte er.

Wieder fuhr ein Wagen vor, und Norbert kam die Treppe hoch in meine Wohnung. Er hatte abgenommen. Wahrscheinlich litt er tatsächlich unter Stress.

»Also, was ist, warum hast du uns alle herbestellt?«

»Ich möchte einfach nur eine Tasse Tee mit euch trinken«, sagte ich lächelnd. »Aber ich erwarte noch zwei weitere Gäste.«

»Meinst du zwei Herren mit Sonnenbrille? Die stehen bei euch im Hofeingang und scheinen unschlüssig, ob sie deiner Einladung Folge leisten sollen.«

»Ach, Ollie«, bat ich den jungen Mann. »Würden Sie sich darum kümmern? Immerhin erhoffen die sich ja einen Deal von Ihnen.«

Ollie sprang auf. »Aber natürlich. Steffi müsste eigentlich auch gleich kommen.«

Das tat sie offenbar genau in diesem Augenblick, denn ich hörte einen weiteren Wagen draußen vorfahren.

»Duffy, bitte, schenken Sie schon einmal den Tee ein«, sagte die Gräfin. Ich wusste, wie sehr sie Unpünktlichkeit hasste. Keine guten Karten für die liebe Steffi.

Als Nächstes betraten die beiden Sonnenbrillen-Mafiosi meine gute Stube. Man sah ihnen an, dass sie sich angesichts der zahlreichen Besucher merklich unwohl fühlten.

Wahrscheinlich wären sie gleich wieder gegangen, wenn Ollie und Steffi ihnen nicht den Rückweg versperrt und die Tür hinter sich geschlossen hätten.

Ich bat sie, Platz zu nehmen. Mittlerweile waren wir neun Personen. Als Erstes wandte ich mich an die Sonnenbrillen-Fraktion.

»Sie können die Brillen abnehmen, meine Herren. In diesem Raum befindet sich niemand, den Sie damit beeindrucken müssten. Inzwischen wissen Sie ja, dass Mr Dickens das Anwesen nicht verkauft. Wollen Sie sich uns nicht vorstellen?«

Der Erste tat mir tatsächlich den Gefallen. Er nahm die Brille ab und sah plötzlich viel vertrauensvoller aus. »Schulze«, sagte er. »Friedhelm Schulze.«

Sein Kollege war resistenter. Er stellte sich zwar als Michael Müller vor, dachte aber nicht daran, sich von seiner Brille zu trennen.

Offensichtlich registrierte Schulze meinen drohenden Blick. »Bindehautentzündung«, entschuldigte er sich für seinen Kumpel. Ich nickte. Dann sollte es gut sein.

»Übrigens: Wir waren es nicht«, fuhr er fort.

»Was waren Sie nicht?«

»Wir waren es nicht, die Sie zusammengeschlagen haben.«

»Woher wollen Sie wissen, dass meine Verletzungen von einer Prügelei stammen?«

Die beiden grinsten. »Das sieht doch jeder, dass Sie nicht

unter einen Mähdrescher gekommen sind«, bequemte sich auch Müller, meinen Zustand zu kommentieren.

»Na ja, vielleicht waren Sie es ja wirklich nicht«, räumte ich ein. »Bleibt immer noch der Zustand meiner Wohnung ...«

»Das können Sie uns nicht anhängen!«, begehrte Schulze auf.

»Das klären wir noch«, bremste ich ihn.

»Die Herren haben sicherlich ein wasserdichtes Alibi«, kam Norbert mir zu Hilfe.

»Einen Tee?«, erkundigte sich die Gräfin lächelnd. »Duffy, seien Sie doch so nett und reichen Sie unseren Besuchern eine Tasse.«

Während die Tassen herumgereicht wurden und Duffy einschenkte, nutzte ich die Zeit, sie alle heimlich zu mustern. Nein, niemand benahm sich sonderlich verdächtig, niemand wich meinem Blick aus. Mehr oder weniger waren sie jetzt alle mit sich und dem Tee beschäftigt. Müller und Schulze schaufelten sich ein paar Sandwiches auf den Teller. Norbert beobachtete Maren, die wiederum Duffy zur Hand ging. Wahrscheinlich hatte Norbert tatsächlich ein Auge auf sie geworfen. Ollie wiederum hatte nur Augen für Steffi.

Als Ollie meinen Blick bemerkte, sagte er: »Steffi war so nett, mich zu begleiten. Ich habe ihr vorgeschlagen, gemeinsam eine Radioserie zu entwickeln, die die vielen Gemeinsamkeiten von uns Engländern und euch Lippern zum Thema hat.«

Steffi guckte weniger finster, als ich sie in Erinnerung hatte. »Ich sehe es als meine Aufgabe an, diesem jungen Herrn landestypische Sitten und Gebräuche beizubringen.« Schließlich zog sie einen zierlichen Kosmetikspiegel hervor. Er war aufklappbar und außen mit Perlmutt verziert.

»Ein Erbstück meiner Tante Martha«, schwärmte Ollie.

»Duffy, Sie haben den Zucker vergessen!«, beklagte sich die Gräfin.

»Ich habe ihn keinesfalls vergessen«, empörte sich Duffy. »Herr Morgenstern wollte sich darum kümmern.«

»Ach ja.« Ich tat so, als würde ich mich erst jetzt wieder daran erinnern. »Bedienen Sie sich doch einfach aus dem Zuckerfach. Die Tür links!«

Duffy schnaubte, begab sich aber widerspruchslos in den Nebenraum zum Küchenschrank und öffnete die Tür, hinter der sich die diversen Schütten befanden. Ich behielt derweil meine Gäste im Auge. Auch diesmal reagierte niemand so, wie ich es mir gewünscht hätte.

»In diesem Haushalt existiert noch nicht einmal eine Zuckerdose«, hörte ich Duffy lamentieren. Offensichtlich suchte er den Schrank nach einer solchen ab.

»Bringen Sie einfach die ganze Schütte mit«, sagte ich und bat um die Aufmerksamkeit meiner Gäste. »Ich habe euch alle hierher gebeten, um euch eine entsetzliche Dummheit zu beichten. Wie ihr wisst, bin ich an dem Morgen, an dem Ludwigs Kopf gefunden wurde, gleich hoch zur Falkenburg gefahren.«

»Stimmt«, pflichtete mir Norbert bei. »Du bist uns gewaltig auf den Zeiger gegangen. Der Höhepunkt war allerdings die Landung von Mr Dickens ...«

»Sorry, aber ich ...«

Norbert unterbrach Ollie mit einer Handbewegung. »Macht nichts. Und Moritz hat die Sache insofern wiedergutgemacht, als er Kopf und Körper der beiden Mordopfer wieder zusammengebracht hat.« Er sah mich scharf an. »Darüber müssen wir trotzdem in den nächsten Tagen noch einmal sprechen. Es sei denn, deine Beichte hat damit zu tun.«

Ich schüttelte den Kopf. »Nenn es eine Vision. Nein, meine Beichte betrifft einen Gegenstand, den ich auf dem Burggelände gefunden habe.«

»Du hast was?«, stieß Norbert hervor.

»Nun ja«, fuhr ich fort. »Es war ein reiner Reflex. Als ich mich übergeben musste, habe ich in diesem Gebüsch etwas in der Erde gefunden und eingesteckt.«

»Ich fasse es nicht!«, schimpfte Norbert. »Möglicherweise hast du ein Beweismittel vom Tatort mitgehen lassen!«

»Ich bereue es ja, reg dich nicht auf. Vor allen Dingen bereue ich es, weil ich die Vermutung habe, dass ich deswegen zusammengeschlagen wurde und meine Wohnung auf den Kopf gestellt worden ist. Glaubst du, mir macht das Spaß?«

»Bitte reichen Sie mir doch den Zucker!«, bat die Gräfin. »Der Tee wird kalt.«

»Sofort. Aber zunächst muss ich meine Geschichte noch zu Ende erzählen.« Ich schaute in die Runde. »Vermisst vielleicht irgendjemand einen Gegenstand, den er dort oben bei der Falkenburg verloren hat?«

Alle guckten mich eher verständnislos an.

»Hör auf mit dem Unsinn«, sagte Norbert. »Du bist kein Sherlock Holmes. Rück endlich raus mit der Sprache. Oder noch besser mit dem, was du gefunden hast.«

»Ich – ich habe etwas verloren«, meldete sich Maren zu Wort. Sie wirkte verunsichert. So kannte ich sie überhaupt nicht. Sie zögerte einen Moment, bevor sie fortfuhr. »Ich habe etwas verloren, was mir peinlich ist. Im Nachhinein ist es mir jedoch eher peinlich, dass ich so ein Brimborium darum gemacht habe.«

»Immerhin hast du dich deswegen mit mir zum Essen verabredet.«

»Du Dummkopf. Glaubst du wirklich, das habe ich nur aus diesem Grund gemacht? Du warst mir auf Anhieb sympathisch ...«

»Eure Lebensläufe könnt ihr euch für hinterher aufsparen«, fuhr Norbert dazwischen. Er klang noch immer verärgert. Diesmal vermutete ich jedoch, dass er es aus einem anderen

Grund war. Er war eifersüchtig. »Also, was hast du verloren, Maren?«

»Mein Adressbuch«, erwiderte sie.

»Aber warum hast du das nicht gleich gesagt?« Insgeheim kam ich mir unglaublich dämlich vor, dass ich sie überhaupt je in Verdacht gehabt hatte.

»Es stehen nicht nur Adressen darin. Ich habe einige Dinge hineingeschrieben, die niemanden etwas angehen.«

»Wir haben kein Adressbuch gefunden«, sagte Norbert. »Und wir haben tagelang jeden Quadratzentimeter Erde dort oben umgepflügt.«

»Mir ist das Notizbuch auch nicht aufgefallen. Entweder hatte es zu diesem Zeitpunkt schon ein anderer an sich genommen, oder ich habe es einfach nicht bemerkt. Wie sah es denn aus?«

»DIN-A 6, mit Straußenledereinband. Und mit einem breiten Gummi versehen.«

»Also ein recht auffälliges Teil. Wann genau hast du dich hinter diesen Busch verdrückt?«

Maren machte ein unglückliches Gesicht. »Ich habe natürlich nicht auf die Uhr geschaut.«

»Aber du bist dir sicher, dass du es dort verloren hast?«

»Ich habe kurz vorher noch etwas hineingeschrieben.«

»Und was?«

Sie wand sich sichtlich.

»Meine Telefonnummer«, kam Norbert ihr zu Hilfe. Diesmal war es an ihm, rot zu werden.

»Ach bitte, Herr ... der Zucker ...«, erinnerte die Gräfin.

»Ach ja, der Zucker«, murmelte ich. Es versetzte mir einen leichten Stich, was zwischen Norbert und Maren lief. Vielleicht lief ja auch gar nichts, aber das wusste ich nicht. Jetzt war ich es, der eifersüchtig war. Ich konnte es nicht unterdrücken. »Jedenfalls war es kein Notizbuch, das ich gefunden habe, sondern etwas anderes. Ist vielleicht noch jemandem irgendetwas abhandengekommen?«

Ich bemerkte, dass sich Duffy und die Gräfin einen kurzen Blick zuwarfen. Was hatten die beiden denn zu verbergen? Als sie bemerkten, dass ich sie beobachtete, versuchte Duffy möglichst unbeteiligt dreinzuschauen, während die Gräfin sagte: »Ach, nehmen Sie es mir nicht übel, Moritz, aber ich glaube, ich bin etwas unpässlich. Ich werde den Tee ein andermal einnehmen.«

»Bitte bleiben Sie doch. Mir zuliebe!«

Sie rang mit sich, blieb schließlich sitzen. Doch sie war kreidebleich geworden. Ich schaute in die Runde. »Wie sieht's aus? Noch jemand ohne Fahrschein?«

»Ich bleibe dabei: Sie werden uns nichts anhängen können«, sagte Schulze. Seine Stimme klang ungewöhnlich schrill. »Wir haben ein wasserdichtes Alibi. Wir waren nämlich zu zweit. Die ganze Zeit, während wir dort oben waren!«

Offensichtlich kam er sich sehr schlau vor. Dabei hatte er sich selbst in die Enge getrieben.

»Dort oben? Sie beide waren auf der Falkenburg?«, entfuhr es Norbert.

»Michi hat sich dort seine Bindehautentzündung geholt«, fuhr Schulze fort. »Der Wind brauste ganz schön heftig.«

»Freddy hat nicht begriffen, dass man ihn gelinkt hat. Vier Stunden haben wir dort ausgeharrt. Ich habe mir fast in die Hose gepisst …«

»Aber es gibt dort doch genügend Büsche.«

»Wir sind Profis – von wegen Beweismaterial hinterlassen.«

Ich verstand. Die beiden waren sogar noch dümmer, als ich zunächst gedacht hatte.

»Und nach was haben Sie gesucht?«

»Wobei mich vor allen Dingen der Zeitpunkt interessiert!«, ergänzte Norbert streng.

»Den Zucker bitte ...«, flehte die Gräfin.

»Wir – ich habe einen Anruf erhalten«, quetschte Schulze schließlich hervor. »Er gab sich als Leineweber aus. Er hat behauptet, er hätte es sich überlegt, und hat vorgeschlagen, dass wir uns an der Burgruine treffen.«

»Was hatte er sich überlegt? Auf Ihr Verkaufsangebot einzugehen?«

Schulze nickte. »Jedenfalls hat er sich so ausgedrückt. Wir haben uns natürlich auch gefragt, warum er uns da treffen wollte. Aber dann hab ich gedacht, das ist wegen seinem Freund, vielleicht waren die sich ja nicht ganz einig.«

»Ludwig hätte sich nie mit Ihnen getroffen, ohne mit mir zu sprechen!«, widersprach Armin. »Wir waren uns einig, dass wir mit Kapitalistenschweinen und Gen-Diktatoren nichts zu tun haben wollen!«

»Jedenfalls haben wir uns umsonst die Beine in den Arsch gestanden«, fuhr Schulze fort. »Und Freddy hat sich die Bindehautentzündung für nichts und wieder nichts geholt. Der Typ kam nicht.«

»Wann soll das gewesen sein?«, fragte Norbert erneut.

»Das ist es ja: Am selben Tag, an dem dort oben der Kopf gefunden wurde. Deswegen haben wir auch nichts gesagt. Hinterher glaubt noch einer, *wir* hätten ihm die Rübe abgeschlagen!«

»Das werden wir noch sehen, wer wem was abgeschlagen hat«, knurrte Norbert. »Wenn diese Teestunde hier beendet ist, lade ich Sie zwei zu einer weiteren Runde auf dem Präsidium ein.«

»Dann sollten Sie gleich noch jemanden einladen!«, erwiderte Müller, der zweite der Halb-Ganoven, gehässig. »Während wir uns die Eier abgefroren und vergeblich auf Leineweber gewartet haben, kam da noch jemand hoch. Komisch, dass diese Person plötzlich auch hier ist, oder?«

Alle schauten wir uns mehr oder weniger betroffen bis neugierig an. Das war ein echter Hammer! Selbst die Gräfin gab es auf, nach dem Zucker zu fragen.

»Spucken Sie's schon aus«, drängte Norbert.

»Aus uns kriegen Sie nichts raus!« Schulze und Müller schalteten auf stur. Warum nur?, dachte ich. Dafür konnte es nur einen Grund geben: Sie erhofften sich einen Vorteil davon. Vielleicht, um die Person, die sie angeblich gesehen hatten, im Nachhinein zu erpressen.

»Entweder jetzt oder später ... Es liegt bei Ihnen.«

»Ich war es«, sagte plötzlich Armin. »Ich und kein anderer.«

Selbst ich war erstaunt über sein Geständnis. »Du?«

»Ich habe Ludwig nicht auf dem Gewissen, wenn du das meinst«, stotterte er. »Ich bin an dem Tag mit mehreren von den Hunden raus. Hab es zu Hause nicht mehr ausgehalten. Wir haben einen ganz schönen Marsch absolviert.«

»Mit dem Schlitten?«, fragte Norbert dazwischen.

Armin nickte. »Glauben Sie, zu Fuß? Das wäre dann doch zu weit gewesen, von unserem Hof bis zur Falkenburg. Nein, ich habe die Hunde vor den Schlitten gespannt und bin los.«

Norbert rieb sich das Kinn. »Das erklärt die Räder- und Hundespuren, die wir gefunden haben. Sie könnten von Ihrem Schlitten stammen.«

»Bestimmt. Jetzt im Frühjahr sind tatsächlich Räder darunter montiert.«

»Und Sie waren rein zufällig dort? Und haben nicht das Geringste gesehen?«

»Zumindest nichts Auffälliges. Und auch keinen Menschen. Konnte ja nicht wissen, dass die beiden Typen da im Gebüsch hocken.«

»Wir haben nicht im Gebüsch gehockt, wir hatten uns hinter

die Mauer gestellt«, berichtigte Müller. »Wenn Sie abgestiegen wären, hätten Sie uns gesehen.«

»Jetzt weiß ich auch, warum die Hunde sich so merkwürdig benommen haben. Sie haben Sie gewittert!«

Duffy reichte unterdessen wenigstens schon mal Scones, Konfitüre und die Sandwiches herum. »Wenn die Herrschaften bitte zugreifen möchten«, dienerte er.

Da war doch noch etwas! Plötzlich fiel mir der Blick wieder ein, den er und die Gräfin einander zugeworfen hatten.

»Ist das nicht merkwürdig«, sagte ich. »Alle von uns waren an jenem Tag dort oben. Entweder dienstlich wie ihr, Norbert und Maren. Andere, weil sie dorthin gelockt wurden, wie die Herren Schulze und Müller. Ollie hat sich nur verfahren, ebenso wie Armin mehr oder weniger zufällig die Ruine angesteuert hat, während ich, zugegeben, bewusst aufgrund der Radiomeldung dorthin gefahren bin. Jetzt würde es mich nicht wundern, wenn auch die anderen sich noch outen würden.«

«Ich war ganz bestimmt nicht dort«, sagte Steffi. »Und mich kriegt dort auch nie, nie wieder jemand hin. Wenn ich nur daran denke – wie fürchterlich!«

Die Gräfin räusperte sich, und aller Blicke wandten sich ihr zu. »Also, ich und Duffy haben etwas zu beichten.« Wieder tauschte sie einen fast flehentlichen Blick mit dem Butler. »Es ist nicht so, dass wir etwas verbrochen hätten.«

»Ganz und gar nicht«, pflichtete Duffy ihr bei.

»Im Gegenteil, wenn man so will, haben wir sogar der Allgemeinheit dienen wollen.«

»Uns in den Dienst der Forschung gestellt, oh ja!«, bekräftigte Duffy.

»Zunächst einmal müssen Sie uns reinen Wein einschenken«, forderte ich sie auf. Ich bemühte mich, ein gerüttelt Maß an Strenge in meine Stimme zu legen.

Die Gräfin sah sich besorgt um.

»Wir haben bisher alle die Karten auf den Tisch gelegt. Also sollten auch Sie das tun. Zumal Sie ja, wie Sie sagen, ein ehrenwertes Motiv haben. Daran hege ich im Übrigen keinen Zweifel.«

»Danke, Moritz, für Ihr Vertrauen, aber wissen Sie ...« Sie seufzte. »Eigentlich war es ja auch eher Duffys Idee. Er soll es Ihnen erzählen. Ich bin nicht mehr in der Lage dazu.«

Duffy setzte eine unglückliche Miene auf. »Der eine oder andere von Ihnen weiß vielleicht, dass ich begeisterter Sammler bin, von seltenen Artefakten. Ich bin Hobbyarchäologe, und Sie wissen vielleicht auch, dass wir mancherorts nicht gern gesehen sind. Sicherlich, es gibt ein paar schwarze Schafe in unseren Reihen, aber die meisten von uns handeln aus ehrenwerten Motiven. Jedenfalls konzentrierte sich meine Suche in den letzten Monaten auf den Bereich der Falkenburg.«

Norbert zog die Stirn kraus. »Sie wissen aber doch sicherlich, dass dort Grabungen stattfinden und dass es für Ihresgleichen verboten ist, den Wissenschaftlern ins Handwerk zu pfuschen!«

»Den Wissenschaftlern, pah! Wir Hobbyarchäologen sind die eigentlichen Bewahrer! Nur unseren Bemühungen ist es zu verdanken, dass an der Falkenburg endlich wieder gegraben wird. Jedenfalls hatte ich niemals vor, der Öffentlichkeit auch nur einen einzigen Fund vorzuenthalten!«

Vor Aufregung verschluckte er sich an seinem Kaugummi. Er hustete, als würde der Erstickungstod drohen.

Ollie schlug ihm auf die Schulter. »Na, na, mein Bester. Seien Sie ein Mann und gestehen Sie!«

»Sie haben gegraben, wo Sie nicht hätten graben dürfen!«, beharrte Norbert. »Was haben Sie also an jenem Tag dort oben gefunden?«

»Nicht an jenem Tag«, widersprach Duffy. »Mindestens eine Woche vorher war ich dort.«

»Und was haben Sie gefunden?«, widerholte Norbert geduldig wie ein Papagei.

»Zwei sogenannte Wolfsangeln.«

Norbert pfiff durch die Zähne. »Das ist es also! Und natürlich wissen Sie, dass der Kopf von Ludwig Leineweber mit einer Wolfsangel an einem Baum befestigt worden war. Zeigen Sie mir bitte einmal Ihren Fund!«

Schweißtropfen erschienen auf Duffys Stirn. »Das ist es ja gerade. Er ist uns, also mir …«

»… abhandengekommen«, ergänzte die Gräfin kläglich. »Wir wollten die beiden schönen Stücke eigentlich verkaufen. Moritz, Sie wissen ja, wie es um die Finanzen unseres geliebten Hofes steht. Da haben wir ein wenig herumgefragt, aber niemand hatte Interesse.«

»Wen haben Sie gefragt?«, wollte Norbert wissen.

»Na, einige befreundete Bauern in der Gegend. Manche von denen finden doch immer wieder etwas auf ihren Feldern. Noch aus der Römerzeit.« Und sie zitierte: »Als die Römer frech geworden, simserim simsim simsim, zogen sie nach Deutschlands Norden, simserim simsim simsim …«

»Schluss mit dem Theater!«, verlangte Norbert. Und an Duffys Adresse: »Wenn Sie nicht auch gleich mit aufs Revier wollen, erstellen Sie augenblicklich eine Liste mit den Namen der Personen, denen Sie den Fund gezeigt haben!«

»Einen Augenblick«, lenkte ich ein. »Soweit ich informiert bin, stammt die Wolfsangel, die man durch Ludwigs Kopf schlug, aus dem Fundus für die Ritterausstellung in Herne.«

»Jedenfalls waren unsere beiden Wolfsangeln plötzlich verschwunden«, fuhr Duffy fort.

»Aha, einfach so, schwupps, in Luft aufgelöst, was?« Norbert bedachte Duffy mit einem dienstlichen Blick. Dieser sackte in sich zusammen. »Wissen Sie was, Sie alter Penner? Ich glaube, dass Sie nur halb so harmlos sind, wie Sie aussehen!«

Duffy widersprach nicht. Stattdessen sagte er: »Also, sie waren plötzlich weg. Ich vermute mal, gestohlen. Ich hatte sie nicht weggeschlossen, sondern, äh, zu meiner sonstigen Sammlung gelegt. Temporär natürlich nur.«

»Wann haben Sie den Verlust bemerkt?«

»Zwei Tage, bevor man diesen – diesen Kopf fand.«

»Sie erinnern sich erstaunlich gut – an beide Daten.«

»Es waren ja auch zwei sehr spektakuläre Ereignisse.« Duffy gewann allmählich seine Selbstsicherheit zurück. »Und natürlich haben die Gräfin und ich uns selbst schon ein paar Gedanken gemacht. Vor allen Dingen, da es ja nicht eine *unserer* Wolfsangeln war, die in dem Kopf des Opfers steckte.«

»Woher wollen Sie das wissen?«

Duffy wurde noch eine Spur nervöser. Seine Kaumuskeln vibrierten geradezu. Fast tat mir das alte Scheusal leid.

»Und woher wissen Sie überhaupt, dass der Kopf an einer Wolfsangel hing?«

»Ich habe es ausgeplaudert!«, mischte sich Ollie ein.

Norbert verdrehte die Augen: »Und wer hat es Ihnen erzählt?«

»Ich«, bekannte Steffi. »Im Funkhaus weiß es jeder. Hat sich schnell herumgesprochen, was der anonyme Anrufer an besagtem Morgen erzählt hat.«

»Das klären wir alles zu gegebener Zeit«, erwiderte Norbert. Er wandte sich wieder Duffy zu. »Jetzt sagen Sie bloß noch, dass Sie auch an dem Tag, an dem der Kopf gefunden wurde, noch einmal auf der Falkenburg waren.«

»Aber nein«, mischte sich die Gräfin ein. »Wir haben doch die ganze Zeit auf die Ankunft des jungen Herrn gewartet.«

Wieder verdrehte Norbert die Augen.

»Schön, damit wäre ja einiges geklärt beziehungsweise nicht geklärt. Moritz, wolltest du uns noch etwas sagen?«

»Eigentlich ja«, sagte ich. »Ich habe euch ja am Anfang

erzählt, dass ich im Gebüsch gehockt und dort etwas gefunden habe.«

»Ach ja, Entwendung von Beweismitteln. Das kann dich teuer zu stehen kommen, mein Freund!«

»Ich wusste erst gar nicht, was es war. Es geschah eher aus einem Reflex heraus. Jedenfalls habe ich es eingesteckt.«

»Was, Moritz, was hast du eingesteckt?«

»Eine Wolfsangel.«

Der Aufruhr, den ich nach all diesen Enthüllungen mit meinem Geständnis machte, war beträchtlich. Alle redeten durcheinander und versuchten, die Tragweite des soeben Gehörten zu erfassen.

»Ich vermute, dass ich deswegen zusammengeschlagen worden bin. Die Täter wollten mich außer Gefecht setzen, um anschließend meine Wohnung zu durchsuchen.«

»Und haben sie sie gefunden?«, fragte Norbert gespannt.

Ich schüttelte den Kopf und grinste.

»Hör auf, Grimassen zu schneiden«, sagte Maren. »Es sieht entsetzlich aus.«

»Ich gebe zu, dass die Täter hier ganz schön gewütet haben«, gab ich zu. »Und ich wette, sie waren nicht nur ein Mal hier. Wahrscheinlich haben Sie mehrmals versucht, hier etwas zu finden. Sie haben alles auf den Kopf gestellt. Nur eines nicht. Wer braucht noch Zucker?«

Ich blickte in verständnislose Gesichter, als ich die Zuckerschütte auf dem Tisch entleerte und den Zucker zu einem riesigen Berg aufhäufte.

Danach war es an mir, verständnislos zu blicken.

»Was ist passiert? Bist du jetzt endgültig übergeschnappt?«, fragte Norbert.

Ich schüttelte den Kopf. »Nein, es ist nur – es ist, weil ich meinen Fund in der Schütte versteckt hatte. Ich bin überzeugt gewesen, dass er noch da drin sein müsste. Der Schrank sieht nicht so aus, als hätten sich die Einbrecher groß damit befasst.«

Ich war froh, als Norbert die Tür hinter sich geschlossen hatte. In seinem Schlepptau befanden sich die Herren Schulze und Müller sowie Armin. Leider hatte ich Norbert nicht davon abbringen können, auch meinen Vetter noch einmal zu vernehmen. Duffy und die Gräfin entgingen nur deswegen knapp der Festnahme, weil sie ihm hoch und heilig versprachen, noch am selben Abend eine Liste mit den Namen der Leute zu faxen, denen sie die Wolfsangeln zum Kauf angeboten hatten. Kaum war Norbert gegangen, verabschiedeten auch sie sich sichtlich geknickt.

Mir hatte Norbert zu verstehen gegeben, dass er mich am nächsten Morgen im Büro erwartete. Und ich sollte mir eine gute Erklärung einfallen lassen …

Ollie, Steffi und Maren blieben. Sie boten sich an, aufzuräumen, was ich dankbar annahm.

Während die drei herumhantierten, sank ich zurück und ließ mir alles noch einmal durch den Kopf gehen. Aber ich brachte keinen klaren Gedanken mehr zustande. Es drehte sich alles.

»Hunger?«, fragte Maren irgendwann.

Ich nickte, schließlich hatte ich kaum etwas von den Scones und den Sandwiches abbekommen.

»Ich habe aber kaum etwas im Kühlschrank.«

«Kaum? Du hast nichts!«, präzisierte Maren. »Hier im Gemüsefach liegen nur ein paar verschrumpelte Dinger.«

»Das sind Rüben«, ergänzte ich. »Und ein Stück Käse ist auch noch irgendwo.«

»Herrlich, ich bin begeistert. Und was soll ich daraus zaubern?«

»Wie wär's mit einem Steckrübengratin?« Allein bei dem Gedanken lief mir das Wasser im Mund zusammen.

»Klingt nicht gerade nach einem Sternegericht, aber in der Not frisst der Teufel auch das.«

»Bist du kreativ genug, oder brauchst du eine Anleitung?«

»Anleitung.«

»Also gut, zunächst putzt du mal die Rüben und schneidest sie in Scheiben. Danach lässt du sie dreißig Minuten garen. In der Zeit kannst du weiter aufräumen.«

»Macho!«, schimpfte sie, tat aber, wie ich ihr geheißen hatte.

Ich fühlte mich allmählich wieder wohler. Auch wenn die Schmerzen mich wieder zu piesacken begannen und ich ans Bett gefesselt war, so hatte ich doch meine fleißigen Helfer. Nach dreißig Minuten fragte Maren nach der nächsten Anweisung.

Natürlich hatte sie übertrieben. Ein paar Lebensmittel enthielt mein Kühlschrank immer. Gute Butter, Milch, Käse.

»Jetzt nimmst du dir eine Pfanne und lässt Butter darin schmelzen«, rief ich in die Küche hinüber. »Schön viel, für den Geschmack. Hinten im Fach findest du auch noch Brühe. Die ist selbst gemacht, mit der löschst du die Butter ab. Und dann nimmst du den Becher Sahne ...«

»Augenblick, das geht alles zu schnell!« Kurze Pause. »Die Sahne ist sauer!«, gab sie wenig später zurück.

»Macht nichts, schmeckt sogar noch besser. Normalerweise nehme ich Crème fraîche dafür. Also, du mischst alles zusammen und lässt es jetzt erst einmal aufkochen. Dann reibst du den Gouda darüber, und fertig ist die Käsesauce. Die musst du mit Salz, Pfeffer und Muskat abschmecken.«

»Hast du keinen Salzstreuer?«

»Nimm das Salz aus der Schütte.«

»Im Schrank?«

»Ja.«

Ich hörte sie herumhantieren.

Und dann schrie sie plötzlich auf.

Ich sprang aus dem Bett, die Schmerzen ignorierend, und lief nach nebenan in die Küche. Doch noch im Laufen fiel mir auf, dass der Schrei nicht so geklungen hatte, als wäre ihr wirklich etwas passiert.

Eher wie ein Überraschungsschrei.

Auch Ollie und Steffi waren herbeigelaufen.

Wir alle schauten überrascht auf Maren und dann auf die Schütte, die sie in den Händen hielt. Eine eiserne Spitze ragte aus dem Salz hervor.

»Du hast dich vertan«, erkannte Maren. »Du hast die Wolfsangel nicht in der Zuckerschütte, sondern in der Salzschütte versteckt!«

Es dauerte eine Weile, bis wir uns beruhigt hatten. Ich schlug vor, augenblicklich Norbert anzurufen. Allein um das verfluchte Ding endlich loszuwerden. Außerdem hatte ich ihm gegenüber ein schlechtes Gewissen.

Maren war pragmatischer. Sie schlug vor, zunächst das Steckrübengratin zuzubereiten.

»Oh ja, ich habe einen Mordshunger!«, pflichtete Ollie ihr bei.

»Apropos Mord«, sinnierte Steffi. »Es ist doch offensichtlich, dass diese Wolfsangel nichts mit Ludwig Leinewebers Tod zu tun hat.«

»Ja, aber vielleicht mit seinen Mördern«, antwortete ich.

Maren zog die Wolfsangel mit spitzen Fingern hervor und gab sie mir. Ich zuckte davor zurück. Die Wolfsangel fiel zu Boden.

»Was hast du?«, fragte Maren besorgt.

»Nichts«, log ich. »Es ist nur ...«
»Hängt es mit deiner speziellen Begabung zusammen?«
Ich nickte.
»Spezielle Begabung?«, fragte Steffi neugierig. »Bei Moritz ist es so, dass er sich in gewisse Tatvorgänge besonders intensiv reindenken kann.«
»Allmächtiger, so eine Art Profiler?«
Ich kam mir vor wie ein Freak. »Also, es ist nicht so, wie ihr denkt, nur manchmal. Eigentlich ist es mehr ein Bauchgefühl.«
»Erklär es ihnen später«, schlug Maren vor. »Was ist jetzt mit dem Gratin?«
Ich war froh um die Ablenkung. Sie blinzelte mir zu. Ich liebe kluge Frauen. »Und wenn du mal genau in den Kühlschrank schaust, findest du dort auch noch einen Bund Frühlingzwiebeln.«
«Die sind total verschrumpelt.«
»Zieh die Haut ab, bis das frische Innere kommt. Dann schneidest du sie in Röllchen. Die Steckrüben schichtest du jetzt in eine Auflaufform, Käsesauce und Frühlingszwiebeln darüber und ganz oben drauf noch geriebenen Parmesan. Das Ganze überbäckst du zwanzig Minuten im Backofen bei einhundertzwanzig Grad. Guten Appetit!«
Ich ließ sie werkeln, alle drei. Ollie erbot sich zwischendurch, mit Luna Gassi zu gehen, und allmählich fand ich Gefallen daran, mich bedienen zu lassen.
Eine halbe Stunde später war der Auflauf fertig. Selbst ich hatte mich aufgerafft, sodass wir alle vier um den Tisch herumsaßen.
Plötzlich begann ausgerechnet Steffi wieder zu reden. »Noch einmal zurück zu Ihrer speziellen Begabung. Ich wäre sehr gespannt, mehr darüber zu erfahren.«
»Ich habe keine Lust, in Ihrem Sender als Ein-Mann-

Freakshow zu enden«, knurrte ich. Ich hatte den unerwarteten Fund schon wieder verdrängt.

»Das habe ich auch nicht vor.« Steffi ließ nicht locker. »Ich nehme Ihr Talent sehr ernst.«

Ich seufzte. Maren ergriff meinen Arm. »Warum versuchst du es nicht noch einmal?«, ermunterte sie mich. »Auf jeden Fall ist es doch besser, wenn wir dabei sind, falls du ...«

»Falls ich überschnappe, meinst du?«

»Na ja, wenn du plötzlich von diesen Visionen oder was auch immer überfallen wirst.«

Ich seufzte. »Ich habe daraus nie etwas Öffentliches gemacht. Ich empfange diese Gedanken oder manchmal auch nur Bilder oder Gefühle, sofern sie mit einem spektakulären Ereignis verbunden sind. Daran ist nichts Übernatürliches. Es ist schlicht und einfach mein Unterbewusstsein, das weiterarbeitet. Aber es ist noch nie passiert, dass ich mich bedroht gefühlt hätte.«

Nicht bedroht, aber ich wäre fast daran zugrunde gegangen.

»Haben Sie jemals daran gedacht, Ihre besondere Gabe untersuchen zu lassen?«

»Ja, aber ich habe es nie getan und denke auch in Zukunft nicht daran. Außerdem ist doch wohl klar, dass der Wolfshaken, den ich gefunden habe, nichts mit dem Mord zu tun hatte.«

»Mit dem Mord nicht, aber mit dem Mörder«, erinnerte mich Maren. »Gehen wir mal davon aus, dass der Mörder die Wolfsangeln aus Duffys Sammlung entwendet hat. Mit der einen hat er Ludwigs Kopf befestigt, die andere Falle hat er entweder achtlos weggeworfen oder verloren. Das ist die, die sich jetzt bei dir befindet.«

Das war mir auch klar gewesen. Und dennoch zögerte ich.

Maren reichte mir die Wolfsangel. Sie balancierte den archäologischen Fund mit zwei Händen – vorsichtig wie ein Tablett mit wertvollen Gläsern.

Ich nahm die furchtbare Falle entgegen. Sie war nicht sehr schwer, aber dennoch hatte ich das Gefühl, dass plötzlich bleierne Gewichte meine Hände nach unten zogen. Ich fasste fester zu, damit die Wolfsangel nicht zu Boden fiel.

Der Film in meinem Kopf setzte dort an, wo er das erste Mal aufgehört hatte.

Die Trommeln waren verstummt, der Lagerplatz war verwaist. Das Feuer war fast niedergebrannt. Ansonsten herrschte eine geradezu undurchdringliche Dunkelheit.

Da drang das Heulen an mein Ohr. Das Heulen eines Wolfes. Fluchtgedanken übermannten mich, aber ich konnte mich nicht von der Stelle rühren. Eine Gänsehaut überlief meinen erstarrten Körper. Ich hörte, wie mein Herz hektisch pochte. Weitere Wölfe fielen in das Geheul ein. Ihre langen gespenstischen Rufe gellten von weit her durch die Nacht.

Von weit her, ja! Das hieß: Noch konnten sie mir nichts anhaben! Ich gewann meine Sicherheit zurück, aber dennoch war es kein angenehmer Gedanke, sich diesen Empfindungen schutzlos ausgeliefert zu sehen.

Empfindungen! Das war es. Ich musste mir nur bewusst werden, dass sie nicht real waren. Oder dass sie zumindest einer uralten Vergangenheit entstammten.

Das Wolfsgeheul kam näher, und meine Beunruhigung wuchs – trotz meines Vorsatzes.

Es klang jetzt fast wie das Weinen von Kindern – klagend und unheimlich. Die Töne vermischten sich mit dem Rauschen des Windes und mit denen anderer nächtlicher Waldbewohner.

Mein Gehör funktionierte weit intensiver als je zuvor. Sogar das unterirdische Rascheln einiger Mäuse unter meinen Füßen vernahm ich.

Noch intensiver wurde mein Geruchsinn. Es war, als würde die Welt um mich herum explodieren, so überwältigte er mich.

Ich roch meine Umgebung, jeden einzelnen Baum, jedes noch so kleine Lebewesen um mich herum.

Ich konnte es nicht beschreiben, es war eine völlig neue Erfahrung.

Schließlich konnte ich mich wieder bewegen. Ich ließ mich auf alle viere nieder und machte ein paar vorsichtige Schritte.

Es gelang, und augenblicklich wurde ich mutiger. Ich tänzelte umher, sprang in die Luft, und schließlich lief ich vorwärts – dem Wolfsgeheul entgegen ...

»Du warst *was?*«, fragte Maren besorgt.

Wir saßen am Frühstückstisch. Maren hatte Konfitüre, Schinken und frische Brötchen besorgt. Ich aß mit Heißhunger.

»Ich befand mich im Körper eines Wolfs«, wiederholte ich zwischen zwei Bissen. Doch erst nachdem ich die eine Brötchenhälfte hinuntergeschlungen hatte, schwächte ich ab: »Natürlich nur im Traum.«

Von Maren hatte ich erfahren, dass der Abend aus ihrer Sicht ganz unspektakulär zu Ende gegangen war. Ich war eingeschlafen. Ollie hatte mitgeholfen, mich wieder ins Bett zu tragen, und danach hatten er und Steffi sich klammheimlich verdrückt. Maren war nach einiger Zeit ebenfalls nach Hause gefahren. Sie war erst zum Frühstück wieder erschienen.

»Schade, dass du nicht geträumt hast, wer Ludwigs Mörder ist.«

»Ja, wirklich schade«, pflichtete ich ihr bei und verschlang die zweite Brötchenhälfte.

»Jedenfalls schlingst du schon wie ein Wolf.«

Augenblicklich aß ich langsamer. Ja, es fiel mir plötzlich selbst auf, wie heißhungrig ich war.

»Sag mal, du hast doch nicht etwa noch andere Eigenschaften aus deinem Traum mit herübergebracht?«

»Andere Eigenschaften?«

»Na, wölfische?«

Ich musste lachen. »Du meinst, ich verwandle mich jetzt vielleicht in einen Werwolf?«

»Lach nicht, es gibt solche Fälle. Die haben nichts mit dem gängigen Aberglauben zu tun. Aber in der Psychoanalyse gibt es ganze Regalwände voller Fallbeispiele. Denk an Massenmörder wie Haarmann oder Kürten, den Vampir von Düsseldorf. Wenn man die Verhörprotokolle liest, hat man den Eindruck, dass sie sich in ihrem Blutrausch verhalten haben wie Tiere.«

»Barbarisch!«, knurrte ich und köpfte ein gekochtes Ei.

»Na ja, manche wurden auch in ein Kloster gesteckt. Um 1600 prahlte ein gewisser Jean Grenier überall damit herum, dass er als Werwolf über fünfzig Kinder getötet und gefressen hätte. Man verbannte ihn in ein Franziskanerkloster.«

«Sehr gnädig.« Das Ei war etwas zu hart gekocht. Ich mochte es lieber weicher. Aber so wie Maren im Moment drauf war, sagte ich ihr das lieber ein andermal.

»Lykantrophie ist eine ernsthafte Krankheit, mit der nicht zu spaßen ist.«

»Und? Sind meine Ohren schon gewachsen?«

»Nein, und du hast auch keine vorstehenden Zähne oder zusammengewachsene Augenbrauen.«

»Immerhin ist meine Brust stark behaart!«

»Du machst dich lustig über mich.«

»Nein, aber ich spüre gerade ein starkes Verlangen. Geradezu animalisch!«

Maren kicherte, als ich nach ihr fasste. Ich gab ein wölfisches Heulen von mir.

»Lass uns wenigstens zu Ende frühstücken«, schlug sie vor.

»Ich weiß nicht, ob ich meine animalische Begierde so lange zügeln kann. Aber ich bemühe mich.«

Das Ei war wirklich sehr hart.

11.

Pünktlich um neun klopfte ich an Norberts Bürotür. Maren hatte mich abgeliefert, musste aber gleich wieder weiterfahren. In ihrer Praxis erwartete sie um die Zeit bereits ein volles Wartezimmer.

Norbert saß hinter seinem Schreibtisch und sah mich nicht gerade freundlich an. Seine Augen lagen in tiefen Schatten. Es sah aus, als hätte er die Nacht durchgearbeitet. Fast hatte ich ein schlechtes Gewissen.

»Bist du in dich gegangen und gestehst?«, begrüßte er mich finster. »Wegen dir sitze ich noch hier, anstatt endlich mal eine Mütze Schlaf nachzuholen.«

Ich legte ihm die Wolfsangel auf den Tisch. Ich hatte sie in Packpapier gewickelt. Als er es auseinanderschlug und die Wolfsangel erblickte, pfiff er leise durch die Zähne.

»Wo hast du die denn plötzlich her?«

Ich erzählte ihm von meinem Irrtum.

Nachdem er das Fundstück untersucht hatte, lehnte er sich zurück und fuhr sich dabei durch die Haare. »Wahrscheinlich bin ich zu müde, um das alles noch zu kapieren. Erklär du es mir.«

Ich hatte die ganze Fahrt über bereits darüber nachgegrübelt. Richtig schlau war auch ich nicht aus der Sache geworden. Dennoch versuchte ich es.

»Gehen wir einmal von vier Wolfsangeln aus. Oben auf der Falkenburg scheint sich ja ein ganzes Arsenal davon zu befinden. Zwei hat Duffy vor einer Woche dort ausgegraben. Er wollte sie verhökern. Aber niemand wollte sie haben. Beziehungsweise vermute ich, dass Duffy uns hier nicht die Wahrheit gesagt hat. Wahrscheinlich hat er einen Hehler gesucht. Aber eine entsprechende Adresse hat ihm auch niemand genannt. Also ist er auf seinen beiden Wolfsangeln sitzen geblieben.«

»So weit waren wir gestern schon«, sagte Norbert. Er stand auf. »Kaffee?«

Ich nickte.

Seine altersschwache Melitta-Maschine röchelte vor sich hin. Er nahm die schmierige braune Glaskanne und schenkte zwei Tassen ein. Seine Tasse hatte er geklaut. Ich war dabei gewesen. Sie trug die Aufschrift einer Bad Salzufler Kneipe: »Lebenslänglich«. Meine Tasse war rosa und beschriftet mit »Das Leben ist keine Bewährungsanstalt«.

»Ja, aber ich habe weiter nachgedacht«, fuhr ich schließlich fort. »Jemand, der bereits vorgehabt hatte, Ludwig zu ermorden, könnte aufgrund von Duffys Nachfragen auf die Idee gekommen sein, eine der Wolfsangeln ins Spiel zu bringen. Nur um den Verdacht auf Duffy zu lenken.«

»Da könnte was Wahres dran sein«, fing Norbert meine Vorlage auf. »Die zwei Wolfsangeln, die für die Ausstellung vorgesehen waren, wurden ebenfalls letzte Woche gestohlen. Vielleicht wollte er auch diese Tat auf euren Diener lenken ... Den Herrn Grabowski werde ich mir sowieso noch einmal vornehmen. Aber ohne euer Hausgespenst im Schlepptau.«

»Sei froh, dass die Gräfin das nicht gehört hat!«

Er schlug auf den Tisch. Sein Gesicht war gerötet, ein Zeichen dafür, dass er heftig nachdachte. »Weiter im Klartext. Welche Aussagen zur Sache hast du sonst noch zu machen?«

»Außer auf Duffy deuten die Wolfsangeln auf weitere Verdächtige: Rechte Kreise. Auch das könnte der Täter bezweckt haben.«

»Untersuchungen in diese Richtung laufen«, erklärte Norbert förmlich.

»Was hat es zum Beispiel mit diesem Radio Hermann auf sich?«

Norbert verschränkte die Arme. »Ich habe keine Ahnung.«

»Deren Aufkleber findest du mittlerweile an jedem Verkehrsschild. Übrigens auch gleich unten vor eurem Eingang ...«

Norbert machte eine ungeduldige Handbewegung. »Also gut, der wahre Täter unternimmt alles, um Verwirrung zu stiften, indem er möglichst viele andere Verdächtige ins Spiel bringt: Duffy, die Rechte Szene, dich ...«

»Mich?«, fragte ich verblüfft.

»Theoretisch kannst du mir viel erzählen. Aber wer sagt mir, dass deine Geschichte auch wahr ist? Kehren wir doch mal zum Tatort zurück. Du hast also gegraben ...«

»Nicht direkt gegraben ...« Ich versuchte mich genau zu erinnern. »Die Wolfsangel war nur lose mit Erde bedeckt, so als hätte jemand sie dort bewusst so abgelegt, dass über kurz oder lang jemand darauf stößt ...«

Norbert trank einen tiefen Schluck Kaffee. Unwillkürlich fragte ich mich, wie viele Tassen er die Nacht über schon getrunken hatte.

»Warum hat jemand sie so versteckt, dass sie gefunden werden sollte?«

»Manchmal denken Täter nicht logisch«, erinnerte ich ihn. »Vielleicht wollte er einfach, dass ihr sie findet, wenn ihr das Gelände absucht. Immerhin hatte Duffy zwei Wolfsangeln angeboten. Also mag es dem Täter logisch erschienen sein, dass ihr auf zwei der Angeln stoßen würdet – um ihm die Tat anzulasten ...«

Er stand auf, um Kaffee nachzuschenken. Meine Tasse war noch halb voll.

»Sag mal, wie lange kennt ihr euch eigentlich? Du und Maren, meine ich?«

Er zuckte die Schultern. »Fünf, sechs Jahre, ich weiß nicht. Wenn hier in der Gegend etwas passiert, rufen wir meistens sie als Ärztin vor Ort an. Wir haben ganz gute Erfahrungen mit Maren gemacht. Bist du etwa eifersüchtig?«

»Nicht auf dich. Hast du mal in den Spiegel geguckt?«

»Ein paar Tage Schlaf, und ich sehe aus wie Arnold Schwarzenegger.«

»Dann bin ich George Clooney. – Okay: Wer hat mich zusammengeschlagen? Diese BT NATURE-Brothers?«

Norbert schüttelte den Kopf: »Nee, die sind zwar bekloppt, aber die schlagen nicht um sich. Wir haben Erkundigungen über die Firma eingezogen. Die schicken ihre Vertreter zurzeit überall in Lippe herum und wollen Grund und Boden aufkaufen, damit sie dort Genrüben anbauen können.«

»Also doch Genrüben!«, entfuhr es mir.

»Ja, was ist daran so überraschend? Du musst dich nur mal unter den Bauern umhören. Die wissen alle Bescheid. Da ist es ganz schön am brodeln. Verkaufen will nur eine Hand voll. Die anderen befürchten, dass durch den Genrüben-Anbau auch ihre Felder verunreinigt werden. Sag mal, hast du in dieser Angelegenheit vielleicht ein falsches Wort zur falschen Zeit gesagt?«

»Ich habe gar nichts gesagt«, antwortete ich verärgert. »Da bist du auf dem falschen Dampfer. Ich glaube eher, dass man mich verprügelt hat, weil ich die Wolfsangel hatte.«

»Aber das wusste doch niemand!«

Außer Maren, dachte ich. *Sie hat es geahnt.*

Und ihre Version, dass sie ihr Adressbuch vermisst hatte, hielt ich für geflunkert.

Am späten Nachmittag rief Armin mich an. »Na, ausgeschlafen?«

Ich bejahte. Ich hatte keine Lust, ihn einzuweihen so wie Maren. Obwohl er mich vielleicht sogar besser verstanden hätte.

»Ich habe gestern Abend ganz vergessen, dich zu fragen, ob du heute mit in den *Neuen Krug* kommst.«

»Auf ein Bier?«

»Meinetwegen auch das. In erster Linie aber wegen der Versammlung.«

»Welcher Versammlung?« Wie immer musste ich Armin jedes Wort aus der Nase ziehen.

»Die Rübenbauern treffen sich heute Abend. Ich dachte, es interessiert dich vielleicht.«

»Warum sollte mich das interessieren?«

»Na, ich dachte, es interessiert dich, wer Ludwig umgebracht hat.«

»Du glaubst, einer eurer Mitbewerber hat ihn auf dem Gewissen?«

»Es geht heute Abend auch um genmanipulierten Mais«, erklärte er. »Jemand von den Grünen spricht, und wir haben auch ein paar Leute von BT NATURE eingeladen.«

Ich horchte in mich hinein, während Armin weiterredete. Eigentlich fühlte ich mich noch immer krankenhausreif. Mein Kopf pochte. Ebenso wie meine Nase und meine Wangenknochen. Die Rippen schmerzten. Dafür spürte ich meinen linken Unterarm im Moment überhaupt nicht mehr. Hoffentlich starb er nicht ab.

»Ich sag dir später Bescheid, ob ich mitkomme«, wiegelte ich ab.

Ich legte auf, wählte die Nummer des Krankenhauses und ließ mich mit Dr. Hölderlin verbinden. Nach einer Weile bekam ich ihn tatsächlich an den Apparat.

»Ich brauche stärkere Schmerzmittel«, verlangte ich.

»Tut mir leid, wir sind nicht mehr zuständig für Sie. Versuchen Sie es mal in der psychiatrischen Abteilung.«

Ich erklärte ihm, warum ich aus dem Krankenhaus hatte flüchten müssen.

»Ihre Töle bringen Sie am besten gleich mit, damit jemand auf Sie aufpasst«, schlug er mir vor.

Daraufhin sagte ich ihm, was ich von ihm hielt. Nämlich sehr viel. Ich hatte gegoogelt. Dr. Hölderlin war in früheren Jahren Greenpeace-Aktivist gewesen. Er hatte französischen und japanischen Thunfischjägern ebenso ins Handwerk gepfuscht wie multinationalen Ölkartellen, die im Golf von Mexiko ihre Plattformen errichten wollten.

»Das ist lange her«, sagte er, nachdem ich ihm seine Großtaten aufgezählt hatte.

»Sie sind Anfang dreißig ...«

»Kommt mir trotzdem vor wie eine Ewigkeit.«

»Wie wird man eigentlich Greenpeace-Aktivist?«

»Das erzähle ich Ihnen, wenn ich Sie mal in der Anstalt besuchen sollte.«

»Abgemacht. Aber warum kommen Sie nicht gleich heute vorbei, bei mir zu Hause? Ich verspreche Ihnen auch, dass ich keine Fragen mehr stelle. Bis auf eine vielleicht ...«

»Und die wäre?« Ich hatte ihn an der Angel.

»Mein Kaffee ist gut und stark«, versprach ich. »Wie lange dauert Ihre Schicht schon?«

»Ich bin seit vierundzwanzig Stunden im Einsatz. Ein paar Tassen Kaffee könnten da guttun. Sie haben Glück, ich habe in zwei Stunden frei.«

Nachdem ich aufgelegt hatte, erledigte ich zunächst einige andere Anrufe. Aber sie waren bei Weitem nicht so erfolgreich. Norbert schärfte mir noch einmal ein, endlich die Finger von dem Fall zu lassen und mich wieder in die Obhut der Ärzte zu begeben.

»Fühl du lieber BT NATURE auf den Zahn«, bat ich ihn. »Mit der Firma stimmt etwas nicht.«

»Danke für den Ratschlag, du Amateurdetektiv«, entgegnete er verärgert und unterbrach die Verbindung.

Als Nächstes versuchte ich, Maren an die Strippe zu bekommen. Aber es meldete sich nur ihre Mailbox. Entweder war sie unterwegs oder zu beschäftigt.

Ich gab es auf, schlief ein wenig, und als ich aufwachte, glaubte ich, dass es mit dem versprochenen Kaffee nichts werden würde. Jede Bewegung tat mir weh. Vor allem im Rippenbereich.

Mir fiel ein, dass ich Armin zurückrufen wollte. Ich angelte nach dem Handy, wählte seine Nummer und wartete, dass er abnahm. Auch dieser Anruf ging ins Leere. Es war wie verhext. Aber gut, es spielte keine Rolle. Wenn er sich nicht meldete, würde ich andere Wege finden, die Veranstaltung im *Neuen Krug* zu besuchen.

Dr. Hölderlin kam pünktlich. Inzwischen hatte ich meine Schmerzen wieder halbwegs unter Kontrolle. Zumindest zum Kaffeekochen hatte es gereicht. Und auch dafür, eine Flasche guten Cognac zu öffnen.

Ich spähte aus dem Fenster, als sein roter Audi in den Hof fuhr. Er öffnete die Tür und stieg aus. Aus dem Kofferraum holte er eine Arzttasche. Mit ruhigen Bewegungen schritt er über den Hof und orientierte sich. Keine Spur von Müdigkeit war ihm anzumerken. Als er hochblickte, winkte ich ihm kurz zu. Drei Minuten später saß er mir in einem tiefen Sessel gegenüber. Ich hatte es mir auf der Couch halbwegs wieder bequem gemacht, das heißt, ich hatte eine Lage gewählt, in der die Schmerzen am ehesten auszuhalten waren.

Mit dem Abend kommen die Schmerzen.

Er sah mich an. Ich konnte kein Mitleid in seinen Augen sehen. Nur Erstaunen. Darüber war ich froh, denn Mitleid war das Letzte, was ich von einem Mann wie Doktor Hölderlin erwartete.

»Warum tun Sie das?«, fragte er schließlich. »Wollen Sie irgendeinen Preis gewinnen?«

»Ich weiß nicht, wovon Sie genau sprechen.«

»Sie sehen aus wie Ihr eigener Geist«, begann er. Daraufhin hielt er mir einen kurzen, prägnanten Vortrag, der mir vor Augen führte, welche Nachwirkungen mir drohten, wenn ich mich weiterhin jeglicher Behandlung entzog.

Ich grinste. »Wer spricht von entziehen? Ich möchte, dass Sie mich heute Abend so fit hinbekommen, dass ich einer Einladung folgen kann.«

Ich erzählte ihm von dem Vortrag im *Neuen Krug*. Er ließ sich nicht anmerken, ob es ihn interessierte oder nicht. Er schenkte sich Kaffee ein. Langsam und bedächtig.

»Am Anfang war es nur persönliche Neugier«, begann ich schließlich. »Selbst wenn es nicht um den Partner meines Vetters gegangen wäre. Wissen Sie, als ich an jenem Morgen aufgewacht bin und die Nachricht im Radio gehört habe, hat es bei mir gefunkt – sprichwörtlich, wenn Sie so wollen. Ich habe mein Leben lang als Journalist gearbeitet. Eigentlich hatte ich gedacht, das wäre es gewesen mit mir. Aber man kann seine Berufung nicht verleugnen. Ich war so lange raus aus dem Geschäft, dass ich sicher war, ich wäre geheilt. Aber es ist wie bei einem trockenen Alkoholiker. Ein einziger Tropfen genügt.«

»Das ist nichts Neues, was Sie mir da erzählen.«

»Weil Sie das Gefühl kennen. Sie waren Aktivist, haben sich in vorderster Front in Gefahr begeben. Dann sind Sie Arzt geworden. Aber seien Sie ehrlich: Der Nervenkitzel fehlt Ihnen.«

»Solange ich mit Idioten wie Ihnen zu tun habe, vermisse ich den Nervenkitzel ganz und gar nicht«, sagte er störrisch. »Sie haben doch keine Ahnung, warum ich aufgehört habe!«

Ich seufzte. Er war ein ganz schön harter Brocken. Ich warf einen schnellen Blick auf seine Tasche. Mein Blick entging ihm nicht, aber er sagte nichts.

»Und trotzdem hätte ich mich wahrscheinlich aus allem herausgehalten. Immerhin war schon der Tod des Majors so mysteriös, dass ich darauf hätte anspringen können. Wissen Sie, im Gegensatz zu früher, als ich noch jung und hungrig war, halte ich mich nicht für klüger als die Polizei.«

Ich spürte, dass mir das Sprechen schwererfiel.

Ein Königreich für ein starkes Schmerzmittel!

Auch das entging ihm nicht. »Sie haben nicht mehr viel Zeit«, stellte er fest.

»Wahrscheinlich vermuten Sie, dass ich meine Nase so tief in den Fall stecke, weil ich mich persönlich angegriffen fühle.«

»Schauen Sie in den Spiegel und Sie haben den Beweis.«

Ich schüttelte den Kopf. »Dann schon eher deshalb, weil sie fast auch noch meinen Hund abgestochen hätten.« Luna, die sich zu meinen Füßen zusammengerollt hatte, schien zu ahnen, dass von ihr die Rede war. Sie hob den Kopf und schaute uns mit ihren großen dunklen Augen an.

»Das wäre wirklich ein Grund«, gab Hölderlin zu.

»Sie lieben Tiere mehr als Menschen?«

Er überlegte kurz. »Nein, das kann man so nicht sagen. Sonst wäre ich nicht Arzt geworden.«

«Es gibt auch Tierärzte.«

»Sagen wir es mal so: Ich habe den Menschen noch nicht getroffen, der mich davon überzeugt hätte, dass der Homo sapiens über den Tieren oder über der Natur steht. Die Menschheit läuft sehenden Auges in ihr Verderben. Und ich rede nicht davon, dass es in den nächsten Jahren vielleicht kein Thunfisch-Sushi mehr geben wird, weil der atlantische Rote Thunfisch ausgestorben sein wird. Seit 1970 sind die Bestände um achtzig Prozent zurückgegangen.«

»Und das liegt daran, weil die Menschheit zu viel Sushi frisst?«

»Das liegt daran, dass die geldgierigen Europäer viel mehr Thunfische fangen, als die Bestände verkraften.«

Zum ersten Mal hatte ich ihn so weit, dass er Emotionen zeigte. Abwehrend hob ich die Hände. »Ich gebe nichts auf Sushi, mein Ehrenwort. Trotzdem schlimm, so etwas.«

Ich stellte mir vor, wie es wäre, wenn ich auf meine wöchentliche Currywurst verzichten müsste, weil die Würste plötzlich ausgestorben wären. Wahrscheinlich lag es an den Schmerzen. Ich begann zu fantasieren.

»Wie wäre es, wenn wir das Gespräch ein andermal fortsetzen?«, sagte ich matt.

»Sie Idiot!«, zischte er wieder. Danach gab er mir den Befehl, mich auszuziehen und mich wieder aufs Sofa zu legen.

Ich schwieg und konzentrierte mich ganz auf die Prozedur, die auch er nun schweigsam vollzog. Er wechselte die Verbände, klebte Pflaster, zog Klammern und Fäden, entfernte Eiter und verkrustetes Blut. Ich ging durch die Hölle, aber ich verschaffte ihm nicht die Genugtuung, auch nur einen Schmerzenslaut von mir zu geben.

»Sie sind ein ganz Harter, was?«, sagte er schließlich. Er hielt eine Nähnadel hoch.

»Was wollen Sie damit?«, stöhnte ich.

»Nähen!« Als er die Panik in meinem Blick sah, grinste er. »War nur Spaß, die Wunden sind erstaunlich gut verheilt.« Dann endlich holte er aus seiner riesigen Tasche ein Röhrchen mit Tabletten heraus. Er gab mir drei Pillen. Eine war rot, eine hellblau, die dritte weiß. Ich spülte sie mit heißem Kaffee hinunter.

»Das wird reichen, damit Sie den Abend überstehen«, versprach er. »Für die Nacht und für morgen lasse ich Ihnen noch ein paar von den Schmerztabletten da. Wie wär's jetzt mit einem Cognac?«

Der Parkplatz vom *Neuen Krug* war proppenvoll. Auch links und rechts der Straße war alles vollgeparkt. Mit Müh und Not fanden wir eine Lücke. Hölderlin, dessen Vorname Volkwin war, wie ich inzwischen erfahren hatte, ohne dass er auf mein Angebot, uns zu duzen, eingegangen wäre, stieg als Erster aus. Er öffnete den Kofferraum und holte den klappbaren Rollstuhl heraus. Ich fühlte mich so pudelwohl, dass ich abwinkte.

»Das schaffe ich schon.«

»Überschätzen Sie sich nicht«, warnte er. Seine Stimme duldete keinen Widerspruch. Also setzte ich mich hinein und ließ mich von ihm über die Straße schieben. Ich schaute auf die Uhr. Es war fünf vor sieben.

Es nieselte leicht. Typisches Aprilwetter, dachte ich. Und eigentlich viel zu kühl für die Jahreszeit. Ich musste an die Störche denken.

»Wer hat eigentlich zu dieser Versammlung geladen?«, fragte Hölderlin.

Ich zuckte mit den Schultern. »Keine Ahnung. Aber wir werden es erfahren.«

Er öffnete die Tür zum *Neuen Krug* und bugsierte mich auf meinem Rollstuhl hinein. Die Luft nahm mir den Atem. Sie war stickig und schwer. Trotz des Rauchverbots wallte mir eine Wolke von Zigarettenqualm entgegen.

Hölderlin schob mich vorwärts. Ich erkannte einige vertraute Gesichter. Da Armin Landwirt war, hatte ich mit der Zeit zwangsläufig einige Kollegen von ihm kennengelernt. Ich wunderte mich, dass auch Norbert da war. Ich machte Hölderlin auf ihn aufmerksam.

Er schob mich in Norberts Richtung. Die beiden kannten sich bereits aus dem Krankenhaus und nickten sich nur zu.

»Aha, Dr. Frankenstein und sein Geschöpf«, begrüßte mich Norbert. »Sag mal, bist du verrückt, in deinem Zustand hier aufzutauchen?«

»Und du, was treibt dich hierher? Du willst mir doch nicht erzählen, dass du deinen freien Abend hier verbringst?«

Sein Gesicht nahm einen ernsten Ausdruck an. »Hör endlich auf mit dem Räuber- und Gendarmspiel, Moritz. Das ist ein guter Rat von mir.«

Ich setzte eine harmlose Miene auf. »Ich weiß gar nicht, wovon du redest«, erwiderte ich. »Armin hat mich eingeladen.«

In dem Moment betrat ein Mann das behelfsmäßige Rednerpult, das vor der Theke aufgestellt worden war, und räusperte sich ins Mikrofon. Ich kannte den Mann nicht, wahrscheinlich handelte es sich nur um den Techniker.

Dafür sah ich plötzlich Armin. Er stand ganz am anderen Ende, fing jedoch meinen Blick auf. Wir grüßten uns zu. Er zuckte bedauernd mit den Schultern und signalisierte mir damit, dass er wohl oder übel an seinem Platz bleiben musste. Es war einfach zu voll, um zu mir zu gelangen. Nach und nach erkannte ich weitere bekannte Gesichter. Einige Kommunalpolitiker, zwei Leute von der Presse. Und sogar unser Landrat war durch seinen Pressesprecher vertreten.

Normalerweise hätte ich mir von so einem Abend nicht viel versprochen. Zu viele Stammtische, zu viele Politiker, von denen man sowieso nur die gewohnten Phrasen zu hören bekommen würde.

Doch die Stimmung hier war anders. Eine nicht zu greifende, aber dennoch spürbare Spannung lag in der Luft.

Es war Punkt sieben. Ich wunderte mich, dass plötzlich Armin das Rednerpult betrat. Ausgerechnet Armin, der den Mund sonst nie aufbekam. Hatte ich da etwas verpasst?

»Guten Abend, liebe Freundinnen und Freunde. Guten Abend, meine Damen und Herren«, begann er erstaunlich selbstsicher. Die Gespräche verstummten. Jemand schlug irgendwo eine Tür zu und kam hereingestiefelt. Danach herrschte Stille.

Eine Stille, in der man die sprichwörtliche Stecknadel hätte fallen hören können.

»Ich danke euch, dass ihr heute Abend so zahlreich hier erschienen seid. Ihr wisst alle, was mit Ludwig passiert ist. Wer ihn auf dem Gewissen hat, kann heute noch niemand sagen.« Er schaute in Norberts Richtung, und ich hatte das Gefühl, dass dieser sich unwillkürlich duckte, so als schäme er sich, dass er den Mörder noch nicht gefasst hatte.

»Egal«, fuhr Armin fort. »Der Mörder wird seiner gerechten Strafe nicht entgehen, das schwöre ich euch. Jedenfalls hoffe ich, dass ihr alle ebenso zahlreich zu Ludwigs Beerdigung erscheinen werdet. Noch ist der Leichnam aber nicht freigegeben.

Aber das ist nicht der Grund, liebe Freundinnen und Freunde, liebe Besucher, dass wir uns heute Abend hier versammelt haben. Das Thema, das uns alle bewegt, lautet: Gentechnik ...«

»Kommt nicht in die Rübe!«, rief jemand aus dem Publikum. Lachen und Grölen folgten. Die Stimmung schien bereits jetzt aufgeheizt, obwohl noch nicht viele Worte gefallen waren.

»Erstmals seit fast einem Jahrzehnt sind in Deutschland wieder Versuche mit genmanipulierten Zuckerrüben beantragt worden. Leider hat es diesmal unser Anbaugebiet erwischt. Oder soll ich sagen: zum Glück? Denn es ist ja wohl klar, dass wir jeglichen Vorstoß in diese Richtung verhindern werden.«

»Darauf kannst du dich verlassen!« Das Publikum schrie und johlte. Wenigstens die meisten. Die Bauern. Die andere Fraktion, die Politiker, duckte sich eher weg. Einige quälten sich ein Lächeln ab.

»Aber was soll ich lange herumreden, lassen wir doch eine Expertin zu Wort kommen. Frau Erika Geier-Bauerfeindt war lange Zeit bei den Grünen. Jetzt ist sie im Ruhe-, äh, Widerstand tätig und schreibt für verschiedene Zeitungen. Sie wird uns jetzt einen Überblick über die Lage geben.«

Das Publikum rang sich einen spärlichen Applaus ab, während eine kleine, drahtige Frau mit karottenroten Haaren das Podium betrat. Ich schätzte sie auf höchstens fünfzig. Sie erinnerte mich an Claudia Roth auf Nahrungsentzug.

Der Applaus verebbte rasch. Der Lipper ist sparsam, auch was Vorschusslorbeeren betrifft. Lieber mal zu wenig applaudiert als zu euphorisch, man konnte ja nie wissen, wozu man die Hände noch brauchte.

Frau Erika Geier-Bauerfeindt begann ohne Vorrede. Und sie redete ohne Punkt und Komma:

»Erstmals seit Beginn des neuen Jahrtausends sollen wieder Versuche mit genmanipulierten Zuckerrüben unternommen werden. Dazu sage ich Nein! Angemeldet hat die Versuche der amerikanische Saatgutkonzern SWK, dessen hundertprozentige Tochter wiederum die Firma BT NATURE ist. Wer jedoch hinter BT NATURE steht, weiß niemand so recht. Viele von Ihnen haben in den vergangenen Wochen und Monaten Post oder gar einen persönlichen Besuch von dieser Firma bekommen. SWK geht weltweit nach dem gleichen Schema vor: Es kauft große, zusammenhängende Grundstücke auf und pflanzt dort genmanipulierte Pflanzen an. Dabei setzt SWK auf die bestehende Infrastruktur. In den USA ist es genmanipulierter Mais, in Holland sind es genmanipulierte Tomaten – und hier bei Ihnen in Lippe, wo die Zuckerrübe beheimatet ist, sind es genmanipulierte Zuckerrüben, die SWK hier züchten will.«

»Nicht mit uns!«, schrie ein zorniger Bauer dazwischen. »Mich vertreibt hier niemand!«

»Unseren Politikerheinis gehört der Marsch geblasen!«, rief ein anderer. Applaus brandete auf, weitere Zwischenrufer machten ihrem Ärger Luft.

Anscheinend brauchte es diese aggressive Grundstimmung, von der Frau Geier-Bauerfeindt erst so richtig angefeuert wurde. Gemeinsam mit den Landwirten skandierte sie jetzt: »Widerstand! Widerstand! Wi-der-stand!« Dazu reckte sie jedes Mal die Faust hoch. Die Bauern taten es ihr nach. Ich sah, wie der Vertreter des Landrats vorsichtshalber schon mal das Weite suchte.

»Ich sehe, ich bin hier an der richtigen Stelle bei euch«, fuhr sie schließlich fort. Sie duzte das Publikum bereits. »Meine Warnungen fallen auf fruchtbaren Boden, und das ist gut so. Jetzt aber noch ein paar Fakten, damit ihr wisst, was auf euch zukommt: Entwickelt wurde das genmanipulierte Saatgut von der SWK gemeinsam mit dem englischen Gentechnikkonzern Montario. Ihr seht, diese Gangster arbeiten international. Sie verstecken ihre Verbrecherorganisationen hinter nichtssagenden Kürzeln und Namen. Jedenfalls hat Montario das Patent auf ein Resistenzgen, das den Wirkstoff Glyphosat enthält. Diese Resistenz gegen bestimmte Totalherbizide wurde dem Saatgut eingebaut. Schon seit Jahren beordern SWK und Montario eine ganze Armee von Lobbyisten an die Front, um dafür zu werben, in der EU genmanipulierte Zuckerrüben anzubauen. Und Deutschland ist das Haupt-Zielgebiet dieser Terroristen!«

Jetzt brandete erstmals großer Applaus auf.

»Eine Agitatorin, wie sie im Buche steht«, rief ich Hölderlin zu.

»Solange es dem guten Zweck dient!« Er hatte sich zu mir heruntergebeugt und schrie mir ins Ohr.

Ich nickte, war mir aber nicht so sicher. Die martialische Sprache der Geier-Bauerfeindt war nicht mein Ding. Dennoch bereute ich es nicht, hierhergekommen zu sein. Ich hatte nicht geahnt, wie die Stimmung sich in letzter Zeit unter den Bauern aufgeheizt hatte. In den Zeitungen hatte nichts darüber gestanden. Es war ein Thema, das wenig Öffentlichkeit fand. Dafür sorgten schon ein paar Politiker, die an den richtigen Strippen zogen.

»Uns liegen geheime Dokumente vor, dass geplant ist, genmanipulierte Rüben an drei Standorten in Deutschland anzubauen: In Sachsen-Anhalt, in der Eifel und hier in Lippe. Diese Dokumente werden demnächst auf Wikileaks veröffentlicht, damit jeder im Bilde ist.«

Armin war plötzlich an meiner Seite. »Ist sie nicht gut?«, grinste er.

»Zu gut«, erwiderte ich vieldeutig. Ich gab ihm zu verstehen, er solle meinen Rollstuhl in eine ruhigere Ecke schieben, wo die Lautsprecher nicht so stark zu hören waren. »Wo kommt diese Frau eigentlich her?«

»Aus Sachsen-Anhalt. Sie ist selbst betroffen.«

»Wem nützt es, wenn sie hier die Bauern aufwiegelt? Müsste man das nicht anders angehen?«

»Und wie? Hast du eine Ahnung, wie diese Firmen vorgehen und Druck machen? Wenn du mich fragst, dann stecken sie auch hinter Ludwigs Tod!«

»Das wird die Polizei klären. Immerhin warst du so schlau und hast vorhin auf dem Podium den Mund gehalten.«

Er funkelte mich wütend an. »Auf welcher Seite stehst du eigentlich?«

»Auf keiner. Die Stimmung hier gefällt mir nicht. Ein Funke genügt, und die Zuhörer explodieren.«

»Na und? Wir haben hier schon viel zu lange den Mund gehalten. Wovor hast du Angst? Wir leben nicht mehr im Mittelalter, keiner wird gelyncht, keiner auf dem Scheiterhaufen verbrannt ...«

»Da bin ich mir nicht so sicher.«

Er winkte ab und ging wieder weg. Ich hatte Armin selten so erlebt. Hatte er sich all die Jahre nur verstellt? Kehrte er jetzt jene Seite seiner Persönlichkeit hervor, die er seit der Flucht aus Berlin verborgen hatte?

Ich rollte zurück zu Hölderlin. Mittlerweile klappte das

ganz gut mit dem Rollstuhl. Die Leute behandelten mich wie einen Behinderten und machten bereitwillig Platz.

Frau Geier-Bauerfeindt war soeben beim eher sachlichen Teil ihrer Rede angelangt:

»Und darum dürft ihr niemals zulassen, dass auf eurem Boden auch nur eine einzige genmanipulierte Rübe angepflanzt wird: Zuckerrüben kreuzen über unglaublich weite Entfernungen aus – das muss ich euch nicht sagen! Jüngste Untersuchungen haben ergeben, dass das schon mal zehn Kilometer betragen kann. Außerdem können sie sich mit anderen verwandten Arten wie Spinat oder rote Beete kreuzen.

Ein weiterer Grund: Zuckerrüben können langlebige Unkrautpopulationen bilden, gentechnisch veränderte Zuckerrüben belasten daher für einen viel längeren Zeitraum die Umwelt als andere Pflanzen.

Noch eins: Das Ackergift, gegen das die Genrüben resistent gemacht wurden, ist hochtoxisch, also giftig. Neueste Studien haben erhebliche Schädigungen bei Amphibien nachgewiesen, insbesondere toxische Effekte auf deren DNA und auf die Gebärmutterzellen. Wir müssen daher verhindern, dass die Anwendung dieses Pestizids durch den Anbau herbizidresistenter Genpflanzen weiter gefördert wird!

In England hat man in mehrjährigen Versuchen nachgewiesen, dass der Anbau herbizidresistenter Genrüben weit schädlichere Auswirkungen auf das Ökosystem und auf die biologische Vielfalt hat als der konventionelle Zuckerrüben-Anbau, bei dem tonnenweise Ackergift zum Einsatz kommt.

Der Anbau herbizidresistenter Genpflanzen führt, wie Beispiele in Kanada, USA oder Argentinien zeigen, zu einer beschleunigten Resistenzbildung von Ackerkräutern gegen die entsprechenden Herbizide. Resultat ist ein steigender Einsatz von Gift!«

Draußen fuhr ein Polizeiwagen vorbei. Ohne Sirene. Dafür

überzog das rotierende Blaulicht die Fensterscheiben für ein paar Augenblicke mit einem gespenstischen Schimmer. Die meisten bekamen davon offenbar nichts mit.

Frau Geier-Bauerfeindt kam zum Schluss. »Daher sage ich euch: Aufgrund der speziellen Biologie der Zuckerrübe ist es hochriskant, gentechnisch damit zu manipulieren. Die Geister, die SWK und Montario da rufen wollen, werden noch Jahrzehnte später Fluch und Unheil über euch bringen. Der kommerzielle Anbau genmanipulierter Zuckerrüben wird euch ins Verderben führen, wenn ihr es nicht verhindert! Darum sagt Nein! Nein zur Genrübe! Ja zur lippischen Ananas! Danke schön!«

Der Applaus war ohrenbetäubend. Mittlerweile hatten sich die meisten Zuhörer bereits das eine oder andere Glas Detmolder gegönnt. Von draußen drang Sirenengeheul herein. Ein Feuerwehrwagen raste vorbei.

Plötzlich machte sich Unruhe unter den Leuten breit.

»Wenn es brennt, denkt jeder an seinen eigenen Hof«, sagte ich.

Hölderlin nickte. »Ist vielleicht nur ein Probealarm.«

Mindestens zwei weitere Wagen folgten.

»Wenn, dann richtig. Wahrscheinlich muss der ganze Fuhrpark mal bewegt werden.«

Innerhalb der Zuhörer bildete sich ein kleiner Pulk. Unter ihnen erkannte ich Hubert Wattenberg, dem die Tankstelle am Eingang des Ortes gehörte. Außerdem war er der Zugführer der Freiwilligen Feuerwehr. Ich sah, dass er wild gestikulierte, während er gleichzeitig sein Handy ans Ohr gepresst hielt. Sein Gesicht war puterrot. Das alles sah nicht nach einem Probealarm aus.

Ich erhob mich vorsichtig.

»Was haben Sie vor?«, schrie Hölderlin.

»Mit Wattenberg sprechen. Mal hören, was da los ist.« Ich

stemmte mich aus dem Rollstuhl. Schwankend stand ich auf meinen eigenen Beinen.

In dem Moment erhielt ich einen Ellenbogenhieb in die Rippen. Ich sah Sterne. Aufschreiend klappte ich zusammen wie ein Messer. Hätte Hölderlin mich nicht aufgefangen, wäre ich zu Boden gestürzt. Vorsichtig setzte er mich zurück in den Rollstuhl.

Ich wusste nicht, wer mir den Stoß versetzt hatte. Auf jeden Fall musste es unabsichtlich passiert sein. Mittlerweile herrschte ein regelrechtes Chaos.

Doch auf all das konnte ich mich nicht konzentrieren. Ich hatte genug mit mir selbst zu tun. Aus dem stechenden war ein dumpfer Schmerz geworden.

»Wenn Sie Glück haben, sind die Rippen nicht wieder gebrochen«, erklärte Hölderlin süffisant. »Haben Sie Schmerzen?«

Ich nickte und biss die Zähne aufeinander.

»Wenn Sie morgen früh noch Schmerzen haben, kommen Sie zu mir ins Krankenhaus. Dann untersuche ich Sie noch einmal.«

Wieder konnte ich nur nicken.

»Nach Hause?«

Nicken.

Er schob mich durch die aufgeregte Menge nach draußen. Trotz der Schmerzen bekam ich mit, dass Wattenberg und ein paar weitere Männer zu ihren Wagen stürmten. Es war nicht nur Neugier, warum ich am liebsten aufgestanden und ihnen hinterhergelaufen wäre.

Ich spürte das Unheil, ohne es genau fassen zu können.

Hölderlin schob mich zu seinem Wagen, hievte mich auf den Beifahrersitz. Abermals sah ich Sterne. Diesmal konnte ich ein Stöhnen nicht zurückhalten. Er packte den Rollstuhl in den Kofferraum und stieg ein.

»Sind Sie sicher, dass ich Sie nicht sofort ins Krankenhaus fahren soll?«

»Fahren Sie den Wagen nach!«, keuchte ich.

Er runzelte die Stirn. »Sie sind …«

»Ja, ich weiß, verrückt. Das sagten Sie bereits.«

»Trotzdem mache ich nicht jede Verrücktheit mit«, sagte er mit energischer Stimme. »Es reicht. Ich fahre Sie jetzt nach Hause, lasse Ihnen noch ein paar Schmerzmittel da, von denen Sie offiziell nicht wissen, wie die in Ihren Besitz gelangt sind, und vielleicht sehen wir uns ja dann spätestens morgen wieder.«

Ich hatte keine Chance, ich war ihm ausgeliefert. Ich versuchte, mich auf meine Atmung zu konzentrieren, um die Schmerzen auszublenden. Ich sah, wie immer mehr Leute aus dem *Neuen Krug* strömten. Die Verwirrung schien groß.

Hölderlin startete den Wagen und fuhr los.

Auf halbem Weg färbte sich der Himmel Richtung Berlebeck rot. Meine düstere Vorahnung wuchs. Ein Notarztwagen mit Sirenengeheul und Blaulicht raste an uns vorbei. Doch Hölderlin fuhr unbeirrt weiter.

Schließlich hatten wir die Gemäuer meines Domizils erreicht. Ich hörte Luna bellen. *Braver Hund*, dachte ich.

Hölderlin half mir aus dem Wagen und stützte mich. An der Wohnungstür verabschiedete er sich. »Sie schaffen das schon«, sagte er. Er drückte mir die Hand. Ein paar weitere Pillen wechselten den Besitzer.

Ich öffnete die Tür. Luna lief freudig um mich herum. Ihr Verband war von tadellosem Weiß. Die Wunden waren offenbar verkrustet und bluteten längst nicht mehr.

Ich schloss die Tür und ließ mich erschöpft in den Rollstuhl fallen, den Hölderlin mir zuvor wieder auseinandergeklappt hatte.

Luna bellte. »Du hast Hunger!«, entfuhr es mir. Es war gar

nicht so einfach, das alles mit dem Rollstuhl zu bewältigen, aber es war die schmerzloseste Art, um von Punkt A nach Punkt B zu kommen. Und im Moment auch immer noch die schnellste.

Nachdem ich Luna zufriedengestellt hatte, spürte ich die Müdigkeit. Der Abend hatte mich völlig ausgelaugt – und der Ellenbogenschlag hatte mir den Rest gegeben.

Ich rollte zu meinem Sofa. Da klingelte das Telefon.

Ich nahm ab. Es war Maren.

Und es wurde ein langes Gespräch.

Als ich schließlich auflegte, bedauerte ich umso mehr, dass sie heute Abend nicht an meiner Seite war. Aber sie war nun mal nicht mein Kindermädchen. Ich begriff, dass ich unserer Beziehung Zeit geben musste. Zeit und Geduld.

Als ich gerade aufgelegt hatte, klingelte es erneut. Nanu, hatte sie es sich doch anders überlegt?

Aus dem Hörer klang zunächst nur ein Schluchzen. Ich versuchte, die Stimme zu erkennen. Es war eine männliche Stimme, aber sie klang sehr hoch, wie in Panik. Schließlich wusste ich, wer dran war. »Armin?«, fragte ich verwirrt. Er schien völlig aufgelöst zu sein.

Seine ersten Worte verstand ich kaum. Sie gingen in Weinen unter. Aber schließlich stieß er hervor: »Diese Schweine! Sie haben die Zwinger angezündet!«

Für einen Augenblick verschlug es mir die Sprache. Ich wusste, dass die Hunde sein Ein und Alles waren. Dass er sie abgöttisch liebte.

Als hätte Luna einen sechsten Sinn, jaulte sie und kam an meine Seite. Ich fasste in ihr glänzend schwarzes Fell und hielt mich daran fest.

Jetzt bekam alles einen Sinn. Die Feuerwehrwagen. Die Aufregung unter Huberts Leuten. Es war kein Probealarm gewesen.

»Sind sie ... ich meine, hat man die Hunde retten können?«

Es war eine törichte Frage. Ich wusste es, bevor ich sie zu Ende formuliert hatte. Seiner Kehle entrang sich ein klagender Laut, der ebenso von einem seiner Hunde hätte stammen können. Ich konnte nicht verhindern, dass sich mir die Nackenhaare aufstellten.

»Tot!«, stieß er schließlich hervor.

»Alle?«

Sein Schweigen war Antwort genug.

»Hör zu«, sagte ich schließlich, »in meinem Zustand bin ich dir keine große Hilfe. Aber ich biete dir an, bei mir zu übernachten. Was hältst du davon?«

»Ich kann hier nicht weg«, sagte er schließlich. Diesmal klang er erstaunlich ruhig. »Es wird noch Stunden dauern, bis alles gelöscht ist.«

Erst gegen Morgen muss ich eingeschlafen sein. Das Telefon klingelte mich wach. Die Wirklichkeit hatte mich wieder. Ich fluchte. Wenngleich auch die Träume nicht schön gewesen waren. Aber die Wirklichkeit war schlimmer.

Zum Glück stand das Telefon gleich neben meinem Bett. »Moritz, wir haben eine fantastische Idee«, vernahm ich die Stimme der Gräfin. Irgendwie hatte ich heute nicht die Antenne für fantastische Ideen. Ich sagte es ihr.

»Sie müssen zum Tee kommen!«, verlangte sie. »Wir erörtern es im großen Kreis und brauchen Ihren Rat. Und Ihre Hilfe!«

Ich legte auf. Als ich mich aus dem Bett erhob, spürte ich die Schmerzen in der Rippengegend. Das verhieß nichts Gutes. Als ich mir an die Rippen fasste, fühlte ich, dass der Verband feucht war. Es war Blut. Die Wunde war wieder aufgegangen.

Ich hatte noch eine Tablette. Eine einzige. Zumindest half sie gegen die Schmerzen. Ich wog sie in der Hand, dann warf ich sie wutentbrannt gegen die Wand.

Luna winselte. Sie musste hinaus. Aber ich konnte ihr noch nicht einmal die Tür öffnen.

Meine Wut auf mich selbst wuchs. Um mich herum passierten die fürchterlichsten Dinge, und ich war dumm genug, zu glauben, dass ich in meinem momentanen Zustand etwas dagegen ausrichten könnte. Ich hatte noch nicht einmal Armin eine Stütze sein können.

Ich zog das Playmobilmännchen hervor, das ich seit Marens erstem Besuch bei mir trug. Ich war ein Astronaut. Ich war zu hoch geflogen. Es wurde Zeit, dass ich wieder auf der Erde landete. Der Glücksring, den das Männchen trug, war ebenfalls ein Zeichen. Ich durfte nicht länger nur auf mein Glück vertrauen. Oder auf irgendwelche Visionen.

Ich muss auf meinen Verstand setzen.

Mein Entschluss stand fest. Ich griff zum Telefon. Ich musste mich zweimal verbinden lassen, ehe ich Hölderlin an der Strippe hatte.

»Ich komme direkt aus dem Operationssaal«, begrüßte er mich. Seine Stimme klang müde.

»Sie hatten recht«, sagte ich. »Ich bin ein Idiot.«

»Gut, dass Sie es endlich einsehen.«

Ich berichtete ihm, dass die Wunde wieder blutete.

»Der Ellenbogenstoß gestern«, sagte er. »Allerdings wären Sie auch ohne den nicht glücklich geworden.«

»Wie schnell schaffen Sie es, mich wieder hinzubekommen?«

»Das liegt an Ihnen. Wir haben von unserer Seite alles getan. Was Sie jetzt brauchen, ist Ruhe und medizinische Versorgung rund um die Uhr. In einer Woche könnte ich Sie ruhigen Gewissens entlassen. Das heißt nicht, dass Sie dann kerngesund sind. Ich empfehle Ihnen unbedingt eine Reha. Sie haben sicherlich auch ein Trauma.«

Eine Woche …

Ich ließ mir den Gedanken durch den Kopf gehen. In einer Woche konnte – viel passieren … Aber es half nichts. In meinem jetzigen Zustand war ich jedem nur eine Last.

Dann ließ ich mich mit der Zuckerfabrik in Lage verbinden. Man stellte mich so lange durch, bis ich schließlich einen der Leitenden, einen Doktor Haselmann, an der Strippe hatte. Als ich ihm erklärte, dass ich mich gerne in der übernächsten Woche mit ihm treffen wollte, war er nicht abgeneigt.

Wenn ich geahnt hätte, dass die folgende Woche die letzte ruhige Zeit für mich bedeuten würde, hätte ich sie wahrscheinlich genossen.

So aber fühlte ich mich, als ginge ich zu meiner eigenen Hinrichtung.

III. Vorstellung

Mag dir dies und das geschehn,
lerne still darüber stehn.

(Christian Morgenstern)

Als sie aufwachte, war sie an Beinen und Armen gefesselt. Die Lederbänder schnitten tief ins Fleisch. Um sie herum war Dunkelheit.

Sie konnte sich nicht erinnern, wie sie hierhergekommen war. Nur ganz langsam kamen einige Bilder zurück: Sie hatte die Tür geöffnet, weil es geklingelt hatte. Sie hatte den Postboten erwartet. Aber es war nicht der Postbote gewesen.

Sondern ein Fremder. Ein großer Mann, der sie gleich zurück in die Wohnung gestoßen hatte. Er hatte sich auf sie draufgesetzt und sie gefesselt. Als sie um Hilfe geschrien hatte, hatte er ihr irgendetwas in den Mund gestopft. Es hatte geschmeckt wie eine nasse Socke. Sie hatte nach Luft gerungen und war schließlich in Ohnmacht gefallen.

Der nasse Socken war aus ihrem Mund verschwunden, aber den pelzigen Geschmack hatte sie noch immer auf der Zunge.

Wie lange lag sie schon hier?

Kaum hatte sie sich die Frage gestellt, da hörte sie Schritte.

Und die Angst kam wieder hoch. Ihr Magen krampfte sich

zusammen. Sie zog die Beine und die Arme an und krümmte sich zusammen wie in Embryohaltung.

Ein Schlüssel drehte sich im Schloss, dann wurde eine Tür geöffnet. Ein schwacher Lichtschein drang herein.

Sie schloss die Augen und stellte sich schlafend. Schritte näherten sich ihr. Schwere Schritte. Jemand beugte sich zu ihr herab und überprüfte die Lederriemen. Der Mann atmete schwer. Sie vermutete, dass es derselbe war, der sie in ihrer Wohnung überwältigt hatte.

Seine große schwielige Hand schob sich unter ihren Pullover. Langsam tastete er sich höher, bis er ihre volle Brust umfasste. Sein Atem wurde heftiger. Er knetete ihre Brust und versuchte, seine Finger unter ihren BH zu schieben. Es ging nicht. Er saß zu eng.

Sie hielt den Atem an. Das war ein Fehler. Er spürte sofort, dass sie wach war.

»Na, Schätzchen, auch Hunger?«

»Fick dich!«

Hatte sie das wirklich gesagt? Mann, sie war mutiger, als sie gedacht hatte!

Er lachte auf. »Macht nichts. Es reicht, dass ich Hunger habe.«

Er zerrte an ihrem BH. Er rollte sie auf den Bauch, setzte sich auf sie und schob ihren Pullover hoch. Ein kalter Luftzug streifte sie.

Er nestelte am Verschluss ihres BHs herum. Er schien nicht sehr geübt darin zu sein. Aber schließlich hatte er es geschafft. Der BH sprang auf.

Der Mann über ihr ging in die Hocke und drehte sie wieder auf den Rücken. Dann setzte er sich auf ihren Bauch. Er wog mindestens zwei Zentner. Sie glaubte, irgendetwas in ihrem Inneren müsste gleich zerquetscht werden.

Jetzt fuhr er mit beiden Händen unter ihren Pullover. Brutal knetete er ihre Brüste.

Verzweifelt bäumte sie sich unter ihm auf.

Er lachte. »Soll ich dir sagen, was ich vorhabe? Oder willst du es erraten? Es ist gar nicht so schwer.«

Eine Hand löste sich von ihrer Brust und fuhr hinunter zum Knopf ihrer Jeans. Mit einem Ruck hatte er ihn aufgerissen. Dann nestelte er am Reißverschluss herum. Sie presste die Schenkel zusammen.

»Lass mich frei, dann können wir über alles reden«, flehte sie.

Sie schrie auf, als er in ihre Brustwarze kniff.

»Wir können auch so über alles reden«, antwortete er. »Du machst einfach, was ich will.«

Er knurrte, als er mit der Jeans nicht weiterkam. Er wälzte sich von ihr herunter. Jetzt gelang es ihm mühelos, den Reißverschluss zu öffnen. Eine Hand schob sich unter ihre Pobacken, eine andere zog die Jeans herunter.

Sie winkelte die Knie an. Vielleicht dachte er, dass sie ihm instinktiv helfen wollte.

Dann trat sie zu.

Er heulte auf und fiel nach hinten.

Ein Triumphgefühl durchfuhr sie. Dieser Mistkerl! Hoffentlich hatte sie die richtige Stelle getroffen! Sie robbte zurück. Bis sie mit dem Rücken gegen die Wand stieß.

Er hatte sich schnell erholt. Wie ein riesiger dunkler Schatten wälzte er sich erneut auf sie.

»Das machst du nicht noch mal!« Sein Mund war direkt über dem ihren. Sein stinkender Atem hüllte sie ein.

Diesmal ging er vorsichtiger zu Werke. Er setzte sich auf ihre Brust, rittlings. Ihre Brüste wurden zusammengepresst wie zwei Ballons. Gleich würden sie platzen. Mit beiden Händen schob er die Jeans weiter herunter. Aber nicht ganz. Nur bis zu ihren Waden.

Als Nächstes folgte die Strumpfhose. Mittlerweile keuchte er wie eine Lokomotive. Sie presste die Schenkel zusammen. Er lachte, als er ihren Widerstand spürte.

»Wehr dich ruhig, mein Täubchen, das bin ich gewohnt.«

Sie lachte auf und nahm ihren ganzen Mut zusammen.«Oh, du bist ein echter Casanova, was? Die Frauen fliegen wohl auf dich? Oder nimmst du sie alle mit Gewalt?«

»Wer spricht von Frauen?«, grinste er. »Ich rede von Schweinen.«

Ihr wurde übel. Sie biss sich auf die Lippen, bis sie das Blut schmeckte.

Unvermittelt ließ er von ihr ab. Er stand wortlos auf und ließ sie liegen. Sie atmete tief durch. Ohne sein Gewicht auf ihrer Brust glaubte sie zu schweben. Es war ein wunderbares Gefühl.

Er ging hinaus, ohne die Tür zu schließen. Was hatte der Scheißkerl jetzt vor?

Bevor sie sich darüber ernsthaft Gedanken machen konnte, kam er schon wieder herein.

Er hielt irgendetwas in der Hand und fuchtelte damit herum. Etwas Längliches. Es sah aus wie eine Eisenstange.

Sie sah ihn wieder grinsen.

»Weißt du, wofür ich die manchmal brauche?«

Sie schüttelte den Kopf.

»Für die kleinen Schweinchen. Vor allem die widerborstigen.«

12.

»Kommt her!«, schrie Chili. Der muskulöse Ein-Meter-achtzig-Hüne ballte die Fäuste, wirbelte in seinem Karree herum wie ein Irrwisch, ganz cool inmitten seiner annähernd dreißig Gegner.

»Kommt schon!«, rief er angriffslustig, und ein vielstimmiger Chor antwortete ihm.

»Nicht so schnell – und alle nacheinander!«, zischte er. »Ihr könnt's wohl nicht erwarten, was?« Ein Grinsen spielte um seine Mundwinkel.

Sie umlagerten ihn wie eine Horde hungriger Wölfe.

Und hungrig waren sie in der Tat.

Es war Freitagnachmittag, und die Bude war voll. Chili warf seinen Holzkohlengrill direkt an der B 236 nur freitags und samstags an.

Die Kunden umlagerten auch heute seinen Würstchenstand. Und der war legendär. In ganz Lippe schmeckte die Currywurst nirgendwo besser. Man erhielt sie in den Varianten scharf und teuflisch scharf.

Ich hatte mich für die erste Variante entschieden, Norbert für die zweite. Die Schärfe trieb ihm den Schweiß auf die Stirn und die Tränen in die Augen. Trotzdem röchelte er: »Herrlich!«

Auch ich genoss die knusprige Wurst und die angenehm würzige Sauce dazu. Wie lange hatte ich auf diesen Genuss verzichten müssen!

Norbert hatte mich aus dem Krankenhaus abgeholt. Ich

fühlte mich wie neugeboren. Bevor er mich zu Hause absetzte, hatte ich ihn gebeten, bei Chili zu halten.

»Du willst also wieder einsteigen?«, fragte Norbert zwischen zwei Bissen.

»Nicht direkt. Nenn es eine private Geschichte. Außerdem weiß ich immer noch nicht, wo genau ich anfangen soll. Und du schweigst ja wie ein Grab.«

»Selbst wenn ich wollte, könnte ich dir nicht weiterhelfen. Wir haben nach wie vor zwei enthauptete Leichen, wobei ich mir nicht sicher bin, dass die eine wirklich mit der anderen zu tun hat. Zumindest in dem zweiten Fall hat das BKA uns rausgedrängt.«

Das war neu für mich. »Doch nicht etwa wegen dieser Wolfsangel?«

»Auch. Man vermutet eine rechtsextremistische Tat dahinter und ermittelt in dieser Richtung.«

»Das ist doch Unsinn!«

Er zuckte die Schultern. »Wem sagst du das.«

»Und sonst?«

»Und sonst haben wir den Anschlag auf deine Person aufzuklären und die Brandstiftung bei deinem Vetter. Die Pseudo-Mafiosi Schulze und Müller haben sich jedenfalls als kleine Fische entpuppt. Haben zwar ein ganz schönes Vorstrafenregister, aber wir mussten sie laufen lassen.«

»Und BT NATURE?«

»Nicht unser Revier.«

Er seufzte. »Moritz, schlag dir diese Genrübengeschichte aus dem Kopf. Da steckt nichts hinter. Wir sind nicht in irgendeiner Bananenrepublik, in der ominöse Firmen die Bauern unter Druck setzen, Morde begehen und Hundezwinger in Brand setzen.«

»Und warum nicht? Wenn's dem Geschäft dient?«

Er schüttelte den Kopf, während er Chili mit zwei Fingern bedeutete, uns das Gleiche noch einmal zu servieren.

»Kommt gleich. Erst muss ich die anderen Raubtiere füttern. Ihr habt immerhin schon eure Vorspeise gehabt.«

»Zwischen dir und Maren, was läuft da eigentlich zurzeit?«, fragte Norbert unvermittelt.

»Nichts. Zumindest im Moment nicht.« Und das war eine ehrliche Antwort gewesen. Sie hatte mich nicht einmal im Krankenhaus besucht. Ich konnte mir selbst nicht erklären, warum plötzlich Funkstille zwischen uns herrschte.

»Es geht dir nah, oder?«

Ich zuckte die Achseln und wandte mich zu der leeren Pappschachtel hin, damit ich seinem Blick ausweichen konnte. Er legte mir den Arm um die Schulter, sagte aber nichts.

Zu Hause erwartete mich eine Überraschung.

Ollie hatte es sich nicht nehmen lassen, eine Welcome Party, wie er es nannte, für mich zu organisieren. Die Wohnung war mit üppigen Girlanden geschmückt. Was aber noch schöner war: Offensichtlich hatten ein paar fleißige Heinzelmännchen dafür gesorgt, dass in der Woche meines Krankenhausaufenthaltes jeder Hinweis auf den Einbruch verschwunden war. Selbst die Tür zwischen Küche und Wohnzimmer, die die Täter aus den Angeln gerissen hatten, war wieder instand gesetzt worden.

Bevor ich jedoch überhaupt zu einem Dankeschön ansetzen konnte, kam ein schwarzer Blitz auf mich zugeschossen. Luna! Im Gegensatz zu mir trug sie keinen Verband mehr. Erst nachdem ich sie ausgiebig begrüßt hatte, konnte ich mich endlich den anderen zuwenden.

Duffy, Ollie und die Gräfin standen Spalier. Gerührt nahm ich zur Kenntnis, dass selbst der Butler sich zu freuen schien, mich wiederzusehen.

»Na, dann kann ich ja jetzt beruhigt meinen Dienst wieder aufnehmen«, sagte Norbert, der mich hergefahren hatte.

»Wollen Sie denn nicht wenigstens eine Tasse Tee mit uns trinken, junger Mann?«, fragte die Gräfin.

Norbert winkte ab. »Das nächste Mal.«

Ich begleitete ihn zur Tür. »Ich will dem trauten Familienglück nicht im Wege stehen«, grinste er.

Während ich zu den anderen zurückging, wurde mir tatsächlich noch etwas wärmer ums Herz. Ja, Norbert hatte nicht unrecht. Dies war meine kleine Familie! Luna zuallererst, dann natürlich die Gräfin, und auch Ollie war mir in der kurzen Zeit, in der wir uns kannten, ans Herz gewachsen. Selbst Duffy gehörte irgendwie dazu. Ein Ekel gab es schließlich in jeder Familie.

»Duffy, schenken Sie bitte den Tee ein!«, befahl die Gräfin. »So, jetzt aber zu erfreulichen Neuigkeiten«, fuhr die Gräfin schließlich fort, nachdem wir alle, außer Duffy, Platz genommen hatten. »Ich wollte es Ihnen ja schon vor Ihrem neuerlichen Krankenhausaufenthalt unbedingt erzählen, Moritz, aber vielleicht ist es besser, wenn ich Sie überrasche ...«

Das hörte sich nicht gut an.

»Es ist so«, fuhr sie fort. »Wir haben doch alle kein Geld, daher war unsere Hoffnung sehr groß, als Ollie auf dem Dachboden in einem Koffer ein paar alte Verträge fand. Sie stammten vom Major, stellen Sie sich vor!« Sie machte eine bedeutungsschwangere Pause, während sie an der Tasse nippte und mir Zeit gab, es mir vorzustellen.

Ich tat ihr den Gefallen, bemühte mich um einen angestrengten Gesichtsausdruck und nickte schließlich.

»Ollie, ich bin zu aufgeregt. Erzählen Sie weiter, schließlich haben Sie den Koffer gefunden!«, bat sie schließlich.

»Mein Großonkel war doch nicht so unvermögend, wie er gesagt hat«, begann Ollie. »Als er dieses Anwesen erwarb, gehörten auch etliche Hektar Land dazu. Als Mann des Militärs konnte er damit natürlich wenig anfangen, also verpachtete er es an drei benachbarte Bauern.

Einer hieß, warten Sie, Beckmann.«

Ich kenne keinen Beckmann. Weiter!

»Wattenberg. Diese lippischen Namen sind für mich sehr verwirrend.«

»Wattenberg? Was will der mit Land? Dem gehört doch die Tankstelle.«

»Vor zwanzig Jahren war er noch Rübenbauer. Vor zehn Jahren hat er den Hof an seinen ältesten Sohn übergeben, weil seine Gesundheit bei dem harten Leben als Landwirt nicht mehr mitspielte. Seitdem betreibt er die Tankstelle. Ob als Eigentümer oder Pächter, entzieht sich meiner Kenntnis.«

Ich musste gestehen, dass Ollie in der kurzen Zeit seit seiner Ankunft bereits erstaunlich gut informiert war. Besser als ich, musste ich eingestehen. Zumindest was Hubert Wattenberg betraf.

Doch dafür schwante mir allmählich, was der Fund des Koffers bedeutete. »Dann hat Ihr Großonkel Ihnen doch etwas vermacht!«

Ollie machte ein unglückliches Gesicht. »Das dachte ich zunächst auch, nachdem ich die Verträge entdeckt hatte. Doch nachdem ich mich ein wenig hineinvertieft hatte, sah es leider nicht mehr so rosig aus. Die Pachtverträge laufen erst in einem Jahr ab.«

»In einem Jahr? Was bedeutet schon ein läppisches Jahr? Sie sind jung und haben noch Ihr ganzes Leben vor sich!«

Seine Miene hellte sich auf. Auch die anderen strahlten.

»Genau diese Einstellung haben wir bei Ihnen vermutet, Moritz«, strahlte die Gräfin. Da war es wieder: Dieses mulmige Gefühl, dass etwas auf mich zukam.

»Das Geld für die zwanzigjährige Pacht hat mein Onkel natürlich längst ausgegeben«, fuhr Ollie fort. »Die Verträge hat er versteckt, damit die Bank sie ihm nicht wegschnappen konnte. Immerhin ist dieses Anwesen bereits mit hohen Hypotheken belastet. Von diesen Geldhaien werden wir vorerst keinen Cent bekommen.«

»Nun gut, Sie werden halt den Gürtel noch enger schnallen müssen, sich notfalls mit den Mäusen um den Käse streiten und Wasser und Brot trinken. Irgendwie werden Sie dieses eine Jahr schon überleben«, sagte ich ungerührt.

»Diese Hoffnung hegen wir auch!«, sagte die Gräfin. »Außerdem ist da ja noch Ihre Miete.«

»Meine Miete?« Ich kniff die Augen zusammen, sah von einem zum anderen. »Wollen Sie mir nicht endlich reinen Wein einschenken?«

»Wein, ach was, Champagner!«, rief Ollie. »Das muss gefeiert werden. Duffy, laufen Sie doch mal eben ins Haupthaus und lassen Sie uns eine Witwe köpfen.«

»Halt, halt, was war mit der Miete?«

»Zunächst ist noch etwas ganz Wunderbares passiert«, fuhr die Gräfin ungerührt fort. »Da wir pleite sind, haben wir uns überlegt, wie wir etwas Geld ergaunern können.«

Selten hatte ich die Gräfin derart unverblümt reden hören. Im Zusammenhang mit meiner Miete hörte sich der Begriff »ergaunern« geradezu besorgniserregend an.

»Moment. Bleiben wir doch zunächst beim ersten Thema«, verlangte ich. »Was ist mit meiner Miete?«

»Nun«, erklärte Ollie. »Natürlich reicht Ihre Miete bei Weitem nicht aus. Schließlich muss irgendwann auch der arme Duffy mal wieder seinen Lohn erhalten.«

»Sie wollen doch nicht, dass er verhungert?«, ergänzte die Gräfin mit treuherzigem Augenaufschlag.

»Jedenfalls haben wir unsere desolate Lage mal mit der Bank besprochen, wie gesagt, ohne allzu konkret zu werden. Ich habe einen halben Vormittag damit verbracht, vor einer völlig fremden, obschon charmanten Blondine meinen armseligen Status quo auszubreiten.«

»Wie ich Sie kenne, hat sie sich erweichen lassen.«

Duffy betrat die gute Stube und schwenkte eine Flasche Veuve Clicquot. »Es ist die letzte Flasche.« Es war eine Magnum.

»Das macht nichts, wir werden bald wieder über genügend Flüssiges verfügen«, erwiderte die Gräfin.

»Wie lieb und luftig perlt die Blase der Witwe Cliquot in dem Glase!«, schwärmte Duffy.

»Also, es ist so«, fuhr Ollie unterdessen fort. »Die Bank gräbt uns für ein weiteres Jahr nicht das Wasser ab, dafür präsentieren wir ihr einen Pächter für das Anwesen. Die bescheidene Summe beläuft sich auf – Moment ...« Er zog einen akkurat gefalteten Zettel aus der Jackentasche. »Schauen Sie selbst.«

Er hielt mir ein von der Bank erstelltes Rechenbeispiel hin. Die Summe, die ganz unten auf dem Papier stand, war beträchtlich.

»Meinen Glückwunsch! Sie haben also einen Pächter gefunden!«

»Ja, wir dachten an Sie ...«

13.

In Paderborn hatte jemand einen Pizzaboten überfallen. Der Räuber hatte mehrere Pizzen bestellt und den Pizzaboten vor Ort mit einer Pistole bedroht. Geld hatte er keines verlangt. Nur die Pizzen. Zumindest war es dem Sender Teuto Eins eine Meldung wert. Der Rest war Schweigen. Schlimmere Verbrechen schien es in Lippe nicht zu geben.

Allenfalls war noch die Nachricht interessant, dass jetzt ein Storchenpaar auch noch auf dem Hermannsdenkmal sein Nest gebaut hatte. Ausgerechnet zwischen den beiden Flügeln des Helms. Aus Naturschutzgründen waren daher sämtliche Untersuchungen eingestellt worden. Vorerst durfte niemand das Denkmal besteigen.

Mehr noch beschäftigte mich aber, dass nicht Steffi die Nachrichten verkündet hatte.

Als ich mit Luna nach draußen ging, lief mir Ollie über den Weg. Er machte eine bekümmerte Miene.

»Sie machen ein Gesicht wie lippisches Regenwetter«, versuchte ich ihn aufzumuntern.

Er seufzte und sah noch eine Spur deprimierter aus. Kurzerhand lud ich ihn ein, sich mir anzuschließen. Während wir durch den Wald spazierten, redete er sich den Frust von der Seele.

»Seit ich hier bin, bringe ich allen Pech und Kummer.«

»Na und? Wir sind Kummer gewohnt.«

»Sehen Sie, mein Freund, auch Sie sind der Ansicht, dass ich es bin, der all die Schwierigkeiten noch vermehrt.«

»Aber was ist mit Steffi? Irgendwann wird sie Sie schon erhören.«

Er blieb stehen und sah mich aus tieftraurigen Augen an. »Moritz, ich habe die ganze Nacht nicht geschlafen. Ich bin ein verdammter *bastard*, ein Schweinehund. Ich darf nicht so selbstsüchtig sein und nur meine Gefühle in den Vordergrund stellen. Steffi verdient einen Ehemann mit Geld, ich bin arm wie eine Kirchenmaus.«

«Eben.«

»Was eben?«

»Falls sie Sie dennoch eines Tages heiratet, nenne ich das wahre Liebe.«

Er kratzte sich am Kopf. »Nun ja, der Gedanke ist mir in den frühen Morgenstunden dann auch durch den Kopf gegangen. Aber wie kann ich sicher sein, dass ich sie nicht enttäusche?«

»Indem Sie das durchziehen, was Sie vorhaben: sie zu heiraten.«

Schweigend gingen wir eine Weile nebeneinanderher. Schließlich sagte er: »Ich werde darüber nachdenken.«

Ich ließ ihn nur ungern allein zurück. Er wirkte wie ein Mann, dem man eine ganze Menge verrückter Sachen zutrauen konnte.

Aber ich hatte etwas zu erledigen.

Allein.

Als ich den *Lipper Hof* betrat, musste ich nicht lange suchen. Zu dieser frühen Stunde vermutete ich meine Pappenheimer im Speisesaal. Ich hatte richtig getippt.

Der Speiseaal war gut besucht, sodass ich hoffte, nicht weiter aufzufallen. Ich setzte mich zwei Tische von ihnen entfernt an einen freien Platz und gab vor, die Speisekarte zu studieren.

Sie waren zu zweit. Der Mann wirkte nicht gerade wie ein

Rambo-Typ. Er war untersetzt, und auf den ersten Blick sah er völlig unscheinbar aus. Sein graues Sacco war etwas zu weit geschnitten. Ich schätzte ihn auf Anfang dreißig. Er trug die grauen Haare so kurz, dass die rötliche Kopfhaut durchschimmerte. Seine Augen blickten freundlich. Die Freundlichkeit gehörte offenbar zu seiner Maskerade. Als ich einen zweiten Blick wagte, erkannte ich die Kälte darin. Die Kälte, aber auch die Intelligenz. Als hätte er plötzlich gespürt, dass er beobachtet wurde, setzte er die Sonnenbrille auf.

Mein Blick wanderte unauffällig zu der Frau an seiner Seite. Die schwarzen Haare trug sie schulterlang. Ihr Gesicht war nicht sehr anziehend. Es war ein gewisser Zug darin, der mir nicht gefiel. Sie hatte ein auffälliges Make-up aufgelegt, das ihr zusätzlich ein strenges Aussehen gab. Ich musste an Schneewittchen denken – weiß wie Schnee, rot wie Blut, schwarz wie Ebenholz – aber an ein Schneewittchen mit Peitsche. Der altmodisch geschnittene anthrazitfarbene Hosenanzug verbarg ihre Figur.

Als sie für einen Moment den Blick hob, reagierte ich einen Sekundenbruchteil zu langsam. Sie lächelte kühl, tat, als sei nichts geschehen, und beschäftigte sich wieder mit ihrem Frühstück.

Ich war froh, dass in dem Moment die Bedienung kam. Ich bestellte das lippische Frühstück. In diesem Fall handelte es sich nicht um eine besonders sparsame Variante, sondern machte dem *Lipper Hof* alle Ehre. Wurst, Marmelade und die anderen Zutaten stammten ausschließlich aus Betrieben aus der Umgebung.

Kaum war die Bedienung abgezogen, schaute der Mann ebenfalls herüber. Offensichtlich hatte ihm seine Begleiterin signalisiert, dass ich sie beobachtete. Unwillkürlich spannte ich die Muskeln an, als er sich erhob und lässig zu mir herübergestiefelt kam.

»Warum so schüchtern?«, fragte er. »Setzen Sie sich doch zu uns – Herr Morgenstern.«

Ich war nicht wirklich überrascht, dass er meinen Namen kannte. Damit hatte ich rechnen müssen. Ich seufzte, aber ich stand auf und tat ihm den Gefallen.

»Mein Name ist Stahl, Victor Stahl«, stellte er sich vor. »Das ist meine, äh, Kollegin, Frau Leisenscheidt.«

Sie nickte mir zu, gab mir aber nicht die Hand. Ich nahm Platz.

»Und? Was hat Sie hierher geführt?«, fragte Stahl, während Frau Leisenscheidt schwieg und sich darauf beschränkte, mit ihren etwas zu kurzen Fingern das Croissant an ihre rot geschminkten Lippen zu führen.

»Die Aussicht auf ein anregendes Frühstück«, antwortete ich zweideutig.

»Nicht nur das Frühstück ist hier zu empfehlen.«

»Ich weiß, ich kenne den Chefkoch.«

»Sie kennen sehr viele Leute, Herr Morgenstern. Das ist uns bereits aufgefallen. Ob Sie es glauben oder nicht: Früher oder später hätten wir uns auch mit Ihnen beschäftigt. So ersparen wir uns einen Weg.«

«Es freut mich, dass ich Ihnen behilflich sein kann.«

Er schlürfte seinen Kaffee und seufzte: »Warum sind Sie so sarkastisch?«

»Wundert Sie das?«

»Nein, ehrlich gesagt nicht. Wir haben uns natürlich Ihren Lebenslauf besorgt. Sie waren fast Ihr ganzes Leben lang Reporter, standen immer mit einem Bein in der Grauzone. Bei einigen ihrer Fälle sind Sie mit diversen amtlichen Organisationen aneinandergeraten: LKA, BKA …«

»BND, Verfassungsschutz«, fuhr ich fort. »Aber ich kann Ihnen versichern: Das ist seit einigen Jahren vorbei. Ich habe mich zur Ruhe gesetzt.«

»Wovon leben Sie?«

»Ersparnisse.«

»In den Akten ist ein Fall verzeichnet, der mich sehr interessiert: Sie haben im Auftrag einer verarmten jüdischen Dame nach verschwundenen Gemälden recherchiert, die der Familie in den Wirren des letzten Krieges abhandengekommen waren. Sie haben einige der Gemälde ausfindig gemacht.«

»Ja, sie hingen im Bundeskanzleramt. So ein Zufall, nicht wahr?«

»In der Tat: wie im Märchen. Die arme alte Dame war plötzlich reich, und Sie dürften sicherlich daran partizipiert haben. Leider gibt es da keine Beweise.«

»Leider?« Ich grinste. Jetzt hatte er sich verraten. »Aber um die Sache richtigzustellen: Frau Weizmann hat mich natürlich bezahlt. Leider war Vater Staat nachtragend, weil er der Bilder verlustig gegangen war, also setzte man einige besonders scharfe Finanzprüfer auf mich an. Man warf mir vor, weit mehr von Frau Weizmann erhalten zu haben als angegeben. Ich darf Ihre Unterlagen insofern ergänzen, dass nichts festgestellt wurde.«

»Es gab noch einige weitere solcher Unklarheiten.«

»Wenn Sie einmal in der Mühle drinhängen, kommen Sie so schnell nicht wieder heraus. Sie müssten doch selbst viel besser wissen, mit welchen schmutzigen Methoden Ihresgleichen arbeitet.«

»Sie lehnen sich sehr weit aus dem Fenster.« Sein Gesicht verfinsterte sich.

Frau Leisenscheidt schaltete sich ein, indem sie beruhigend ihre Hand auf seinen Arm legte. »Lass ihn, Victor, er weiß nicht, was er redet. Auch scheint er völlig ahnungslos zu sein, was auf ihn zukommen könnte.« Sie lächelte.

»Ihr Name spukt von Anfang an durch diesen Fall«, sagte Stahl. »Was hatten Sie am Morgen, an dem unsere Kollegen von der Polizei oben auf der Falkenburg den Kopf fanden, dort zu suchen gehabt? Okay, Sie haben behauptet, die Sorge um den Freund Ihres Cousins hat sie dorthin gezogen. Merkwürdigerweise kannten Sie aber zufällig auch den anderen Toten, Reginald Dickens. Und Sie kamen just in dem Augenblick dazu, als seine Leiche geborgen wurde.«

»Ja, ich wohne zufällig auf seinem Anwesen.«

»Sie haben Glück: Wir vermuten einen rechtsextremistischen Hintergrund bei der ganzen Sache. Ihre Vita aber deutet eher in die andere Richtung. Dennoch möchte ich Sie bitten, sich schon mal ein astreines Alibi für die Tatzeiten zurechtzulegen. Kann nie schaden. Trotzdem: Nicht dass Sie sich etwas darauf einbilden. Wir sind schon einige Wochen hier. Eigentlich ermitteln wir in einer ganz anderen Angelegenheit ...«

Diese verriet er mir jedoch nicht. Also fragte ich auch gar nicht erst danach.

Mein Frühstück wurde serviert. Eigentlich hätte ich es jetzt doch lieber an einem separaten Tisch eingenommen.

Dennoch nahm ich mir vor, mir den Appetit nicht verderben zu lassen. Als Erstes beschnupperte ich den Pickert. Der normale lippische Pickert ist ein handtellergroßer Kartoffelfladen, der mit Hefe, lauwarmer Milch, Mehl und Zucker vermischt wird, sodass er entsprechend aufgeht. Er wird in heißem Fett in der Pfanne gebraten. Egal, ob man unter den Teig Korinthen oder Rosinen mischt oder darauf verzichtet: Ein Pickert liegt ungefähr so schwer im Magen wie ein Ziegelstein.

Zum lippischen Frühstück hatte man sich glücklicherweise für die Tapas-Variante entschieden: Der Pickert war kaum größer als ein altes Fünfmarkstück. Dafür gab es als Beilage reichlich Leberwurst und Rübenkraut, um ihn aufzupimpen. Das Ergebnis schmeckte in der Tat nach mehr.

»Das Zeug ist tatsächlich essbar?«, wunderte sich die BKA-Dame.

»Es ist sogar saulecker. Haben Sie schon mal einen richtigen Pickert gegessen?«

Sie schüttelte den Kopf.

»Ich lade Sie gerne mal auf einen Pickert ein.«

»Klar, und nachher zeigen Sie mir noch Ihre Briefmarkensammlung.« Zum ersten Mal teilten sich ihre Lippen zu einem Lächeln.

»Damit kann ich leider nicht dienen, aber ich habe ein paar Playmobilmännchen, die ich Ihnen präsentieren könnte.«

Stahl erhob sich, während Frau Leisenscheidt zögerte. »Heute Abend habe ich frei. Ihre Playmobilsammlung interessiert mich.«

Frau Leisenscheidt erhob sich ebenfalls. »Dann bis heute Abend.«

»Sie wissen, wo ich wohne?«

Sie zwinkerte mir zu. »Wir wissen im Allgemeinen alles.«

Ich sah den beiden nach. Frau Leisenscheidts Anzug offenbarte einen kleinen Schönheitsfehler: Über der linken Hüfte sorgte eine deutlich sichtbare Ausbeulung für eine gewisse Asymmetrie. Frau Leisenscheidt, so schien's, verließ sich nicht allein auf ihre wenigen natürlichen Waffen.

Nachdem die beiden den Speisesaal verlassen hatten, widmete ich mich wieder meinem üppigen Frühstück.

»Schön, dass du dich mal wieder hierher verirrst«, sagte eine Stimme hinter mir. Ich schaute mich nicht um, sondern wartete, bis er Platz genommen hatte.

Rolf Zankerl war verantwortlich dafür, dass den Gästen im *Lipper Hof* das Frühstück genauso gut schmeckte wie das Mittagsmenü und die Abendtafel. Er verzichtete bewusst darauf, nach Sternen, Hauben und sonstigem Klimbim zu schielen. Dafür kreierte er eine bodenständige Küche, die sich weit über die lippischen Landesgrenzen hinaus herumgesprochen hatte. Rolf war ein begnadeter Koch. Er brennt für den Herd, hatte einmal ein bekannter Restaurantkritiker geschrieben. Rolf hätte längst sein eigenes Restaurant betreiben können – in jeder deutschen Großstadt. Aber er blieb lieber den Lippern treu. Ich war mir nicht so sicher, ob die seine Großmut zu schätzen wussten, aber immer mehr Besucher kamen von weit her, um Rolfs Küchenkünste zu goutieren.

Er war kleiner als ich, aber dafür schlanker und drahtiger. Sein kahler Schädel war ebenso sein Markenzeichen wie sein Ziegenbärtchen, mit dem er einem bekannten Fernsehkoch sehr ähnlich sah.

Wir gaben uns die Hand. »Weißt du eigentlich, wem du deine Zimmer vermietest?«, fragte ich.

»Ich bin für die Küche zuständig. Mich interessiert, woher das Fleisch stammt. Ob das Rind, das ich zubereite, ein glückliches Leben gehabt hat, ob es frei herumlaufen durfte und wie es geschlachtet wurde. Mich interessiert, ob die Steckrüben, die heute Mittag auf den Tisch kommen, aus der Umgebung stammen oder unsinnigerweise von weiter her. Alles, was mit der Küche zusammenhängt, ist mein Reich. Den Rest erledigt Maria.« Maria war die Geschäftsführerin des *Lipper Hofes*.

»Ach komm«, sagte ich. »Du weißt genau, worauf ich anspiele.«

»Wenn du deine beiden Tischpartner meinst: Wir haben nichts zu verbergen. Im Gegenteil: Im Zeichen der Krise nehmen wir jeden Gast, selbst wenn's das BKA ist. Immerhin haben die noch genügend Geld, ihre Leute in Häusern wie dem unseren absteigen zu lassen.«

Ich trank einen Schluck Kaffee und spülte damit ein Stück Brötchen mit Erdbeer-Schoko-Marmelade hinunter.

»Die beiden scheinen ihre Profession an jede Wand zu schreiben.«

»Mitnichten«, antwortete Rolf. »Vor allen Dingen der Blondschopf ist ziemlich verschwiegen. Am Anfang habe ich eher auf

Drogen- oder Menschenhandel getippt. Aber die Frau ist nicht so übel, wie es auf den ersten Blick scheint. Steht öfters abends an der Bar und trinkt Caipiriñhas. Lässt aber alle abblitzen.«

»Woher weißt du dann, was die beiden so machen?«

Er grinste. »Gegenüber einem verständnisvollen Barkeeper tauen selbst Eisblöcke etwas auf. Zugegeben, bei ihr war es besonders schwer.«

Auf dem Rückweg besuchte ich Ludwigs Grab. Die Beerdigung hatte stattgefunden, während ich im Krankenhaus gelegen hatte. Noch waren die Kränze und verwelkenden Blumen aufgehäuft. Ein leichter Nieselregen hatte eingesetzt. Es war eine deprimierende Atmosphäre, und ich war froh, als ich bereits kurze Zeit später wieder im Wagen saß und nach Hause fuhr.

Ich hantierte in der Küche herum, während Luna mir aufmerksam zusah und hoffte, das eine oder andere Leckerli würde auch für sie abfallen. Vor allen Dingen von dem Steinbeißer.

Ihre Chancen standen schlecht.

Rolf war zwar nicht mit der Sprache herausgerückt, aber dafür hatte er sich herabgelassen, mir die Zutaten für ein überzeugendes Abendgericht einzupacken. Ich war weniger Gourmet als Gourmand. Ich wusste, was mir schmeckte und ob es gute Zutaten waren, die man mir vorsetzte, aber als Koch sah ich mich als ewigen Anfänger. Rolf war so gnädig, mir auch noch das Rezept zu verraten. Und so gab es an diesem Abend atlantisches Steinbeißerfilet auf heimischen Steckrüben. Die Kartoffeln hatte ich bereits gekocht. Jetzt schnitt ich den Fenchel in Streifen und gab ihn für fünf Minuten ins Salzwasser, damit er garte.

Gleichzeitig kochte ich die bereits in Stifte geschnittenen Steckrüben bissfest und schwitzte sie mit Butter in einer Pfanne an. Sie würden meine Gemüsebeilage werden.

Ich suchte nach dem Kartoffelstampfer. Es war noch nicht alles wieder an dem Platz, an dem es vor dem Einbruch gewesen war. Ich fand ihn schließlich zwischen den Töpfen im Schrank wieder. Anschließend stampfte ich Kartoffeln und Fenchel zu einem cremigen Püree, verfeinerte dieses mit Sahne und schmeckte mit Muskat ab.

Ich schaute auf die Uhr. Mein Besuch ließ sich Zeit. Ich begann mit dem Salat und hatte gerade das Dressing fertig, als es schellte.

Luna schlug sofort an. Ich befahl ihr, ruhig zu sein, aber sie gebärdete sich wie verrückt.

Ich ging zur Tür und öffnete.

Sie trug denselben Hosenanzug wie am Vormittag. Luna bellte freudig und sprang an ihr hoch.

»Guten Abend, bin ich zu spät?«

Schöne Frauen kommen nie zu spät, wollte ich sagen, aber ich biss mir auf die Zunge. Das hätte sie mir nicht abgenommen. Stattdessen sagte ich: »Es ist alles vorbereitet. Ich muss nur noch den Fisch braten. Entschuldigen Sie den Hund ...«

Sie lächelte, sprach beruhigend auf Luna ein und gab ihr ein Leckerli. Weiß der Himmel, wo sie es so plötzlich herausgefischt hatte.

»Ich habe auch einen Hund. Leider sehe ich ihn viel zu selten. Genau wie meinen Sohn.«

Ich bat sie herein. Neugierig sah sie sich um. Schließlich sagte sie: »Ich habe mir Ihr Refugium irgendwie – anders vorgestellt.«

»Sie haben tatsächlich Gedanken an mich verschwendet?« Immerhin hatte sie gewusst, dass ich mir die Wohnung mit einer Hündin teilte. Oder trugen BKA-Beamte seit Neuestem immer Leckerli bei sich?

»Dienstlich. Wir haben natürlich auch von Ihnen ein Profil erstellt.«

»Und wie, dachten Sie, hause ich?«

»Wie ein ehemaliger Journalist. Mit Haufen von Zeitungen und vielen Büchern.«

»Tja, wie Sie sehen, muss ich Sie enttäuschen. Ich habe noch nicht einmal meine eigenen Artikel aufbewahrt.«

Ich fragte sie, was sie trinken wollte. Sie entschied sich für Mineralwasser.

»Ich mag Männer mit Schürze«, sagte sie, als ich mit einer Flasche zurückkehrte. Sie hatte im Wohnzimmer auf dem Sofa Platz genommen.

»Hoffentlich keine Pantoffelhelden.«

Sie schüttelte den Kopf. »Ich glaube nicht, dass Sie einer sind.« Sie sah mich an mit ihren braunen Augen. Ich wurde noch immer nicht schlau aus ihr.

»Ich werde mich gleich noch umziehen«, versprach ich, aber sie schüttelte energisch den Kopf. »Auf keinen Fall. Ich sagte doch: Ich mag Sie mit Schürze. Ich fühle mich wie zu Hause.«

Ich glaubte, sie meinte es ernst. »Haben Sie großen Hunger?«, fragte ich.

»Ich sterbe gleich«, antwortete sie. »Ich habe seit unserem gemeinsamen Frühstück heute Morgen nichts mehr gegessen.«

Ich verschwand in die Küche, um die Steinbeißerfilets zuzubereiten. Ich briet sie scharf an, garte sie von jeder Seite noch einmal vier Minuten, bis sie goldgelb waren. Gleichzeitig erwärmte ich das Kartoffel-Fenchel-Püree und das Steckrübengemüse noch einmal kurz, goss das vorbereitete Dressing über den Salat und richtete schließlich alles an.

Ich hatte mich für den kleinen Küchentisch entschieden. Hier war es gemütlicher, zwangloser als im Wohnzimmer. Ich zündete die drei Kerzen im Leuchter an, stellte ihn seitlich auf den Tisch, überprüfte die Temperatur des Weißweins, entledigte mich trotz Madames Vorliebe der Schürze und bat sie schließlich in die Küche.

»Das haben Sie wirklich sehr liebevoll zubereitet«, lobte sie.

»Darf ich Ihnen ein Glas Wein einschenken?«

Neugierig schaute sie auf das Etikett.

»Ein Cavaliere«, erklärte ich.

»Ich weiß«, sagte sie zu meiner Verblüffung. »Er stammt aus der Toskana, wird aus einhundert Prozent Sangiovese-Trauben gewonnen und zwölf Monate lang in neuen Barriques ausgebaut.«

Ich schenkte ein. Fachmännisch begutachtete sie die Farbe, ließ die Flüssigkeit im Glas kreisen und nahm schließlich einen großen Schluck.

»Herrlich«, sagte sie schließlich. »Genau wie im *Lipper Hof*.«

»Okay, ertappt«, gab ich zu. »Der Koch ist mein Freund, er hat mir die Zutaten für heute Abend mitgegeben. Ich hätte es nur schlechter machen können. Aber der Wein ist trotzdem exzellent.«

»Ich habe nie etwas anderes behauptet«, lächelte sie. »Sie dürfen mir das Glas ruhig vollgießen.«

Auch der Fisch erwies sich als vorzüglich. Rolf hatte mich perfekt gebrieft.

Während des Essens redeten wir nicht allzu viel, sondern genossen es.

»Und was machen wir jetzt«, fragte Frau Leisenscheidt, nachdem wir schließlich den letzten Bissen verspeist hatten.

Ich schaute auf die Flasche. Wir hatten sie tatsächlich schon fast gelehrt. »Bleiben wir beim Cavaliere?«

»Ich denke, er hat seine Schuldigkeit getan. Kavaliere sind ganz nett, jede Frau ist auf sie angewiesen, aber auf Dauer sind sie ganz schön eintönig.«

»Ist Stahl ein Kavalier?« Es war mir so herausgerutscht.

»Stahl ist ein Schwein. Aber ein gefährliches.«

»Setzen Sie sich schon mal aufs Sofa nebenan. Ich hole uns einen anderen Wein.«

Ich kam mit einem roten Diavolo wieder. »Teuflisch genug?«

Sie lächelte. »Probieren wir es aus.«

Ich setzte mich zu ihr.

»Ich heiße übrigens Carinna«, sagte sie.

»Moritz, aber das wissen Sie bestimmt schon.«

Sie nickte, und wir stießen an.

»Warum bist du hier?«, fragte ich schließlich.

Sie zuckte die Schultern. »Es ist ziemlich öde, die Abende entweder im Hotelzimmer oder an der Bar zu verbringen.«

»Und was machst du sonst?«, fragte ich.

Sie erzählte von sich, von ihrem Sohn, der meistens von den Großeltern betreut wurde, weil sie ständig im Dienst war, von ihren Hobbys, sie spielte gern Tennis, wenn sie dazu kam, und sie freute sich auf den Sommer, dann würde sie mit ihrem Sohn drei Wochen in Spanien verbringen. »Hey«, sagte sie schließlich. »Ich bin dir tatsächlich auf den Leim gegangen. Dabei wollte ich doch *dich* aushorchen!«

»Endlich gibst du es zu.«

»Eigentlich darf ich dir das gar nicht erzählen, aber Stahl und ich sind nicht erst in eurer Gegend, seit der Kopf von Ludwig Leineweber gefunden wurde.«

»Das hat er ja angedeutet. Außerdem habe ich mir das auch schon zusammengereimt«, sagte ich. »Von Wiesbaden bis hierher sind es mit dem Wagen über drei Stunden. Dafür wart ihr an besagtem Morgen zu schnell vor Ort.«

Wir prosteten uns erneut zu. Der Rote schmeckte tatsächlich teuflisch gut.

»Was ich dir hier erzähle, behältst du für dich, okay?«

»Es wird diese Mauern nicht verlassen«, versprach ich.

»Wir ermitteln hier seit einigen Monaten. Der übliche braune Sumpf. Hast du schon mal was von Radio Hermann gehört?«

Ich erinnerte mich an die kleinen Aufkleber, die mir überall übel aufgestoßen waren. »Bestimmt kein Heimatfunk, oder?«

»Ein rechter Internetsender, der seine rechtsradikalen Parolen übers Internet verbreitet. Wir ermitteln in mehreren Bundesländern und standen kurz davor, die ganze Bagage auffliegen zu lassen. Dann kam der Mord dazwischen. Vor allen Dingen die Wolfsangel, mit der der Kopf des Opfers befestigt worden war, lässt ebenfalls auf politisch motivierte Hintergründe schließen. Wir vermuten einen Zusammenhang, daher beschränken wir uns, was das Internet-Radio betrifft, weiterhin auf Beobachtung.«

Ich schüttelte den Kopf. »Ich habe es schon mehreren Leuten gesagt, aber ich glaube einfach nicht, dass Ludwig das Opfer von rechten Gewalttätern ist. Dazu war er, seitdem er hier sesshaft geworden ist, zu unpolitisch.«

»Seine Vergangenheit spricht eine andere Sprache.«

»Ich weiß, aber ich kann dir versichern, dass er die Vergangenheit hinter sich gelassen hat. Habt ihr mal in Richtung BT NATURE ermittelt?«

»Nein, nicht unsere Aufgabe. Wenn du mich fragst, ist das eh eine heikle Angelegenheit. Dahinter stecken zu viele politische Interessen.«

»Eben«, betonte ich.

Sie nahm einen weiteren großen Schluck und rekelte sich. »Sag mal, was hältst du davon, wenn wir das Geschäftliche ein andermal besprechen. Hast du anständige Musik?«

»Was hörst du denn gern?«

»Soul, Rock ... Hauptsache keinen Schmusesound.«

Ich erhob mich und ging zum Plattenspieler.

»Du hast tatsächlich noch so ein altmodisches Ding?«

»Mein Vetter hat mich irgendwann mal überzeugt, dass der angebliche Fortschritt keiner ist. Zumindest nicht, was CDs betrifft.« Ich schaute meine bescheidene Plattensammlung durch. Zufällig fielen mir die HIT GIGANTEN in die Hände. Irgendjemand hatte sie mir vor Urzeiten mal zum Geburtstag geschenkt. Ich legte sie auf den Plattenteller, ließ das erste Lied von den Supremes aber aus und fing gleich mit dem zweiten an: James Browns *Sex Machine*.

Carinna wippte gleich bei den ersten Takten mit. »Du legst ein ganz schönes Tempo vor«, sagte sie.

Ich schenkte Wein nach und setzte mich wieder zu ihr. Ihr Körper verströmte eine verlockende Wärme. Ich musste an Maren denken.

»Was hast du?«, fragte Carinna.

»Nichts«, log ich und schaute auf Luna. Sie hatte es sich vor dem Wohnzimmertisch bequem gemacht und beobachtete uns aus ihren dunklen, unergründlich tiefen Augen. »Mir fällt gerade ein: Wolltest du nicht noch meine Playmobilsammlung sehen?«

Ihre Stirn legte sich in Falten. »Du hast sie wohl nicht mehr alle!«

Sie legte den Arm um mich und zog mich an sich. Ihre Lippen waren weich und feucht. Während Marvin Gaye sein *Sexual Healing* versprach, nahm sie meine linke Hand und führte sie an ihre Brust. Ich fühlte zarte, weiche Spitzenwäsche. Sie stöhnte leicht auf.

In dem Moment klopfte es.

Ich befreite mich aus Carinnas Armen und ging zur Tür. Luna jaulte. Wenn es ein Fremder gewesen wäre, hätte sie gebellt. Vielleicht suchte Duffy ja wieder den Zucker.

Als ich öffnete, stand Maren vor der Tür. In der einen Hand trug sie eine Flasche Sekt, in der anderen zwei Pizza-Schachteln. Sie lächelte mich an. »Tut mir leid, aber ich habe in letzter Zeit einfach zu viel zu tun gehabt. Ich würde es gern wiedergutmachen. Was schaust du denn so?«

Dann sah sie an mir vorbei und erblickte Carinna, die sich soeben den Träger ihres BHs zurechtrückte.

»Ah, ich sehe, du hast schon Damenbesuch.«

»Nicht direkt. Also, das ist Frau Leisenscheidt.«

Maren wirkte plötzlich eisig. »Dann will ich nicht weiter stören.«

»Es ist nicht so, wie du denkst«, sagte ich. Dabei war genau das der Fall. Zumindest, wenn man Carinna gefragt hätte.

»Verarsch mich nicht!«, zischte sie und wandte sich um.

»Maren, du ...«

Sie hielt inne und drehte sich noch einmal zu mir um. »Sorry, dass ich nicht bedacht habe, dass ihr Männer nicht mal eine Woche ohne Frau auskommen könnt.« Tränen standen in ihren Augen. Sie schaute auf die Pizza. »Die schenk ich euch. Guten Appetit!« Sie schleuderte die beiden Schachteln wütend zu Boden, dann raste sie die Treppe hinunter.

14.

Wir waren wieder einmal in Ollies Morgan unterwegs. Ich hatte mich breitschlagen lassen, ihn dorthin zu begleiten, wo der Major sein Leben gelassen hatte. Zu den Externsteinen.

Ich hatte seine Einladung angenommen, weil sie mich ablenkte. Ansonsten hätte ich doch nur die ganze Zeit über Maren und Carinna nachgedacht.

Was war ich für ein Idiot!

Eigentlich hätten wir auch eine Wanderung zu den Externsteinen unternehmen können, aber es regnete. Im Übrigen hatte ich mittlerweile den Eindruck, dass sich Ollie äußerst ungern zu Fuß bewegte.

Wenigstens hatte die Fahrt noch einen Vorteil: Er konnte nicht weglaufen. Also sagte ich: »Das war vorgestern sehr unschön von Ihnen – mich gleich nach dem Krankenhausaufenthalt derart ins Messer laufen zu lassen!«

Da er nicht antwortete, fuhr ich fort: »Sie haben darauf spekuliert, dass ich noch nicht wieder bei Kräften war.«

Nach dem ersten Glas Veuve Clicquot war mir schwindlig geworden. Dennoch konnte ich mich vage erinnern, dass Duffy mir auf Geheiß der Gräfin ein weiteres Glas eingeflößt hatte. Schließlich hatte mir Ollie ein Stück Papier hingehalten und mich gebeten, es zu unterschreiben. Wenn ich mich nicht irrte, hatte Duffy mir die Hand geführt.

»Wir haben uns so gefreut, Sie wieder in unserer Mitte zu haben«, erwiderte Ollie. »Mag sein, dass wir dabei ein wenig über die Stränge geschlagen haben.«

»Sie haben mir immer noch nicht gesagt, was aus dem Vertrag geworden ist, den ich unterschrieben habe.«

»Vertrag?« Ollie runzelte die Stirn und übersah geflissentlich eine rote Ampel, während er weiter Gas gab.

»Na, dieses Papierstück.«

»Ach das!« Er schlug sich an die Stirn. »Das war kein Vertrag, sondern nur eine Einverständniserklärung.«

»Einverständniserklärung? Sie reden in fremden Zungen, Ollie.«

»Na ja, während Sie im Krankenhaus weilten, mussten wir handeln. Natürlich verlangte Ihr Gesundheitszustand eine gewisse Rücksichtnahme.«

»Natürlich.«

Ich fragte mich ernsthaft, ob Ollie vielleicht farbenblind war, denn auch die nächste Ampel wurde von ihm ignoriert. »Daher haben wir alles vorbereitet. Sie brauchten nur noch zu unterschreiben.«

Mein Kopf sank auf die Brust. Ich konnte es nicht glauben. Es war nicht nur ein dumpfer Traum gewesen. Ich hatte tatsächlich unterschrieben.

»Kopf hoch, mein Freund, falls Sie in finanzielle Schwierigkeiten kommen, helfen wir Ihnen natürlich – soweit unsere Kräfte das zulassen. Immerhin sind Sie jetzt der Pächter des Hofes. Ich bin gleich gestern zur Bank gefahren, um der liebreizenden Blondine das Schriftstück zu übergeben. Sie hat versprochen, im Gegenzug die gesperrten Konten wieder freizugeben.«

»So schlimm stand es bereits?«

»So schlimm.«

»Apropos schlimm: Wie steht's eigentlich um Ihre Verlobte?«

»Sie geht nicht ans Telefon.«

»Waren Sie mal bei ihr?«

»Sie macht nicht auf.«

»Haben Sie es über ihren Sender versucht?«

»Seit Tagen ist sie nicht mehr zur Arbeit erschienen.«

Ein Schild zischte an uns vorbei. Es wies zum Parkplatz bei den Externsteinen hin. Ollie bremste scharf, wendete und war ein paar Hundert Meter weiter zum Halten gezwungen. Eine Schranke versperrte die Zufahrt.

»Ich habe leider kein Geld dabei«, entschuldigte er sich und wurde rot. Es war ihm sichtlich peinlich.

Fluchend kramte ich nach einem Ein-Euro-Stück. Er schien wirklich völlig pleite zu sein. Ich hoffte nur, dass das Benzin für die Rückfahrt reichen würde.

Die Schranke öffnete sich, und wir fuhren weiter bergauf. An diesem trüben Morgen hielt sich kaum ein anderer Besucher hier auf. Der Waldparkplatz war so gut wie verwaist. Auch der Kiosk war geschlossen. Das Ausflugsrestaurant schien geöffnet zu sein, denn hinter den Panoramafenstern des weitläufigen Baus nahm ich zwei oder drei schattenhafte Gestalten wahr.

Dies war die hässliche Seite der Externsteine. Insbesondere an den Wochenenden, wenn Busse voller Touristen hier angekarrt wurden, verwandelte sich die Idylle in eine Hölle.

Es gab noch einen Schleichweg, über den man die Externsteine erreichen konnte, aber dieser führte durch die Ortschaft Holzhausen. Ich hatte den Einheimischen ersparen wollen, in den engen Straßen vor Ollies Fahrkünsten die Flucht ergreifen zu müssen.

Während wir den Fußweg entlanggingen, der zu dem Naturdenkmal führte, erklärte ich Ollie die Bedeutung der Sehenswürdigkeit.

Entstanden war diese bizarrste Felsformation Ostwestfalen-Lippes bereits vor siebzig Millionen Jahren. Abwechselnd galt sie mal als keltisches, mal als germanisches Heiligtum. In der Zwischenzeit wurde sie immer wieder zweckentfremdet, sei es von lippischen Fürsten wie dem Landesherrn Graf Hermann Adolf zu Lippe-Detmold, der im siebzehnten Jahrhundert ein festungsartiges Jagdschloss direkt an den Felsen errichten ließ; sei es von Heinrich Himmler, der die Externsteine im Dritten Reich zur germanischen Kultstätte umfunktionierte. Oder von der Kirche, die im Laufe der Jahrhunderte immer wieder Anstalten machte, das heidnische Image der Externsteine zu eliminieren, indem sie es verschandelte. Das in einen der Felsen gehauene Kreuzabnahmerelief war das typischste Beispiel dafür.

Heutzutage waren es neben den Touristen die Esoteriker, die die Steine für sich beanspruchten. Nicht nur anlässlich der Sonnenwendfeiern traf man sie hier an. Und es gab nicht wenige Einheimische, die eher bereit waren, den alten Göttern zu opfern als dem einen Gott.

Der Major war einer von ihnen gewesen.

Vor uns tauchten die Steine majestätisch im Blickfeld auf.

»Allmächtiger!«, entfuhr es Ollie. »Ich habe diese Felsen auf Fotos gesehen, aber dass sie so gewaltig sind ...«

»Unser Stonehenge«, bekräftigte ich.

Man sah Ollie die Ehrfurcht an. Seine Schritte wurden bedächtiger, während sein Blick unverwandt auf die Steine gerichtet war.

»Jetzt verstehe ich meinen Großonkel«, erklärte er ergriffen.

»Warten Sie nur, bis wir oben sind!«

»Oben?«

»Ja, zwei der Felsen kann man besteigen. Eine steinerne Treppe führt hinauf. Und schauen Sie dort oben: Sehen Sie die gewölbte Brücke? Sie führt von einem der Felsen, dem sogenannten Treppenfelsen, direkt in eine Aussichtskammer des Turmfelsens. Von dort werden wir einen einzigartigen Ausblick über Ihre neue Heimat haben, Ollie.«

»Nicht wirklich. Ich fürchte, Sie werden diesen Anblick allein genießen müssen. Ich bin nicht lügenfrei.«

»Sie meinen schwindelfrei?«

»Richtig.

»Keine Widerrede. Sie kommen mit!«, befahl ich.

Wir hatten den Zugang zu den Steinen erreicht. In einem winzigen Pförtnerhäuschen saß ein Rentner und verkaufte uns zwei Karten.

Mein Blick fiel auf ein kleines Schild, das mir mittlerweile bekannt vorkam. Es trug das Signet von Radio Hermann.

»Sind Sie sicher, dass Sie da hochwollen?«, fragte uns der Herr mit einem Blick auf Ollie, der ein Gesicht aufgesetzt hatte, als würde er ein Schafott besteigen.

Ich nickte. »Ich übernehme die Verantwortung.«

Ich machte ihn auf den Aufkleber aufmerksam.

Er zuckte die Schultern. »Dagegen ist man machtlos. Zum Glück lassen sich die Rechten hier kaum mehr blicken. Denen ist hier zu viel Betrieb.«

Ich schob ihm einen Zehn-Euro-Schein hin. »Wir sind Geophysiker und wollen uns mal außerhalb der Plattform etwas umsehen.« Ich zeigte ihm die Stelle. »Keine Sorge, wir können auch gut klettern.«

Als ich noch einen weiteren Zehner zückte, brummte er: »Ist ja heute nicht viel los hier. Aber passen Sie ja auf!«

Ich nickte und widmete mich wieder meinem Sorgenkind. Ich schob ihn vor mir her, bis wir die schmale, steil nach oben führende Treppe erreichten. Er seufzte und fügte sich. Seine Hände krampften sich an dem eisernen Geländer fest. Seine Beine zitterten.

Es dauerte zehn Minuten, bis wir endlich oben waren. Ollie war schweißgebadet.

Vor uns wölbte sich die Brücke.

»Noch ein paar Schritte, und Sie haben es geschafft«, munterte ich ihn auf.

»Da hinüber? Nie und nimmer!«

Unter uns gähnte der Abgrund.

»Schließen Sie die Augen. Ich halte Sie«, schlug ich vor.

Er tat es tatsächlich. Ich nahm seine schweißnasse Hand – mit der anderen hielt er sich am Geländer fest – und führte ihn über die Brücke. Er öffnete die Augen erst wieder, als wir in der Turmkammer standen. Es handelte sich um das sogenannte Sacellum. Mystiker vermuteten aufgrund des von Menschenhand geschaffenen runden Durchbruchs ein Sonne- und Mondobservatorium unserer Vorfahren. Auf jeden Fall hatte man von hier oben eine fantastische Aussicht.

»*Unbelievable!*«, entfuhr es Ollie. »Ich lebe noch. Ich habe es geschafft!«

Ich ließ seine Hand los. »Ja, genießen Sie den Ausblick. Dort hinten können Sie sogar den Köterberg sehen.«

»Ich habe es geschafft!«, wiederholte er freudig erregt. »Moritz, Sie haben mich von meiner Höhenangst befreit.«

»Das trifft sich gut, denn wir müssen irgendwann auch wieder hinunter. – Und dann«, fuhr ich genüsslich fort, »wenn wir die einhundertdreiundzwanzig Stufen wieder hinuntergekletert sind, dann ...« Ich machte eine bedeutungsvolle Pause, um mich zu vergewissern, dass er abermals blasser geworden war. »... dann ersteigen wir den Felsen nebenan.«

»*By Jove!*«

»Trösten Sie sich: Er hat ein paar Stufen weniger.«

»Ich weigere mich!«

»Sie wollen sich nicht den Ort anschauen, an dem Ihr Großonkel sich in den Teich gestürzt hat?«

Es ging ihm wirklich nicht gut. Seine Höhenangst war mitnichten weggeblasen. Dennoch musste ich ihm Respekt zollen. Ollie machte keinen weiteren Rückzieher.

»Sie müssen nicht hinauf«, sagte ich auf halber Strecke.

»Ich bin es ihm schuldig«, beharrte er.

Endlich hatten wir die Plattform erreicht. Sie war viel größer als die Kammer im Nachbarturm und fast wie geschaffen für einen touristischen Aussichtspunkt. Ich führte Ollie zum Geländer. Es wehte ein starker Wind, der uns den feinen Nieselregen ins Gesicht peitschte.

Wenn es in Lippe nicht regnet, dann nieselt es.

Es sei denn, es schüttet wie aus Eimern.

»Ihr Großonkel ist an jenem Morgen, an dem er sich in den Teich gestürzt hat, hier über das Geländer geklettert. Vorher hat er genau an dieser Stelle seine Kleidung abgelegt. Die Polizei hat seine letzten Schritte genau rekonstruiert. Dann ist er vorsichtig weitergeklettert – bis zum Ende.«

Ollie schluckte. »Es ist unvorstellbar«, murmelte er. »Wir Dickens sind todesmutig, aber nicht wahnsinnig. Warum also hat er das getan?«

»Die Polizei hat zwei Theorien entwickelt: Die eine hat mit der Esoterikliebe Ihres Großonkels zu tun. Er schwor auf sein morgendliches Bad in der Natur, um die Dämonen der Nacht fortzuspülen. Warum sollte der Mörder es also nicht hier versuchen? Niemand würde ihn in dieser frühen Stunde dabei stören.«

»*So far so good*, aber warum musste Onkel Reginald unbedingt von diesem Felsen springen, um sich ein Bad zu gönnen?«

»Das bringt uns zu Theorie Nummer zwei: Ihr Großonkel war pleite, wie wir heute wissen. Schon damals munkelte man, als man die Leiche fand, von Selbstmord. Und geht bis heute davon aus.«

»Nie und nimmer: Ein Dickens blickt dem Tod ins Auge – bis zum Schluss. Aber er führt niemals die Waffe gegen sich selbst!«

»Wollen Sie meine Theorie hören?«

Er nickte. »Kommen Sie mit«, bat ich.

»Mit? Wohin?«

Ich kletterte über das Geländer. Spätestens jetzt merkte ich, dass ich bei Weitem noch nicht wieder der Alte war. In meiner Brust schien etwas zu zerreißen. Ich biss die Zähne zusammen.

Auf der anderen Seite des Geländers war der Ausblick der gleiche – nur dass es ein paar Schritte weiter steil hinunterging.

»Machen Sie keinen Nonsens!«, beschwor mich Ollie. »Kommen Sie zurück!« Er war kreidebleich geworden. Die Panik stand ihm ins Gesicht geschrieben.

»Wie war das: Ein Dickens blickt dem Tod ins Auge?«, erinnerte ich ihn.

»Aber nicht dem Wahnsinn!«

Ich sah hinunter. Der Kartenverkäufer war aus seinem Häuschen gekommen und schaute herauf. Ich sandte ihm eine beruhigende Handgeste.

»Wenn ich es kann, können Sie es auch, Ollie.«

»Aber warum sollen wir uns beide hinunterstürzen?«

»Seien Sie kein Dummkopf. Ich habe nicht vor, Sie oder mich in Gefahr zu bringen. Ich will Ihnen nur etwas zeigen.«

Ollie seufzte. Er hob ein Bein und legte es auf das Geländer. Dabei schloss er die Augen. Er zitterte. Dann hievte er sich hoch und zog das zweite Bein nach. Es sah erbärmlich ungelenk aus.

»Machen Sie wenigstens die Augen auf!«, riet ich ihm. Die Steine waren hier oben zwar relativ breit, aber der Nieselregen hatte sie rutschig werden lassen. Ollie hörte auf meinen Rat. Er ließ sich auf alle viere nieder. Langsam robbte er sich in meine Richtung. Ich hatte mich inzwischen gut zwei Meter von dem Absperrgitter entfernt.

»Schauen Sie hinunter, Ollie!«

»Ich will nicht!«

»Ihr Großonkel ist damals genau den gleichen Weg gegangen

wie wir. Er hat die Stufen erklommen, ist über die Absperrung geklettert – und ist gesprungen!«

»*Shocking!*«

»Jetzt kommen Sie endlich!« Ich streckte meinen Arm aus. Er ergriff meine Hand. Seine war feucht und glitschig.

Endlich war er an meiner Seite. Ich half ihm hoch. Er schwankte leicht. Sein Gerede, dass er Höhenangst hatte, war keine Ausflucht. Dennoch musste ich es ihm zumuten.

Nur von dieser einen Stelle aus sah man die Blutflecken.

»Und jetzt: Schauen Sie hinunter!«

»Niemals!«

»Denken Sie an Ihre Familienehre!«

»Mein Leben ist mir heiliger!«

»Also gut, dann reißen Sie sich endlich zusammen – Ihrem Großonkel zuliebe. Er hat damals mit der Familie gebrochen, weil er es nicht ertragen konnte, Sie in Mädchenkleidern aufwachsen zu sehen. Zeigen Sie ihm, dass Sie ein Mann geworden sind.«

Er ließ meine Hand los. Dann öffnete er die Augen.

»Schauen Sie dorthin!«, wies ich ihn an.

Die Stelle befand sich fünfzehn Meter unter uns. Wir hätten sie auch kletternd erreichen können, aber das war viel zu riskant. Man konnte die Flecken auch von hier aus sehr gut erkennen. Weder Regen noch Witterung hatten sie bislang vollständig entfernen können.

»Ihr Onkel ist von dort aus –« ich zeigte auf den flachen Felsvorsprung, der sich zwei Meter unter uns befand – »gesprungen. Dort, wo die braunen Flecken sind, ist er aufgeschlagen.«

Nachdem wir wieder im Auto saßen, fragte er: »Was soll ich denn jetzt machen?«

»In welcher Hinsicht?«

»Ich spreche von Steffi. Warum meldet sie sich nicht?« Er setzte eine sorgenvolle Miene auf. »Was ist, wenn ihr etwas passiert ist?«

»Ach was, einem Besen – ich meine, einer Frau wie ihr passiert schon nichts!«

»Trotzdem, ich mache mir zunehmend Sorgen um sie ...«

Plötzlich kam mir eine Idee. »Warum fahren Sie nicht einfach mal bei ihr vorbei?«

Ollie dachte ein paar Sekunden nach, dann seufzte er: »Aber nur, wenn Sie mich begleiten.«

Jetzt war es an mir, zu seufzen, aber wo wir schon einmal gemeinsam ein paar Hürden genommen hatten, sollte auch diese Hürde zu bewältigen sein.

»Wissen Sie denn, wo Steffi wohnt?«

»Etwas außerhalb in einem Neubaugebiet. In der Nähe von REAL.«

»Sie waren schon einmal dort?«

»Mehrmals«, gestand Ollie. »Allerdings nie in ihrer Wohnung. Bereits einen Tag nach unserem Streit bin ich zu ihr gefahren, aber sie hat nicht aufgemacht.«

Während er redete, hatte er halsbrecherisch gewendet und fuhr jetzt zurück. Im REAL sprang er kurz hinaus und kam mit einem Kaktus zurück.

»Sie ist ganz vernarrt in diese stacheligen Dinger«, erklärte er.

Ich konnte es verstehen. Wahrscheinlich hatte sie dabei das Gefühl, in einen Spiegel zu blicken.

Nach zehn Minuten bog er links ab in die Thusneldastraße.

Nach ein paar Minuten hatten wir das Haus erreicht. Ollie stellte den Wagen ab.

Das Haus war dreistöckig. Auf den Klingelschildern standen sechs Namen, einer davon war Steffi Klug.

Wir klingelten.

Und warteten.

Klingelten nochmals.

Und warteten wieder.

»Verstehen Sie das?«, fragte Ollie.

»Nein, aber ich verstehe allmählich, dass Sie sich Sorgen machen.«

Auch nach dem dritten Klingeln tat sich nichts.

»Vielleicht ist sie ja wieder an ihrem Arbeitsplatz«, sagte ich.

Ollie schüttelte den Kopf. »Ich habe mit ihren Kollegen gesprochen. Sie rufen mich an, wenn sie wieder auftaucht.«

»Oder sie ist verreist.«

»Dann hätte sie im Sender Bescheid gesagt und ordnungsgemäß Urlaub beantragt.«

Ich klingelte erneut. Diesmal bei einem oder einer B. Ribbenstrunk.

Hier hatten wir mehr Glück. Der Summer wurde betätigt. Wir traten ins Treppenhaus. Ein leichter Rübengeruch lag in der Luft.

Oben lehnte sich eine alte Frau über das Geländer. Sie trug eine geblümte Kittelschürze und eine grau gelockte Perücke. Abweisend schaute sie auf uns herunter.

»Ich kaufe nichts!«, keifte sie.

»Wir wollen nicht zu Ihnen, sondern zu Frau Klug«, rief ich hinauf.

»Die kauft auch nichts!«

»Wann kommt sie denn wieder?«

»Das geht Sie gar nichts an!«

Die alte Dame hatte Haare auf den Zähnen. Dennoch ließen wir uns nicht einschüchtern. Als wir ihre Etage erreichten, hatte sich Frau Ribbenstrunk hinter ihrer Türkette verschanzt und schaute uns durch den Spalt misstrauisch zu, während wir an Steffis Wohnungstür klingelten.

Von drinnen drang kein Laut heraus.

Allmählich machte auch ich mir Sorgen.

»Und wenn sie sich etwas angetan hat?«, fragte Ollie nervös.

»Ah, jetzt erkenne ich Sie!«, rief die Alte. »Sie sind doch dieser Sittenstrolch, der die letzten Abende hier immer die Straße rauf und runter gefahren ist! Glauben Sie bloß nicht, dass ich Sie nicht gesehen habe! Hinter meiner Gardine entgeht mir nichts!«

Ollie wurde puterrot. Aber vor Empörung. »Frau Klug und ich sind verlobt!«, entrüstete er sich. »Und ich mache mir ernsthaft Sorgen um sie.«

Frau Ribbenstrunk gab sich plötzlich kleinlaut. »Aber das konnte ich doch nicht wissen, junger Mann.«

Sie löste die Kette und ließ uns in ihre Wohnung.

Der Rübengeruch war hier besonders penetrant.

Dann begann sie zu erzählen. Es begann ungefähr kurz nach dem letzten Krieg.

Nach einer Stunde wussten wir, dass sie Steffi seit drei Tagen nicht mehr gesehen hatte und sich ebenfalls Sorgen machte.

Auch ich glaubte nun nicht mehr an eine harmlose Erklärung für ihr Verschwinden.

Ich griff zum Handy und rief Norbert an.

Als wir zu Hause ankamen, empfing uns eine aufgeregte Gräfin.

»Höchste Zeit, dass Sie endlich kommen. Sie ahnen ja nicht, was wieder passiert ist...«, intonierte sie mit klagender Stimme. Sie hielt uns ihre rechte Hand entgegen. Sie war mit einer weißen Bandage umwickelt. »Ich habe mich beim Kochen verbrüht!«

»Ist es schlimm? Waren Sie beim Arzt?«, fragte ich besorgt.

»Ja, ja«, antwortete sie ungeduldig. »Duffy hat mich gleich hingefahren. Das Schlimme ist, dass ich vorerst nicht werde kochen können. Und dabei ist doch übermorgen Eröffnung!«

»Eröffnung?«

Ich sah Ollie an, und Ollie blickte zu Boden.

»Na ja, es sollte eine Überraschung werden. Außerdem wollten wir nicht, dass Sie körperlich mit anpacken. Sie laborieren immer noch an Ihren Verletzungen.«

»Gebt zu, ihr habt Angst gehabt, dass ich abkratze und ihr euren Geldesel verliert«, brummte ich.

»Wir haben alles vorbereitet«, jubelte Ollie. »Aber Sie werden es trotzdem erst am Eröffnungstag sehen. Freitag erscheint eine doppelseitige Anzeige in der Landeszeitung. Spätestens Samstag werden uns die Leute die Bude einrennen!«

»Eine doppelseitige Anzeige? Kostet die nicht ein Vermögen?«

»Einen Teil übernehmen die Geschäftspartner, und den anderen werden Sie spielend aufbringen.«

Ich. Natürlich. Wer sonst?

»Keine Sorge, wir zahlen alles zurück. Das *Rübezahl* wird eine Goldgrube werden!«

»Und was machen wir jetzt mit der Köchin?«

»Meine Landfrauen werden meinen Part übernehmen«, sagte die Gräfin. »Was deren Männern schmeckt, schmeckt auch unseren Gästen.«

»Und jetzt zeigen Sie mir als Erstes die Küche!«, verlangte ich.

Die anderen gingen voraus. Die Küche befand sich im Erdgeschoss. Die Geräte waren uralt, vor allem der riesige Gasherd, aber alles funktionierte. Sogar das Geschirr, das Besteck und die Teller stammten noch aus den Sechzigerjahren. Es hatte einen gewissen Charme. Vor allen Dingen war alles blitzsauber. Offensichtlich hatte sich der Landfrauenclub der Gräfin hier selbstverwirklicht und sich ganze Nächte um die Ohren geschlagen.

Ich setzte mich auf einen Holzstuhl.

»Was ist mit den Speisekarten?«

»Werden noch gedruckt«, erklärte Ollie. »Aber ich habe hier einen Prototyp!«

Er zog ein Blatt hervor, das sich stilistisch dadurch auszeichnete, dass es neben dem Frakturschriftzug des *Rübezahl* eine Zeichnung der Hausfront und einen Morgan zeigte.

»Alt und Neu«, erklärte Ollie. »Das Gebäude symbolisiert das Altbewährte. Das Automobil stellt die Innovation dar ...«

Die Karte machte einen positiven Eindruck. »Wer hat das eigentlich gestaltet?«, fragte ich und fürchtete schon wieder die nächste Geldausgabe.

»Das war Steffi«, erklärte Ollie stolz. »Sie kann wunderbar zeichnen.«

»Wie wär's mit einem Probeessen?«, schlug ich vor. Abermals schaute ich auf das Angebot. »Ich würde gern mal ein Gurkensandwich probieren.«

Ollie strahlte. »Wird sofort erledigt!« Er begab sich in den hinteren Teil der Küche, wo der Kühlschrank stand. Mir fiel auf, dass dieser im Gegensatz zum Rest der Küche recht neu zu sein schien.

Die Gräfin bemerkte meinen Blick. »Der alte Bosch-Kühlschrank war nicht mehr funktionstüchtig. Wir haben einen neuen anschaffen müssen. Keine Sorge, er war nicht sehr teuer. Er ist gebraucht.«

Ich nickte und arbeitete mich weiter durch die Karte. Sie hatte den Vorteil, dass sie sehr übersichtlich war. Auf der Rückseite standen die Gerichte der Abendkarte.

»Und nach dem Sandwich hätte ich gern den Rübeneintopf.«

15.

Herr Dr. Haselmann empfing mich in seinem holzgetäfelten Büro. Hier wirkte alles gediegen, selbst der Aschenbecher mit der qualmenden kubanischen Zigarre schien mit Bedacht ausgewählt.

»Vielen Dank, dass Sie so schnell einen Termin für mich hatten«, sagte ich.

Er winkte ab. »Lassen Sie die Förmlichkeiten. Zigarre? Cognac?«

»Danke, nein. Ich bin gekommen, weil ich einige Fragen habe. Und nur Sie können sie mir beantworten.«

Er nickte ungeduldig. »Ich kenne Ihre Fragen schon. Sie können davon ausgehen, dass wir uns im Vorfeld über Sie informiert haben. Sie waren Reporter, also vermute ich, dass Sie an einem Artikel arbeiten. Wie viel wollen Sie?«

»Wie viel?« Ich war tatsächlich verblüfft.

»Na, wie viel Euro, damit Sie Ihren Artikel *nicht* schreiben? Sehen Sie es nicht als Schweigegeld. Ich bezahle Ihnen ganz korrekt die Stunden an Arbeit, die Sie bisher investiert haben. Und lege natürlich noch etwas obendrauf, damit Sie unterm Strich keinen Verlust haben.«

Er wirkte mir eine Spur zu selbstgefällig.

»Ich hätte doch gern einen Cognac«, sagte ich.

Er musste noch nicht einmal aufstehen. Er öffnete eine der Schubladen seines riesigen Schreibtisches, entnahm ihr zwei Gläser und eine halb volle Flasche Hennessy. Er goss den Cognac in die Schwenker und reichte mir einen. Dann hob er das

Glas genießerisch zur Nase und atmete den Duft ein. »Ah, herrlich. Zum Wohl, Herr Morgenstern!«

Ich sah zu, wie er die Augen halb schloss und das Glas an die dicken Lippen setzte. Herr Dr. Haselmann war eindeutig ein Schlemmer und Genießer. Das sah man auch an seinem Leibesumfang. Er erinnerte mich entfernt an Reiner Calmund, nur hatte er noch volles schwarzes Haar.

Ich nahm einen Schluck, bewunderte die Milde im Abgang und ließ der Wärme in meinem Bauch ein paar Sekunden Zeit, sich zu entfalten, bevor ich einen zweiten Schluck nahm. »Ein edler Tropfen«, stellte ich schließlich fest.

»XO Methusalem. Es gibt nur dreihundert Flaschen davon. Weltweit.«

»Und wie viele haben *Sie*?«

Er lachte. Dann verengten sich seine Augen zu schmalen Schlitzen. »Worauf wollen Sie hinaus? Direktorium der Zuckerfabrik lebt in Saus und Braus und beutet die armen Bauern aus? Da sind Sie auf dem Holzweg, mein Freund. Also wie viel?«

»Ich bin nicht käuflich«, erklärte ich ihm. »Ich bin daran interessiert, Licht in ein paar Dinge zu bringen. Haben Sie einen Hund?«

»Einen Jagdhund, ja. Einen Labrador-Retriever, einen Blendling also, aber einen hervorragenden!« Er hielt mir aus dem Stegreif einen kleinen Vortrag über die Vorzüge von Mischlingen bei der Jagd. »Alles in allem erweisen sie sich als weitaus individueller einsetzbar als Rassehunde, oder nehmen Sie den …« Er stutzte plötzlich, als ihm aufging, dass er mir auf den Leim gegangen war. »Sie sind nicht hier, um sich mit mir über Hunde zu unterhalten?«

»In gewisser Weise schon. Mein Hund ist nämlich fast abgestochen worden. Er wollte mir beistehen, als mir vor der Haustür zwei Schläger auflauerten. Seitdem interessiert es mich ganz persönlich, was hier in Lippe plötzlich los ist.«

»Kann ich nachvollziehen.«

»Ich frage Sie: Was würden Sie tun, wenn man Ihren Hund fast totsticht?«

Haselmanns Miene umwölkte sich. »Ich würde meine Jagdflinte nehmen und dem Schurken einen Hausbesuch abstatten – wenn ich denn wüsste, wer es war.«

»Und wenn Sie nicht wüssten, wer es war?«

»Ich würde so lange in der Gegend herumfragen, bis ich es herausbekäme. Dann würde ich meine Jagdflinte nehmen und ...«

»Sehen Sie, genau das ist es, was ich gerade mache.«

»Sie sind mit der Jagdflinte hier?« Beschwichtigend hob er die Hände. »Guter Mann, ich versichere Ihnen, dass ich nichts mit der Angelegenheit zu tun habe. Im Gegenteil, ich fühle zutiefst mit Ihnen ...«

»Ich habe keine Jagdflinte«, sagte ich. »Ich stelle zunächst noch Erkundigungen an. Im Übrigen: Mein Hund ist eine Hündin und hört auf den Namen Luna.« Ich reichte ihm ein Foto über den Tisch

Er atmete auf und fiel beruhigt wieder in seinen Lehnstuhl zurück. Dann betrachtete er das Foto. »Hübsches Tier«, stellte er anerkennend fest. Dann wurde er wieder geschäftlich. »Jetzt sagen Sie mir endlich, warum Sie hergekommen sind.«

Ich erzählte es ihm. »Was hat Ihre Zuckerfabrik mit BT NATURE zu tun? Warum steigen Sie plötzlich selbst in die Rübenerzeugung ein und kaufen den Bauern ihr Land ab?«, schloss ich. Das Letztere hatte ich von Armin erfahren.

Er sah mich lange an, dann schenkte er sich noch einen Cognac ein.

»Es geht uns gut«, sagte er schließlich. Er deutete auf den Methusalem. »Der sei uns gegönnt. Sie dürfen nicht denken, dass wir ansonsten das Geld verprassen. Wir legen es an, wir investieren, und wir sorgen dafür, dass auch die Bauern gerecht bezahlt werden.«

»Mir kommen die Tränen.«

Er funkelte mich wütend an. »Verwechseln Sie uns nicht mit der Milchwirtschaft! Was auf diesem Markt los ist, nenne ich Erpressung und Diebstahl.« Er winkte ab. »Aber das ist eine andere Geschichte. Zweitausendneun war ein Rekordjahr. Da hat von der Aussaat bis zur Ernte das Wetter hundertprozentig mitgespielt.« Er schaute aus dem Fenster. »Ob die Rübenernte dieses Jahr wieder so läuft, weiß niemand. Ich bezweifle es. Das Frühjahr war zu kalt, und wie der Sommer wird, weiß auch niemand. Wir haben im letzten Jahr über einhunderttausend Tonnen Zucker hergestellt. Können Sie sich das vorstellen?«

Ich schüttelte den Kopf.

»Können Sie auch nicht. Unsere Verarbeitungskapazität liegt bei 7500 Tonnen Rüben pro Tag«, erklärte er stolz. »Im letzten Jahr lag der Zuckergehalt der Rübe bei über achtzehn Prozent – da kommt ganz schön was zusammen.«

»Gibt es nicht eigentlich schon zu viel Zucker?«, sagte ich.

»Zu viel? Sie meinen den Überschusszucker?«, fragte er listig. Wahrscheinlich wollte er testen, was ich wusste.

»Ja, den sogenannten C-Zucker«, antwortete ich. »Ich bin Journalist, ich gehe genauso informiert in ein Gespräch wie Sie.« Ich grinste.

Er hob abwehrend die Hände. »Damit haben wir nichts zu tun. Glauben Sie mir. Wenn der Zuckermarkt in der EU nicht klassisch planwirtschaftlich geregelt wäre, so wie heutzutage noch immer, wir hätten kein Problem damit. Das ist Sache der Politik, da halten wir uns raus. Im Zweifel plädiere ich genau wie Sie für freie Marktwirtschaft. Die Situation auf dem Zuckermarkt stellt sich heute besser dar als in der Vergangenheit. Die Weltmarktpreise haben sich positiv entwickelt. Die Preise sind gestiegen, der Zucker ist knapper geworden. Allerdings müssen wir an unsere Bauern denken.«

Ich hatte mich informiert: Dank der EU zahlen wir Verbraucher für die Tüte Zucker dreimal so viel wie eigentlich nötig. Den Bauern werden garantierte Abnahmepreise für A- und B-Quoten ihrer angebauten Rüben zugesagt. Die Zuckerüberschüsse, ungefähr vier Millionen Tonnen pro Jahr, der sogenannte C-Zucker, wird zum jeweiligen Weltmarktpreis exportiert. Subventioniert mit unseren Steuergeldern.

»Mir kommen schon wieder die Tränen«, sagte ich. Haselmann war ein Schlitzohr. Mich würde er dennoch nicht für seine Lobbyarbeit gewinnen. »Wenn alles so eitel Sonnenschein ist, warum setzen Sie dann die Bauern unter Druck?«

Er sprang auf und funkelte mich empört an. »Wir setzen niemanden unter Druck, Herr Morgenstern. Im Gegensatz zu den Gangstern von BT NATURE sind wir ein ehrenhaftes Unternehmen! Der Rübenbauer ist unser Partner. Wussten Sie, dass wir ein Mietenschutz-Programm durchziehen? Nehmen Sie Ihre Anschuldigung sofort zurück!«

Ich winkte ab. Ich musste eingestehen, dass ich bewusst übertrieben hatte.

»Ich entschuldige mich«, sagte ich förmlich. »Was hat es mit dem Mietenschutz-Programm auf sich?«

Schnaufend fiel er in den Stuhl zurück. Dann grinste er. »Jetzt habe ich Sie aber reingelegt. Sie sind doch nicht so informiert, wie Sie vorgeben. Das Mietenschutz-Programm ist etwas ganz anderes, als Sie denken. Landwirte können ihre Ernte damit schützen – nicht etwa ihren Hof.« Er entspannte sich. »Sie wollen auf etwas anderes hinaus, nicht wahr? In der Tat haben wir einigen Landwirten das Angebot unterbreitet, als Pächter für uns zu arbeiten. Summa summarum wäre dies kein Verlustgeschäft für sie. Es geht uns dabei nicht um Gewinn, sondern um Bestandsschutz.«

»Bestandsschutz?«

»Wir haben sehr wohl registriert, dass BT NATURE in unserem Revier auf der Jagd ist. Mehreren Bauern wurden Angebote unterbreitet, ihr Land zu verkaufen. Bislang ist noch keiner darauf eingegangen. Die Angebote waren zu unverbindlich. Genauso unseriös war das bisherige Vorgehen dieser Firma. Sie können fragen, wen Sie wollen: BT NATURE hat keinen guten Ruf in dieser Gegend.«

»Kein Wunder bei diesen Außendienstlern.«

»Sie haben bereits mit ihnen Bekanntschaft gemacht? Könnte es sein, dass Ihr Hund ...?«

Ich schüttelte den Kopf. »Besagte Herren sind bereits aus dem Verkehr gezogen worden. Ich bin überzeugt, dass BT NATURE in Zukunft mit mehr Fingerspitzengefühl vorgehen wird. Die Methoden, die sie hier anwenden wollten, mögen in Südamerika ziehen, aber nicht hier.«

»Genau das ist auch unser Eindruck«, sagte Haselmann. »Sie werden sich über kurz oder lang subtilere Methoden überlegen, um in dieser Gegend Fuß zu fassen. Daher war das Angebot, das wir den Bauern – übrigens sämtlichen unserer Bauern – unterbreitet haben, auch rein prophylaktisch gemeint. Um es klar zu sagen: Wir sind gegen Genrüben in unserem schönen Lippe.«

Der *Lipper Hof* hatte Mittagspause. Ich war ganz froh darüber. So standen die Chancen ziemlich gut, dass ich den BKA-Leuten nicht über den Weg lief. Vor allem wusste ich nicht, ob es gut für mich war, Carinna noch einmal zu begegnen. Stahl war mir gleich.

Ich begab mich gleich in die Küche. Meistens hielt Rolf sich dort auf. Er war am Putzen. Zwei weitere Küchenhilfen gingen ihm zur Hand.

»Ah, hier putzt der Chef noch selbst«, begrüßte ich ihn.

Er zuckte mit den Achseln. »Find du mal genügend Mitarbeiter für den Service. Ich bin froh, dass ich immerhin noch die meiste Zeit am Herd stehen kann. Franky, Tina, kommt ihr allein zurecht?«

Die beiden nickten, und Rolf zog mich mit zur Bar.

»Hast du Kummer, oder was treibt dich hierher, wenn die Küche geschlossen ist? Einen Whisky on the rocks?«

Ich nickte.

»Dann muss dein Problem wirklich groß sein.« Er wusste, dass ich sonst tagsüber normalerweise nie trinke. Er goss den Whisky in ein Glas, warf Eiswürfel hinein und gab es mir. Er selbst öffnete eine Flasche Selters.

Er nahm das Kopftuch ab, das er um seinen kahlen Schädel geschlungen hatte, und faltete es zusammen.

»Feierabend«, sagte er.

»Das glaubst du doch selbst nicht, oder?«

»Wenigstens für fünf Minuten. Während ich mir die Zeit nehme, mit dir zu plaudern.«

Er grinste mich an, sodass er aussah wie ein freundliches Teufelchen. Sein blonder Ziegenbart verstärkte diesen Eindruck.

Ich atmete einmal tief durch und kam zur Sache: »Hast du schon mal das Gefühl gehabt, auf dem Gipfel eines Vulkans zu stehen und in den Schlund hinabzublicken?«

»So schlimm steht es?«

Ich nickte. »So schlimm.«

Er schwieg eine Weile. »Ich nehme an, es hat nichts mit deinen Verletzungen zu tun?«

»Du nimmst richtig an.« Ich erklärte ihm, wie ich sie mir zugezogen hatte. Viel mehr wollte er nicht wissen.

»Eine Frau?«

Ich wiegte den Kopf hin und her. »Vielleicht auch.« Ich dachte an Maren. »Aber deswegen bin ich nicht hier. Ich habe noch ein ganz anderes Problem. Und dabei könntest du mir helfen.«

Ich erzählte ihm von dem Plan, das *Rübezahl* wiederzueröffnen.

Er hörte geduldig zu und sagte schließlich. »Früher bin ich mit meinen Eltern oft dort eingekehrt. Als der alte Besitzer starb, fand sich merkwürdigerweise kein anderer Käufer. Ich hatte immer gedacht, es wäre eine Goldgrube, aber wahrscheinlich lief es doch nicht so gut. Oder nur an den Wochenenden. Dann kaufte es irgendwann der Major ... Trotzdem, bei allem Enthusiasmus: Es wird nicht leicht sein, an die alten Zeiten anzuknüpfen. Die Gastronomie hat sich verändert. Heute muss man den Leuten etwas bieten. Zum Beispiel erstklassige Qualität.«

Ich trank einen Schluck. Der Whisky brannte höllisch im Magen, mehr als der Cognac. Ich verzog das Gesicht.

»Eben«, erklärte ich. »An der Qualität soll es ja nicht scheitern, aber ich habe da so meine Zweifel, ob die Kochkünste der Gräfin und von Ollie reichen werden.«

»Aha«, sagte er – und dann erst einmal nichts. »Allmählich verstehe ich, worum es geht.«

»Ich brauche deine Hilfe«, erklärte ich.

Er schüttelte den Kopf. »Unmöglich. Ich kann mir doch nicht die eigene Konkurrenz heranziehen.«

»Du sollst den beiden nur ein bisschen unter die Arme greifen. Mir schwebt da so eine Art Crashkurs vor. Konkurrenz brauchst du von uns nicht zu befürchten. Nachmittags habt ihr sowieso geschlossen. Die Sandwich-Kunden kommen eh nicht zu euch. Und auch für abends visieren wir ein ganz anderes Publikum an. Ihr bietet hier die gehobene neue Küche an – wir orientieren uns mehr an der Hausmannskost. Für die Leute in der Umgebung.«

Wieder schwieg er eine ganz Weile. Schließlich sagte er: »Besprich das besser mit Maria. Sie ist die Chefin.« Rolf griff zum Handy. Er wählte eine Nummer. Dann sprach er hinein: »Moritz ist hier. Er hat eine Frage an dich. Ja, hier unten in der Bar.« Und er erklärte ihr noch kurz, dass wir das *Rübezahl* wiedereröffnen wollten und dass wir ihn für einen Crashkurs im Kochen von Hausmannkost bräuchten. Dann legte er auf, ging an mir vorbei und verschwand.

Es dauerte fünf Minuten, bis sie kam. Als Erstes nahm ich ihr Parfüm wahr. Es war noch immer das Gleiche wie vor fünf Jahren. Ich drehte mich um.

Natürlich waren wir uns in den letzten Jahren immer mal wieder über den Weg gelaufen. Und immer war es schmerzhaft für mich gewesen. Und für sie sicherlich auch.

Wenn Rolf nicht wäre, hätte ich den *Lipper Hof* gemieden wie die Pest.

Sie sah wie immer hinreißend aus. Die dunklen Haare hielt sie mit einem Stirnband zurück. Trotz der tief umschatteten Augen und den tiefen Kerben um den Mund herum. Sie arbeitete zu viel. Machte sich zu viel Sorgen um das Hotel und das Restaurant. Dabei war sie nur angestellt. Sie hatte keinen Mann, keine Kinder. Dafür wechselnde Verehrer. Einer davon war damals ich gewesen. Nach einer Woche hatte ich gespürt, dass wir nicht zusammenpassten. Das Hotel war ihre wahre Leidenschaft.

»Also, ihr wollt das *Rübezahl* neu eröffnen und braucht Rolf dazu.« Sie kam näher und setzte sich auf den Hocker neben meinem. »Meinen Segen hast du.«

Als ich fuhr, hatte ich ein schlechtes Gefühl. So als hätte ich sie nur benutzt, um mir einen Vorteil zu verschaffen. Dem war zwar nicht so, aber dennoch fühlte ich mich nicht wohl in meiner Haut.

Ich stellte mir vor, wie die Gräfin und Ollie auf meine eigenmächtigen Anwerbungen reagieren würden. Nun, ich würde es schnell genug erfahren.

Als ich auf den Hof fuhr, herrschte eine ungewohnte Stille und Eintracht.

Niemand lief hin und her. Niemand empfing mich mit schriller Stimme (*»Moritz, stellen Sie sich vor ...«*).

Dennoch hatte ich das Gefühl, das irgendetwas nicht stimmte. Aber was?

Ich hievte mich aus meinem Volvo. Ich horchte auf meine Knochen. Nichts, was im Moment noch schmerzte.

Bis auf die Seele.

Ich scheuchte den Gedanken fort, konzentrierte mich auf die Gegenwart.

Was blieb, war die Stille. Ein Gefühl von Déjà-vu. Meine Befürchtung wuchs.

Nachdem ich ausgestiegen war, schaute ich mich um. Ollies Morgan stand auf seinem Platz, also war er auch hier.

Und dann wusste ich plötzlich, was nicht stimmte!

Luna! Normalerweise hörte ich sie bellen, wenn ich in den Hof fuhr. Wenn sie nicht sowieso frei herumlief und mich kläffend begrüßte.

In letzter Zeit hatte ich sie in der Wohnung gelassen – sicher ist sicher. Dennoch hätte ihr Gebell nach draußen dringen müssen.

Ich hatte es plötzlich sehr eilig, den Haustürschlüssel hervorzukramen. Das Futter der Jackentasche hatte ein Loch. Der Schlüsselbund war hindurchgerutscht. Ich hatte wenig Geduld. Ich zerriss das Futter ganz, um an die Schlüssel zu gelangen.

Als ich aufschloss, lag ein eigenartiger Geruch in der Luft.

Der Geruch von Angst. Und Schweiß. Angstschweiß.

Ich spürte, wie ich mich verkrampfte. Ich musste an die Schläge denken. Jetzt spürte ich die pochenden Rippen wieder.

Was, wenn die Schläger in meiner Wohnung waren?

Luna war irgendwo, aber nicht in der Wohnung. Sie wäre mir

längst entgegengelaufen gekommen. Ich musste schlucken und spürte, dass meine Mundhöhle knochentrocken war.

Vorsichtig ging ich die Treppe hinauf. Die Wohnungstür stand ein Stückweit offen. Als ich sie ganz aufstieß, überlagerten sich für einen Sekundenflash Realität und Erinnerung. Ich sah die Wohnung verwüstet – wie beim letzten Mal.

Die Wirklichkeit war anders. Diesmal hatten die Täter nichts zerstört. Sie hatten alles so gelassen, wie es war.

Nur Luna hatten sie mitgenommen.

Ich suchte die ganze Wohnung ab, schaute sogar hinter den Vorhängen und unter dem Bett nach.

Sie blieb verschwunden.

Ich setzte mich auf das Sofa, ich war fertig. Fix und fertig. Die Sorge krampfte mir den Magen zusammen, als hätte sich dort ein Geschwür eingenistet.

In dem Moment läutete das Telefon. Ich ließ es dreimal klingeln, bevor ich abnahm. Meine Finger waren feucht.

»Morgenstern.«

Noch bevor ich die Stimme hörte, wusste ich, was sie wollte.

»Wir haben deine Töle. Du lässt ab sofort das Schnüffeln sein, sonst machen wir Hackfleisch aus deinem Kläffer.«

Die Stimme klang verzerrt und metallisch. Dennoch kam sie mir irgendwie bekannt vor …

»Hast du mich verstanden?«

»So in etwa.« Ich erkannte meine eigene Stimme nicht wieder. Sie klang rau und belegt.

»Willst du deinen Liebling mal sprechen?«

Ich vernahm ein Winseln, das plötzlich in ein hohes Fiepen überging, bevor es unvermittelt erstarb.

»Ich habe verstanden!«, sagte ich rasch. »Ich schnüffle nicht mehr herum. Ich mache gar nichts mehr.«

«Das ist fein.«

»Was ist mit Luna?«

»Die kriegst du wieder. Montagmorgen. Aber nur, du weißt ja ...«

Bevor ich noch etwas sagen konnte, hatte der andere aufgelegt.

Das Telefon klingelte erneut. Ich schaute auf das Display. Im Gegensatz zum vorherigen anonymen Anrufer erkannte ich die Nummer. Es war Ollie.

Diesmal nahm ich sofort ab.

Ein paar Sekunden lang sagte er nichts. Dann brach es aus ihm heraus: »Steffi! Sie ist entführt worden!«

Ich legte auf und lief zu ihm hinüber. Ich traf ihn in seinem Zimmer an, das er sich provisorisch eingerichtet hatte. Es sah chaotisch aus, aber das war nicht das Entscheidende. Das Entscheidende war Ollie, der wie ein Häufchen Elend auf der Kante des Bettes saß.

Ich setzte mich zu ihm. »Sind Sie sicher, dass sie entführt wurde?«

Er nickte und schniefte. »Vor zwei Stunden habe ich noch einmal in ihrer Redaktion angerufen. Nach wie vor wusste niemand, wo sie ist. Und dann habe ich den Anruf bekommen ...«

»Sagen Sie nichts! Der Anrufer sprach mit verzerrter Stimme?«

Er nickte. »Ich habe ihn erst nicht verstanden. Dann sagte er mir, dass er Steffi entführt hätte. Er verlangt – er verlangt zwei Millionen Euro.«

»Zwei Millionen? Das ist Wahnsinn.«

»Danke, mein Freund, dass Sie mich aufmuntern.«

»So war das nicht gemeint. Aber niemand wird uns zwei Millionen leihen. Haben Sie die Polizei benachrichtigt?«

»Die Polizei? *Jesus!* Er wird sie umbringen, hat er gesagt, wenn ich auch nur zum Hörer greife ...«

Ich erhob mich und ging im Zimmer auf und ab.

»Luna haben sie auch entführt.«

»Luna? Oh, das tut mir leid.« Er wirkte nicht wirklich betroffen, aber das konnte ich ihm nicht verdenken.

»Wahrscheinlich ist das Lösegeld für Luna in Ihrem gleich mit drin. Wie kommen die Entführer auf die Idee, Sie hätten zwei Millionen auf der hohen Kante?«

Er zuckte mit den Schultern. Dann sank er weinend in sich zusammen.

Ich ließ ihm Zeit. Nach fünf Minuten konnte er wieder sprechen. »Ich bin schuld«, sagte er. »Ich hätte an ihrer Seite bleiben müssen, dann wäre das nicht passiert. Moritz, Sie müssen mir helfen, das Geld zu besorgen!«

»Niemand ist schuld«, sagte ich. »Sie brauchen sich keine Vorwürfe zu machen. Das sind Verbrecher, mit denen wir es hier zu tun haben. Noch einmal gefragt: Wie kommen die auf zwei Millionen?«

»Der Mann sagte, ich soll mich endlich von dem Ackerland trennen. Den passenden Käufer würde ich ja kennen ...«

Ich pfiff durch die Zähne. »Das ist ja interessant. Also weiß er von Ihrem Fund? Wem haben Sie eigentlich davon erzählt?«

»Nur Ihnen, Duffy und der Gräfin«, schniefte er.

»Von uns hat es sicherlich keiner ausgeplaudert. Aber wer weiß, was der Major so herumerzählt hat ...«

Trotzdem war es merkwürdig. »Sagen Sie, Ollie, Sie haben neulich nur zwei Pächter erwähnt. Wer ist eigentlich der dritte?«

»Ich habe mir den Namen nicht gemerkt. Ich müsste nachschauen. Aber was hat das mit Steffi zu tun?«

»Nicht mit ihr. Aber vielleicht mit ihren Entführern. Zeigen Sie mir bitte die Verträge.«

Ollie erhob sich und ging zum Schreibtisch. Er gab eine klägliche Figur ab. Sein Gesicht war gerötet, die Augen waren verquollen. Die sonst so akkurat gescheitelten Haare standen wirr vom Kopf ab. Ein Hemdzipfel schaute aus der Hose.

Auf dem Schreibtisch hatten sich etliche Stapel angesammelt. Die meisten Unterlagen stammten wahrscheinlich noch aus dem Nachlass des Majors. Schließlich zog Ollie einen Schnellhefter hervor. Darin befanden sich die Pachtverträge.

Als er mir die Namen nannte, stutzte ich.

Und plötzlich wusste ich, wer Luna entführt hatte.

IV. BLOSSSTELLUNG

Lirum, larum, Löffelstiel!
Passt auf, ich weiß ein neues Spiel!

(Christian Morgenstern)

Sie hörte sie miteinander reden.

»Sie muss hier weg!«, sagte der Alte.

»Warum? Sie ist doch hier gut aufgehoben.«

Sie kannte die eine Stimme. Mit Stimmen kannte sie sich aus. Und sie vergaß nie eine.

»Ich weiß nicht ... Ich kenne ihn, er ist wie eine Zeitbombe, die jederzeit losgehen kann, verstehst du?«

»Du meinst, er könnte ihr was antun?«

»Ich mache mir wirklich Sorgen um die Frau ...«

Der andere kicherte. »Besser, er treibt seine Spielchen mit ihr als mit dem Hund.«

»Der Köter? Dir macht der Köter Sorge? Was bist du denn für'n Mensch?«

»Halt die Klappe, ich muss nachdenken.«

Der andere ging auf und ab. Die Schritte waren direkt über ihr. Dann sagte er etwas, was sie nicht verstand.

»Wo ist er jetzt?«

»Mal kurz weg, was weiß ich.«

Dann ertönten wieder die Schritte.

Sie konnte sich nicht rühren. Das Schwein hatte sie an einem Eisenring festgemacht, der in die Wand eingelassen war. Ihr Mund war mit breitem Klebeband verschlossen. Erst hatte sie gedacht, sie müsste ersticken. Mittlerweile kam ihr das Atmen durch die Nase schon ganz natürlich vor.

»Ich hol den Wagen; pass auf, dass sie dich nicht erkennt«, mahnte der, dessen Stimme sie kannte.

Ein Loch öffnete sich über ihr. Nur ein matter Lichtschein fiel herein. Sie kauerte sich dicht an die Wand. Fast hätte sie aufgeschrien, denn ihr Rücken fühlte sich an wie eine einzige brennende Wunde.

Dann kam er auf sie zu. Ein formloser Schatten aus Bedrohung und Dunkelheit …

»Keine Angst, ich tu dir nichts«, sagte er mit heiserer Stimme …

Als seine schwieligen Hände ihren nackten Körper berührten, versuchte sie doch, zu schreien, aber kein Laut kam aus ihrer Kehle …

16.

Es waren keine weiteren Fakten, die ich brauchte. Was ich brauchte, war eine Idee. Abermals holte ich die Kiste mit den Playmobilmännchen hervor. Ich hatte sie neben dem Wohnzimmerschrank abgestellt.

Es klopfte an die Tür. Es war Ollie. Er schwankte leicht, als er eintrat.

»Sie haben getrunken?«, fragte ich.

»Nur ein bisschen«, lallte er. »Die Gräfin hat mir einige Gläser Scotch mit auf den Weg gegeben.«

»Sie haben ihr doch nichts verraten?«

Ollie grinste schief. »Liebeskummer!« Sein Grinsen erlosch. »Habe ich ihr gesagt. Dabei habe ich Todesangst. Um Steffi.«

»Na, na, Ollie«, beruhigte ich ihn. Ich legte ihm den Arm um die Schulter. »Wir werden schon eine Lösung finden – auch ohne die zwei Millionen.«

»Ich glaube nicht, dass diese Gangster Spaß verstehen.«

»Das glaube ich auch nicht. Aber ich verstehe auch keinen Spaß mehr.«

Erst jetzt bemerkte er die Playmobilfiguren.

»Sie spielen? Sie haben vielleicht Nerven.«

»Ich spiele nicht, ich versuche, meinen Geist anzuregen.«

»Darf ich mitspielen?«

»Aber sicher.« Ich hielt ihm die Schachtel hin. »Suchen Sie sich ein paar Figuren aus.«

Er klaubte sich wahllos ein paar zusammen. Aus seiner Grobmotorik schloss ich, dass er ganz schön getankt hatte. Dennoch gelang es ihm irgendwie, die Männchen und Weibchen auf der Tischplatte zu platzieren.

»Sie müssen ihnen Namen geben«, erklärte ich ihm. Ich hielt ihm einen Berner Sennenhund hin. »Das ist Luna. Für die Dauer des Spiels. Haben Sie verstanden?«

Er nickte. »Ich glaube, ja.«

Aus seinem Haufen pickte er eine Prinzessin heraus. »Das ist Steffi.« Seine Züge verdüsterten sich.

»Stellen Sie sie irgendwo auf die Tischplatte hin.«

Er tat es, allerdings platzierte er sie in Reichweite.

»Fahren Sie fort!«, drängte ich ihn. Für mich war es eine neue Erfahrung, einen Mitspieler zu haben. Einen, der zudem neue, interessante Perspektiven eröffnete.

Ich hätte Luna und Steffi dicht nebeneinandergestellt. Doch weil er Steffi in seiner Nähe haben wollte, war das Ergebnis, dass die beiden weit voneinander entfernt standen. Daran hatte ich noch gar nicht gedacht. Ich war immer davon ausgegangen, dass man sie irgendwo zusammen eingepfercht hatte. Wenn dem aber nicht so war, so wurde die Sache nicht gerade einfacher.

Als Nächstes wählte Ollie einen Ritter. »Das bin ich!«, erklärte er. »Ich werde meine Prinzessin befreien.«

Er stellte den Ritter direkt neben seine Steffi-Figur.

»Das geht nicht«, erklärte ich ihm.

»Warum nicht? Wir gehören zusammen!«

Vielleicht war es doch keine gute Idee gewesen, ihn mit einzubeziehen.

»Steffi ist entführt worden«, erklärte ich ihm. »Also kann sie nicht neben Ihnen stehen. Höchstens am Ende, wenn Sie sie befreit haben. Verrücken Sie sie.«

»Sie ist nicht verrückt!«

»Davon war keine Rede.« Offensichtlich hatte es die Gräfin zu gut gemeint und ihm ein Glas zu viel Scotch eingeflößt. »Stellen Sie sie woandershin.«

»Ich denke nicht daran!«

Ich gab es auf. »Also gut. Wollen Sie weiter mitspielen?«

»Sicher.«

»Dann wählen Sie bitte noch ein paar weitere Figuren.«

Er wählte den blauen Drachen. Der war bei mir bisher noch nie zum Einsatz gekommen. »Das ist die Gräfin«, sagte er ernst.

»Als Drache?«

»Sie wird uns beistehen, jawohl!«

Ich konnte nur hoffen, dass die Gräfin niemals davon erfahren würde, dass sie als Drache hatte herhalten müssen.

»Und das«, fuhr Ollie fort. »Ist der gute Duffy.« Er hielt das Schlossgespenst in die Höhe. Allmählich schien er Spaß an unserem Spiel zu finden, wenngleich er meine Regeln auf den Kopf stellte.

Als Nächstes klaubte er eine Hand voll Polizisten zusammen. »Polizei!«, betonte er und hob den Zeigefinger. »Sehr wichtig. Wir müssen sie überall verteilen.«

Ich half ihm dabei. Wo er recht hatte, hatte er recht. Wir konnten die Sache nicht völlig ohne staatlichen Beistand lösen.

»Sie haben Ihren Wagen vergessen«, erinnerte ich ihn. Ich hielt ihm ein rotes Feuerwehrauto hin und ein schwarzes Zirkuspferd. Nach kurzem Zögern entschied er sich für das Zirkuspferd. Immerhin konnte er seinen Ritter daraufsetzen.

Ich entnahm der Kiste weitere Figuren: den kopflosen Major, dessen Kopf ja mittlerweile aufgetaucht war; Ludwigs Kopf mitsamt aufgefundenem Körper. Norbert spielte eine entscheidende Rolle. Ich wählte auch für ihn einen Polizisten aus – allerdings hatte der als Einziger eine Pistole. Die Pistolen der anderen Figuren waren nach und nach abhandengekommen.

Was Maren betraf, so musste ich länger nachdenken. Dabei war es so einfach. Ich nahm die brünette Ärztin im weißen Kittel. Die Figur war ebenso zufällig in meinem Playmobilsortiment wie die, die ich für Doktor Hölderlin auswählte: im blauen Operationsdress, mit Mundschutz und Zange.

Allmählich gelangte ich in den Zustand, den ich von früher kannte, wenn ich mich spielerisch mit den Figuren beschäftigte. Ich spürte die meditative Wirkung. Meine Sorgen und Ängste verblassten. Es war alles nur ein Spiel. Und ich würde es lösen …

»Wie wäre es mit noch einem Scotch?«, schlug Ollie vor.

Ich schreckte hoch. Nein, ich brauchte keinen Alkohol. Da ich nicht antwortete, murmelte er: »Also gut, dann hole ich mir selber einen.«

Nur am Rande nahm ich wahr, dass er in die Küche wankte.

Ich war in das Spiel vertieft. Jetzt musste ich nicht mehr nachdenken. Ich ließ dem Zufall und der Intuition freien Lauf. In meinen Händen fanden sich ein paar Figuren wieder, die ich als Bauern deklarierte. Ein kleiner Teil davon gehörte zu den Gen-Befürwortern. Ich trennte sie von den anderen. Die beiden BKA-Beamten, Stahl und auch Carinna, mussten mit rot gekleideten, schwarz behelmten Space-Rangern vorliebnehmen. Ein paar weitere Figuren stellten Politiker, Funktionäre und weitere Drahtzieher dar, die jeweils ihr eigenes Süppchen kochten. Allein für den Direktor der Sparkasse und Haselmann von der Zuckerfabrik suchte ich prägnante Charaktere heraus. Der Nikolaus war Haselmann, der Piratenkapitän war der Direktor.

Blieb noch BT NATURE als diffuses, nicht greifbares Objekt. Leider hatte ich in meiner Sammlung kein Geisterschiff. Ich entschied mich schließlich für zwei Top-Agenten. Mit ihren Sonnenbrillen erinnerten sie an Schulze und Müller. Ich glaubte nicht, dass die beiden noch eine große Rolle spielten, aber immerhin waren sie noch am greifbarsten, was BT NATURE betraf.

Ollie kam aus der Küche zurückgetorkelt. »Bier!«, verkündete er zufrieden und schwenkte eine Flasche Detmolder, ließ sich wieder aufs Sofa fallen und ließ den Schnappverschluss knallen.

»Auch einen Schluck?«

Ich schüttelte den Kopf, nahm ihn kaum wahr, während ich die Sternchenfee für Maria und den Koch, mit Bräter und Truthahn, für Rolf wählte.

Blieben die drei Personen, von denen mir Ollie die Verträge gezeigt hatte. Ich hatte sie vor Augen. Daher war es gleich, welche Figuren ich für sie wählte. Viele hatte ich eh nicht mehr übrig. Ohne lange zu überlegen, stellte ich drei ägyptische Grabräuber stellvertretend für sie auf den Tisch. Das war's!

Oder doch noch nicht ganz.

Ich zog den Astronauten aus der Tasche. Ich hatte mich nach wie vor nicht von ihm trennen können, obwohl ich mich längst nicht mehr mit ihm identifizieren konnte. Er trug noch immer den Glücksring um den Hals.

Nein, ich war kein Astronaut mehr, war es vielleicht nie gewesen. Wieder einmal sagte ich mir, dass das Schwerelose mir nicht stand. Vor allen Dingen half es mir in diesem Fall kaum weiter. Ich musste mit beiden Beinen fest auf dem Boden stehen.

In der Kiste war nur noch eine Figur übrig, die einigermaßen intakt war.

Der Massai-Krieger.

Irgendwo hatte ich mal gehört, dass Massai Blut trinken und, um eine Frau heiraten zu können, vorher einen Löwen erlegen müssen. Mit bloßen Händen.

Ich wusste nicht, ob ich mir das wirklich zutraute. Ich kramte in der Kiste und fand eine Waffe. Ich drückte sie dem Massai-Krieger in die Hand.

Es war ein Morgenstern. Jetzt erst war ich zufrieden.

Ollie hatte seine Flasche ausgetrunken. »Noch'n Bier«, verlangte er.

Ich ließ ihn gen Küche ziehen. Wahrscheinlich war es das Beste für ihn, wenn er sich betrank.

Ich konzentrierte mich wieder auf die Figuren auf dem Spielfeld.

Ollie hatte im Grunde den entscheidenden Hinweis gebracht: Steffi und Luna mussten nicht zwangsläufig irgendwo zusammen gefangen gehalten werden. Ich spielte einen weiteren Gedanken durch: Vielleicht steckte noch nicht einmal derselbe Entführer dahinter. Nein, das war eher unwahrscheinlich. Aber es brachte mich auf einen anderen Gedanken: Was, wenn es sich nicht nur um *einen* Entführer handelte? Sondern um mehrere? Mir kamen die Verträge in den Sinn. Vielleicht sogar um drei?

Ich nahm die drei ägyptischen Grabräuber und stellte sie nebeneinander, aber so, dass Platz zwischen ihnen blieb. Dann nahm ich Luna und Steffi und stellte sie jeweils versetzt zwischen die drei.

Das war es! Am liebsten hätte ich laut gejubelt.

Es gab drei Entführer! Sie steckten unter einer Decke! Und sie hatten Luna und Steffi getrennt voneinander versteckt.

Ich spürte, dass ich nahe daran war, eine Idee zu entwickeln.

Mit einem Schnippser kippte ich den mittleren der Grabräuber um. Die Konsequenz lag auf der Hand: Ich würde ihn zwar zu fassen bekommen, aber die anderen beiden würden sich an den Geiseln rächen.

Und wenn ich alle drei zur selben Zeit ausschaltete? Das war noch immer ein sehr gefährliches Unterfangen, bei dem die Geiseln in Gefahr geraten konnten.

Mein Blick schweifte über die anderen Charaktere. Abwechselnd nahm ich Norbert und die BKA-Agenten in die Hand, wog sie gegeneinander ab und entschied mich schließlich für keinen von ihnen. Ich platzierte sie so, dass sie die ägyptischen Grabräuber zwar umzingelten, aber sich weit genug von ihnen fernhielten. Das war sicherer. Für die Geiseln. Ich fragte mich überhaupt, wie weit ich Stahl und Carinna einweihen musste. Nun, es käme darauf an, inwieweit sie mir freiwillig die Informationen gaben, die ich von ihnen brauchte.

Anders sah es mit Norbert aus. Ich stellte ihn an meine Seite. Ihm schenkte ich mein uneingeschränktes Vertrauen. Mehr noch: Ich war darauf angewiesen, dass er dieses Vertrauen auch rechtfertigte.

Mein Blick fiel auf den Piratenkapitän. Krautkrüger, der Sparkassendirektor, musste ebenfalls mitspielen.

Meine Hände schoben die Figuren wie auf einem Schachbrett vor und zurück, ich gruppierte sie um, verwarf den einen oder anderen Gedanken wieder, und allmählich kristallisierte sich ganz von selbst heraus, wie es funktionieren sollte.

Das Entscheidende war: Die Entführer hatten uns kein Ultimatum gestellt.

Also bestimmten wir den Zeitpunkt, wann wir zurückschlagen würden.

Ich hatte mal wieder einige Telefonanrufe zu tätigen. Am leichtesten war es, Freunde und Bekannte des Majors und der Gräfin und ein paar Bauern aus der Umgebung dazu zu bewegen, dass sie bereits am morgigen Donnerstag der inoffiziellen Eröffnung des *Rübezahl* als Ehrengäste beiwohnten. Natürlich kostenlos. Ein echter Lipper ließ sich da nicht lange bitten. Der nächste Anruf war der wichtigste. Ich wollte eigentlich Rolf sprechen, aber ich bekam nur Maria an den Apparat.

»Du bist verrückt!«, entfuhr es ihr, als ich ihr klarmachte, dass wir einen Tag früher eröffnen mussten. »Weißt du, was das bedeutet? Nein, du weißt es nicht, denn du hast ja nicht die geringste Ahnung von Gastronomie!«, schimpfte sie. »Für fünfzig geladene Gäste zaubert man mal nicht eben von heute auf morgen ein Drei-Gänge-Menü!«

Schließlich versprach sie, mit Rolf darüber zu sprechen. Als ich auflegte, wusste ich, dass sie ihn überreden würde.

Dann rief ich Maren an. Statt des erwarteten Anrufbeantworters war sie selbst am anderen Ende der Leitung.

»Oh, schön, dich mal wieder zu hören.«

»Gleichfalls.«

Wir schwiegen uns an. Irgendetwas lag zwischen uns, das es schwer machte, so zu tun, als wäre nichts. Und es betraf nicht nur Carinna. Ich erklärte ihr, was wir vorhatten mit dem *Rübezahl.*

»Ich habe davon gehört«, sagte sie. »Ich hoffe, du willst mich nicht als Putzhilfe oder Servierkraft anheuern?«

»Keine Angst, du bist unser Gast. Wir wollen einen Tag vorher zeigen, was wir draufhaben. Presse ist natürlich auch eingeladen.«

»Du klingst so – so anders.«

»Ja?«

»Ist etwas passiert? Geht es dir gut mit deiner neuen Freundin?«

»Sie ist nicht meine Freundin. Und: Mir geht's gut.« Ich schluckte.

»Und Luna?«

»Luna geht's auch gut.«

»Na, ich sehe euch ja morgen. Ich bringe ihr einen großen Knochen mit.«

Nach dem Gespräch mit Maren musste ich erst einmal neue Kraft schöpfen. Ihre Stimme zu hören hatte mich mehr aus dem Konzept gebracht, als ich mir selbst eingestehen wollte.

Dann rief ich Armin an.

»Ich brauche deine Hilfe«, sagte ich. »Wie komme ich an BT NATURE heran?«

»Was fragst du denn mich?«, sagte er ungeduldig.

»Wolltest du den Hof nicht verkaufen?«

»Ja doch, aber direkt habe ich mit denen noch nicht zu tun gehabt. Was ist denn mit denen im Knast?«

»Schulze und Müller? Habe ich auch schon überlegt.« Ich fischte nach der Visitenkarte. »Die Nummer auf der Visitenkarte habe ich auch. Ich dachte, du hättest vielleicht bessere Connections.«

»Nee, leider nicht.«

Bevor ich das Gespräch beendete, lud ich ihn ebenfalls für morgen ein. »Könnte sein, dass morgen eine Bombe platzt«, sagte ich.

Norbert hatte die Curry-Börse in Bielefeld vorgeschlagen, damit es, sollte mich jemand beschatten, aussah wie ein normales Treffen zwischen alten Freunden.

Er hörte sich an, was ich zu sagen hatte, schwieg lange Zeit und sagte dann: »Du weißt wie immer nicht, auf was du dich da einlässt.«

»Ich weiß es sehr wohl«, erwiderte ich. »Denn ich kenne den Täter.«

»Dann sag mir, wer es ist, und ich verspreche dir, dass ich binnen einer Stunde mit einer ganzen Hundertschaft vor seiner Tür stehe!«

Ich schüttelte den Kopf. Dann erklärte ich ihm meinen Plan. Danach war er noch immer nicht überzeugt.

»Erst behauptest du, du kennst den Täter – jetzt sind es auf einmal drei.«

»Ich bin mir nicht hundertprozentig sicher. Und wenn ich falschliege, kann das tödlich ausgehen. Ich werde dafür sorgen, dass alle drei morgen anwesend sind – dann ist die Luft für euch rein.«

»Wenn das in die Hose geht, rollen Köpfe«, sagte er düster. Angesichts der vorausgegangenen Geschehnisse empfand ich seine Ausdrucksweise als geradezu makaber.

17.

»Was würden Sie sagen, wenn ich Sie um zwei Millionen Euro bitten würde?«, fragte ich rundheraus. Karl-Theodor Krautkrüger blieb gelassen.

Der Sparkassendirektor saß zurückgelehnt in seinem Armsessel, die Hände über dem flachen Bauch gefaltet. Krautkrüger war einer der jungen Nachrücker. Dynamisch und zupackend. Seine sportliche Figur erarbeitete er sich garantiert im Fitnessstudio. Nach Feierabend und an den Wochenenden. Sicherlich hatte er sein Haus längst in trockenen Tüchern. Ich traute ihm eine Familie zu. Eine junge Frau, zwei kleine Kinder, die auf ihn warteten. Privat war er sicherlich ganz nett. Als Sparkassendirektor gab er sich als Barrakuda. In einem Haifischbecken zu überleben war sicherlich nicht einfach.

»Ich würde Folgendes sagen«, antwortete er nach einigen Sekunden Bedenkzeit. »Überzeugen Sie mich mit einem Konzept. Legen Sie mir die entsprechenden Sicherheiten vor. Ansonsten verweise ich Sie gern an die Konkurrenz.«

Ich erklärte ihm, dass ich die zwei Millionen nicht für mich bräuchte, sondern für einen guten Freund. Ich legte ihm die drei Verträge vor. Er las sie genau. Schließlich nahm er einen Taschenrechner zu Hilfe und tippte ein paar Zahlenkolonnen ein. Am Ende schüttelte er den Kopf.

»Wir erwarten zwar auch in Zukunft steigende Bodenpreise, aber auf den Betrag, den Sie wünschen, komme ich nie und nimmer. Die Verträge decken allenfalls die Hälfte des Betrages ab – und das bei sehr wohlwollender Betrachtungsweise.«

»Und wenn es andere Kaufinteressenten geben würde?«, fragte ich. »Jemanden, der bereit wäre, das Doppelte der üblichen Bodenpreise zu bezahlen?«

Krautkrüger kratzte sich am Kopf. Zugleich hatte ich das Gefühl, dass er zum ersten Mal so etwas wie Interesse zeigte.

»Sie sprechen von BT NATURE?«, sagte er schließlich.

Ich nickte.

»Das war eine interessante Geschichte. Aber sie ist verpufft – wie so viele andere dieser Spekulationsblasen. Soweit ich weiß, hat sich BT NATURE nach der ganzen Aufregung in den letzten Wochen aus der Region zurückgezogen. Negative Schlagzeilen sind das Letzte, was die Branche hier in Deutschland gebrauchen kann. Schade eigentlich; das Feld war hier in Lippe gut aufgestellt. Es gab nicht wenige Bauern, die verkaufen wollten. Und einige Politiker und Verbandsfunktionäre waren ebenfalls nicht abgeneigt, der Genrübe in dieser Region eine Heimat zu geben. Einen Kaffee?«

Ich nahm dankend an. Krautkrüger erhob sich und begab sich mit athletischen Schritten zu dem chromglänzenden Automaten, der neben dem Fenster stand. Mit ruhiger Gelassenheit bereitete er zwei Portionen Kaffee zu.

Mir war klar geworden, dass ich ihm nichts vormachen konnte. Er steckte viel tiefer in der Sache drin, als ich gedacht hatte.

Ich wagte einen Schluck. Der Kaffee war brühend heiß.

»Sie wissen, wer sich hinter BT NATURE verbirgt?«

Er lachte auf. »Natürlich war ich bei diversen Verhandlungen dabei. Was glauben Sie, wie viele Bauern hier bei uns ihre Kredite am laufen haben? Und wie viele von heute auf morgen pleite wären, wenn wir den Hahn zudrehen würden? Insofern hat unsere Sparkasse durchaus Interesse, potenzielle Geldgeber in die Region zu locken. Was BT NATURE betrifft, so handelt es sich um ein international verflochtenes Konsortium. Ich könnte Ihnen Namen nennen, aber Sie werden keinen Termin bekommen. Glauben Sie mir, mein Lieber: Das Thema BT NATURE ist vorbei. Finito! Ihre drei Höfe interessieren kein Schwein mehr.«

»Wie bekannt ist das?«, fragte ich. »Ich meine, dass BT NATURE sich zurückzieht?«

»Offiziell gab es ja niemals Angebote«, erklärte Krautkrüger. »Was meinen Sie, wie schnell das hier die Ökos und irgendwelche Krawallbrüder auf den Plan rufen würde!«

Ich nickte. »Ich war auf einer Versammlung dabei. Die Luft war ziemlich dick.«

»Sehen Sie. Und deswegen wird es auch niemals eine offizielle Verabschiedung aus dem Projekt geben. Schätze ich wenigstens. BT NATURE war nichts als ein Spuk. Vielleicht ist die Region in zehn Jahren so weit ...«

»Moment«, unterbrach ich ihn. »Das heißt, dass sich einige Bauern noch immer Hoffnungen machen, ihr Grundstück zu verkaufen?«

Er nickte. »Das kann gut sein.«

Dann erklärte ich ihm, warum ich wirklich gekommen war. Seine Miene war undurchdringlich. Am Schluss sagte er: »Was Sie vorhaben, halte ich für keine gute Idee. Und was meine Rolle betrifft, so gleitet diese durchaus ins Unseriöse ab.«

»Dafür erhalten Sie ein vorzügliches Drei-Gänge-Menü. Und wenn sich erst einmal herausstellt, warum Sie die Rolle übernommen haben, werden Sie in der Achtung Ihrer Kunden sogar noch steigen.«

Mein letzter Gang war einer der schwierigsten. Ich fuhr zum *Lipper Hof*. Nicht um Rolf oder Maria zu begegnen, auch nicht Stahl, sondern Carinna.

Ich fragte an der Rezeption nach.

»Frau Leisenscheidt ist auf ihrem Zimmer«, erklärte das Mädchen hinter der Rezeption.

»Welche Zimmernummer?«, fragte ich das Mädchen.

»Nummer neunzehn.«

Ich dankte und ging die Stufen hinauf. Der Korridor im ersten Stock lag verlassen da. Als ich vor der Tür mit der Nummer neunzehn stand, wurde diese aufgerissen. Stahl kam herausgeschlendert. Einen Augenblick lang schaute er mich verdutzt an. Dann grinste er.

»Wie lange stehen Sie denn schon hier?«

»Gerade gekommen«, erklärte ich.

»Genau wie ich«, kalauerte er. Dann ging er an mir vorbei, ließ die Zimmertür aber offen.

Carinna lag auf dem Bett. Sie war angezogen. Ihr Gesicht war gerötet. Die Überraschung, mich zu sehen, war nicht gespielt.

»Moritz? Was machst du denn hier?«

Ich schloss zunächst die Tür hinter mir. »Dein neuer Freund?«

»Mein neuer alter oder alter neuer Freund. Was immer du willst. Such dir was aus.« Sie stützte sich auf den Ellenbogen, griff nach einer Packung Marlboro auf dem Nachttisch und zündete sich eine Zigarette an. »Manchmal brauchen wir uns«, erklärte sie. »Das verstehst du wahrscheinlich nicht. Aber willst du dich nicht setzen?«

Ich nahm auf dem kleinen Stuhl neben dem Schreibtisch Platz.

»Ich glaube nicht, dass ihr wegen Radio Hermann in der Gegend seid«, sagte ich direkt. »Das sind doch kleine Fische.«

»Wenn du es sagst: Wir haben den Sender gestern ausgehoben. Er wurde nur von drei Leuten betrieben, allesamt unter zwanzig Jahre alt.«

»Trotzdem war es kein Kinderspiel«, sagte ich. »Zündeln mit rechten Parolen kann schnell einen Flächenbrand auslösen.«

»Ob rechts oder links. Diese Brände zu löschen ist unsere Aufgabe.« Es klang nicht pathetisch. Eher mutlos. »Was hast du gerade gesagt?« Erst jetzt schien sie zu begreifen, was ich ihr vorgeworfen hatte. Es war reine Taktik. Aber darin war sie geschult.

»Ihr seid wegen Armin hier.« Ich hatte mich entschlossen, die Katze aus dem Sack zu lassen.

Sie blies einen Rauchkringel in die Luft und legte den Kopf in den Nacken. Wie eine Katze. Irgendwie stand ihr die Rolle nicht.

»Armin? Ich kenne keinen Armin.«

»Armin Novotzki. Mein Vetter.«

Sie hob den Kopf. »Ich kenne deine Verwandtschaftsverhältnisse nicht. Und ich bin auch nicht daran interessiert, mehr darüber zu erfahren«, erklärte sie kühl. Sie nahm ein paar weitere hektische Züge. Schließlich sagte sie. »Ich darf dir nichts sagen. Den Teufel werd ich tun und dich einweihen. Du ahnst es ja schon selbst.« Sie sah mich beschwörend an: »Halt dich da raus. Gib uns noch eine Woche!«

Ich schüttelte den Kopf. »So viel Zeit habe ich nicht.«

Ich erzählte ihr, was vorgefallen war. Und von den Anrufen.

»Du glaubst, es war dein Vetter Armin?«

Ich seufzte. »Es hat eine ganze Zeit gedauert, bis ich ihn verdächtigt habe – nicht nur was die Entführungen betrifft. Ich kenne ihn gut, er war früher anders. Sein Wesen war anders, verstehst du? Es passt einfach nicht zu ihm, dass er nach Ludwigs Tod allein auf dem Hof bleibt. Und erst recht nicht nach dem Tod seiner Hunde. Er hat zwar mehrmals betont, dass er den Hof verkaufen will, aber es klang in meinen Ohren nie überzeugend. Und seit Ollie mir die Verträge des alten Majors gezeigt hat, weiß ich auch, warum.«

»Da bin ich aber gespannt.«

»Der Hof gehört ihm gar nicht. Weder ihm noch Ludwig.« Ich erzählte ihr die Story mit dem alten Bietenstüvel. »Der Alte war schlauer, als die beiden gedacht haben. Er hat ihnen einen Hof vermacht, der ihm selbst nicht gehörte. Er hatte ihn nur gepachtet.«

»Und dein Vetter hat es nicht gewusst?«

»Nein, er muss es erst später herausgefunden haben. Spätestens, als die beiden versucht haben, den Hof wieder zu veräußern. Vor drei Jahren wollten sie eine Hypothek auf Grund und Boden aufnehmen.« Letzteres wusste ich von Krautkrüger. »Spätestens da wurden sie damit konfrontiert, dass sie allenfalls Pächter waren.«

Carinna hatte die Zigarette zu Ende geraucht. Sie erhob sich vom Bett, zog sich die Pumps an und setzte sich auf die Kante.

»Hast du die Polizei eingeschaltet?«

Ich nickte. »Zumindest mein alter Schulfreund Norbert weiß Bescheid.« Ich beschrieb ihr, was ich vorhatte. Sie schüttelte den Kopf. »Das geht nicht, Moritz. Überlass das den Leuten, die etwas davon verstehen.«

Ich lachte auf. »Du meinst, solchen Leuten wie Stahl?«

»Auch wenn du ihn nicht magst: Er ist ein Profi.«

»Ja, und er hat einen Auftrag. Ich könnte mir vorstellen, dass dieser Auftrag wichtiger ist als das Leben von Steffi und Luna.«

Sie verzog das Gesicht: »Allein wie du einen Menschen und einen Hund in einem Zusammenhang nennst, zeigt doch, dass du gefühlsmäßig viel zu sehr in den Fall verstrickt bist …«

»Ich habe dir das alles nicht erzählt, damit du mir weise Ratschläge gibst«, erklärte ich zornig. »Ich bin überzeugt, dass der Entführer es ernst meint. Wenn er erfährt, dass die Polizei oder sonst jemand eingeschaltet ist, wird er Steffi töten.«

»Und wenn es nicht der ist, den du vermutest?«, fragte Carinna.

»Deswegen ja der ganze Aufwand«, erwiderte ich. »Der Major hat damals drei Verträge abgeschlossen: Einen mit Bietenstüvel, einen mit Hubert Wattenberg …«

»Wattenberg?«

»Der Tankstellenbesitzer und Zugführer der Freiwilligen Feuerwehr bei uns«, erklärte ich. »Seinen Besitz hat er vor ein paar Jahren an seinen Sohn verpachtet.«

»Also gehört er ihm noch. Und der dritte?«

»Ein Bauer namens Beckmann. Er war ebenfalls bei der Freiwilligen Feuerwehr. Irgendwann ist er gestorben – kinderlos, ohne Erben. Das Land hat damals Wattenberg junior übernommen.«

Carinna dachte eine Weile nach. Dann sagte sie: »Schön und gut, aber warum verlangt einer von denen jetzt zwei Millionen von deinem Freund Ollie?«

»Die zwei Millionen ergeben sich aus einem möglichen Verkauf der Grundstücke an BT NATURE. Die hätten weit über Marktpreis gezahlt. Hätten, denn inzwischen haben sie sich aus dem Spiel zurückgezogen. Nur scheint der Entführer das noch nicht zu wissen. Jedenfalls will er das Geld. Und zwar ganz schnell.«

»Wer braucht nicht Geld?«, sinnierte Carinna. »Aber mit deinem Vetter könntest du richtigliegen. Wir haben beobachtet, dass er zunehmend nervöser wird. Er muss ahnen, dass wir ihm auf den Fersen sind. Wir observieren ihn seit sechs Wochen. Möglich, dass wir einen Fehler gemacht haben. Es reicht, wenn wir uns einmal zu voreilig gezeigt haben … Mit zwei Millionen wäre er aus dem Schneider. Er könnte sich mühelos ins Ausland absetzen.«

Eine Weile schwiegen wir uns an. Schließlich sagte sie: »Was weißt du über deinen Vetter?«

Ich versuchte, meine Gedanken zu ordnen und in meinen Erinnerungen zu kramen. Schließlich sagte ich: »Kaum etwas. Er ist der zweitälteste Sohn meines Onkels – dem Bruder meines Vaters. Als Kinder sind wir uns nur bei den Familienfeiern begegnet. Er war ein paar Jahre älter als ich, aber trotzdem konnten wir gut miteinander. Wir haben uns für die gleiche Musik interessiert, haben die gleichen Comics gelesen und haben mit Vorliebe Schwarz getragen. Irgendwann haben wir uns aus den Augen verloren. Ich war froh, als er nach Lippe zog und wir unseren Kontakt vertiefen konnten. Er sprach davon, dass er in Berlin Mist gebaut hätte, aber das war Vergangenheit. Jedenfalls habe ich das immer gedacht.«

»Er hat sich in RAF-Kreisen der dritten Generation bewegt«, erklärte Carinna. »Über diese Generation ist kaum etwas bekannt. Bis heute kennt die Bundesanwaltschaft höchstens die Hälfte der ehemaligen zwanzig Mitglieder überhaupt mit Namen. Daher ist er so wichtig für uns. Er gehörte nie zur Führungsebene, war eher ein Mitläufer. Dann kam es zum Richtungswechsel: Er nannte sich Ernesto, überfiel eine Bank und erschoss einen Wachmann, eine Kassiererin und zwei zufällige Kunden. Danach ist er untergetaucht. Es war, als ob Ernesto nie existiert hätte. Seine bürgerliche Existenz hat er bis zum Schluss perfekt verborgen.«

»Armin, ein mehrfacher Mörder?«, stieß ich ungläubig hervor. Und ich war jahrelang mit ihm zusammengekommen und hatte keine Ahnung. Ich dachte, er wäre ein harmloser Spinner. Ich brauchte eine Weile, bis ich mich etwas gefangen und das Bild der verschiedenen Armins zusammengebracht hatte.

»Und wie seid ihr ihm auf die Spur gekommen?«, fragte ich schließlich matt.

»Er hatte einen Tick. Schon vor seiner RAF-Zeit: Er sammelte Eierwärmer. Er häkelte sie sogar selbst und verschenkte sie an seine Genossen. Vor zwei Jahren bot jemand auf ebay ein Paar Eierwärmer an, die angeblich Gudrun Ensslin gehört hätten. Der Verkäufer kam aus Berlin und gehörte in den Siebzigerjahren ebenfalls dem terroristischen Umfeld an. Allerdings war er harmlos, wenngleich er mit der Ensslin einige Monate in derselben Wohngemeinschaft verbracht hatte. Aus dieser Zeit stammten angeblich die Eierwärmer.«

»Lass mich raten«, bat ich. »Er hat sie ersteigert!«

Sie nickte. »Sogar für einen unverschämt hohen Preis. Das musste entweder ein Verrückter sein oder jemand, dem wirklich etwas daran lag. Du weißt ja, was so alles bei ebay versteigert wird – Zimtschnecken, auf denen man angeblich das Gesicht der Jungfrau Maria sieht, zum Beispiel. So kamen wir auf deinen Vetter. Mittlerweile hatte er sich hier eine durchaus bürgerliche Existenz aufgebaut. Wir gehen auch davon aus, dass er sich von seinem ehemaligen Umfeld vollkommen losgesagt hat.«

»Warum verhaftet ihr Armin nicht einfach?«, fragte ich.

»Das können wir jederzeit. Er läuft uns nicht mehr davon. Wir erhoffen uns aber mehr Erkenntnisse, indem wir ihn observieren. Aus RAF-Tätern ist in Verhören nicht viel rauszukriegen. Wir haben Hinweise, dass die beiden nicht die Einzigen sind, die hier im Teutoburger Wald Unterschlupf gesucht haben. Vielleicht führt er uns ja zu weiteren Komplizen von damals.«

»Und Ludwig?«, fragte ich. »Gehörte der auch der RAF an?«

Sie nickte. »Wir waren an Ludwig Leineweber dran. Ganz nah dran. Er war bereit, mit uns zu reden.«

»Er wollte Armin ans Messer liefern?«

»Wenn du so willst: Ja! Ludwig Leineweber war damals ebenfalls nur ein Mitläufer gewesen, seine Taten waren längst verjährt.«

»Aber warum wollte er dann gegen Armin aussagen?«

Sie zuckte mit den Schultern. »Vielleicht gab es ja Differenzen. Oder einen handfesten Streit …«

Ich ließ mir ihre Worte durch den Kopf gehen. »Ja, so könnte es gewesen sein«, sagte ich schließlich. »Das würde Sinn machen …«

»Wenn du deine Gedanken nicht nur für dich behieltest, würde das auch Sinn machen.«

Ich teilte ihr mit, was mir durch den Kopf ging: »Nur mal angenommen, dass Armin sauer war, als er davon erfuhr, dass ihm der Boden unter den Füßen gar nicht gehörte, und er den Plan entwarf, den Major umzubringen …«

»Was nicht bewiesen ist …«

»Weil damals niemand ernsthaft an einer Aufklärung interessiert war. Also nur mal angenommen, er hat ein bisschen nachgeholfen, als der Major von den Externsteinen sprang. Armin könnte vorher eruiert haben, dass der Major keine Erben hatte. Er hat natürlich nicht mit Ollie gerechnet, sondern damit, dass sich nach dem Tod des Alten niemand mehr für die alten Verträge interessieren würde. Dann wäre der Weg frei gewesen, um das Land an BT NATURE zu verkaufen … Ludwig könnte bei dem allen sein Veto eingelegt haben. Ludwig war eine durch und durch ehrliche Haut, wenn du mich fragst.«

»Hättest du das nicht bis vor Kurzem noch auch über deinen Vetter gesagt?«

Ich dachte nach, um eine möglichst ehrliche Antwort zu geben. Dann sagte ich: »Nein.«

»Deine Story klingt gut«, sagte Carinna. »Aber einen großen Haken sehe ich noch. Ich habe eine Zeit lang als Fallanalytikerin gearbeitet, ich kann mich gut in den Kopf eines Täters hineinversetzen.«

Ich nickte. »Ich weiß, darüber habe ich mir auch schon Gedanken gemacht. Du spielst auf die Hunde an, oder?«

»Nach allem, was wir wissen, waren sie sein Ein und Alles.«

»Das kann ich sogar bestätigen. Für sie wäre er durch die Hölle gegangen.«

»Wieso hat er also zugelassen, dass sie qualvoll in ihren Zwingern verbrannt sind?«

Am Morgen des Tages vor dem Eröffnungsabend war ich aus einem Albtraum aufgewacht. Ich hatte geträumt, Maria und Rolf hätten Luna hereingetragen. Auf einem großen Tablett. Sie lag tot darauf, geröstet und angerichtet, aber immer noch als Luna erkennbar. Ihre dunkelbraunen Haselnussaugen blickten mich traurig an, so als wollte sie sagen: »Das habe ich dir zu verdanken.« Man hatte ihr eine Wurst ins Maul gesteckt. Ein Zipfel schaute heraus. Als ich daran zog, wurde die Wurst immer länger und länger, und plötzlich schaute ein Arm heraus. Ich zog weiter an der Wurst, bis schließlich Steffi zu erkennen war. Sie hatte in Luna gesteckt ...

»Können wir jetzt endlich anfangen zu essen?«, beschwerte sich einer der Gäste.

Maria und Rolf waren schon weitergegangen und luden das Tablett auf einem der Tische ab.

Bevor ich hilflos zusehen musste, wie Luna verspeist wurde, war ich schreiend aus dem Albtraum hochgeschreckt.

Ich war nassgeschwitzt. Mir wurde bewusst, dass die Wirklichkeit kaum besser aussah als mein Traum. Ich wankte ins Bad. Auf dem Weg dorthin fiel mein Blick auf den Radiowecker. Es war fast zehn Uhr. Ich hatte gnadenlos verschlafen. Der Radiowecker war zwar angesprungen, aber ich war nicht wach geworden. Ich wusste, was gefehlt hatte: Steffis so nervige Stimme.

Nachdem ich geduscht hatte, fühlte ich mich besser. Ich schaute aus dem Fenster. Mehrere Lieferwagen standen draußen. Männer waren damit beschäftigt, Tische und Stühle ins Haupthaus zu tragen. Ich beeilte mich, nach unten zu kommen und ihnen zu helfen.

Duffy und Ollie waren schon dabei, in der »großen Halle«, wie sie genannt wurde, die Tische aufzustellen. Die Gräfin stand daneben und dirigierte lautstark.

»Ah, der Herr Langschläfer«, begrüßte Duffy mich boshaft.

»Eigentlich war ich es doch, der zu viel getrunken hat, oder?« Ollie zwinkerte mir zu.

Ich konnte nicht mehr tun, als mich zu entschuldigen. Dann ließ ich mich von der Gräfin aufklären, wie weit die Vorbereitungen gediehen waren.

»Wir sind exakt im Zeitplan«, dozierte sie wie ein General vor der Schlacht. »Der Große Saal ist so gut wie fertig. Danach nehmen wir uns die anderen Räume vor.«

Selbst der Große Saal hätte nie und nimmer fünfzig Gäste aufnehmen können. Daher hatten wir uns überlegt, auch noch zwei der angrenzenden Zimmer in ein Restaurant umzuwandeln. Eines davon hatte sogar einen Kamin und würde sich für zukünftige intimere Feiern sehr gut eignen.

Ich schaute mich im Großen Saal um. Er hatte seinen ursprünglichen Charme behalten. Die Stofftapeten und der Stuck an der Decke verliehen ihm einen fast herrschaftlichen Charakter. Nur wenige der ursprünglichen Möbel hatte die Gräfin in den Keller bringen lassen müssen. Die Schränke waren an die Wand gerückt worden, ein langer Tisch, zwei behagliche Sofas und einige der alten Stühle waren geblieben. Das meiste machte sich sehr gut als Kontrast zwischen den neuen, modernen und zweckmäßigen Tischen und Stühlen.

»Wo sind die her?«, fragte ich die Gräfin.

»Eine Maria hat angerufen. Ich soll Ihnen einen schönen Gruß ausrichten. Und sie hätte die Tische und Stühle gern bis zum Sommer zurück – für ihre Terrasse.«

Mir fiel ein Stein vom Herzen. Damit war zumindest dieser Punkt geregelt.

»Um zwölf kommen meine Freundinnen vom Landfrauenklub. Ich werde sie für den Abwasch einteilen. Außerdem können sie dem Koch zur Hand gehen.«

Eigentlich lief alles auch ohne mich ganz gut. Ich wusste nicht, ob ich darüber froh oder besorgt sein sollte. Aber dann entschied ich, dass es ganz gut so war. Ich durfte mich nicht allzu sehr auf die Eröffnungsvorbereitungen konzentrieren. Die waren bei der Gräfin in guten Händen.

Meine Aufgabe war es, dafür zu sorgen, dass Luna und Steffi wieder freikamen.

»Ich kümmere mich mal um die Getränke«, erklärte ich, nachdem ich eine Weile mehr oder weniger nur nutzlos herumgestanden hatte.

»Im Keller!«, erklärte die Gräfin. »Dort bleiben sie bis zum Abend kalt.«

Ich verzog mich nach unten, inspizierte die gelieferten Weine und Bierfässer. Aber auch hier unten gab es nichts zu tun für mich.

Schließlich hielt ich es nicht mehr aus. Ich rief Norbert an.

»Bist du verrückt?«, schimpfte er.

»Ich wollte ja nur wissen ...«

Er seufzte. »Ich kann dich ja verstehen«, sagt er, deutlich milder gestimmt. »Aber glaub mir, wir haben alles unter Kontrolle. Wir lassen die drei Herrschaften nicht eine Sekunde aus den Augen.«

»Und wie sieht's aus?«, erkundigte ich mich.

»Dein Vetter scheint noch zu schlafen. Jedenfalls hat er sich bis jetzt nicht vor seinem Haus blicken lassen. Wattenberg senior ist um acht Uhr zu seiner Tankstelle gefahren und hat dort seinen Angestellten abgelöst. Der Junior ist um fünf Uhr aufgestanden und in den Stall gegangen, wahrscheinlich Kühe melken. Ein paar Schweine hat er auch noch.«

Ich unterbrach die Verbindung. Es gefiel mir nicht, dass er

die Verdächtigen observierte. Wenn es stimmte, dass Armin eine RAF-Vergangenheit hatte, dann war auch er Profi. Durch und durch. Ich stellte mir vor, dass er jahrzehntelang damit gerechnet haben musste, dass man ihn fand. Wahrscheinlich hatte er längst eine Paranoia entwickelt. Es kribbelte mir in den Fingern, auch ihn anzurufen. Nur um sicherzugehen, dass er wirklich zu Hause war.

Armin, ich konzentrierte mich die ganze Zeit auf Armin. Aber was, wenn Wattenberg der Entführer war? Vielleicht sogar mit seinem Sohn zusammen? Ich wusste zu wenig über sie, um mir ein Urteil bilden zu können.

Ich schlug mir an die Stirn. Natürlich, wenn jemand etwas über die beiden wusste, dann die Gräfin! Dank ihres Landfrauenklubs war sie immer über den neuesten Klatsch und Tratsch informiert.

Ich stiefelte wieder hoch. Ich hatte Glück. Sie hatte sich auf eines der Sofas gesetzt, sie sah erschöpft aus.

»Was wissen Sie eigentlich über Hubert Wattenberg?«, fragte ich sie rundheraus.

Erstaunt sah sie mich an. »Was haben Sie mit diesem Menschen zu tun?«

»Ach, ich kenne jemanden, der hat Ärger mit ihm ...«, wich ich aus. Zumindest war das nicht ganz gelogen.

»Wattenberg hat keinen guten Ruf – obwohl er bei der Feuerwehr ist und manches Haus vor dem Abbrennen bewahrt hat«, erklärte die Gräfin. »Er ist rüpelhaft und hat überhaupt keine Manieren. Neulich hat er eine meiner Freundinnen vom Landfrauenklub eine dumme Gans genannt! Eine dumme Gans, können Sie sich das vorstellen, Moritz? Und dabei hat sie ihn nur gefragt, warum das Benzin bei ihm teurer ist als an der Esso-Tankstelle in Lage.«

»Dafür kann er nichts, die Preise werden ihm vorgegeben«, erklärte ich.

»Ja, aber sie gleich zu beschimpfen ist nicht die feine Art. Deswegen sind ihm auch seine Ehefrauen davongelaufen. Die erste vor über zwanzig Jahren. Er hat sie geschlagen. Aus dieser Ehe stammt sein Sohn Gregor. Der ist nach seinem Vater geraten. Außerdem trinkt er.«

»Zumindest scheint er fleißig zu sein«, wandte ich ein. Ich dachte daran, was mir Norbert erzählt hatte. Gregor Wattenberg war bereits um fünf Uhr in den Stall marschiert.

»Der und fleißig?« Die Gräfin winkte ab. »In der Schule war er schon der Faulste, danach hat er nie richtig gearbeitet und ist nie über die Runden gekommen. Bis sein Vater ihm die Landwirtschaft übergeben hat. Allerdings munkelt man, dass er nicht gerade ein guter Bauer ist.«

»Wieso?«

»Er soll nicht sehr sanft mit seinen Tieren umgehen. Mehr kann ich dazu nicht sagen. Es gibt einige Gerüchte, aber ich will mich daran nicht beteiligen ...«

Gegen drei kamen Maria und Rolf. Beide waren sehr angetan von dem, was sie sahen.

»Der Große Saal ist ja ein Schmuckstück«, sagte Maria. »Wenn ihr auch auf anderen Gebieten so weitermacht, werdet ihr eine echte Konkurrenz für den *Lipper Hof*.«

»Übertreib nicht. Wir streben allenfalls den Rang eines Ausflugslokals an.« Ich betrachtete sie genauer. Sie trug Jeans und einen alten Pullover. »Wieso bist du überhaupt hier?«

»Hast du mich nicht eingeladen? Glaubst du, ich lasse euch allein?« Sie lächelte, und es stand ihr ungemein gut.

Allmählich glaubte ich, dass nichts mehr schiefgehen konnte.

Während Maria schon mal die Küche inspizierte, half ich Rolf, die Speisen und die Pakete hereinzutragen. Zudem hatte er etliche spezielle Töpfe und Pfannen mitgebracht.

Als er die Küche betrat, pfiff er anerkennend durch die Zähne. »Alle Achtung, das sieht ja sauberer aus hier als in mancher Sterne-Küche.« Er inspizierte die Kochutensilien, vor allen Dingen die alten schweren Kupfertöpfe.

»Wisst ihr eigentlich, dass ihr auf einer Goldgrube gesessen habt?«, fragte er schließlich. »Das Inventar ist gut und gern seine dreißigtausend Wert. Es gibt Liebhaber, die bieten dafür ein Vermögen.« Er probierte den Gasherd aus. Er funktionierte tadellos.

Dann ging ich mit Rolf das Menü durch. Als Vorspeise stand eine Rote-Rüben-Suppe auf dem Programm. Den Vorschlag hatte ich gemacht. Dann würde es einen Rosenkohl-Steckrüben-Salat mit Schillerlocken und Wasabi-Zabaione geben und als Nachtisch Carpaccio von der Rübe in einer Zitronengrasvinaigrette mit Mango-Eis.

Für einige der Landwirte würde das sicherlich ein sehr exotischer Genuss werden, aber ich war mir sicher, dass Rolfs Speisen auch ihrem Gaumen munden würden.

Bei den weiteren Vorbereitungen war ich nutzlos. Selbst die Landfrauen, die inzwischen nach und nach eingetrudelt waren, waren hilfreicher als ich. Unter dem rigiden Regiment der Gräfin putzten und wienerten sie in ihren Kitteln und Schürzen wie eine Putzkolonnenarmee in einem General-Werbespot.

Irgendwann klingelte das Handy. Norbert war am Apparat.

»Er ist gerade losgefahren«, sagte er. »Hast du eine Ahnung, wohin es ihn zieht?«

»Wer? Bitte drücke dich ein wenig präziser aus.«

»Na wer schon? Ich spreche von deinem Vetter Armin.«

»Lasst euch ja nicht blicken!«, warnte ich. »Ich weiß nicht, wo er hinfährt.«

Ich wollte schon auflegen, als mir noch etwas einfiel. »Sag mal, was die Wattenbergs betrifft. Gibt es da eigentlich irgendetwas, was ich wissen müsste?«

»Du musst gar nichts wissen«, sagte er. Dann lenkte er ein: »Der Alte ist untadelig. Der ist in allen Vereinen aktiv, bei der Freiwilligen Feuerwehr und so weiter. Mit Wattenberg junior hatten die Kollegen immer mal wieder Probleme. Fiel schon als Jugendlicher als wilder Schläger auf. Außerdem gab es da immer wieder Probleme mit Tieren.«

»Mit Tieren?« Ich musste an Luna denken. Augenblicklich spürte ich einen Kloß im Hals.

»Erzähl ich dir ein andermal. Ich muss auflegen. Tschüss.«

Noch zwei Stunden. In der Küche herrschte inzwischen Hochbetrieb. Rolf und Maria hatten ein paar von den Landfrauen rekrutiert. Irgendwo dazwischen erkannte ich Ollie. Ich verzog mich nach draußen. Unruhig ging ich im Hof auf und ab. Das war die schlimmste Zeit. Einfach zu warten, dass es endlich anfing und mein Plan aufgehen würde.

Plötzlich war jemand hinter mir. Ich spürte es mehr, als dass ich es hörte oder sah. Ich drehte mich um. Es war Maria.

»Störe ich dich bei deinen schweren Gedanken, die du hin und her wälzt?«, fragte sie. Sie hatte eine Flasche Rotwein und zwei Gläser in der Hand. Die Gläser nahm ich ihr ab.

»Nein, du störst nicht. Im Gegenteil.«

Sie schenkte die Gläser halb voll und stellte die Flasche auf den Boden. Ich reichte ihr ein Glas.

»Ein gutes Mittel gegen Eröffnungsnervosität.«

»So gesehen brauche ich mindestens eine ganze Flasche.«

»Jetzt übertreib mal nicht. Prost.«

Wir stießen an. Schließlich sagte sie: »Ich kenne dich, Moritz. Du bist nicht wegen der Eröffnung so hibbelig ...«

»Nein?«

Sie seufzte. »Du kannst mir nichts vormachen. Diese ganze Eile, mit der du die Eröffnung auf heute vorgezogen hast ...«

Sie war ganz nah dran, aber ich durfte sie nicht einweihen. Es gab schon genug Leute, die Bescheid wussten.

»Du musst es mir nicht sagen«, fuhr sie fort. Sie berührte sanft meinen Arm. »Ich hoffe nur, was immer du vorhast, dass es gut geht.«

Um halb sechs trudelten die ersten Gäste ein. Es waren Nachbarn aus der Umgebung. Sie machten einen fröhlichen, unbekümmerten Eindruck. So sollte es sein. Der Entführer sollte bis zuletzt den Eindruck haben, dass das eine ganz normale Eröffnung war – und nicht seine Hinrichtung.

Ich hielt mich im Hintergrund. Die Gräfin und Ollie übernahmen die Begrüßung der Gäste. Duffy führte sie anschließend an ihren Tisch und fragte nach den Getränkewünschen.

Nach und nach füllte sich der zum Parkplatz umfunktionierte Hof. Als Erster der Großkopferten fuhren der Landrat und seine Gattin vor. Die Gräfin ließ es sich nicht nehmen, sie persönlich zum Tisch zu führen.

»Ich habe gehört, Sie sind jetzt auch politisch aktiv, meine Liebe?«, hörte ich den Landrat fragen.

»Wie meinen Sie das?«

»Diese unangemeldete Demo neulich. Es liegt eine Anzeige wegen Landfriedensbruch gegen Sie vor.«

»Aber dagegen wirst du doch etwas unternehmen, Heinz-Hubert?«, sagte seine Gattin empört.

Dann waren sie außer Hörweite.

Es wurde Viertel vor sechs. Allmählich wurde ich nervös. Noch war keiner der Hauptakteure vorgefahren.

Meine Geduld wurde noch zwei weitere Minuten auf eine harte Probe gestellt. Dann tauchte Sparkassendirektor Krautkrüger auf. Er fuhr mit einem protzigen SUV auf den Hof. Ich ging davon aus, dass ihm für Dienstfahrten ein dezenteres Fahrzeug zur Verfügung stand. Er sprang aus dem Fahrzeug, und ich staunte nicht schlecht, ihn ganz salopp in Barbourjacke und Jeans zu sehen.

Ich begrüßte ihn mit Handschlag. »Ich hoffe, Sie haben Ihre Rolle gut einstudiert.«

Er stellte mir seine Frau vor. Sie war blond und schön und nichtssagend, vielleicht spielte aber auch sie nur eine Rolle.

Ich führte die beiden zu ihrem Tisch.

Als ich mich wieder nach draußen begeben wollte, kam Dr. Haselmann von der Zuckerfabrik gerade zur Tür herein. Auch er hatte seine Gattin im Schlepptau. Er spielte keine größere Rolle in meinem Ablaufplan, aber es war gut, ihn heute Abend dabeizuhaben. Außerdem kannten ihn die meisten Bauern.

Zehn vor sechs. Dreiviertel der Tische waren besetzt. Plötzlich war Ollie neben mir.

»Info aus der Küche: Die Suppe kann in zehn Minuten angerichtet werden«, sagte er.

»Bitte Rolf, noch fünf Minuten länger zu warten. Mindestens!« Meine Blicke waren nach wie vor auf die Auffahrt gerichtet. Ollie nickte und verschwand wieder. Ein klappriger VW Passat fuhr auf den Hof. Der rote Lack war ausgeblichen. Der Wagen parkte, und Wattenberg junior stieg aus. Das heißt, er wälzte sich heraus. Ich schätzte ihn auf mindestens zwanzig Jahre regelmäßigen Doppel-Whopper-Konsum. Drei Zentner Lebendgewicht waren da mit der Zeit zusammengekommen. Mit seinen langen fettigen Haaren, die ihm bis zur Schulter reichten, hatte er Ähnlichkeit mit Meat Loaf. Dem jungen Meat Loaf, der in der Rocky Horror Picture Show seinerzeit den Eddie spielte.

Plötzlich hatte ich ein Déjà-vu. Ich sah die beiden dunklen Schatten wieder vor mir. Ich sah sie auf mich zukommen. Der eine mit dem Messer – das war *er* gewesen.

Breitbeinig kam er herangestiefelt. Als Einziger von den

Gästen schien er sich nicht umgezogen zu haben. Er trug noch seinen Arbeitsoverall.

Ich fing ihn an der Tür ab. »Guten Abend, Herr Wattenberg. Darf ich Sie zu Ihrem Platz führen?« Es fiel mir nicht leicht, meine Beklemmung zu überspielen. Ich spürte, wie mein Herz gegen die Rippen klopfte. Die Angst meldete sich zurück. Die ganz natürliche Reaktion des Körpers auf eine Gefahr ...

»Jetzt mach mal nicht so auf förmlich, Alter. Wir sind uns doch schon ein paar Mal über den Weg gelaufen.«

Also erinnerte er sich an mich. Ich hatte ihn höchstens mal an der Tankstelle seines Vaters gesehen. Das musste ein paar Jahre her sein, sonst hätte ich mich besser an ihn erinnert. Gesprochen hatten wir noch nie ein Wort miteinander.

Ich führte ihn hinein. »Wo haben Sie Ihren Vater gelassen?«, fragte ich wie beiläufig.

Er zuckte die Schultern. »Keine Ahnung, bin ich sein Kindermädchen oder was?«

Wattenberg junior wurde mir immer sympathischer.

An seinem Overall waren dunkle Flecken und einige Federn zu sehen. Er bemerkte meinen Blick.

»Habe bis vorhin noch einigen Hühner den Hals umdrehen müssen«, grinste er. »Samstag ist Markt.«

»Setzen Sie sich doch schon mal«, sagte ich und zeigte ihm seinen Platz. »Gleich kommt jemand und nimmt Ihre Bestellung auf.«

Ich ließ ihn allein und stieß am Eingang fast mit Armin zusammen. Er trug einen altertümlichen Samtblazer, ein Rüschenhemd und Jeans.

»Komme ich zu spät?«, fragte er gehetzt.

»Nein, gerade rechtzeitig.« Ich versuchte, irgendeinen Hinweis an seinem Auftreten zu finden, wo er wohl vorher gewesen sein mochte.

»Was guckst du so komisch?«, fragte er. »Stimmt was nicht mit mir?«

»Alles in Ordnung. Ich bin nur etwas nervös.«

»Ist das denn hier dein Laden?«

»Zumindest hänge ich mit meinem Geld hier drin. Erzähle ich dir später genauer. Hautsache, du bist erst einmal hier.«

Ich führte ihn an denselben Tisch, an dem ich zuvor Wattenberg junior platziert hatte.

»Ihr kennt euch ja«, sagte ich.

»Nicht dass ich wüsste«, sagte Armin. Er setzte eine abweisende Miene auf.

Nicht so Wattenberg. Er schüttelte Armin die Hand und sagte: »Und schon sind wir miteinander bekannt. Klar kenn ich dich, Kumpel. Du bist doch der mit den Hunden.«

Armin nickte und senkte dann den Kopf.

Wenn die beiden schauspielerten, dann machten sie das sehr gut.

»Gleich gibt's was zu trinken«, versprach ich.

Ich war plötzlich abgelenkt. Vorn am Eingang hatte ich eine vertraute Gestalt erblickt. Es war Maren!

Sie trug einen karierten Rock und eine schwarze Lederjacke. Es war dieser lässige Chic, der mir so gefiel an ihr. Das Rot ihrer Haare erinnerte an diesem Abend an einen Fuchspelz.

Ich eilte zu ihr, wobei ich meine Freude kaum verbergen konnte.

»Du strahlst ja wie ein Honigkuchenpferd«, begrüßte sie mich.

Ich nahm sie in den Arm. Ihr Körper war weich, warm und noch ein bisschen mehr. Kurz erwiderte sie den Druck. Es tat gut, einen Moment lang einem Traum Flügel zu verleihen. Einem unerfüllbaren Traum.

Ich schob sie ein Stück von mir weg. »Norbert kommt später«, sagte ich leichthin. »Ich habe euch einen gemeinsamen Tisch reserviert. Du hast hoffentlich nichts dagegen?«

Sie zuckte mit den Schultern, während ich versuchte, hinter ihre Fassade zu blicken, und sagte: »Nein, das ist nett von dir.«

Ich wies auf einen Platz in der Nähe der Küche. Sie nickte und begab sich dorthin. Ich wollte ihr nacheilen, aber zwei weitere Besucher beanspruchten meine Aufmerksamkeit: Carinna und Stahl. Sie sahen nicht so aus, als würden sie sich auf einen gemütlichen Abend freuen. Eher wie ein Ehepaar, das sich kurz zuvor gestritten hatte.

Stahl trug eine verspiegelte Sonnenbrille. Sie wirkte fehl am Platz. Wie bei jemandem, der BKA-Beamter spielen wollte. Aber sie fiel auf.

Carinna trug einen hellen Wollpullover und zu weite Jeans. Ihre Jacke hatte sie über den Arm gelegt. Ich vermutete, dass darin auch ihre Waffe versteckt war.

»Ich hoffe, ihr haltet euer Versprechen«, erinnerte ich sie.

Sie nickte geduldig: »Nur bange machen, nicht anfassen. Aber du weißt hoffentlich, auf was wir uns da einlassen?«

Ich nickte. Während ich die beiden zu ihrem Tisch führte, fragte ich mich, ob die Taktik, die wir vereinbart hatten, wirklich die beste war: Carinna hatte vorgeschlagen, Armin an diesem Abend zu observieren. Und zwar so, dass es ihm auffallen musste. So gedachte sie ihn vielleicht zu einer Kurzschlusshandlung zu bewegen.

Es war zehn nach sechs. Meine Nervosität wuchs. Ich schwitzte, und ich zuckte zusammen, als Ollie plötzlich wieder neben mir stand. »Rolf sagt, sehr viel länger kann er nicht mehr warten mit der Suppe.«

»Er muss!«, sagte ich. »Ohne Wattenberg senior ist das ganze Theater, das wir hier aufziehen, sinnlos!« Ich musste alle drei Verdächtigen beisammenhaben! Erst dann konnte Norbert loslegen.

Ich stürmte in die Küche und traf auf einen sichtlich erzürnten Chefkoch. »Sag mal, wie lange willst du uns hier noch hinhalten?«

»Wir haben ein Problem«, sagte ich hektisch. »Einer der Ehrengäste fehlt noch.«

»Na und? Dann fangen wir ohne ihn an und halten ihm seine Portion warm.«

»Nein, ich möchte dich bitten, hier in der Küche etwas Rauch zu fabrizieren, um den Gast, der noch fehlt, herbeizurufen, das ist alles.« Ich erklärte ihm die Situation. Er begriff ziemlich schnell. Dann suchte ich mir eine ruhige Ecke, um zu telefonieren. Zum Glück ging Norbert schnell an den Apparat.

»Wattenberg senior verpasst seinen Einsatz«, erklärte ich.

»Kein Wunder, er kann sich ja nicht zweiteilen. Er ist an seiner Tankstelle und denkt gar nicht daran, eurer schönen Einladung Folge zu leisten.«

Ich stieß einen Fluch aus. »Ist er allein?«

»Nein, eine Aushilfskraft ist bei ihm.«

Ich erklärte Norbert, was ich vorhatte. »Du sorgst dafür, dass nicht die Berufsfeuerwehr anmarschiert, sondern dass Hubert und seine Mannen aktiv werden.«

»Wie hoch ist denn der Schaden?«

»Weiß ich noch nicht, lass ihn das selbst herausfinden. Wenn wir's zu niedrig hängen, hat er vielleicht keine Lust, selbst mit auszurücken.«

»Verstehe.«

Ich klickte ihn weg und suchte die Gräfin. Sie wirkte sehr aufgeregt. »Die Gäste sind schon unruhig«, sagte sie. »Wann dürfen meine Damen denn endlich anfangen zu servieren?«

»Später«, sagte ich. »Wir werden jetzt hineingehen und eine kleine Rede halten. Wo ist Ollie?«

Wir fanden ihn auf der Toilette. Er war kreidebleich. »Ich glaube, ich werde den Abend nicht überstehen«, jammerte er. »Ich muss pausenlos an Steffi denken!«

»Und deshalb müssen Sie sich jetzt noch einmal zusammenreißen. Wir werden denen da oben etwas erzählen müssen, damit sie nicht allzu ungeduldig werden.«

Während er noch zeterte, bugsierte ich ihn die Treppe hinauf. Schließlich standen wir mitten unter den Gästen. Die Gespräche erstarben. Ich ergriff das Wort:

»Guten Abend, liebe Gäste, wir dürfen Sie und euch auch auf diesem Wege noch einmal herzlich willkommen heißen. Willkommen im *Rübezahl*! Wir freuen uns, dass unsere Einladung so gut angenommen wurde ...«

»Wann gibt's was auf den Teller?«, unterbrach mich ein Zwischenrufer. Gelächter belohnte ihn.

»Gleich«, beschwichtigte ich. Ich wusste genau: Was ein rechter Lipper war, der kam mit leerem Bauch, damit er ihn sich auch ja richtig vollschlagen konnte.

»Wir haben noch ein paar Probleme in der Küche, aber die sind gleich behoben, so hoffe ich.« Rolf würde mich für diese Aussage sicherlich lynchen. Ich hoffte nur, dass er es nicht mitbekam.

»Daher möchte ich die Gelegenheit nutzen, das zukünftige Konzept des *Rübezahl* ein wenig zu erläutern.« Das war zwar nicht spannend, hielt die Leute aber hin. Anschließend bat ich Ollie, ein paar Worte zu sagen.

»Nun ... ja ... äh ...«, stotterte er. Ich schaute auf die Uhr. Zaubern konnten die Freiwilligen von der Feuerwehr sicherlich auch nicht. Ollie fing sich und brachte ein paar vernünftige Sätze über die Lippen. Mit seiner höflichen englischen Art kam er besonders bei den möglichen Schwiegermüttern gut an.

»Eine Runde Freibier!«, flüsterte ich der Gräfin zu. Sie hatte verstanden und nickte.

»Liebe Freundinnen und Freunde, da es in der Küche noch ein bisschen dauert, bestellt noch einmal in aller Ruhe etwas zu trinken. Es geht ja, wie ihr wisst, heute alles aufs Haus. Einen schönen Abend, ihr Lieben!«

Applaus brandete auf.

Als ich auf die Uhr schaute, war es halb sieben.

Zunächst glaubte ich, ich würde es mir nur einbilden.

»Hörst du das auch?«, fragte ich Ollie.

Er nickte. »Polizei?«

»Eher ihre roten Kollegen. Tun Sie mir einen Gefallen und sagen Sie Rolf, dass er loslegen kann?«

»Loslegen?«

»Er weiß Bescheid.«

Ollie machte zwar ein ratloses Gesicht, aber er zog von dannen.

Das Sirenengeräusch wurde lauter. Einige der Gäste schauten irritiert nach draußen.

Jetzt roch ich es. Ein unterschwelliger Brandgeruch lag in der Luft. Im nächsten Moment drangen schwarze Qualmwolken aus der Küche. Gleichzeitig verwandelte blaues rotierendes Licht, das von draußen durch die Fensterscheiben hereindrang, das Restaurant in eine unwirtliche Geisterbahn. Bevor die Gäste reagierten, ging die Eingangstür auf, und die Feuerwehrleute stürmten herein. An vorderster Front und in voller Montur erkannte ich Hubert Wattenberg. Ich lief zu ihm hin. »In der Küche!«, rief ich und eilte voraus.

Die Küchentür stand offen. Dahinter war alles voller Qualm. Die Feuerwehrleute stürmten an mir vorbei, während ich zurück in den Gastraum lief. Einige Leute waren bereits nach draußen geflüchtet. »Es ist alles in Ordnung!«, rief ich. »Bitte bleiben Sie an Ihrem Platz! Wir haben alles unter Kontrolle!«

Ich wies die Landfrauen an, die Fenster zu öffnen, damit der Qualm nach draußen abziehen konnte.

Fünf Minuten später kam als Erster Hubert Wattenberg wieder aus der Küche. »Ein verbrannter Topf«, knurrte er. »Und dafür musste ein ganzer Löschzug ausrücken!«

»Vielen Dank«, sagte ich. »Die Küchencrew ist neu und noch ziemlich unerfahren. Ich möchte mich gern bei Ihnen und Ihren Männer revanchieren.«

»Spenden sind immer erwünscht«, sagte er versöhnlich.

»Zusätzlich würden wir Sie gerne bewirten.«

Er zögerte.

»Waren Sie nicht sowieso eingeladen? Ihr Sohn ist, glaube ich, auch da.«

»Ich habe an der Tankstelle genug zu tun«, antwortete er.

Zwei seiner Leute waren hinter ihm aufgetaucht. »Ist doch ein prima Angebot, Hubert«, drängte man ihn. »Und gegen ein Bierchen kann niemand was sagen. Ist doch Wochenende. *Und der Einsatz ist vorbei.*«

»Genau«, sagte ich.

Schließlich ließ sich auch Wattenberg breitschlagen. Ich hätte ihn gern zu Armin und seinem Sohn gesetzt, aber die Feuerwehrleute wollten unter sich bleiben. Ehe ich sie daran hindern konnte, hatten sie einen weiteren Tisch und Stühle herangeschoben und bestellten lauthals Bier. Wattenberg war der Stillste von ihnen. Ich bekam mit, wie er mit seinem Sohn, der fast am anderen Ende des Raumes saß, einen Blick tauschte.

Ich eilte in die Küche zu Rolf. »Es kann losgehen mit dem Essen!«, rief ich ihm zu. »Die Leute sind schon am Verhungern. Du hast was gut bei mir. Und vergiss nicht, was wir verabredet haben.«

Er nickte. »Die Suppe dreimal ohne Einlage.«

»Exakt!« Abermals zog ich mich in die ruhige Ecke zurück, während hinter mir in der Küche die Hölle losbrach. Rolf gab die Kommandos, und seine Landfrauenarmee begann zu rotieren.

Wieder hatte ich Norbert am Apparat. »Ihr könnt loslegen«, sagte ich. »Toi, toi, toi!«

Die Verbindung war bereits wieder unterbrochen.

Jetzt konnte ich nur noch beten, dass er Erfolg haben würde.

Ich eilte wieder in den Gastraum und verschaffte mir mithilfe eines Glases und eines Löffels abermals Gehör. »Wir danken Ihnen für Ihre Geduld und der Freiwilligen Feuerwehr für ihren Einsatz, ohne den dieser Abend wohl gelaufen gewesen wäre!«

Applaus brandete auf. »Na, na, so wild war es auch nicht«, brummte Hubert Wattenberg. »Reine Routine.«

Wenn du wüsstest, dachte ich.

»Wir haben gedacht«, fuhr ich fort, »dass wir euch und Ihnen heute eine Kostprobe unserer zukünftigen Speisekarte in Form eines dreigängigen Menüs bieten. Die meisten von euch sind Rübenbauern, außerdem ist auch Doktor Haselmann von der Zuckerfabrik in Lage anwesend …«

Spärlicher Applaus.

»Zu guter Letzt erwarten wir an diesem Abend noch eine erfreuliche Nachricht, die ebenfalls mit Rüben zu tun hat. Was also liegt näher, als im *Rübezahl* ein Rübenmenü zu kreieren? Leider nicht aus der Zuckerrübe, ich glaube, daran würden sich einige von uns die Zähne ausbeißen …«

Gelächter.

»… oder den Magen verderben, aber gerade die Älteren von euch werden noch die eine oder andere Erinnerung an die gute alte Steckrübe haben.«

Großes Gelächter.

Nachdem der Frohsinn sich wieder gelegt hatte, fuhr ich fort: »Heutzutage ist die Steckrübe wieder in aller Munde, und junge Spitzenköche wie Rolf Zankerl, den wir uns heute Abend vom *Lipper Hof* ausgeliehen haben, lassen sich von der Steckrübe zu außergewöhnlichen Gaumenfreuden inspirieren.«

»Hört, hört«, rief jemand. Ich hoffte, dass ich nicht zu dick auftrug.

»Ich will Sie nicht länger auf die Folter spannen. Betitelt haben wir unser Menü: *Immer auf die Rübe!*«

Gelächter.

»Guten Appetit mit unserem ersten Gang: Externsteiner Rote-Rüben-Süppchen mit Einlage.«

Applaus.

Die Landfrauen strömten an mir vorbei, um zu servieren. Mitten im Gedränge sah ich auch Ollie, Duffy und die Gräfin. Duffy war natürlich in seinem Element, was das Servieren anging. Er schien mit den Tellern geradezu zu jonglieren. Angeber!

Die Gräfin beschränkte sich nach wie vor darauf, die Kommandos zu geben.

Aber auch Ollie schlug sich tapfer.

Es sah alles sehr gut aus. Vor allen Dingen so, als würden wir den Gästen tatsächlich nur einen schönen Abend bereiten wollen.

Wie zufällig trat ich zu Armin und Wattenberg junior. Beide stocherten in ihrem Teller herum.

»Was ist denn mit der versprochenen Einlage?«, knurrte der Junior.

Ich tat bestürzt. »Da hat der Koch wohl wieder gepennt. Einen Augenblick, ich bringe das gleich in Ordnung.«

Ich stürzte in die Küche, in der mich Rolf bereits empfing und mir eine Sauciere nebst zugehörigem Schöpflöffel in die Hand drückte. »Was auch immer du damit bezweckst ...«

Ich rannte wieder zurück in den Gastraum. Mittlerweile hatte ich Kilometergeld verdient. Und dabei hatte der Abend erst angefangen.

»So, hier kommt die Überraschung«, sagte ich. »Vorhang auf: Rübe ab!«

»Häh?«, fragte Junior.

Behutsam ließ ich eine Kugel Rote Beete in seine Suppe

plumpsen. An der Stelle, an der sie versank, färbte sich die Oberfläche noch roter.

Ich fragte mich, ob sich damals der Teich auch rot gefärbt hatte.

Außerdem fragte ich mich, ob ich nicht zu dick aufgetragen hatte.

»Und jetzt zu dir«, sagte ich, und auch Armin bekam seine Einlage. Er sah mich durchdringend an.

»Findest du das nicht ziemlich geschmacklos?«, fragte er. »Als Hauptspeise gibt es dann verkohlten Hund, oder was?«

»Wart's ab«, sagte ich.

Eine Rote-Beete-Kugel hatte ich noch übrig. Ich ging quer durch den Raum und fragte Hubert Wattenberg. »Vermissen Sie auch Ihre Einlage?«

Er schaute von seinem Teller hoch. Irgendwie war er nicht ganz bei der Sache.

»Was?«, fragte er verwirrt.

»In Ihrem Externsteiner Süppchen fehlt die Einlage.«

Ich kredenzte sie ihm.

»Sieht aus wie ein Kopf, was?« Damit lehnte ich mich wirklich weit aus dem Fenster.

»Ein was? Ein Kopf? Na, wenn Sie meinen.« Er schien nach wie vor verwirrt. Er schob den Teller weg.

Ich war bereits wieder auf dem Weg in die Küche.

Rolf rotierte, um die Hauptspeise pünktlich fertigzubekommen. Ich wagte nicht, ihn anzusprechen, und hielt mich lieber im Hintergrund.

Ich wünschte, ich hätte irgendein Laster, womit ich meine Nervosität hätte bekämpfen können. Nägelkauen zum Beispiel. Oder den kleinen Schluck aus dem Flachmann. Oder wenigstens Rauchen.

Ich hatte nichts von alledem.

Eine Hand legte sich auf meine Schulter. Es war Ollie. Er

hielt mir eine Bierflasche hin. Ich wollte erst ablehnen, aber dann griff ich zu. Der kühle Schluck tat gut.

»Ich muss die ganze Zeit an Steffi denken«, bekannte er. »Ich halte das nicht mehr lange hier durch.«

»Wir müssen«, sagte ich. Ich legte ihm den Arm um die Schulter. »Norbert wird schon was herausfinden. Vielleicht hat er Steffi und Luna ja bereits befreit.«

»*By Jove*, das wäre zu schön.«

Dann fiel mir etwas ein, was ich schon länger auf dem Herzen hatte. »Wollen wir uns nicht duzen? Immerhin haben wir jetzt ein gemeinsames Ziel.«

»Ich habe es nicht vorzuschlagen gewagt«, erwiderte er.

Wir gaben uns die Hand.

»Einer für alle«, sagte er.

»Alle für Steffi und Luna«, sagte ich.

Dann warteten wir. Aber Norbert rief einfach nicht an.

Es war mein Plan gewesen, die drei Verdächtigen hier zu bewirten. Während sie hier waren, konnten sie nicht zu Hause sein. Oder auf ihren Höfen. Zeitgleich waren drei Spezialkommandos unterwegs, um sich bei Armin und den beiden Wattenbergs umzuschauen. Norbert führte eines der Kommandos an. Ich wusste nicht, welches, aber ich konnte nur die Daumen drücken, dass er fündig wurde. Sie hatten nur ein knappes Zeitfenster zur Verfügung. Sobald einer der Verdächtigen ging, musste die Aktion abgebrochen werden.

Das zweite Problem war, dass keiner der drei hinterher etwas merken durfte – für den Fall, dass man nichts entdeckte.

Die halbe Stunde zwischen Vorspeise und Hauptgericht schien mir eine Ewigkeit zu dauern. Ich pendelte mehrmals zwischen Küche und Gastraum hin und her, hypernervös und nicht gerade eine Hilfe für die anderen. Immer wieder warf ich einen verstohlenen Blick auf mein Handy, weil ich Norberts befreienden Anruf erwartete.

Wattenberg schien immer noch mit seinen eigenen Gedanken beschäftigt. Er war bestimmt der Erste, der irgendwann aufbrach. Aber auch Armin machte einen angestrengten Eindruck. Er starrte versunken vor sich hin. Wattenberg junior wirkte angriffslustig. Er trank ein Bier nach dem anderen. Mehrmals sah ich, wie er etwas zu Armin sagte, aber dieser antwortete kaum.

»Info aus der Küche«, raunte mir Ollie ins Ohr. »Hauptspeise wird in fünf Minuten serviert.«

Ich nickte und bat erneut um Ruhe.

»Ich hoffe, es hat Ihnen und euch geschmeckt«, begann ich.

Zustimmendes Gemurmel.

»Die Hauptspeise folgt sogleich. Zuvor aber möchte ich den Abend nutzen, um euch etwas zu verkünden ...« Ich wartete, bis die Gräfin und Ollie wieder an meiner Seite waren. »In unserem schönen Lipperland ist es in den letzten Monaten alles andere als friedlich zugegangen. Ihr wisst schon: Der geplante Genrüben-Anbau, das ganze Pro und Contra ...«

Ich riss mich zusammen, damit der folgende Teil meiner Rede möglichst glaubwürdig rüberkam. »Herr Dickens hat sich nach reiflicher Überlegung entschlossen, das ihm vorliegende Angebot von BT NATURE anzunehmen ...«

Grelle Pfiffe. Applaus von einigen wenigen.

»Der Verkauf umfasst das *Rübezahl* und sämtliche angeschlossenen Ländereien, auch die, die zurzeit verpachtet sind.«

Ich ließ meine Worte wirken. Armin wirkte unbeteiligt. Wattenberg junior schaute triumphierend in meine Richtung. Der Senior schien aus seiner Trance erwacht zu sein. Er biss sich auf die Lippen.

Ich bat um Ruhe. Es dauerte eine Weile, bis auch der Letzte schwieg.

»Erst durch den Verkauf der Ländereien an BT NATURE, die einen doppelten Bodenpreis zahlen als üblich, wird es uns möglich, das *Rübezahl* fortzuführen. BT NATURE hat uns zugesichert, dass wir das Restaurant auch nach dem Verkauf hier weiterführen können.«

Spärlicher Applaus.

»Verräter!«, rief jemand. »Das tut ihr doch nur, damit ihr eure Ärsche irgendwo, wo es schön warm ist, in die Sonne halten könnt! Wir haben unsere Familien hier! Und eines Tages werden unsere Kinder und Enkel unsere Arbeit hier weitermachen!«

Tosender Applaus.

In diesem Augenblick öffnete sich die Tür. Von draußen kam Jens Kriegstein herein, der Postbote.

Augenblicklich herrschte Ruhe. Alle waren verblüfft. Natürlich kannte Kriegstein hier jedermann.

Der Mann war sechzig, wirkte aber zehn Jahre älter. Seine Gestalt war athletisch, aber sein enormer Bauchumfang konterkarierte diesen Eindruck. Kriegstein war Opfer seines Berufes: Da er die Post hauptsächlich zu den Bauernhöfen austrug – und zwar zu Fuß – war er es gewohnt, zwischendurch zu tanken, damit er genügend Sprit intus hatte, um den jeweils nächsten Hof zu erreichen.

So manches Gläschen Wippermann oder Selbstgebrannter wartete bereits auf ihn – ob er nun einen Brief dabeihatte oder nicht. Jens Kriegstein war eine Lipper Institution.

Und niemand, wirklich niemand, konnte sich erinnern, dass er zu dieser abendlichen Stunde jemals im Dienst gewesen wäre. Denn nüchtern war er bereits um Mittag herum nicht mehr.

Nüchtern war er auch jetzt nicht. Aber er trug seine Uniform. Und das hatte etwas zu bedeuten.

Er schaute sich um, erspähte schließlich Ollie und trat gewichtig zu ihm hin.

»Herr Dickens?«

Ollie warf mir einen fragenden Blick zu. Ich zuckte mit den Schultern.

»Herr Oliver Dylan Dickens?«

Ollie nickte.

»Ich habe einen elektronischen Brief für Sie«, erklärte Kriegstein. Man merkte seiner Zunge an, dass er sich nicht mehr ganz so unter Kontrolle hatte wie am Morgen.

Er ließ sich den Empfang von Ollie quittieren.

»Setzen Sie sich doch und feiern Sie ein wenig mit uns«, lud die Gräfin ihn ein. Kriegstein ließ sich das nicht zweimal sagen und verließ die Bühne.

Ollie riss den Brief auf. Es schien ihm nichts auszumachen, dass er dabei von mindestens fünfzig Augenpaaren neugierig angestarrt wurde.

Er las und las ... Seine Lippen bewegten sich dabei. Er wurde sichtlich blass. Schließlich ließ er das Blatt sinken. Bevor es ihm aus der Hand fallen konnte, hatte ich es ihm entrissen. Ich las den Brief ebenfalls, bevor ich schließlich erneut zum Sprechen anhob: »Leider enthält der Brief keine guten Nachrichten.« Ich hoffte, dass ich genauso überzeugend rüberkam wie zuvor Ollie. Ich fixierte Krautkrüger, während ich mit unsicher klingender Stimme fortfuhr: »Ich muss meine Worte von vorhin revidieren: BT NATURE zieht das Angebot zurück!«

Krautkrüger sprang auf. »Herr Dickens, auf ein Wort!«

Ollie schaute aus wie das sprichwörtliche Häufchen Elend.

»Unter diesen Umständen kann ich Ihnen den zugesagten Kredit auf keinen Fall geben. Ich ...«

Ein Tumult brach aus. Einige der Bauern hatten bis soeben wahrscheinlich selbst noch auf ein lukratives Geschäft mit BT NATURE gehofft.

Die andere – die größere – Fraktion applaudierte begeistert »Rübe ab! Rübe ab!« Damit war wohl die Gen-Lobby gemeint.

Gemeinsam mit der Gräfin gelang es mir nur halbwegs, so etwas wie Ruhe herzustellen. »Herr Krautkrüger«, wandte ich mich zunächst an den Sparkassen-Direktor. »Das ist kein sehr feiner Ton, in der Öffentlichkeit über Kredite zu reden. Wir sollten das besser woanders besprechen.« Und an die Gäste gewandt: »Es folgt der zweite Gang. Bitte setzten Sie sich doch wieder! Voilà: Rosenkohl-Steckrüben-Salat mit Schillerlocken und Wasabi-Zabaione. Guten Appetit!«

Ich sah mich um. Das Chaos hielt sich in Grenzen. Die drei Verdächtigen verharrten an ihren Tischen, das war das Wichtigste. Ein paar Grüppchen standen zusammen und diskutierten erregt. Die Landfrauen brachten die Speisen herein. Es wurde ruhiger.

Mein Blick fiel auf Maren. Sie saß noch immer allein an ihrem Tisch. Ich ging zu ihr und setzte mich.

»Also, das ist schon ganz großes Kino, was ihr heute Abend hier bietet«, sagte sie.

»Inwiefern?« Einen Augenblick lang befürchtete ich, unsere Schauspielerei wäre zu offensichtlich gewesen.

»Na, ich meine vom Unterhaltungswert.«

»So unterhaltsam ist das leider nicht«, sagte ich. Dabei hatte ich ein schlechtes Gewissen, dass ich ihr nicht reinen Wein einschenken konnte. Das würde ich nachholen – wenn alles vorbei war. »Zumindest nicht für Ollie. Er hat auf das Geld gezählt.«

»Was hat er jetzt vor? Ehrlich gesagt, ich war in letzter Zeit zu beschäftigt, um mich mit den neuesten Gerüchten über BT NATURE zu befassen.«

Ich zuckte die Schultern. »Wie ich Ollie kenne, wird er versuchen, sich mit weniger Geld aus der Sache herauszukaufen ...«

»Herauskaufen? Wovon redest du eigentlich? Ich verstehe dich nicht.«

Ich hatte mich fast verraten. Bevor ich antworten konnte, fiel mein Blick auf einen leeren Stuhl.

Den von Wattenberg senior.

»Entschuldige bitte!«, sagte ich und stand hastig auf.

Die anderen Feuerwehrleute saßen noch auf ihrem Platz. Nur Wattenberg fehlte. Ich erkundigte mich nach ihm. Keiner hatte eine Ahnung, wohin er verschwunden war.

»Der hat eine schwache Blase«, sagte jemand.

Ich atmete auf. Immerhin eine Möglichkeit ... Ich lief zu den Toiletten. Aber auch dort fand sich von Hubert Wattenberg nicht die geringste Spur.

Ich tippte Norberts Nummer ein. Es war zum Verrücktwerden! Ausgerechnet jetzt ging er nicht ran!

Als ich wieder ins Restaurant zurückkam, war auch der junge Wattenberg verschwunden. Erneut versuchte ich Norbert zu erreichen. Umsonst!

»Was bist du so aufgeregt?«, fragte mich Armin. Ich hatte nicht gemerkt, dass er plötzlich hinter mir stand. »Ich hoffe, du bist mir nicht böse, dass ich euch allein weiterfeiern lasse«, sagte er. »Mich zieht's nach Hause.«

»Wieso? Hat es dir nicht geschmeckt?«

»Doch. Vor allem der Kopf im Teich.«

»Du solltest den Nachtisch abwarten. Carpaccio von der Rübe in einer Zitronengrasvinaigrette. Da haben wir ein paar Wolfsangeln drin versteckt. Wer eine findet, bekommt einen Preis.«

»So, was für einen denn?«

»Er darf sich direkt ins Gefängnis begeben – ohne über Los zu gehen.«

»Komisch, Vetter, früher warst du nicht so witzig.«

»Früher habe ich mir auch keine Sorgen um Luna gemacht ...«

»Luna, was ist mit ihr?«

»Du weißt ja, wie das ist mit Hunden, man macht sich immer Sorgen um sie ...«

»Ja, in der Tat. Schlimm, dass meine verbrannt sind. Aber du erinnerst mich da an etwas ... Mach's gut!«

Er drehte sich um und marschierte hinaus. Ich bemerkte, dass Stahl und Carinna ihm nach einer Weile folgten. Sollten sie!

Mein Handy klingelte. Es war Norbert. Endlich! »Mensch, du hast vielleicht Nerven!«, fauchte ich ihn an. »Alle drei Verdächtigen sind getürmt. Also brecht ab ...«

»Wir sind durch. Ich bin schon auf dem Weg zu euch.«

»Und?«

»Was und?«

»Habt ihr sie denn nicht gefunden?«

18.

Es war zehn Uhr, als endlich der letzte Gast gegangen war. Auch die Nachspeise war fantastisch angekommen. Doch trotz des gelungenen Menüs konnte ich keine Freude empfinden.

Ich hatte mich mit Ollie und Norbert in meine Wohnung zurückgezogen, damit wir unter uns waren. Noch immer konnte ich unseren Misserfolg nicht fassen.

»Wir haben versagt. Auf ganzer Linie versagt!«

»Das würde ich nicht sagen«, wandte Norbert ein. »Gut, wir haben drei Höfe und zusätzlich Wattenbergs Wohnung durchsucht und nichts gefunden – oder so gut wie nichts. Wäre ja auch zu schön gewesen, wenn wir auf die Geisel gestoßen wären. Aber den Gefallen hat uns der Entführer nicht getan. Auf jeden Fall wird ihm der heutige Abend bei euch zu denken geben.«

»Und wenn ich falsch deduziert habe? Wenn es keiner von den dreien ist?«, wandte ich ein.

»Immerhin haben wir ein paar Blutspuren gefunden«, sagte Norbert. »Wir sind dabei, sie zu untersuchen. Das dauert natürlich so seine Zeit.«

»Blutspuren? Und wo?«

»Auf dem Bauernhof vom Junior. Im Schweinestall lag eine Eisenstange. Darauf waren Blutflecken.« Es war Norbert anzusehen, dass ihm das Thema nicht behagte.

»Hat er etwa seine Schweine damit geschlagen?«, fragte Ollie.

Norbert trank einen Schluck Bier aus der Flasche. »Wollt ihr es wirklich hören?«, fragte er.

Wir nickten.

»Okay. Wattenberg junior hat ein sattes Vorstrafenregister. Er ist immer wieder wegen Tierquälerei angezeigt worden. Eigentlich ist es ein Wunder, dass er überhaupt noch Tiere halten darf. Wahrscheinlich ist da einiges unter den Teppich gekehrt worden. In einer bäuerlichen Gemeinschaft versteht man unter artgerechter Tierhaltung wahrscheinlich sowieso etwas anderes, als in den Paragraphen steht.«

»Wie meinst du das?«

»Ich habe gehört, dass es nichts Außergewöhnliches ist, dass sich Schweine in der Intensivtierhaltung öfter mal die Wirbelsäule brechen. Keine Ahnung, wieso. Wattenberg junior betreibt Rübenanbau, trotzdem hat er immer ein paar Kühe und Schweine gehalten, wie die meisten Bauern. Vor drei Jahren musste eines seiner Mutterschweine eingeschläfert werden, weil ...« Er trank noch einen Schluck. »Jedenfalls hatte sich Wattenbergs Mutterschwein nicht nur die Wirbelsäule gebrochen, sondern sich auch andere, ziemlich merkwürdige Verletzungen zugezogen. Als die Tierkörperverwertung das Schwein abholen wollte, stellten die Männer fest, dass das Tier noch lebte. Selbst die hatten so etwas noch nie erlebt. Das Schwein musste wahnsinnige Schmerzen gehabt haben. Als sie Wattenberg darauf hinwiesen, ist der ausgerastet und hat mit einer Eisenstange auf das Schwein eingeschlagen. So lange, bis die Polizei kam. Da lebte das Schwein immer noch ...«

»Hör auf, mir ist schlecht«, sagte ich. Ich musste an Luna denken und konnte nur hoffen, dass es nicht Wattenberg war, dem sie in die Hände gefallen war.

»Alles klar, ich erspar euch die weiteren Details. Jedenfalls scheint er noch immer ein Faible für Eisenstangen zu haben.«

»Wird er sie nicht vermissen, wenn er zurückkommt?«

Norbert schüttelte ernst den Kopf. »Du hältst uns wohl für dümmer, als die Polizei erlaubt, was? Wir haben natürlich nur die Blutspuren mitgenommen.« Er blickte Ollie an und schien zu überlegen, inwieweit er ihm die folgende Aussage zumuten konnte. »Vielleicht sind es ja auch menschliche Blutspuren.«

Norbert und Ollie hatten sich gerade verabschiedet, als das Telefon klingelte. Die verzerrte Stimme war die vom ersten Mal.

»Ich habe es mir überlegt. Du kannst deinen Köter wiederhaben.«

»Und wieso plötzlich der Meinungsumschwung?«

»Das braucht dich nicht zu kratzen. Vielleicht tut mir deine Töle ja einfach nur leid ... Und jetzt sperr deine Lauscher auf ...« Er nannte ein paar Daten. »Hast du ein GPS-Gerät?«

»Nein.«

»Dann besorg dir eins. In zwei Stunden ist dein Kläffer an einem bestimmten Ort. Fünf Minuten später nicht mehr. Auch nicht, wenn du die Bullen einschaltest, klar?«

»Klar«, sagte ich. Meine eigene Stimme klang fremd.

»Also, hier sind die Koordinaten.«

Ich schrieb sie mit.

Grußlos legte der andere auf.

Ich wartete fünf Minuten. Dann rief ich Ollie an. »Sag mal, hast du gerade auch einen Anruf bekommen?«

»Einen Anruf?« Seine Stimme klang müde und leicht betrunken. »Nein, aber was ...«

»Ach, nur so«, versuchte ich ihn zu beruhigen. Aber dann musste ich ihn doch fragen: »Hast du ein GPS-Gerät?«

»Ein GPS-Gerät?« Er reagierte wie ein Papagei. Wahrscheinlich brauchte er jedes Mal ein paar Sekunden, bis bei ihm der Groschen fiel. Dann sagte er: »Ja, ich habe so ein Ding im Auto.«

Ollie weigerte sich zunächst, mich allein fahren zu lassen. Erst nachdem ich ihm verständlich gemacht hatte, dass es auch um Steffis Leben ging, ließ er mich ziehen.

Zunächst hatte ich Probleme mit dem Morgan. Der Wagen war wie eine Seifenkiste, aber nach ein paar Kilometern hatte ich mich an die unorthodoxe Technik gewöhnt.

Ollie hatte die Daten in das GPS-Gerät eingegeben. Ich ließ mich davon leiten.

Die Landstraßen lagen verlassen und einsam da. Ein halb voller Mond schaute durch die Wipfel der Bäume. Ich trat auf die Bremse, als plötzlich ein Reh über die Straße sprang.

Der Weg führte aus Detmold hinaus über die Gauseköte, einen Gebirgspass zwischen Detmold und Schlangen. Eine einsame Gegend. Wie geschaffen, um jemanden umzubringen, ohne dass es außer Fuchs und Hase jemand merkte ...

Mitten auf der höchsten Kuppe war das Ziel erreicht. Ich fuhr rechts ran. Die Lichtfinger der Scheinwerfer verloren sich irgendwo in der Dunkelheit. Ich stellte den Motor aus und ließ nur noch das Standlicht brennen.

Mir war alles andere als wohl in meiner Haut, als ich ausstieg. Ein kalter Wind zerrte an meiner Kleidung. Es war totenstill. Als ich lauschte, glaubte ich weit entfernt den Motor eines anderen Wagens zu vernehmen. Ein paar Sekunden lang, dann war es wieder still.

Ich fuhr zusammen, als plötzlich das Handy summte.

»Ja?«

»Gut gemacht!« Wieder die Metallstimme aus der Büchse. »Das war ein Test. Du hast ihn bestanden. Ich wollte nur sichergehen, dass du auch allein bist ...«

»Wo sind Sie?«

Meckerndes Lachen antwortete. »Das wirst du gleich sehen. Hör zu, du fährst jetzt hierher ...« Er gab die neuen GPS-Daten durch. »Und komm bloß nicht auf dumme Gedanken ...«

»Warum lassen Sie Luna nicht einfach frei?«

Plötzlich war ein klägliches Jaulen im Hintergrund zu hören. Innerhalb von wenigen Sekunden steigerte es sich zu abgehackt klingendem Schmerzensfiepen. Luna!

»Noch Fragen?«

Ich ballte die Fäuste. »Nein.«

Der andere unterbrach die Verbindung.

Ich stieg ins Auto, legte das Handy auf den Beifahrersitz und spürte, dass meine Hände zitterten, als ich erneut die Zündung betätigte. Was auch immer er Luna angetan hatte, er würde es bereuen!

Ich gab die neuen Daten in das GPS-Gerät ein. Sie bedeuteten, dass ich wenden musste. Es ging wieder zurück Richtung Detmold. Mehrmals musste ich abbiegen. Die Straßen wurden schmaler, rechts und links erstreckten sich Felder.

Obwohl es immer abgelegener wurde, kam mir die Gegend bekannt vor. Irgendwo in der Nähe befand sich der Hof von Armin und Ludwig. Ich fuhr langsamer. In der Ferne glaubte ich ein Licht auszumachen – vielleicht von einem Haus oder auch nur von einer Laterne.

Die GPS-Daten endeten vor einem Feld – mitten in der tiefsten Einöde. Das Licht musste ich mir eingebildet haben. Der Mond war hinter Wolkenbänken verschwunden – oder jemand hatte ihn einfach ausgeknipst, damit ich nichts mehr sehen konnte. Finsterer stellte ich mir selbst den Arsch von Afrika nicht vor.

Ich wartete fünf Minuten. Nichts rührte sich. Schließlich klingelte das Handy erneut.

»Nicht so schüchtern«, schepperte die Blechdose. »Den Wagen lässt du stehen. Siehst du das Feld links von dir?«

»Es ist zu dunkel ...«

»Jedenfalls gehst du jetzt bis zur Mitte des Feldes. Dort wirst du deinen Liebling finden.«

Er hatte schon wieder aufgelegt, noch bevor ich etwas sagen konnte.

Zögernd folgte ich seiner Anweisung. Das Feld lag brach. Mit jedem Schritt versank mein Schuh im Matsch. Das saugende Geräusch und mein Atem waren für einige Zeit die einzigen Laute. Das Feld schien riesig zu sein. Nach einiger Zeit wurde mir klar, dass ich gar nicht wusste, wo die Mitte war. Vielleicht ging ich sogar im Kreis. Es war einfach zu dunkel.

Das Handy klingelte.

»Bei den Pfadfindern bist du nie gewesen, was? Du musst dich mehr rechts halten. Ja, so ist es richtig.«

Die blecherne Stimme dirigierte mich weiter. Ich hatte ein zunehmend ungutes Gefühl, dass jemand mich beobachtete. Er sah mich, aber ich sah ihn nicht. Bei dem Gedanken, dass er vielleicht in dem Moment mit einer Waffe auf mich anlegte, brach mir der Schweiß aus.

»... und jetzt noch hundert Schritte geradeaus. Los, zähl!«

Ich zählte: »Eins, zwei ...«

Nach hundert Schritten blieb ich stehen. Von Luna war nichts zu sehen.

Don Blech hatte die Verbindung unterbrochen.

Da flammten plötzlich zwei riesige Augen vor mir auf. Gleichzeitig brüllte ein Motor godzillagleich in die Nacht. Die Erde unter meinen Füßen bebte ...

Geblendet schloss ich die Augen.

Von rechts kam etwas herangeschossen. Instinktiv hechtete ich vorwärts und warf mich auf den Boden. Das Etwas raste an mir vorbei, während das Monster vor mir näher herangekommen war. Allmählich schälten sich die Umrisse aus der Dunkelheit. Es erinnerte an eine riesige Heuschrecke mit Fühlern und Beinen ...

Dann fiel der Groschen: Es musste sich um eine Erntemaschine handeln! Jetzt erkannte ich das gleißende Glitzern spitzer Messer und Häcksel.

Von rechts sirrte das zweite Gefährt abermals heran. Es handelte sich um ein Quad. Mit aberwitziger Geschwindigkeit schoss es auf mich zu. Ich rappelte mich wieder hoch, doch weglaufen war zwecklos. Mit jedem Schritt versanken meine Schuhe tiefer.

Abermals stellte ich mich dem Heranrasenden. Ich wartete bis zur letzten Sekunde. Dann sprang ich zur Seite und warf mich wieder auf den Boden. Das Quad jaulte an mir vorbei wie ein wütendes Insekt.

Diesmal hatte ich eine Gestalt darauf erkannt. Sie war ganz in Schwarz gekleidet und trug einen Helm.

Etwas brüllte hinter mir auf. Ich wälzte mich herum. Eine zweite Heuschrecke war zum Leben erwacht. Langsam, aber zielstrebig setzte sich das Monster in Bewegung. Direkt auf mich zu.

Ich saß in der Falle. Vor mir und hinter mir fuhren die Heuschrecken ihre Beißwerkzeuge nach mir aus. Der Quadfahrer versuchte, mich ihnen in den Rachen zu treiben. Jetzt kam er von links angerast. Wieder warf ich mich herum und entkam ihm nur um Haaresbreite.

Mein Atem ging schwer. Ich spürte wieder meine Rippen. Es war nur eine Frage der Zeit, bis sie mich da hatten, wo sie mich haben wollten. Oder bis ich entkräftet aufgab …

Da vernahm ich ein weiteres Motorgeräusch. Irgendwie kam es mir bekannt vor. Ich hatte keine Zeit, mir weiter Gedanken darüber zu machen. Das Quad nahm erneut Anlauf. Ich sprang auf die Beine und wich ihm in letzter Sekunde aus.

Doch diesmal kam ich nicht unversehrt davon. Ein Lenker hatte mich am Arm erwischt. Ich schrie auf. Der Schmerz explodierte vor meinen Augen wie eine Wolke.

Die erste Heuschrecke war nur noch zehn Meter entfernt.

Aus der Nähe wirkte sie wie eine einzige riesige Killermaschine. Bis jetzt hatte sie in ihrem Leben nur Rüben verdaut. Heute würde sie zum ersten Mal Menschenfleisch zu schmecken bekommen.

Das Quad hatte erneut gewendet. Ich sah, wie es in Zeitlupe auf mich zukam. Mein Atem ging schwer. Das Blut rauschte in meinen Ohren. Ich hörte das Klopfen meines Herzens. Unter dem schwarzen Helm glaubte ich, das breite Grinsen des Fahrers zu erkennen.

Ich war zu schwach, um erneut auszuweichen.

Das Quad war noch zehn Meter von mir entfernt.

Acht.

Fünf ...

Vier ...

Da schoss ein dunkler Schatten heran. Wie ein riesiger schwarzer Hai attackierte er den Quad-Fahrer von der Seite und schleuderte ihn ein paar Meter hoch in die Luft. Das Kreischen von Metall klang wie der Schrei eines verletzten Titans. Zugleich vernahm ich einen menschlichen Laut. In höchster Todesqual, so als würde jemand bei lebendigem Leib gehäutet.

Ich sah, dass das Quad auf dem Rücken lag wie ein verendender Käfer. Statt zuckender Beine drehten sich Räder ...

Ich hatte nicht mehr viel Zeit. Die erste Heuschrecke hatte mich fast erreicht. Der schwarze Hai ruderte zurück. Dann nahm er erneut Anlauf ... Mit voller Wucht raste er quer in die Heuschrecke hinein. Das atonale Kreischen erinnerte an jemanden, der mit den Fingernägeln über eine Tafel kratzt – aber in tausendfacher Verstärkung.

Ich ging in die Knie, sackte in den lehmigen Boden. Ein Schatten war plötzlich bei mir.

»Alles in Ordnung?«

Es war Ollie!

»Komm, wir müssen hier weg!« Er half mir auf die Beine, während die zweite Heuschrecke jetzt ganz nah heran war.

Dann ging alles sehr schnell.

Scheinwerfer blendeten auf. Eine Stimme schrie eine Warnung, wir sollten uns hinlegen. Wir warfen uns auf den Boden. Schüsse knallten. Glas klirrte. Jemand heulte auf. Vor Schmerz oder vor Wut, ich konnte es nicht unterscheiden. Ein Schatten versuchte, an mir vorbeizurennen. Instinktiv griff ich nach seinem Bein.

Er fiel der Länge nach hin. Er brüllte wie ein waidwundes Tier. Ich spürte etwas Feuchtes, Glitschiges. Er blutete.

Mit dem anderen Fuß trat er nach meiner Hand. Ich spürte, wie meine Knöchel brachen. Ich ließ ihn los.

Er wälzte sich herum, schlug nach mir.

Dann kam mir Ollie zu Hilfe. Er packte den anderen am Bein. Zu zweit schafften wir es irgendwie, den Tobenden festzuhalten.

Jemand kam von hinten heran. Es war ein Polizist. Er trug eine schusssichere Weste und einen Helm. Mit der Taschenlampe leuchtete er unserem Gegner direkt ins Gesicht.

Es war Gregor Wattenberg.

Ollie und ich saßen in Norberts Büro und tranken heißen schwarzen Kaffee. Es war drei Uhr in der Nacht. Wir schwiegen. Jeder war für sich mit seinen Sorgen.

Ollie hatte mir gebeichtet, dass er von Anfang an vorgehabt hatte, mir zu folgen. Da ich mir seinen Morgan ausgeborgt hatte, war er mir mit meinem Volvo hinterhergefahren. Ich fragte ihn nicht, woher er den Schlüssel hatte. Vielleicht hatte er sogar gesteckt.

Außerdem hatte Ollie Norbert benachrichtigt.

Dabei hatte sich Ollie offensichtlich geschickter angestellt als die Polizei. Auf der Gauseköte hatte er in sicherer Entfernung gewartet und war mir erst dann gefolgt, als ich den zweiten GPS-Punkt erhalten hatte.

Die Polizei war erst später auf der Gauseköte eingetroffen und hatte mich nicht mehr angetroffen. Norbert hatte mir verraten, wie sie meine Spur doch noch wiedergefunden hatten: Dank Handy-Ortung.

Die beiden Wattenbergs und Armin steckten also unter einer Decke. Sie hatten mich auf das Feld gelockt und mich in die Zange genommen. Gregor auf seinem Quad, während der alte Wattenberg und Armin am Steuer der beiden Erntemaschinen saßen.

»Du hast es selbst provoziert«, hatte Norbert erklärt. »Während des Menüs hast du ihnen zu verstehen gegeben, dass du alles weißt.«

»Ja, aber ich habe nicht geahnt, dass sie alle drei Dreck am Stecken haben.«

»Gleichzeitig wurde ihnen klar, dass sie keine Aussicht auf zwei Millionen mehr hatten. Höchstens noch auf eine; die drei Grundstücke sind eher weniger wert.«

Ich hatte den Kopf geschüttelt. »Trotzdem verstehe ich nicht, wieso sie glaubten, sie könnten mit der Erpressung durchkommen.«

Auch das hatte mir Norbert erklärt: »Die beiden Wattenbergs sind hoch verschuldet. Bei denen hat das Denken nicht mehr richtig funktioniert. Und dein Vetter Armin hatte sie an der Angel. Ich bin sicher, dass er von Anfang an plante, mit dem Geld abzuhauen und sich eine neue Existenz aufzubauen. Er muss gewusst oder zumindest geahnt haben, dass seine Vergangenheit ihn eingeholt hat. Seinen Partner Ludwig hat er umgebracht, weil der nicht mitziehen wollte ...«

»Aber warum hat er ihm den Kopf abgeschlagen?«

»Um den Verdacht von sich abzulenken. Es sollte aussehen

wie die Tat eines Wahnsinnigen. Oder eines Täters aus der rechten Szene – daher die Wolfsangel. Nachdem sich tagelang nichts tat, hat er anonym Teuto Eins informiert.«

Seit einer Stunde lief das Verhör jetzt schon.

Ich wollte nicht mehr wissen, warum das alles geschehen war. Ich wollte nur Luna und Steffi lebendig aus der Sache heraushaben.

Die Tür ging auf. Norbert kam herein. Auch er mit einer Tasse Kaffee. Er hatte dunkle Ränder unter den Augen. Sein Blick gab wenig Hoffnung.

»Hubert Wattenberg hat alles gestanden«, sagte er. »Er hat es für seinen Sohn getan. Als der Major damals starb, hatten sie schon gejubelt, weil sie dachten, das Land gehört jetzt ihnen, schließlich gab es zunächst keine Erben. Wattenberg senior war es auch, der den Major von den Externsteinen gestoßen hat. Deinem Vetter Armin genügte das nicht. Laut Wattenberg war es Armins Idee, den Toten nachträglich auszugraben, ihm den Kopf abzuschlagen und im Teich zu versenken. Wattenberg junior musste das übernehmen.«

»Aber was hatte Armin mit dem Kopf vor?«

»Er muss zu dem Zeitpunkt schon den Plan gehabt haben, seinen Partner umzubringen. Er stellte es so an, dass auch ein Blinder darauf kommen musste, dass der Major vom selben Mörder umgebracht worden war, der auch Ludwig umgebracht hat. Alles sollte auf einen Psychopathen hindeuten. Zusätzlich legte dein Vetter noch eine weitere falsche Spur: Die mit der Wolfsangel. Es sollte so aussehen, als würden rechte Kreise ebenfalls ihre Finger im Spiel haben. Armin hoffte bis zuletzt, das Grundstück an BT NATURE verkaufen zu können. Die Luftblase bekam erste Risse, als plötzlich Mr Dickens als Erbe auftauchte. Von da an muss er verzweifelt darüber nachgedacht haben, wie er Sie aus dem Weg räumen könnte. Dann kam ihm Steffi dazwischen. Wahrscheinlich erschien ihm die Entführung als viel bessere Lösung. Zumal ihm, wie gesagt, das BKA auf den Fersen war.«

»Und Luna? Was hatte er davon, einen Hund zu entführen?«

»Du warst den dreien von Anfang an ein Dorn im Auge. Du hättest dich einfach ruhig verhalten sollen. Insbesondere Armin kannte deine Vergangenheit. Er wusste, dass du nicht ungefährlich bist ... Übrigens waren es die beiden Wattenbergs, die dich vermöbelt haben. Sie haben es zugegeben.«

»Ich weiß«, sagte ich. »Ich habe Gregor Wattenberg erkannt. Und wo sind die Geiseln?«

Norbert zuckte mit den Schultern.

»Wir hoffen, dass wir es noch heute Nacht herausfinden.«

Ich ballte die Fäuste. »Überlass sie mir. Sie werden reden, glaub mir ...«

Er schüttelte den Kopf. »Du weißt nicht, was du sagst. Selbst wenn ich dich ließe, brauchst du nicht zu glauben, du wärst hinterher froh. Wir haben unsere Mittel, lass uns Zeit ...«

»Und wenn uns die Zeit davonläuft? Wer weiß, was sie mit Luna und Steffi angestellt haben? Wenn sie sie irgendwo vergraben haben, was dann?«

Es klopfte an der Tür. Ein Beamter in Zivil trat ein. Er sah genauso übernächtigt aus wie wir alle. »Er hat geredet!« Sein Blick fiel auf uns. Norbert bedeutete seinem Kollegen, weiterzusprechen. »Armin Novotzki hat zugegeben, die Radiomoderatorin entführt zu haben. Er verlangt jetzt drei Millionen, damit er den Aufenthaltsort verrät ...«

»Drei Millionen!«, entfuhr es Ollie. »Ich habe niemals drei Millionen ...«

Ein Wink von Norbert unterbrach ihn. »Machen Sie sich keine Sorgen, das erledigen *wir.*« Und an seinen Kollegen gewandt: »Der Kerl ist größenwahnsinnig. Wie kommt er plötzlich auf drei Millionen?«

»Das will er Ihnen selbst sagen.«

»Bring ihn rein.«

Der Beamte verschwand.

Wir schwiegen. Niemand von uns wusste etwas zu sagen. Selbst Ollie blieb stumm.

Nach fünf Minuten wurde Armin in Handschellen in das Büro geführt. Zwei uniformierte Beamte hielten ihn in Schach. Als mein Vetter mich erblickte, verzogen sich seine Mundwinkel zu einem spöttischen Grinsen. »Sieh an, mein spießbürgerlicher Cousin und sein tumber Tommyfatzke.«

Die beiden Beamten drückten ihn auf einen Stuhl. Norbert setzte sich ihm gegenüber.

»Drei Millionen sind eine Menge Geld, Herr Novotzki …«

»Im Gegensatz zur hochbezahlten dekadenten Finanzoligarchie, den korrupten Volksvertretern und den Managern ein Fliegenschiss.«

»Verstehe, Sie plädieren auf Unzurechnungsfähigkeit?«

»Unzurechnungsfähigkeit?«

»Oder wie soll man es nennen, wenn Sie diese Retro-Plattitüden aus den Siebzigern hervorkramen?«

Mir platzte der Kragen. »Hör zu, Armin, spiel hier nicht den Politikapostel. Wo stecken Steffi und Luna?«

Erstaunt sah er mich an: »Der Hund? Dir bedeutet er wirklich etwas, oder?« Er lachte plötzlich, doch es klang irr. Dann wurde er ernst. »Mir haben meine Hunde auch etwas bedeutet. Wolf, Ricki, Ice… und all die anderen. Dieser Idiot hat sie verbrennen lassen!«

»Welcher Idiot?«, fragte ich.

»Na, Hubert. Gregor hat den Brand gelegt, weil mit ihm ausgemacht war, dass sein Alter ihn löschen sollte. Der Sack kam zu spät …«

»Warum überhaupt?«

»Um den Verdacht von mir abzulenken. Sollte so aussehen,

als wollte man mich unter Druck setzen, das Land zu verkaufen.«

»Verstehe«, sagte ich. »Und Hubert ...«

»Hubert wollte ich ans Messer liefern. Genau wie seinen schwachsinnigen Sohn. Ihr seid mir zuvorgekommen.«

»Wo hast du sie versteckt?«, fragte ich erneut. Ich versuchte, meine Stimme so ruhig klingen zu lassen wie möglich. Dennoch zitterte sie leicht.

»Mit Luna habe ich nichts zu tun. Das war die Idee von dem Perversen.«

»Wattenberg junior?«

Armin nickte. »Frag ihn doch.«

»Aber mit Steffi Klugs Entführung haben Sie sehr wohl etwas zu tun, oder?«, fragte Norbert scharf.

Armin lehnte sich zurück. Er lächelte überheblich. »Drei Millionen bis zum Morgengrauen. Genau um sechs Uhr morgens lasse ich die Bombe zünden.«

»Sie bluffen!«

Armins Grinsen wurde breiter. »Wenn Sie meine Vergangenheit kennen, wissen Sie, dass ich mich ganz gut auskenne mit Bomben. Vor allen Dingen mit Zeitzündern ...«

»Ich bekomme nie bis morgen früh drei Millionen zusammen ...«

»Das ist Ihr Problem, nicht meins. Vielleicht machen Sie den ultra-reaktionären und faschistischen Kräften des Finanzkapitals ein bisschen Feuer unter den Hintern, indem Sie darauf hinweisen, dass ein wunderschönes Stück Lippe ebenfalls dabei draufgeht, wenn nicht rechtzeitig gezahlt wird.«

»Was meinen Sie damit?«

»Denk mal nach!«

Norbert erhob sich. Er winkte mich und Ollie hinaus. Auf dem Flur fragte er mich: »Du kennst ihn besser. Blufft er, oder hat er wirklich was in der Hinterhand?«

Ich zuckte mit den Schultern. Letztendlich hatte Armin mir all die Jahre auch nur eine Fassade von sich präsentiert. Ich war darauf hereingefallen. Ich maßte mir kein Urteil an. »Frag Stahl und Leisenscheidt. Die werden dir eher ein psychologisches Profil von ihm erstellen können als ich.«

»Ich dachte ja nur ... Was meint er mit dem wunderschönen Stück Lippe, das dabei draufgehen könnte?«

Abermals zuckte ich mit den Achseln. »Detmold nennt sich in Werbebroschüren ›die Wunderschöne‹ ...«

»Würde das ernstlich jemanden jucken, wenn dort die Bombe hochgehen würde? Ich weiß nicht ...«

Plötzlich kam mir eine andere Idee. »Ich würde mich gerne noch einmal bei dem jungen Wattenberg umschauen ...«

Norbert sah mich zornig an. »Wir sprechen hier von einem Menschen, und du denkst nur an deinen Hund!«

»Armin zu verhören ist eure Aufgabe. Meine ist es, Luna zu finden. Armin hat Wattenberg beschuldigt ...«

»Wir haben alle drei Grundstücke auf den Kopf gestellt.«

»Aber doch nur während des kurzen Zeitfensters, als die drei bei unserer Eröffnung waren.«

»Wir hätten Steffi und deinen Hund gefunden, wenn sie irgendwo dort gewesen wären. Im Moment sind wieder Einsatzkräfte vor Ort. Glaub mir, wir drehen da jeden Stein um! Insbesondere auf dem Grundstück deines Vetters.«

»Ich möchte trotzdem auf Nummer sicher gehen«, beharrte ich. »Du hast erzählt, ihr habt eine Eisenstange gefunden ...«

»So schnell geht das nicht mit der Blutuntersuchung ...«

Sein Handy klingelte. »Alles klar«, sagte er. Er verdrehte die Augen. »Der alte Wattenberg hat sich mit einem Flaschenöffner die Pulsadern aufgeschnitten ...«

»Wohin fahren wir eigentlich?«, fragte Ollie.

Er spielte meinen Chauffeur. Zwangsläufig. Meinen Volvo hatte er ja zu Schrott gefahren, als er mich gerettet hatte. Und mit meiner gebrochenen Hand konnte ich ohnehin nicht fahren.

»Auf den Hof des jungen Wattenberg. Es ist nur so ein Gefühl ...« Aber ein gewaltiges. Und es schwoll an, je mehr Zeit verstrich.

Ollie seufzte. Ich wusste, an wen er dachte.

»Armin wird schon reden«, versuchte ich ihm Mut zuzusprechen.

Als wir den Hof erreichten, erstrahlte dieser im Licht vieler Scheinwerfer. Polizisten waren dabei, das Gelände zu sichern. Als wir ausstiegen, kamen uns zwei Uniformierte entgegen. Sie sahen uns finster an.

»Fahren Sie bitte weiter«, verlangte der Ranghöhere von ihnen.

Ich seufzte. »Ich komme gerade vom Revier.« Ich erklärte, wer ich war. Der Drang, einfach vorwärtszustürmen und nach Luna zu suchen, ließ sich kaum noch zügeln. Ich spürte, dass ich ihr nah war. Ich spürte ihre Todesangst.

Der andere Polizist nickte. »Ich kenne Sie. Ich habe einige Ihrer alten Artikel aufbewahrt ...«

Das hörte sich schon freundlicher an. Ich zwang mich zur Ruhe. »Dann wissen Sie, dass ich helfen kann«, sagte ich. »Ich will Ihnen nicht ins Handwerk pfuschen. Ich will mich nur umsehen ...«

Die beiden flüsterten kurz miteinander, dann sagte der Jüngere. »Ich heiße Bernd Förster. Ich werde Sie herumführen. Sie dürfen nichts anfassen ...«

Ich nickte.

Ollie durfte nicht mit. Als er mir folgen wollte, hielt der zweite Polizist ihn zurück.

Es war mir egal, ich bekam es kaum mit. Meine Angst wuchs. Darüber legte sich, wie eine zweite Haut, eine fremde Angst. Lunas Angst. Ich war sicher, dass sie hier irgendwo war.

»Wo haben Sie gesucht?«, fragte ich.

»Im Haus, in den Ställen, eigentlich überall …«

»Im Schweinestall auch?«

»Zumindest haben wir einen Blick hineingeworfen. Das hat uns gereicht.«

»Kann ich den Stall sehen?«

Der Uniformierte wand sich. »Wenn Sie sich das zumuten wollen. Es ist eine echte Sauerei. Die Amtstierärztin und das Veterinäramt sind informiert, können aber erst morgen früh jemanden schicken. Meine Eltern haben auch einen Bauernhof. Ich weiß, dass Tiere nicht immer so gehalten werden, wie das eigentlich sein sollte. Aber dieser Wattenberg dürfte nie wieder Tiere halten …«

Nun, das würde er auch nicht … Wir hatten uns dem Stall genähert. Norbert hatte davon gesprochen, dass man bei der ersten Durchsuchung eine Eisenstange gefunden hatte. Ich fragte den Polizisten danach.

»Wir haben sie sichergestellt.«

Ich nickte.

Der Stall war mit einem rot-weißen polizeilichen Absperrband gesichert. Förster hob es hoch, sodass wir darunter hindurchgehen konnten. Dann öffnete er die Tür.

Der Gestank war unbeschreiblich. Im Stall war es stockdunkel, und ich war froh, dass ich das Elend nicht mitansehen musste.

»Einige Schweine sind tot. Er hat sie einfach verenden lassen.«

Ich vernahm ein ängstliches Quieken.

»Macht es Ihnen etwas aus, mir die Taschenlampe zu überlassen?«, fragte ich.

»Wenn Sie wollen, können Sie den Stall auch allein inspizieren. Ich kenne ihn ja schon.« Förster schluckte.

Ich nickte. Er gab mir seine Taschenlampe und wartete am Eingang.

Gebückt stieg ich durch den Eingang. Mit dem starken Kurzlicht leuchtete ich den Boden ab. Die verängstigten Schweine quiekten und raschelten. Das Gefühl, dass Luna hier irgendwo war, wurde immer stärker.

Ich musste es wissen. Ich leuchtete in die einzelnen Pferche. Das Grauen, das ich dort sah, würde ich mein Lebtag nicht vergessen. Ich war kein Buddhist, aber in diesen Minuten wünschte ich, es möge so etwas geben wie Wiedergeburt.

Und Wattenberg würde als Schwein auf die Welt kommen ...

»Ist alles in Ordnung bei Ihnen?«, hörte ich Förster rufen.

Ich antwortete nicht. Denn plötzlich raschelte etwas zu meinen Füßen. Ich schaute hinab. Es gab tatsächlich einen Quadratmeter Boden, der nicht vollgekotet war. Relativ frisches Stroh war hier angehäuft.

Ich bückte mich noch tiefer und wischte das Stroh beiseite. Mit bloßen Händen. Ich spürte, dass ich auf der richtigen Spur war.

Unter dem Stroh befand sich eine Klappe. Sie war mit einem Vorhängeschloss gesichert. Ich sah mich um, fand aber nichts, womit ich es hätte aufbrechen können.

»Förster, kommen Sie!«, rief ich. »Bringen Sie etwas mit, womit man ein Schloss knacken kann.«

Es dauerte mir viel zu lange, bis er endlich kam. Er hatte eine Eisenstange in der Hand. Anscheinend hatte Wattenberg ein Faible für Eisenstangen ...

Gemeinsam brachen wir das Schloss auf.

Ich hob die Falltür an. Darunter gähnte ein finsteres Loch. Ich leuchtete mit der Taschenlampe hinein. Eine Leiter führte nach unten.

Ich kletterte hinunter. Förster blieb oben. Er warf mir die Taschenlampe zu.

Ich leuchtete meine Umgebung ab. Der Raum war höchsten zwei mal zwei Meter groß. Eine Aussparung führte in den nächsten Raum.

Darin lag eine Matratze. Daneben lag Luna.

Die Beine gefesselt, das Maul mit Klebeband umwickelt.

Ich stürzte zu ihr.

Sie regte sich nicht mehr.

Zunächst dachte ich, sie sei erstickt, doch dann spürte ich das schwache Schlagen ihres Herzens.

Ich löste das Klebeband von ihrer Schnauze. Es war bestimmt eine schmerzhafte Prozedur, doch selbst da regte sie sich kaum. Einmal zuckte sie zusammen und gab einen hohen Laut von sich.

Ich hatte noch nicht einmal ein Messer dabei, um ihre Fesseln zu lösen. Sie hatten sich tief ins Fleisch geschnitten. Ich hob Luna hoch und trug sie auf den Armen wie ein Kind.

Am schwierigsten war es, sie die Leiter hinaufzuhieven. Förster half mir, indem er sie den letzten Meter von oben hinaufzog.

Gemeinsam brachten wir sie nach draußen. Förster schnitt die Fesseln durch.

»So ein Schwein sollte man nie wieder auf freien Fuß lassen«, flüsterte er betroffen.

»Versündigen Sie sich nicht an den Schweinen«, sagte ich nur. Für Menschen gab es Krankenwagen, für Hunde nicht. Selbst nicht, wenn sie das mitgemacht hatten, was Luna widerfahren war.

Gemeinsam mit Ollie raste ich nach Bielefeld in die Tierklinik.

Unterwegs rief mich Norbert an. »Das wird immer wirrer«, schimpfte er. »Dein Vetter Armin droht damit, ganz Lippe einen Denkzettel zu verpassen. Könnte es sein, dass er die Bombe irgendwo an den Externsteinen platziert hat? Du kennst ihn besser als ich.«

»Immerhin ist es Naturschutzgebiet, insofern sicherlich bedeutend«, überlegte ich. »Außerdem haben die Nazis seinerzeit die Externsteine für ihre Zwecke umfunktioniert. So gesehen würde es zu Armins verquaster linker Ideologie passen, wenn er sie in die Luft sprengen würde ...« Außerdem hatte dort alles angefangen, indem der Major dort zu Tode gekommen war ... Dennoch schüttelte ich den Kopf.

»Ich glaube nicht, dass er dort eine Lunte gelegt hat. Er hat die Bombe dort platziert, wo er auch Steffi gefangen hält ...«

»Immerhin gibt es einige Höhlen dort.«

»Die sind schnell durchsucht. Trotzdem, schick zur Sicherheit ein paar Leute hin.«

Norbert seufzte. »Ich habe kaum mehr welche. Wir durchsuchen zurzeit weiter die Bauernhöfe und Privathäuser der Verdächtigen, verhören sie gleichzeitig und sind noch damit beschäftigt, drei Millionen Euro zu besorgen. Und das alles in einer einzigen Nacht.«

»Du tust mir leid«, sagte ich. Ich erzählte ihm, dass wir Luna gefunden hatten.

Er freute sich und beglückwünschte mich. Trotzdem hörte ich an seiner Stimme, dass er andere Sorgen hatte. Ein Hund war nun einmal nur ein Hund.

»Die Spurensicherung vor Ort kümmert sich jetzt verstärkt um diesen Stall«, teilte ich ihm mit. »Da unten lag auch eine Matratze. Gut möglich, dass Steffi dort eine Weile versteckt gehalten wurde.«

Als wir von der Tierklinik zurückfuhren, war ich todmüde. Todmüde, aber zuversichtlich.

Man hatte mir signalisiert, dass Luna gute Chancen hatte, durchzukommen. Ich hatte sie gerade noch rechtzeitig befreit. Ein paar Stunden später, und sie wäre erstickt.

Als ich sie verließ, hatte sie die dunklen Augen geöffnet. Ich glaubte, dass sie mich erkannt hatte.

»Wohin jetzt?«, fragte Ollie mit müder Stimme. Seine Zuversicht war geschwunden.

Es war sechs Uhr morgens. Die Sonne ging gerade auf. Wir fuhren die B 239 Richtung Detmold. Parallel zur Straße schlängelten sich in einigen Kilometern Entfernung die bewaldeten, sanft gerundeten Höhen des Teutoburger Waldes. Ganz oben auf dem Teutberg grüßte das Hermannsdenkmal. Im Sonnenaufgang wirkte es majestätischer denn je.

Unter normalen Umständen hätte ich den Anblick sogar genossen. Es war ein grandioses Panorama, das sich uns bot. An dieser Stelle gehörte die B 239 zu den schönsten Straßen Europas.

Plötzlich sah ich etwas aufblitzen. Genau da, wo sich der Kopf der Hermannsfigur befand. Es sah aus, als würde er mir zublinzeln.

»Halt mal bitte an!«

Ollie trat auf die Bremse und lenkte den Morgan an den Straßenrand. Ein Milchlaster schoss laut hupend an uns vorbei.

Ich wies zum Denkmal. »Siehst du das dort oben?«

»Eine Sonnenspiegelung.«

»Eine Spiegelung, ja. Und von der Sonne auch. Aber wieso spiegelt sie sich im Denkmal?« Der Hermann bestand aus Kupfer.

»Vielleicht hat eine Elster dort ihr Nest gebaut und etwas Glitzerndes hineingelegt«, sagte Ollie. Ich fand das sehr weit hergeholt.

»Wenn überhaupt, dann brüten dort zurzeit Störche, und die klauen keine silbernen Löffel.«

Abermals blitzte es auf. Und wieder.

»Weißt du, was das bedeutet?«, fragte ich Ollie.

»Nein.«

»Da oben blitzt jemand SOS. Es bedeutet, dass deine Elstern einen Evolutionssprung vollzogen haben!«

Verständnislos sah er mich an.

»Gib Gas! Ich glaube, ich weiß jetzt, wo wir Steffi finden!«

Während Ollie die Kurven hinauf zur Grotenburg raste und dabei wahrscheinlich einen neuen Geschwindigkeitsrekord aufstellte, machte ich mir meine Gedanken.

Ich versuchte, mich in seinen verqueren Geist zu versetzen. Armin hatte seinen Namen immer gehasst – erst recht, seitdem er in Lippe wohnte. Hier dachte man sofort ans Hermannsdenkmal, wenn man von Armin sprach.

Es musste eine Genugtuung für ihn sein, das deutscheste aller Denkmäler vom Sockel zu sprengen – und damit ein für alle Mal seinen Namen reinzuwaschen.

Soweit ich wusste, war das Hermannsdenkmal für Besucher noch immer gesperrt. Das musste auch zu Armin vorgedrungen sein. Zumal der Teutoburger Wald mit zu seinen bevorzugten Trainingsstrecken mit seinen Hunden gehört hatte. Und wie man wusste, mahlten die Mühlen der Behörden langsam – erst recht im Zuge knapper Kassen. Wahrscheinlich hatte man bislang nicht viel mehr unternommen, als das Denkmal abzuriegeln.

Und so war es auch. Als wir die Einfahrt passiert und unseren Wagen abgestellt hatten, stießen wir recht bald auf einen Bauzaun. Eltern haften für ihre Kinder, stand dort auf einem Schild.

Vor uns erhob sich das imposante Denkmal. Es war über fünfzig Meter hoch. Allein die eindrucksvolle Figur erhob sich über sechsundzwanzig Meter über das Lipperland. Das sieben

Meter lange Schwert wies nach Westen und trug die Aufschrift:

Deutsche Einigkeit, meine Stärke
Meine Stärke, Deutschlands Macht.

Das war genauso geistiger Müll, wie es auf der anderen Seite Armins Thesen waren. Der reaktionäre Charakter des Denkmals mochte ihn jedes Mal aufs Neue gereizt haben, wenn er hier mit seinem Schlittengespann herfuhr.

Es würde zu seiner verkorksten Ideologie passen, wenn er dieses urlippische Wahrzeichen in die Luft sprengen würde. Wahrscheinlich hatte er nicht mitbekommen, dass es inzwischen längst als Mahnmal für den Frieden umfunktioniert worden war.

Ganz Lippe wollte er einen Denkzettel verpassen.

Denk mal nach ...

Ich glaubte nicht, dass ihm der Satz während des Verhörs einfach so herausgerutscht war. Wahrscheinlich hatte es ihm einen Heidenspaß gemacht, uns die Lösung vor Augen zu halten wie einen Fisch an der Angel, ohne dass wir es erkannten.

Wieder war oben in Kopfhöhe ein Blitzen zu sehen. Es kam direkt aus Hermanns linkem Auge.

Ollie war kaum mehr zu halten. »Der Taschenspiegel, den ich Steffi geschenkt habe!«

Ich nickte, hielt ihn aber am Arm fest.

»Denk an die Bombe. Vielleicht hat Armin sie so gelegt, dass wir sie auslösen, wenn wir das Denkmal betreten. Das müssen wir den Experten überlassen.«

Zwanzig Minuten später trafen sie ein. Die Sprengstoffexperten gingen voraus. Nach zwanzig Minuten gaben sie grünes Licht.

»Was bedeutet das?«, fragte ich Norbert, der inzwischen ebenfalls eingetrudelt war.

»Dein Vetter hat zwar nicht geblufft, aber seine Fähigkeiten, was Bomben betrifft, sind Gott sei Dank auf ziemlich veraltetem Stand. Es war kein großes Ding, den Zünder zu entschärfen.«

Die Experten hatten für uns die Tür aufgesperrt. Sie war verschlossen gewesen. Norbert betrachtete das Schloss. »Für einen ehemaligen Terrorristen ist es keine große Sache, dafür einen Nachschlüssel anzufertigen«, stellte er fest.

Wir stiegen die Treppen zur Aussichtsplattform hinauf. Wieder blitzte es aus dem rechten Auge.

Ollie war jetzt kaum mehr zu halten. Er stolperte fast die steilen Stufen zur oberen Kuppel hinauf. Schließlich stießen wir auf eine letzte Tür. Wieder mussten die Sprengstoffexperten ran. Nach ein paar Minuten – Entwarnung. Die Tür schwang auf.

Die Stufen führten in die Figur hinein. Ollie stürmte voraus.

Ich vernahm seinen Freudenschrei.

Als ich ebenfalls hinaufstieg, hatte er Steffi bereits von ihren Fesseln und ihrem Knebel befreit. Sie hielten sich in den Armen.

In der linken Hand hielt sie seinen kleinen Taschenspiegel ...

19.

»Ich wollte mich noch von dir verabschieden«, sagte Maren. Sie trug einen schwarzen Trenchcoat. Und Handschellen.

Stahl und Carinna hatten sich beidseits von ihr postiert.

»Du hast es von Anfang an gewusst, oder?«, fragte sie.

Wir standen im Korridor des Polizeipräsidiums. Es hatte leider nicht den pathetischen Charme von Casablanca, als sich Humphrey Bogart und Ingrid Bergman auf dem nebelverhangenen Flughafen verabschiedeten.

Es reichte noch nicht einmal für einen Kuss.

Oder für Tränen.

Eher erinnerte der Ort hier an einen Bahnhof. Beamte wuselten an uns vorbei, Türen wurden geschlagen, Telefone klingelten.

»Nicht von Anfang an«, sagte ich. »Aber die Geschichte mit dem Notizbuch habe ich dir nicht abgenommen. Trotzdem: Ich habe bis zum Schluss gehofft, dass ich mich irre.«

»Ja, die Wolfsangel hat mir wohl das Genick gebrochen ... Armin fand, dass es eine gute Idee sei, noch eine dort oben auf der Falkenburg zu platzieren. Er war ganz besessen davon, den Mord an Ludwig den Rechten in die Schuhe zu schieben. Gregor Wattenberg hat den Kopf dort oben angebracht, aber vergessen, die zweite Wolfsangel als Köder auszulegen. Armin war das Teil zu heiß, also hat er mich beauftragt, es dort oben irgendwo loszuwerden. Als Ärztin vor Ort hatte ich leichtes Spiel.

Leider fand niemand die Wolfsangel. Ich habe mir Sorgen gemacht und ein bisschen herumgefragt. Der Einzige, der nach mir bei dem Busch war, warst du ... Von da an war es ein Verwirrspiel. Armin fand die Idee gut, dich als Verdächtigen mit in die Sache hineinzuziehen. Ich nicht. Als du langsam neugierig geworden bist, fand auch Armin seine Idee nicht mehr so gut. Er hat dich zusammenschlagen lassen. Wenn es nach ihm gegangen wäre, hättest du die Schlägerei nicht überlebt. Er hatte Angst vor dir, wusstest du das?«

Ich nickte. »Er kennt meine Vergangenheit.«

»Die Wattenbergs haben auch deine Wohnung umgekrempelt – aber du hast dich auch davon nicht abschrecken lassen. Dann hat Armin alles auf eine Karte gesetzt: Er wusste, dass das BKA ihm ganz dicht auf den Fersen war – daher die Lösegeldforderung. Er wollte sich absetzen ...«

»Und du? Wärst du mit ihm gegangen?«

Sie schwieg. Stahl schaute ungeduldig auf seine Uhr.

»Nein«, sagte sie schließlich. »Wir hatten nichts mehr miteinander. Er hat mich dazu gezwungen, mitzumachen.«

»Das würde ich auch behaupten«, sagte Stahl barsch. Carinna bat ihn mit einer Geste, zu schweigen.

»Woher wusstest du es überhaupt?«, fragte Maren mich.

»Wissen ist übertrieben. Die Erkenntnis kam nach und nach. Armin und Ludwig haben oft die Geschichte mit dem alten Bietenstüvel erzählt – besonders, wenn sie getrunken hatten. Die blonde Petra und die rothaarige Ingrid. Als ich ihn vor Kurzem auf Ingrid angesprochen habe, erzählte er mir, sie hätte einen Fußballspieler geheiratet ... Ich weiß nicht, warum Armin diesen Unsinn erzählt hat, wahrscheinlich fiel ihm damals so schnell nichts Besseres ein. Jedenfalls hat mich das interessiert. Keine Ahnung warum. Bielefelder Fußballspieler, die in der Nationalmannschaft Karriere gemacht haben, kannst du an einer Hand abzählen. Da gibt's nicht viele. Und keine dieser Spielerfrauen hieß Ingrid. Warum hast du dir nicht wenigstens die Haare gefärbt?«

»Weil ich nun mal rothaarig bin. Und weil ich mich so mag. Ich bin damals wieder nach Münster gezogen und habe Medizin studiert. Zehn Jahre später sind Armin und ich uns zufällig wieder über den Weg gelaufen. Er hat mir versichert, dass er seine RAF-Vergangenheit endgültig hinter sich gelassen hat. Außerdem würde in Lippe sowieso kein Hahn danach krähen. Und er wusste von einem Arzt, der sich hier bald zur Ruhe setzen und dessen Praxis frei werden würde …«

Stahl schaute abermals auf seine Uhr. Ich verstand.

19.

Weil seine Freundin mit ihm Schluss gemacht hatte, hinterließ ein Fünfzehnjähriger in Brackwede eine Spur der Verwüstung. Frustriert zertrümmerte er achtunddreißig Fensterscheiben im Gerätehaus der Freiwilligen Feuerwehr. Seine Wut habe er eher zufällig an dem Feuerwehrgebäude ausgelassen, so die Polizei.

Siebenhundertfünfzig Landwirte bauten derzeit Rüben für die Zuckerfabrik Lage an.

»Wir müssen mindestens siebenundsechzig Tonnen ernten, damit wir die Quoten und die Verträge erfüllen können«, betonte die Geschäftsleitung. Den guten Wert des vergangenen Jahres (neunundsiebzig Tonnen) werde man wohl nicht erreichen.

Die stets fröhliche Steffi Klug von Teuto Eins hörte sich so munter an wie eh und je.

Ich kuschelte mich in meine Decke und genoss die Morgensonne, die durch das Fenster hereinschien und deren Strahlen meine Nase kitzelten.

In Gütersloh waren zwei Obdachlose in einen Kindergarten eingebrochen und hatten die beiden Zwergkaninchen, Muckel und Pucki, gegrillt. Die beiden waren auf frischer Tat ertappt und dem Haftrichter vorgeführt worden.

Das Hermannsdenkmal würde im Sommer wieder für Touristen freigegeben werden, da keine Gefahr für Leib und Leben der Besucher mehr bestand.

Luna leckte meine Hand.

Die Welt war wieder in Ordnung.
Alle Störche waren endgültig zurückgekehrt.
Zumindest für dieses Frühjahr.

Ende

Anhang:

Rezepte von Ralf Zacherl
Exklusiv kreiert für das 3-Gänge-Menü
im *Rübezahl*:

Geräucherte Rote-Rüben-Suppe mit krossem Speck

Zutaten (für 4 Personen):

600 g Rote Rüben ohne Schale (Rote Bete)
80 g Zwiebelwürfel
60 g Butter
2 EL Rapsöl
0,8 Liter Geflügelfond
0,2 Liter Sahne
Salz, Pfeffer, Zucker, Muskat
8 Scheiben Bauchspeck
Frischer Meerrettich und Schnittlauch
80 g Räuchermehl
Alufolie/Pizzablech/Gitter

Zubereitung:

1. Die Rote Bete in kleine Würfel schneiden. Mit Salz, Pfeffer,

Zucker und Muskat würzen und 10 Minuten ziehen lassen. Danach die Würfel mit dem Rapsöl kräftig einreiben.

2. Das Räuchermehl auf das Pizzablech geben. Das Gitter mit Alufolie auslegen und mit einer Gabel kleine Löcher einstechen. Jetzt die Rote Bete darauf verteilen und mit Alufolie bedecken, sodass die Unterseite durchlässig bleibt (kleinen Hohlraum über dem Gemüse schaffen). Danach das Räuchermehl zum Glühen bringen (Gasherd oder Lötlampe). Wenn das Mehl schön raucht und glüht, das Gitter mit den Rote Bete für ca. 10 bis 13 Minuten darüberstellen.

3. Die Zwiebelwürfel in der Butter glasig dünsten, aber nicht braun werden lassen. Jetzt die geräucherte Rote Bete dazugeben und mit dem Geflügelfond ablöschen. Ca. 40 Minuten köcheln lassen, bis die Rote Bete weich sind. Dann die Sahne dazugeben, einmal aufkochen, mit dem Mixer pürieren und durch ein feines Sieb passieren, abschmecken.

4. Den Speck in einer Pfanne kross braten und in der Suppe servieren. Mit frischem Meerrettich und Schnittlauch garnieren.

Rosenkohl-Steckrüben-Salat mit Schillerlocken und Wasabi-Zabaione

Zutaten (für 4 Personen):

400 g Schillerlocken
400 g Rosenkohl
400 g Steckrüben (oder wie man bei uns zu Hause sagt: Erdkohlrabi)
4 Lorbeerblätter
0,2 Liter Gemüsebrühe (im Idealfall natürlich selbst gekocht! Andernfalls darauf achten, dass sie ohne Glutamat ist)
1 TL Rosinen
2 EL Sherryessig
3 EL Rapsöl
Salz, Pfeffer, Muskat, Zucker

Für die Zabaione

0,2 Liter Gemüsebrühe (frisch gekocht!)
4 Eigelb
1–2 EL Wasabi (wer keinen hat, kann auch Meerrettich nehmen)
Salz, Zucker

Zubereitung:

Rosenkohl putzen (wer Lust hat, kann die einzelnen Blätter zupfen und hat dann einen Rosenkohlblättersalat), halbieren und nicht vergessen, den Strunk auszuschneiden. Steckrübe schälen und in Stifte schneiden.

Wasser mit viel Salz zum Kochen bringen und den Rosenkohl darin bissfest kochen, in kaltem Wasser (am besten in Eiswasser) abschrecken. Die Stifte in etwas Rapsöl mit Lorbeerblättern und den Rosinen anschwitzen, salzen und mit der Gemüsebrühe auffüllen, darin fertig dünsten. Das Ganze vom Herd nehmen und mit Sherry-Essig, Rapsöl und den Gewürzen abschmecken.

Für die Zabaione Eigelb mit der Gemüsebrühe, dem Wasabi und Salz und Zucker vermischen und in einer Schüssel im heißen Wasserbad schaumig schlagen.

Wenn die Steckrüben Zimmertemperatur haben, Rosenkohl untermischen, Schillerlocken schräg aufschneiden und alles auf Tellern verteilen. Mit der Zabaione vollenden und guten Appetit.

Carpaccio von der Rübe in einer Zitronengrasvinaigrette

Zutaten (für 4 Personen):

2 gelbe Rüben
2 weiße Rüben
Meersalz, Zucker
5 Stangen Zitronengras, klein geschnitten
2 Limonenblätter
1 Stück Sternanis
1 Chilischote

Vinaigrette:

0,1 Liter Läuterzucker (Zuckerwasser 1:1)
2 Stangen Zitronengras
2 unbehandelte Limonen (abgeriebene Schale & Saft)
1 unbehandelte Orange (abgeriebene Schale & Saft)
Salz
50 ml Limonen-Olivenöl
½ Bund Zitronenmelisse
1 Teelöffel Korianderkörner, geröstet

Zubereitung:

Die Rüben schälen, dann mit den Zutaten in Wasser weich kochen. Herausnehmen und abkühlen lassen. Am besten ist es, wenn man die Rüben schon einen Tag vorher kocht und über Nacht im Sud abkühlen lässt. So können die Aromen intensiver in die Rüben einziehen. Danach werden die Rüben in hauchdünne Scheiben geschnitten.

Für die Vinaigrette die fein geschnittenen Zitronegrasstangen und die gerösteten Korianderkörner mit dem Läuterzucker einmal aufkochen und ca. 15 Minuten stehen lassen. Danach durch ein feines Sieb passieren. Jetzt die abgeriebene Schale der Orangen und der Limonen sowie den Saft dazugeben. Mit einer Prise Salz abschmecken und die fein gehackten Melisseblätter untermischen (wer möchte, kann auch frischen Koriander dazugeben).

Jetzt die Teller oder die Platte mit dem Limonen-Olivenöl beträufeln und verstreichen. Abwechselnd gelbe und weiße Rübenscheiben daraufschichten. Wenn der Teller belegt ist, kräftig die Rüben mit der Vinaigrette marinieren, noch etwas Limonen-Olivenöl darübergeben.

Mit Eis oder Parfait Ihres Geschmacks servieren. Am besten passen Sorten mit Passionsfrucht/Mango/Stachelbeere oder Kokosnuss.

Ich sage Dankeschön:

- Ralf Zacherl, meinem Lieblings-Fernsehkoch für das wunderbare Rübenmenü
- Manuela Ferling für kochende Leidenschaft
- Meinem Lehrmeister Jürgen Siegmann
- Der »Mörderischen Schwester« Claudia Puhlfürst
- Meinen Autorenkollegen und Idolen Ralf Kramp und Carsten Sebastian Henn. Letzterem insbesondere für sein Verständnis, dass ich mich in meinem Finale inspirieren lassen durfte von Julius Eichendorffs abschließendem Menü-Streich in dem Roman »In Vino Veritas«, den ich allen Krimilesern wärmstens ans Herz lege.
- Moni Mirelli für Mords-Lesungen
- Mark Benecke für kompetenten Rat – meistens von unterwegs aus einem rasenden ICE heraus
- Timo Kümmel für mörderische Fotomontagen und die großartige Karte
- Unserer Hündin Ronja als Vorbild für Luna – sie hat sich ihr teures Dosenfutter zumindest für die nächsten Wochen redlich verdient!
- Ruggero Leò und Monika Hofko für die Zeit, die sie mir gewidmet haben, und für die wertvollen Korrekturhinweise.
- Und vor allem: Meiner Frau Gisela für die vielen arbeitsreichen Monate, die hinter uns liegen und in denen sie jederzeit für mich da war, diesen Roman lektorierte und ihn in vielen Gesprächen mit immer neuen wertvollen Hinweisen bereicherte.

Niemand kann vor seiner Vergangenheit fliehen …

Carin Gerhardsen
UND RAUS BIST DU
Kriminalroman
Aus dem Schwedischen
von Thorsten Alms
352 Seiten
ISBN 978-3-404-16593-3

Eine Wohnung in Södermalm, Stockholm. Zwei Kinder liegen neben ihrer Mutter im Bett, alle drei mit durchgeschnittener Kehle. Wer ist zu so etwas fähig? Zunächst verdächtigt Kommissar Sjöberg den Vater der Kinder. Als später auch noch ein Kollege spurlos verschwindet, stößt sein Ermittlerteam an die Grenzen der Belastbarkeit. Wer hat die Familie ermordet und was hat der verschollene Polizist mit dem Fall zu tun? Ein atemloser Kampf gegen die Dämonen der Vergangenheit setzt sich in Gang …

»Carin Gerhardsens Figuren sind wie Islands Vulkane«
BOKHORA

Bastei Lübbe Taschenbuch